TARAN MATHARU

DIE DÄMONEN AKADEMIE

DIE INQUISITION

TARAN MATHARU

DIE DÄMONEN AKADEMIE

DIE INQUISITION

ROMAN

Aus dem Englischen übersetzt
von Michael Pfingstl

heyne›fliegt

Die Originalausgabe erscheint unter dem Titel *The Inquisition*
bei Hodder Children's Books

Der Verlag weist ausdrücklich darauf hin, dass im Text enthaltene externe Links vom Verlag nur bis zum Zeitpunkt der Buchveröffentlichung eingesehen werden konnten. Auf spätere Veränderungen hat der Verlag keinerlei Einfluss. Eine Haftung des Verlags ist daher ausgeschlossen.

FSC
www.fsc.org
MIX
Papier aus verantwortungsvollen Quellen
FSC® C014496

Verlagsgruppe Random House FSC® N001967

Redaktion: Joern Rauser
Karte: Malgorzata Gruska
Illustrationen Dämonenlexikon: David North
Coverillustration by Małgorzata Gruszka
Background images © Shutterstock 2015
Umschlaggestaltung: Das Illustrat GbR, München
Satz: Schaber Datentechnik, Austria
Druck und Bindung: CPI books GmbH, Leck
Printed in Germany

ISBN 978-3-453-26993-4

www.heyne-fliegt.de

Für Rob,
den tapfersten Mann,
den ich kenne

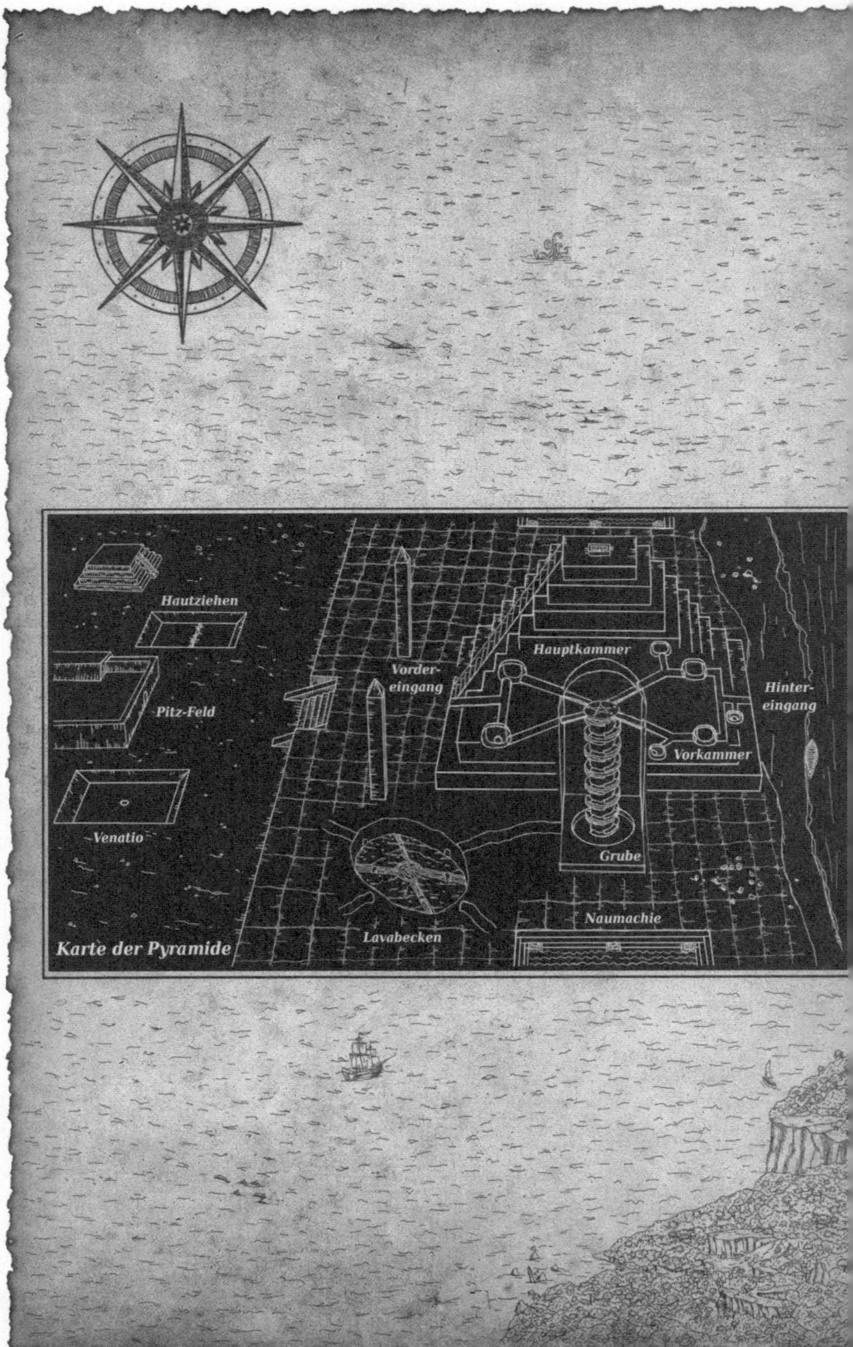
Hautziehen
Pitz-Feld
Venatio
Vorder-
eingang
Hauptkammer
Hinter-
eingang
Vorkammer
Grube
Naumachie
Lavabecken
Karte der Pyramide

Karte Hominums
Elfenlande
Akhad-Wüste
Pelz
Bärenzahnberge
Faverham-
Wald
Boreas
Corcillum
Antioch
Vesania-Meer
Dämonenakademie
Grafschaft Rale
Orkdschungel
Die Pyramide
Koboldstollen
Der Wasserfall
Die Sümpfe

1

FLETCHER ÖFFNETE DIE AUGEN, sah aber nur Dunkelheit um sich herum. Er stöhnte und schob Ignatius, der ihm die Klauen aufs Kinn gelegt hatte, ein Stück zur Seite. Der Dämon stieß ein leises Winseln aus und krabbelte verschlafen auf den kalten Steinboden hinunter.

»Guten Morgen, oder wie spät es auch immer gerade sein mag«, murmelte Fletcher und zauberte ein Wyrrlicht herbei. Wie eine kleine Sonne schwebte es in der Luft und drehte sich dabei langsam um die eigene Achse.

Der Raum wurde in ein kaltes, blaues Licht getaucht. Es war eine fensterlose Zelle mit einem Boden aus glatten Pflastersteinen. In der Ecke befand sich die Latrine – ein nacktes Loch, das lediglich von einer Schieferplatte verdeckt war. Fletcher starrte die schwere Eisentür in der gegenüberliegenden Wand an, da öffnete sich etwas … wie auf ein Zeichen hin.

Es war die kleine Klappe am unteren Rand der Tür. Eine von einem Kettenhandschuh geschützte Hand tastete durch die Öffnung, bis sie den leeren Eimer neben dem Türrahmen zu fassen bekam, und zog sich wieder zurück. Fletcher hörte ein Plätschern, dann wurde der Eimer mit Wasser gefüllt wieder hereingeschoben. Er wartete noch eine Weile und brummte nun enttäuscht, da nichts weiter geschah.

»Wieder nichts, Kleiner«, sagte er und kraulte den niedergeschlagenen Ignatius am Hals.

Das war keineswegs ungewöhnlich. Manchmal waren die Wärter einfach zu faul, ihm etwas zu essen zu bringen. Fletcher ignorierte seinen knurrenden Magen, nahm den scharfkantigen Stein neben seiner Pritsche zur Hand und ritzte einen weiteren Strich in die Wand. Ohne Licht von draußen war es schwer, die Zeit abzuschätzen, aber er ging davon aus, dass sie ihm einmal am Tag Essen und Wasser brachten. Oder manchmal, wie heute, auch nur Wasser. Er musste die Striche an der Wand nicht erst zählen, um zu wissen, wie lange er schon hier war. Die Zahl hatte er genau im Kopf.

»Ein Jahr«, seufzte er und ließ sich zurück ins Stroh sinken. »Einen schönen Jahrestag wünsche ich!«

Er streckte sich aus und dachte über den Grund für seine Gefangenschaft nach. Alles hatte in jener Nacht angefangen, als sich Didric, der Peiniger seiner Kindheit, mit den Plänen seines Vaters gebrüstet hatte, das ganze Dorf Pelz in ein Gefängnis zu verwandeln. Danach hatte Didric versucht, ihn zu ermorden.

Wie aus dem Nichts war da Ignatius aufgetaucht und hatte Didric verbrannt, sodass Fletcher fliehen konnte. Der kleine Dämon hatte sein Leben riskiert, um ihn zu retten, und das, obwohl sie sich erst so kurz kannten. Die Zeit danach verbrachte Fletcher auf der Flucht, denn er wusste: Didrics Familie würde nichts unversucht lassen, um *ihm* einen Mordversuch an Didric in die Schuhe zu schieben. Fletchers einziger Trost war, dass er niemals an die Dämonenakademie gekommen wäre, wenn die Dinge damals einen anderen Verlauf genommen hätten.

War es wirklich schon zwei Jahre her, dass er Ignatius kennengelernt hatte und selbst in die altehrwürdige Akademie eingetreten war? Er hatte die letzte Zeit dort noch ganz deutlich vor Augen. Othello, sein bester Freund, hatte sich den Respekt der Generäle verdient und die anderen Zwerge davon abgehalten, sich gegen das Reich von Hominum zu erheben. Sylva hatte den Frieden zwischen Menschen und Elfen gesichert und außerdem bewiesen, dass sie und ihr Volk mächtige Verbündete waren. Selbst Seraph, der erste Bürgerliche, der seit eintausend Jahren in den Adelsstand erhoben worden war, hatte die Blaublütigen beim Turnier mit seiner Leistung überzeugen können. Vielleicht das Beste von allem war allerdings gewesen, dass die Forsys mit ihrem Plan gänzlich gescheitert waren. Sie hatten nämlich einen neuen Krieg gegen die Elfen und Zwerge provozieren wollen, um sich mit Waffenlieferungen eine goldene Nase zu verdienen.

Alles war wunderbar gewesen, doch dann war Fletcher von seiner Vergangenheit eingeholt worden.

Ignatius spürte Fletchers Verzweiflung und stupste ihn blinzelnd an. Fletcher schlug halbherzig nach ihm, doch da duckte sich der Dämon weg – und hatte ihn dabei in die Fingerkuppe gebissen.

»Schon gut, schon gut«, sagte Fletcher grinsend zu dem ausgelassenen Salamander. Wenigstens lenkte der Schmerz ihn von seinen düsteren Gedanken ab. »Dann üben wir eben wieder. Welcher Zauber darf's denn sein?«

Er griff unter das Stroh, das ihm als Matratze diente, und zog die beiden Bücher hervor, die ihn während des vergangenen Jahres überhaupt noch bei Verstand gehalten hatten. Er hatte keine Ahnung, wer sie dort versteckt haben mochte, und wusste nur, dass derjenige ein erhebliches Risiko eingegangen war. Fletcher war seinem geheimnisvollen Wohltäter unendlich dankbar, denn ohne die Bücher wäre er vor Langeweile durchgedreht. In der Enge der Zelle gab es nicht allzu viele Möglichkeiten, sich mit Ignatius die Zeit zu vertreiben.

Das erste Buch behandelte die grundlegenden Zaubersprüche. Es war das gleiche, das Arcturus auch in seinem Unterricht benutzte. Es enthielt nur ein paar Hundert Symbole sowie die Techniken, wie sie in die Luft zu ätzen waren, und war entsprechend dünn. Fletcher hatte dies alles gerade gut genug beherrscht, um die Abschlussprüfung zu bestehen. Damals hatte er sich lieber auf die vier wichtigsten Kampfzauber konzentriert, aber mittlerweile kannte er jedes einzelne Symbol auswendig und war imstande, sie wie im Schlaf anzuwenden.

Der zweite Band war so dick, dass sein Wohltäter den Ledereinband entfernt hatte, damit er unter dem Stroh nicht auffiel. Es handelte sich um James Bakers Tagebuch, das ganz am Anfang von Fletchers Weg zu einem ausgebildeten Schlachtmagier gestanden hatte. Auf den Seiten hatte er Dutzende neuer Zaubersprüche entdeckt, die der Verfasser gewissenhaft von den Wänden der Orkruinen abgeschrieben hatte. Außerdem hatte Baker zahllose

Orkdämonen studiert, ihre Stärken und Fähigkeiten festgehalten sowie Statistiken aufgestellt. Mittlerweile war Fletcher selbst ein Experte in Orkdämonologie. Am faszinierendsten fand er Bakers Aufzeichnungen über die Kultur, die Waffen und die Kampftaktiken der Orks. Das Tagebuch war ein wahrer Informationsschatz, den er binnen weniger Tage verschlang, nur um gleich wieder von vorne anzufangen – für den Fall, dass ihm ein Detail entgangen war.

Die beiden Bücher waren das Einzige, das ihn von der drückenden Stille des Kerkers abzulenken vermochte. In jeder Nacht träumte er von seinen Freunden und fragte sich immer wieder, wo sie sein mochten. Kämpften sie an der Front, während er hier in einem Erdloch verrottete? Waren manche von ihnen bereits tot, aufgespießt von einem Orkspeer oder einem Forsys-Dolch?

Am meisten machte ihm jedoch zu schaffen, dass sein Adoptivvater Berdon ganz in der Nähe lebte, nämlich in dem Dorf, das sich über ihm befand. Fletcher erinnerte sich noch gut, wie ihn die Gefängniskutsche damals mitten in der Nacht in Pelz ausgespuckt hatte. Er hatte sich schon so darauf gefreut, einen Blick auf die Heimat seiner Kindheit zu erhaschen, doch dann hatten ihm die Wärter einen Sack über den Kopf gestülpt und ihn in seine Zelle geschleppt, kaum dass die Kutsche angehalten hatte.

Er versank wieder in missmutiges Schweigen, da stieß Ignatius ein Knurren aus, begleitet von einer Flamme, die das Stroh unter Fletchers Hintern versengte.

»He, wir sind aber ungeduldig heute!«, rief er und ließ Mana in einen seiner tätowierten Finger fließen. »Na schön, du willst es ja nicht anders. Mal sehen, wie dir dieser Telekinesezauber bekommt.«

Er kanalisierte einen dünnen Manastrom durch seinen Finger und ließ eine violett leuchtende Spirale entstehen, die vor ihm in der Luft schwebte. Ignatius zog sich ein Stück zurück, da machte Fletcher eine schnelle Handbewegung in Richtung des Dämons und fing ihn mit einem Energielasso, das sich um den Bauch wickelte.

Ignatius wurde in die Luft gewirbelt, da streckte er blitzschnell die Klauen aus und krallte sich an der Decke fest. Staub rieselte auf Fletcher herab, und noch bevor er reagieren konnte, sprang Ignatius los. Wie eine Katze drehte er sich in der Luft und flog mit seinem Schwanzdorn voraus – genau auf Fletchers Kopf zu.

Fletcher konnte sich gerade noch mit einer Seitwärtsrolle in Sicherheit bringen. Als er wieder auf die Füße sprang, war es stockfinster in der Zelle – Ignatius hatte das Wyrrlicht mit einem gezielten Klauenschlag gelöscht.

»Du möchtest also im Dunkeln spielen, wie?« Fletcher lud seinen tätowierten Zeigefinger auf. Diesmal ätzte er eines der unbekannteren Symbole, das er in Bakers Tagebuch entdeckt hatte. Es hieß Katzenauge und sah auch genau so aus: ein leuchtender Kreis mit einer schmalen Ellipse darin. Durch einiges Ausprobieren hatte er herausgefunden, dass der Zauber nur dann wirkte, wenn das gelbe Leuchten direkt auf seine Augen fiel.

Andererseits verriet das Licht seine Position, also rollte er sich ein weiteres Mal zur Seite und wartete, bis er spürte, wie sich seine Pupillen zu schmalen, katzenartigen

Schlitzen umbildeten. Fletchers Nachtsicht wurde schlagartig besser. Er sah Ignatius, der wie ein Löwe auf Gazellenjagd auf die Stelle zupirschte, an der er selbst eben noch gestanden hatte. Normalerweise sah der Salamander im Dunkeln weit besser als er selbst, doch die undurchdringliche Schwärze der Kerkerzelle bereitete selbst dem kleinen Dämon Probleme.

»Hab dich!«, rief Fletcher und packte Ignatius mit einem Hechtsprung. Gemeinsam kugelten sie über das Stroh, Ignatius bellte erschrocken, und Fletcher hielt sich vor Lachen den Bauch.

In diesem Moment flog die Tür auf. Helles Licht strömte herein und blendete Fletchers empfindliche Augen. Eilig versteckte er die Bücher unter dem Stroh, da traf ihn schon ein Stiefel seitlich am Kopf und schmetterte ihn gegen die Wand.

»Nicht so schnell«, krächzte eine Stimme.

Fletcher hörte das übliche Klicken eines Pistolenabzugs und spürte, wie ihm jemand den kalten Lauf an die Schläfe presste. Die Wirkung des Katzenaugenzaubers ließ allmählich nach, sodass er die Umrisse einer Gestalt mit Kapuze erkennen konnte, die neben ihm mit einer eleganten Pistole in der Hand auf dem Boden kauerte.

»Wenn du auch nur die kleinste Bewegung machst, puste ich dich weg«, rasselte der Mann wie jemand, der kurz vorm Verdursten war.

»Verstanden«, erwiderte Fletcher und hob langsam die Hände.

»Aber nein, nicht doch«, höhnte die Gestalt und drückte den Lauf noch fester gegen seine Schläfe. »Bist du taub?

Ich habe nur zu deutlich gehört, was du mit deinen tätowierten Fingern so alles anstellen kannst, also lass die Hände schön unten.«

Fletcher zögerte. Immerhin war das hier die beste Fluchtmöglichkeit, die er je gehabt hatte.

Die verhüllte Gestalt seufzte verärgert. »Rubens, gib ihm eine kleine Kostprobe von deinem Gift.«

Fletcher hörte ein Flattern. Es kam direkt aus der Kapuze des Kerls. Ein grellroter Kerf löste sich daraus und stürzte sich auf Fletchers Hals, dann spürte er einen Stich, gefolgt von einer Kälte, die sich schnell über seinen ganzen Körper ausbreitete.

»Jetzt wissen wir beide, dass du keine Tricks mehr versuchen wirst«, sagte der Mann hüstelnd und erhob sich. Er stand jetzt so deutlich vor der Tür, dass sich seine Silhouette im Schein der Fackeln draußen auf dem Flur abzeichnete. »Da wir gerade davon sprechen: Wo steckt dein Salamander?«

Fletcher wollte schon den Kopf heben, doch sein Nacken fühlte sich an, als wäre er aus Stein. Er wusste, dass sich sein Dämon gerade zum Angriff bereit machte – aber dann pfiff er ihn mit einem Gedankenbefehl zurück. Selbst wenn es ihnen gelang, den Eindringling zu überwältigen, in seinem jetzigen Zustand konnte Fletcher gewiss nicht einmal bis zur Tür krabbeln geschweige denn aus dem Gefängnis fliehen.

»Ah, da ist er ja. Sorge dafür, dass er sich ruhig verhält, wenn ich dir nicht das Hirn aus dem Schädel pusten soll. Es wäre eine Schande, dich zu töten, nachdem wir alles so gut vorbereitet haben.«

»Vorr… vorr… vorrberreitet?«, nuschelte Fletcher. Vom Gift des Kerfs war seine Zunge dick und schwer.

»Für deine Gerichtsverhandlung«, erwiderte der Mann und ließ Rubens auf seiner Hand landen. »Wir haben sie so lange hinausgezögert wie möglich, aber deine Freunde ließen einfach nicht locker und haben beim König eine Petition nach der anderen eingereicht. Wirklich schade.«

Der Fremde verstaute den Kerf wieder in seiner Kapuze, als wollte er ihn möglichst nahe bei sich haben. Die Haut auf seiner Hand sah glatt und weich aus, beinahe weiblich, die Fingernägel waren sorgfältig manikürt. Seine Stiefel bestanden aus handbesticktem Kalbsleder, dazu trug er eine modische, eng anliegende Hose. Auch die Kapuzenjacke war aus feinstem Leder. Offensichtlich handelte es sich um einen wohlhabenden jungen Mann, wahrscheinlich war er der Erstgeborene eines Adligen.

»Ich gestatte dir noch eine letzte Frage, dann muss ich dich allerdings in den Gerichtssaal bringen. Lass dir aber Zeit, bis die Lähmung nachlässt. Ich habe keine Lust, dich zu tragen.«

Fletchers Gedanken sprangen erst zu seinen Freunden, dann zu Berdon und schließlich zum Verlauf des Orkkriegs, doch er bezweifelte, dass der Fremde tatsächlich eine Antwort auf diese Fragen wusste. Woher kannte er Fletcher überhaupt?

Er rief sich die anderen Beschwörer von der Akademie ins Gedächtnis, aber keiner von ihnen hatte eine dermaßen raue Stimme gehabt. War es vielleicht Tarquin, der da sein grausames Spiel mit ihm trieb? Nur in einem war er sich sicher: Solange sein Häscher anonym blieb, war er in der besseren Position.

»Wer … bist … du denn?«, presste er schließlich hervor, obwohl ihm seine gefühllosen Lippen kaum gehorchten. Dass er überhaupt sprechen konnte, bedeutete wohl, dass Rubens ihm nur eine geringere Dosis Gift verpasst hatte. Vielleicht würde sich doch eine Möglichkeit zur Flucht ergeben.

»Bist du noch immer nicht dahintergekommen?«, krächzte der junge Adlige. »Was für eine Enttäuschung. Ich hätte dich für schlauer gehalten. Andererseits sehe ich tatsächlich ganz anders aus als bei unserer letzten Begegnung.« Der Mann ging in die Hocke und beugte sich so nahe heran, dass die dunkle Kapuze Fletchers gesamtes Gesichtsfeld ausfüllte. Dann zog er sie langsam zurück.

»Erkennst du mich jetzt?«, zischte Didric.

2

DIDRIC SETZTE EIN SCHIEFES GRINSEN AUF und legte den Kopf so in den Nacken, dass der Fackelschein auf sein Gesicht fiel. Die rechte Seite schimmerte eitrig und war von knotigen, roten Narben übersät. Ein Stück der Oberlippe fehlte, darunter blitzten weiß die Zähne hervor. Wimpern und Brauen hatte er ebenfalls keine mehr, was die Augen aussehen ließ, als wären sie in ständiger Alarmbereitschaft weit aufgerissen. Die eine Seite seines Kopfes war vollkommen kahl, lediglich auf der andern wuchsen ein paar Haarbüschel aus dem vernarbten Gewebe.

»Hübsch, nicht?« Didric fuhr sich mit den langen, dünnen Fingern über die zerfurchte Kopfhaut. »Mein Vater hat damals ein Vermögen ausgegeben, damit noch in derselben Nacht ein Beschwörer an mein Bett kommt und den Heilzauber ausführt. Das war übrigens Graf Faverham. Lustig, dass er unwissentlich ausbaden musste, was sein eigener Sohn angerichtet hat, findest du nicht?«

Fletcher war sprachlos. Ob es an der Lähmung lag oder am Schock, wusste er nicht genau. Wie in aller Welt hatte

Didric von seiner angeblichen Verwandtschaft mit den Faverhams erfahren? Offensichtlich war während des letzten Jahres eine Menge geschehen.

»Wahrscheinlich sollte ich dir sogar dankbar sein«, sprach Didric weiter, während er sich das lange Haar, das auf der unversehrten Seite seines Schädels wuchs, über die kahlen Stellen strich. »Der Grund für das Beste und Schlimmste, was im vergangenen Jahr passiert ist, bist jedenfalls du.«

»Wie das?«, hauchte Fletcher, ohne Rubens aus den Augen zu lassen, der gerade über Didrics Brust krabbelte.

Didric war kein Beschwörer. Ob ein anderer den Kerf kontrollierte, um Fletcher Angst zu machen?

»Das habe ich alles dir zu verdanken, Fletcher.« Didric rief ein Wyrrlicht herbei, das die Zelle in ein unirdisch blaues Licht tauchte. »Das Phänomen ist in der gesamten bisherigen Geschichte erst ein einziges Mal vorgekommen, aber Gerüchte und Legenden darüber, dass ein magischer Angriff, der das Opfer an den Rand des Todes bringt, die Gabe übertragen kann, hat es schon immer gegeben. Das Mana des Dämons kann beträchtliche Veränderungen im Körper des Angegriffenen bewirken. Das Feuer deines Salamanders mag meine Stimmbänder versengt und mein Gesicht verunstaltet haben, aber gleichzeitig ist mir ein kostbares Geschenk zuteilgeworden, und dafür danke ich dir.«

»Das ist unmöglich …«, stammelte Fletcher benommen.

»Ganz und gar nicht«, widersprach Didric und streichelte Rubens' Rückenpanzer. »Vor mehreren Jahrhunderten ist das Gleiche in einer anderen Adelsfamilie passiert. Ein Streit unter den Erben lief derart aus dem Ruder, dass der jüngere Bruder eine volle Dosis Mantikor-Gift abbekam. Eigentlich hätte er daran sterben müssen, stattdessen erhielt er die Gabe.«

Didric beobachtete zufrieden das Entsetzen auf Fletchers Gesicht. »Komm, es wird Zeit für deine Verhandlung. Aber mach dir keine Sorgen, du kommst bald wieder zurück in dein armseliges Loch. Ich kann es kaum erwarten, dich bis ans Ende aller Zeiten dort einzusperren.«

Schwankend stand Fletcher auf. Seine Muskeln schienen immer noch unter der Einwirkung des Gifts zu stehen, sie zitterten und krampften unkontrolliert. Eine Gerichtsverhandlung also … Würde er nun endlich Gerechtigkeit erfahren? Zum ersten Mal seit einer schieren Ewigkeit sah er einen Hoffnungsschimmer am Horizont.

Er drehte eine Hand in Richtung des Strohs, in dem sich Ignatius versteckt hielt. Das darauf tätowierte Pentagramm erstrahlte violett, dann löste sich der kleine Dämon in Fäden weißen Lichts auf, die in Fletchers Hand strömten. Besser, er nahm seinen Salamander in sich auf, damit sie nicht voneinander getrennt wurden. An die Möglichkeit, ohne seinen kleinen Freund eingesperrt zu sein, wollte er gar nicht erst denken.

Didric deutete mit der Pistole auf die offen stehende Tür. »Du zuerst.«

Fletcher stolperte aus der Zelle. Einen Moment lang genoss er die Freiheit, mehr als nur ein paar Schritte in die gleiche Richtung gehen zu können, da spürte er schon wieder die kalte Mündung in seinem Nacken.

»Keine plötzlichen Bewegungen. Wir wollen doch nicht, dass du stirbst, bevor der Spaß überhaupt losgeht«, knurrte Didric, während sie durch den langen steinernen Tunnel gingen. Weitere Zellentüren säumten die Wände. Es herrschte Totenstille, lediglich unterbrochen vom Widerhall ihrer Schritte.

An einer Treppe blieb Didric stehen. Links und rechts zweigten weitere Tunnel ab, die sich irgendwo in der Dunkelheit verloren. »Hier sind die gefährlichsten Gefangenen eingesperrt, solche Leute wie du: Rebellen, Mörder und Vergewaltiger. Der König bezahlt uns gut dafür, dass wir sie hier sicher verwahren. Unsere Auslagen belaufen sich lediglich auf einen Eimer Wasser und eine Mahlzeit pro Tag. Ein gutes Geschäft.«

Fletcher erschauerte und stellte sich vor, allein in einer dieser Zellen zu sitzen, ohne Ignatius oder die Bücher, dafür mit dem Wissen, dass er nie wieder das Tageslicht erblicken würde. Eine Woge des Mitleids für die armen Seelen, die hier einsaßen, erfasste ihn, ganz gleich, was sie getan hatten. Dann wurde ihm bewusst, dass er schon bald einer von ihnen sein konnte, für immer tief unter der Erde weggesperrt. Eine eisige Furcht legte sich um sein Herz.

»Weiter«, befahl Didric und scheuchte ihn die Stufen hinauf. Es war eine Wendeltreppe wie in einem Zwergenhaus, nur dass bei jedem Absatz eine Gittertür eingelassen war, die ein Wärter für sie öffnete. Immer weiter ging es nach oben, bis Fletchers Knie schmerzten. Er hatte sein Bestes getan, um in der engen Zelle in Form zu bleiben, aber nach so vielen Monaten ohne richtige Bewegung und ausreichendes Essen war er abgemagert und schwach. Ob er noch ein weiteres Jahr unter diesen Bedingungen überstehen würde, war fraglich – und wenn es sogar der ganze Rest seines Lebens wäre?

Schließlich erreichten sie eine schwere Flügeltür. Didric schob ihn unsanft hindurch und hinaus auf einen überfüllten Exerzierplatz. Überall standen Soldaten in Formation, machten Schießübungen oder trainierten mit dem Bajonett. Ihre aus Kettenhemd und leichter Lederpanzerung bestehenden Uniformen waren gelb-schwarz gestreift, was sie fast wie einen Wespenschwarm aussehen ließ. Insgesamt waren es so viele wie bei einem kleinen Heer.

Fletcher sog die frische Luft ein, genoss den Anblick des freien Himmels über sich und die Wärme der Sonnenstrahlen auf seinem Gesicht. Die ungewohnte Weite machte ihn beinahe schwindlig, trotzdem breitete er die Arme aus, als wollte er die kühle Brise umarmen. Es war wunderbar.

Didric schubste ihn weiter über den Hof, durch ein breites Eisentor und schließlich auf die Straße hinaus.

Fletcher drehte den Kopf ein Stück und betrachtete das Gefängnis in seinem Rücken. Einige der Gebäude erkannte er wieder. Dies war das Anwesen der Cavells. »Hübsch, was du aus eurer Hütte gemacht hast«, kommentierte er trocken.

»Jaja, das war der alte Vorplatz. Es war Zeit für ein paar Veränderungen, jetzt, da ich zu ungewohntem gesellschaftlichem Rang aufgestiegen bin.« Didric deutete nach oben. »Wie gefällt dir mein neues Zuhause?«

Das Dörfchen Pelz lag am Fuß des höheren der beiden Bärenzahngipfel. Wie ein riesiger Fels ragte er über dem Tal auf und tauchte Pelz schon lange vor Sonnenuntergang in Schatten. Doch als Fletcher in die Richtung blickte, in die Didric zeigte, sah er, dass der Gipfel nicht mehr … da war. Stattdessen thronte dort eine Burg mit Türmen, Zinnen und Schießscharten. Oben auf den Mauern entdeckte er Kanonen, deren schwarze Mündungen drohend auf Pelz zeigten, ganz so, als würden sie jeden Moment das Feuer eröffnen. Die Anlage wirkte eher wie eine Festung denn wie ein Zuhause.

»Das ist der sicherste Ort in ganz Hominum. Unsere Vorräte reichen aus, um eine zehnjährige Belagerung zu überstehen. Wenn uns die Elfen verraten oder die Orks einmarschieren, und selbst wenn die Gefangenen das Dorf an sich reißen sollten, es kratzt uns nicht. Nicht einmal das größte Heer der Welt kann diese Mauern erstürmen. Das heißt, wenn es den Soldaten überhaupt gelingt, die steilen Felswände zu erklettern.«

»Du klingst, als littest du unter Verfolgungswahn«, versetzte Fletcher, um sich seine Erschütterung nicht anmerken zu lassen. »Oder als hättest du was zu verbergen.«

»Nur unseren immensen Reichtum, Fletchy. Mein Vater traut den Banken nicht, und er muss es wissen, schließlich war er selbst einmal Bankier.«

»Ein Geldverleiher und Halsabschneider, meinst du wohl.«

Didric erstarrte kurz, ignorierte aber die Spitze und scheuchte Fletcher weiter.

Überall auf den verlassenen Straßen sah Fletcher Anzeichen von Elend. Viele Häuser und Geschäfte lagen verlassen, andere waren zu Kerkern umfunktioniert worden. Die Insassen pressten die rauen, ungewaschenen Gesichter gegen die Gitterstäbe und verfolgten den einherstolzierenden Didric mit hasserfüllten Blicken. Armut und Verzweiflung lagen in der Luft wie der Gestank einer Jauchegrube. Pelz hatte nicht mehr das Geringste mit dem geschäftigen kleinen Dörfchen zu tun, in dem Fletcher aufgewachsen war.

Didrics Vater, Caspar Cavell, war zum reichsten Mann im ganzen Tal geworden, indem er Geld an die Bedürftigen verliehen hatte. Dabei täuschte er seine Kreditnehmer und ließ sie Verträge unterschreiben, die sie zwangen, weit mehr zurückzuzahlen, als sie überhaupt geliehen hatten. Offensichtlich hatten die Cavells das Geld mittlerweile eingetrieben. Sie hatten ihren Schuldnern alle Ersparnisse abgenommen – die natürlich nicht reichten – und sie dann aus ihren Häusern geworfen, um das ganze Dorf in ein Gefängnis zu verwandeln.

Fletcher blieb angewidert stehen und ließ seine Fingerknöchel knacken. Es kostete ihn alle Selbstbeherrschung, Didric nicht hier und jetzt ins Gesicht zu schlagen.

»Vorwärts«, fauchte dieser und verpasste ihm einen Schlag auf den Hinterkopf.

Fletcher glühte vor Zorn, aber seine Hände waren immer noch taub, und das Gift beeinträchtigte nach wie vor sein Reaktionsvermögen. Selbst wenn er im Vollbesitz seiner Kräfte gewesen wäre, bezweifelte er doch, ob es ihm gelingen würde, Didric die Pistole schnell genug aus der Hand zu schlagen. Wohl oder übel musste er abwarten.

Als sie das Haupttor erreichten, drehte sich Fletcher endgültig der Magen um – Berdons Hütte war verschwunden! Doch das war noch nicht alles: Auch die anderen Hütten waren weg. Der gesamte Bereich vor dem Tor war eingeebnet worden, und statt Häusern standen dort nur noch Waffenständer mit Lanzen, Wurfspießen und Schwertern. Außerdem hatte sich vor dem Tor eine lange Schlange gebildet. Worauf warteten all diese Männer?

Nein. Das waren keine Männer.

»Zwerge …«, keuchte Fletcher.

Es mussten Hunderte sein, sogar noch mehr, als er beim Kriegsrat der Zwerge gesehen hatte. Sie trugen die traditionellen Hosen aus dickem Leder und Leinenhemden, wirkten aber seltsam ungepflegt. Ihre langen Bärte waren zerzaust, die Kleidung dreckig von Schweiß, Erde und Ruß. Ihre Gesichter sahen finster und verschlossen aus, als würden sie wütend miteinander tuscheln.

»Sie sind gerade erst über den Bärenzahnpass gekommen, um nach zwei Jahren Dienst an der Nordfront ihre neue Ausrüstung hier abzuholen«, erklärte Didric lächelnd. »Der Krieg gegen die Elfen hätte ruhig noch länger dauern können. Die Friedensverhandlungen hatten nämlich einen empfindlichen Rückschlag erlitten, nachdem die Elfen-Häuptlinge Sylvas Zustand nach dem Turnier an der Dämonenakademie zu sehen bekamen. Sie war eine Freundin von dir, nicht?«

Bilder der geschlagenen und geschundenen Sylva tauchten zwar vor Fletchers innerem Auge auf, doch er erwiderte nichts. Wahrscheinlich erzählte Didric ohnehin nur Lügengeschichten.

Der Ruf eines Soldaten riss Fletcher aus seinen Gedanken. »Edler Herr!«, rief er. »Dieser Unhold hat schon einmal versucht, Euch zu ermorden. Er ist gefährlich. Wir werden ihn für Euch eskortieren.«

»Hab ich dich nach deiner Meinung gefragt, Stiefellecker?«, fauchte Didric und fuchtelte mit seiner Pistole in der Luft herum. »Du richtest gefälligst nur das Wort an mich, wenn du angesprochen wirst. Und jetzt mach dich wieder an deine Arbeit.«

»Wie Ihr wünscht, edler Herr«, erwiderte der Mann mit einer tiefen Verbeugung.

Didric versetzte dem Soldaten einen so heftigen Tritt, dass er der Länge nach in den Dreck viel.

Angewidert beobachtete Fletcher die Szene. Didric führte sich auf, als wäre er allen anderen Menschen überlegen. Glücklicherweise war die Wirkung von Rubens' Gift inzwischen restlos verflogen, also stellte Fletcher seinen Erzfeind zur Rede. »Du lässt dich von den Soldaten mit *edler Herr* ansprechen?«, spöttelte er. »Die lachen doch nur über dich, sobald du dich wegdrehst, du aufgeblasener, blaublütiger Gefängniswärter.«

Didric wurde knallrot im Gesicht. So ehrliche und treffende Worte hatte er offenbar schon lange nicht mehr gehört. Dann brach er plötzlich in schallendes Gelächter aus. Sein krächzendes Gegacker hallte von der Dorfmauer wider, und zahlreiche Köpfe drehten sich in ihre Richtung.

»Was glaubst du denn, warum sie mich mit *edler Herr* ansprechen?«, prustete Didric und wischte sich eine Lachträne aus dem Augenwinkel. »Weil ich einer *bin*, Fletchy. Mein Name lautet jetzt Graf Cavell.«

3

FLETCHER STARRTE DIDRIC FASSUNGSLOS AN. Mehrere Einzelheiten, die er übersehen hatte, drängten sich nun in sein Bewusstsein: der dicke Siegelring an Didrics kleinem Finger. Die schwarz-gelben Soldatenuniformen und die schwere Bewaffnung – das war tatsächlich Didrics eigenes Heer, ein Privileg, das der König nur dem Adel zugestand. Auf Didrics Brust war sogar ein Wappen gestickt, und zwar in den gleichen Farben, die auch die Soldaten trugen. Es zeigte Gitterstäbe mit zwei dahinter überkreuzten Schwertern. Wie passend.

Didric warf den Kopf in den Nacken, als genieße er Fletchers Bestürzung. Fletcher wiederum tat sein Bestes, sich nichts anmerken zu lassen, aber das war so gut wie unmöglich. Ihm wurde beinahe schlecht vor Abscheu.

»Während du im Kerker vor dich hin verrottet bist, war ich an der Dämonenakademie, selbstverständlich in meiner eigenen Luxussuite«, prahlte Didric grinsend. »Herzog Forsys war so freundlich, mir Rubens, der sich seit Generationen in Familienbesitz befand, zum Geschenk zu machen. Natürlich ist er nicht mein einziger Dämon, aber immerhin – es war ein Anfang. Vielleicht interessiert es dich ja zu erfahren, dass in wenigen Tagen das nächste Turnier stattfindet. Eigentlich sollte ich jetzt trainieren, aber ich möchte das hier um keinen Preis versäumen.«

»Bringen wir's endlich hinter uns«, knurrte Fletcher und hielt nach dem Gerichtsgebäude Ausschau. »Du redest zu viel.«

»Schön. Es überrascht mich, dass du es so eilig hast, wieder in deine Zelle zu kommen. An deiner Stelle würde ich die wenigen Stunden Sonnenlicht an der frischen Luft genießen. Es werden deine letzten sein.« Dann drückte er Fletcher wieder die Pistole in den Rücken.

Man hatte das ehemalige Gemeinschaftshaus zu einem Gerichtsgebäude umgebildet. Es hatte einen ovalen Grundriss, große Eichentüren und sogar einen Turm. Die Mauern waren frisch getüncht, und über der Tür prangte das Gerichtswappen, ein schwarzer Hammer und ein Holzblock, die unheilverkündend über Fletcher schwebten, während ihn Didric nach drinnen schob.

Der Saal erinnerte Fletcher an eine Kirche. An den Wänden links und rechts standen niedrige Holzbänke, die bis auf den letzten Platz besetzt waren. Am Ende des Mittelgangs warteten schon zwei Soldaten mit Handschellen und Ketten auf ihn. Dahinter thronte ein grimmig dreinschauender Richter in seiner Kanzel. Er trug eine prächtige schwarze Robe und eine gepuderte Perücke.

»Brillante Idee, das Gericht hier unterzubringen. Der Weg zum Kerker ist schön kurz«, flüsterte Didric aus dem

Mundwinkel. »Natürlich ist es hier normalerweise nicht so voll. Dein Fall zieht eine Menge Zuschauer an.«

Im Saal war es totenstill. So gut es ging blendete Fletcher die neugierigen Gesichter ringsum aus. Die vielen Blicke machten ihn nervös. Erst jetzt fiel ihm auf, dass man die stinkenden und verdreckten Lumpen an seinem Leib kaum als Kleidung bezeichnen konnte. Aber das wenige Wasser, das man ihm im Gefängnis gegeben hatte, hatte einfach nicht gereicht, um sich damit auch noch zu waschen. Das Haar hing Fletcher in fettigen Strähnen vom Kopf, und der beginnende Bartwuchs ließ sein Gesicht vermutlich wie einen Kaktus aussehen. Wenn er jetzt einen Spiegel hätte, würde wahrscheinlich nicht einmal er selbst sich wiedererkennen.

Didric führte seinen Gefangenen stolz den Gang entlang, als wären sie auf einer Monstrositätenschau. Fletcher sah sich verstohlen um, ob Berdon anwesend war, konnte ihn aber nirgendwo entdecken. Dann standen sie vor der Kanzel.

»Fesselt ihn«, befahl der Richter mit hoher, näselnder Stimme. Fletcher ließ sich von den Soldaten an den Boden ketten, als wäre er ein Bär in einer Grube. Nicht mehr lange, dann würden sie die Hunde auf ihn hetzen.

Schweigend wartete er ab, was als Nächstes geschehen mochte. Was blieb ihm schon anderes übrig? Er sah keinen Ausweg und wusste nicht, was er tun sollte. Das Beste war vermutlich, nach der Urteilsverkündung einen Fluchtversuch zu unternehmen. Das konnte allerdings schwierig werden, falls Didric persönlich ihn zurück zu seiner Zelle brachte. So oder so, eines wusste Fletcher genau: Eher würde er sterben, als in einem Kerker bei lebendigem Leib zu verfaulen.

»Die Verteidigung soll hinzutreten.« Der Richter deutete auf die Tür zu seiner Linken. Ein Soldat klopfte zweimal, dann öffnete er mit einer zeremoniellen Verneigung die Tür. Heraus trat ein groß gewachsener Mann in blauer Offiziersuniform, der zahlreiche Narben im Gesicht hatte.

Fletcher vergaß jegliche Verhaltensregeln. »Arcturus!«, rief er überglücklich.

Der Hauptmann schenkte ihm ein grimmiges Lächeln, dann schüttelte er kurz den Kopf, als sollte Fletcher besser den Mund halten.

»Ruhe!«, bellte der Richter und zeigte mit einem knorrigen Finger auf Fletcher. »Noch so ein Ausbruch, und ich lasse dich knebeln.«

»Verzeiht, Euer Ehren. Es war nicht meine Absicht, das Gericht zu entehren.«

»Hm, gut.« Der Richter hob seine Brille an und musterte den Angeklagten über die lange Adlernase hinweg. Fletchers gute Manieren schienen ihn zu überraschen, als wäre er von den Angeklagten sonst anderes gewohnt. »Wie dem auch sei. Ich dulde kein ungebührliches Betragen im Saal. Ist das klar?«

»Ja, Euer Ehren«, antwortete Arcturus, der sich inzwischen neben Fletcher gestellt hatte, noch bevor dieser selbst etwas sagen konnte. Arcturus' Botschaft war eindeutig: Ab jetzt übernahm er das Reden.

»Wer vertritt die Anklage?«, fragte der Richter, während er die Unterlagen auf seinem Schreibpult sortierte.

»Ich, Euer Ehren«, verkündete Didric und drehte sich zu den Zuhörern um.

»Ähem. Das ist aber sehr … ungewöhnlich«, erwiderte der Richter, während Didric zu seinem Platz stolzierte. »Aber durchaus mit dem Gesetz vereinbar. Ich muss Euch allerdings darauf hinweisen, dass Ihr als Ankläger keine Aussage vor diesem Gericht machen könnt. Seid Ihr Euch dessen bewusst?«

»Das Urteil ist schon so gut wie gefällt, Euer Ehren. Die Aussagen der beiden Zeugen sollten mehr als genügen, um diesen Schurken zu verurteilen. Ob ich nun als Zeuge auftrete oder nicht«, antwortete Didric mit einem zuversichtlichen Lächeln.

»Wie Ihr meint«, kommentierte der Richter mit einem Kopfschütteln. »Anklage und Verteidigung sollen sich setzen. Gerichtsdiener, bringt den ersten Zeugen!«

Arcturus und Didric nahmen auf den Seiten Platz, die ihnen zugewiesen waren, nur Fletcher wurde vor der Kanzel festgekettet. Der Diener wartete, bis sich alle gesetzt hatten, dann öffnete er mit einer Verbeugung die Tür zu einem Seiteneingang. Im ersten Moment erkannte Fletcher die junge Frau nicht, die hereintrat. Erst als sie ihm einen höhnischen Blick zuwarf, wusste er, wer sie war.

Calista hatte sich in den zwei Jahren, die seit dem Überfall in der Krypta vergangen waren, stark verändert. Das Haar, damals noch ein kaum gebändigter, kurz geschorener Schopf, fiel ihr nun elegant und glänzend bis hinab auf die Schulter. Sie trug ein hellblaues, mit Rüschen und Spitzen besetztes Kleid, in dem sie beinahe wie eine

Puppe aussah. Ihr Gesicht war so hart und verkniffen wie immer, doch sie – oder jemand anderes – hatte große Mühe auf Puder und Schminke verwendet, um ihre Haut und die kantigen Züge zu glätten.

Selbst ihr Gang war nicht mehr der gleiche. Keine Spur von den O-Beinen, die sie damals hatte. Sie setzte sich artig auf die Zeugenbank, wo alle sie sehen konnten. Dann biss sie sich auf die Lippe und rückte so weit von Fletcher weg, wie es möglich war. Es schien ganz so, als hätte sie Angst vor ihm.

Von da an wusste Fletcher, dass er in ernsthaften Schwierigkeiten steckte. Jemand hatte es geschafft, die raubeinige Dorfwache Calista in ein Unschuldslamm mit großen wässrigen Augen zu verwandeln. Wie in aller Welt sollte er den Richter davon überzeugen, dass es in Wahrheit Calista, Didric und Jakov gewesen waren, die versucht hatten, *ihn* umzubringen? Die Zuhörer tuschelten jetzt schon und warfen Fletcher giftige Blicke zu.

»Ich möchte darauf hinweisen, dass das Urteil allein meinem Ermessen obliegt. Dies ist kein Militärtribunal, es werden also weder Geschworene noch Adlige hinzugezogen. Von daher dulde ich auch kein voreingenommenes Gemurmel in der Zuhörerschaft. Wer sich dennoch nicht zurückhalten kann, verlässt das Gericht.« Der Richter schickte seinen Worten noch einen strengen Blick hinterher, dann wandte er sich wieder der Zeugenbank zu. »Nun, meine Liebe, können wir beginnen?«

Calista rang die Hände auf dem Schoß, schließlich nickte sie.

Didric stand auf und legte lässig eine Hand auf Calistas Lehne. »Ich werde mich kurzfassen, um die Zeugin nicht länger hier festzuhalten, als es unbedingt nötig ist. Konzentriere dich ausschließlich auf mich, Calista, und blende alles andere aus. Es gibt nichts, wovor du Angst haben müsstest. Erzähle dem netten Herrn Richter einfach, was in jener Nacht passiert ist, dann ist alles im Nu vorbei.«

Calista neigte sittsam das Haupt, sodass ein Vorhang aus schwarzem Haar ihr Gesicht vor den Zuhörern verbarg. Alles in allem war dies ein meisterlicher Auftritt, auf den selbst Fletcher hereingefallen wäre, hätte er nicht das sadistische Grinsen gesehen, das sie ihm gerade eben zugeworfen hatte.

»Didric, Jakov und ich, wir hatten in dieser Nacht Wachdienst am Tor«, begann sie mit einem ganz leichten Zittern in der Stimme. »Da sahen wir, wie Fletcher mit einem schweren Buch unterm Arm aus Berdons Hütte kam. Am Tag zuvor war ein Soldat im Dorf gewesen, der genau so ein Buch verkaufen wollte. Also nahmen wir an, dass Fletcher es gestohlen hatte. Wir wollten das Beweisstück sicherstellen und folgten ihm durch die Dunkelheit, da merkten wir, dass er auf dem Weg zum Friedhof war. Als wir ihn stellten, hat er behauptet, er hätte das Buch gekauft …«

Didric hob die Hand. »Bitte, Euer Ehren, nehmt zur Kenntnis, dass im Zuge der Untersuchung, die noch in derselben Nacht erfolgte, ein großer Sack voll Geld im Zimmer des Angeklagten gefunden wurde. Somit erscheint es äußerst unwahrscheinlich, dass er das Buch tatsächlich bezahlt hat. Das wäre ein weiteres seiner Verbrechen – auf der langen Liste.«

»Diebstahl … in … einem Fall …«, murmelte der Richter und schrieb mit einem Schwanenfederkiel in seine Notizen. »Fürwahr ein Schurke.«

»Ganz recht, Euer Ehren. Das Geld wurde selbstverständlich konfisziert«, kommentierte Didric mit einem Zwinkern in Fletchers Richtung. »Verzeih, dass ich dich unterbrochen habe, Calista. Bitte fahre nun fort.«

»Danke, Graf Cavell«, erwiderte Calista mit einem theatralischen Augenaufschlag. »Dumm, wie wir waren, glaubten wir Fletchers Geschichte. Dann erzählte er uns, er wolle mithilfe des Buchs einen Dämon beschwören, und fragte, ob wir nicht Lust hätten zuzusehen. Wir dachten, es könnte interessant werden, also blieben wir …«

Sie zitterte jetzt und schaute immer wieder mit angstverzerrtem Gesicht zu Fletcher hinüber. Schauspielern konnte sie, das musste er ihr lassen.

»Ich weiß nicht, wie, aber er hat es tatsächlich geschafft. Es war schrecklich laut und blendend hell, als würde die Welt untergehen! Und dann ist es passiert.« Eine Träne lief ihr über die Wange.

Der Richter reichte ihr von der Kanzel ein Taschentuch herunter und murmelte: »Sprich weiter. Berichte, was geschehen ist.«

Calista schluckte und wischte sich die Träne weg, dann deutete sie mit einem zitternden Finger auf Fletcher.

»Er hat sich auf uns gestürzt und versucht uns umzubringen!«, rief sie und sprang auf. »Er hasst uns und hat uns für jedes Missgeschick, das ihm je widerfahren ist, die Schuld gegeben! Ich weiß noch, wie er uns lachend in die Kapelle getrieben hat. Unsere Schwerter konnten gegen das Feuer seines Dämons nichts ausrichten, und als ich anfing zu weinen, hat er mich angeschaut und gesagt, ich würde als Erste sterben.«

Calista stand von der Zeugenbank auf und ging auf Fletcher zu, den Zeigefinger wie eine Pistole auf ihn gerichtet.

»*Die Damen immer zuerst*, hast du gesagt, du Ungeheuer!«, zischte sie.

Dann drehte sie sich weg und vergrub das Gesicht in Didrics Halsbeuge. Er tätschelte ihre Schulter, während sie immer heftiger schluchzte, als würde sie von einem Weinkrampf geschüttelt werden.

Angeekelt verdrehte Fletcher die Augen, was ihm einen missbilligenden Blick des Richters einbrachte, da machte sich Calista von Didric los und schwang sich auf zum Finale.

»Erst als Didric – der tapfere Didric – sich vor mich stellte, hat er von mir abgelassen. Didric hat noch versucht, ihn zu besänftigen, aber es war zwecklos. Dann hat der Dämon Didric plötzlich Feuer ins Gesicht gespuckt. Sogar sein Haar hat gebrannt! Doch Didric konnte die beiden in das Gewölbe unter der Kapelle treiben, dann hat er das Bewusstsein verloren und sich fürchterlich den Kopf angeschlagen. Wir mussten ihn zum Haus seines Vaters tragen. Der Rest ist bekannt.«

Der Richter legte die Fingerspitzen aneinander und betrachtete Calista nachdenklich. Trotz ihrer Schluchzer war ihr Gesicht vollkommen trocken geblieben, nur die Wangen leuchteten rot vor Aufregung.

Einen Moment lang glaubte Fletcher, der Richter würde die Täuschung durchschauen, doch dann schenkte er Calista ein freundliches Lächeln und bedankte sich für ihre Aussage. Calista machte einen tiefen Knicks vor Didric und ging, ohne sich noch einmal umzudrehen, aus dem Saal.

»Der nächste Zeuge!«, rief der Richter.

4

JAKOV WAR WÄHREND FLETCHERS zweijähriger Abwesenheit zu einem wahren Giganten herangewachsen. Die letzten Spuren der Pubertät waren verschwunden, die dicken Muskeln an seinen Armen wölbten sich wie die Hinterbacken eines Pferdes, und dazu watschelte er auch noch leicht vornübergebeugt wie ein Gorilla aus dem Dschungel. Er trug jetzt die schwarz-gelbe Uniform von Didrics Privatheer. Die waagrechten Streifen darauf ließen seine kräftige Brust sogar noch breiter aussehen.

»Nimm Platz, Feldwebel Jakov«, sagte Didric und schob ihm einen Stuhl hin. »Meine erste Frage an dich lautet, ob du Calistas Bericht als vollständig und wahrheitsgemäß bestätigen kannst.«

»Das kann ich, edler Herr. Ihre Geschichte zu hören war, als hätte ich alles noch mal durchlebt.«

»Gut. Ich weiß, du bist ein vielbeschäftigter Mann, deshalb brauchst du die Ereignisse auch nicht ein weiteres Mal wiederzugeben. Erzähle uns lieber, was nach Fletchers Mordversuch passiert ist.«

»Da habt Ihr recht, Herr«, erwiderte Jakov. Er strich sich das Stirnhaar aus dem Gesicht und nahm einen tiefen Atemzug.

»Nachdem wir Didric zu seinem Vater gebracht hatten, weckte ich die anderen Mitglieder der Dorfwache. Wir fanden die Tür von Fletchers Haus verriegelt, also brachen wir sie auf, doch sein Adoptivvater, Berdon, leistete heftigen Widerstand. Er hätte uns beinahe umgebracht – er ist fast so groß und kräftig wie ich, müsst Ihr wissen. Aber ich konnte ihn entwaffnen. Ein paar von den Jungs haben daraufhin ein bisschen … überreagiert. Nun ja, Berdon konnte nach dieser Nacht eine Weile nicht mehr in der Schmiede arbeiten. Es dauert nun mal seine Zeit, bis gebrochene Knochen wieder zusammenwachsen.«

»Du Tier!«, schimpfte Fletcher. Wut kochte in ihm hoch. Er wusste, Jakov hatte ihn absichtlich provoziert, damit er sich vor dem Richter danebenbenahm, aber jetzt waren ihm die Worte schon herausgerutscht.

»Noch ein Wort, Meister Fletcher!«, bellte der Richter und schlug mit seinem Hammer auf das Pult. »Noch ein einziges Wort, dann kannst du in deiner Kerkerzelle auf das Urteil warten.«

Fletcher biss sich so fest auf die Lippe, dass er Blut schmeckte. Er hätte schreien können wegen der Ungerechtigkeit dieses Scheinverfahrens. Bilder, wie die Büttel auf den bewusstlosen Berdon einschlugen, bestürmten ihn, aber er konnte sie einfach nicht abstellen.

»Danach haben wir alles im Haus als Beweismittel beschlagnahmt«, fuhr Jakov fort. »Während des Kampfes geriet das Feuer in der Schmiede außer Kontrolle, alles ist abgebrannt.«

Fletcher spürte Tränen auf den Wangen und sank auf die Knie. In einer einzigen Nacht hatte der Mensch, den er am meisten liebte, alles verloren. Und das allein wegen ihm.

»Euer Ehren, ich verstehe nicht, was das mit den Anschuldigungen zu tun haben soll, die gegen den Angeklagten vorgebracht werden«, warf Arcturus gereizt ein. »Könnten wir bitte zum Punkt kommen?«

Der Richter nickte. »Ich bin der gleichen Meinung. Danke, Hauptmann Arcturus. Graf Cavell, falls Ihr keine Beweise vorzubringen habt, sehe ich keinen Sinn in dieser Vernehmung. Habt Ihr welche?«

»Nein, Euer Ehren. Ich denke, Jakov hat alles gesagt«, erwiderte Didric.

»Na gut. Du darfst jetzt gehen, Feldwebel Jakov«, sagte der Richter.

»Danke, edler Herr.« Der Hüne stand auf und trat zum Seiteneingang. Kurz bevor er darin verschwand, winkte er Fletcher hämisch zu.

Fletcher schaute weg und versuchte, seine neuerlich auftretende Wut im Zaum zu halten. Jakovs Aussage hatte nur dazu gedient, ihn zu einem Zornesausbruch zu verleiten.

»Wäre das alles, Graf Cavell?«, fragte der Richter mit einem Blick auf seine Notizen.

»Ja, Euer Ehren. Die Anklage hat alle Punkte vorgebracht. Wie ich bereits gesagt habe, Ihr werdet feststellen, dass dieser Fall bereits so gut wie entschieden ist. Ich empfehle als mildeste Strafe ein Leben in Kerkerhaft.«

»Danke, Graf Cavell. Ich werde Eure Worte berücksichtigen«, erwiderte der Richter mit einem verärgerten Stirnrunzeln.

Arcturus nahm seine Unterlagen zur Hand und stand auf. Die Zuhörer im Saal tuschelten.

»Scheint ganz so, als wäre meine Richterausbildung doch nicht ganz umsonst gewesen, was, Fletchy?«, höhnte Didric auf dem Weg zurück zu seinem Platz. »Auch wenn ich beim Anblick des alten Kauzes da oben froh bin, dass ich eine andere Laufbahn eingeschlagen habe.«

»Als würde man ein Ungeheuer wie dich jemals zum Richter machen«, knurrte Fletcher.

Didric blieb wie erstarrt stehen. Er ignorierte das ungeduldige Hüsteln des Richters und wandte sich noch einmal an Fletcher. »Vergiss nicht, das ist *mein* Kerker«, zischte er mit blitzenden Augen. »Falls du glaubst, dich hungern zu lassen wäre das Schlimmste, was ich dir antun kann, mangelt es dir gehörig an Fantasie.«

»Graf Cavell, ich muss Euch auffordern, jetzt auf Euren Platz zurückzukehren«, mahnte der Richter.

»Eigentlich wäre es mir lieber, wenn er noch kurz bleiben könnte, Euer Ehren«, warf Arcturus ein und kam mit langen Schritten nach vorn. Er stellte sich neben Fletcher und legte ihm die Hand auf die Schulter.

Die kräftige Berührung des Hauptmanns zu spüren beruhigte sogleich Fletchers pochendes Herz. Er nahm einen tiefen Atemzug und blickte dem Richter fest in die Augen.

»Nun gut, Graf Cavell«, sagte der Richter und winkte Didric heran. »Bitte tretet in den Zeugenstand.«

»Wäre es ungebräuchlich, auch Feldwebel Jakov und Dorfwache Calista noch einmal hereinzuholen?«, fragte Arcturus.

»Das wäre es, auch wenn es rechtlich durchaus möglich ist. Doch lasst mich Euch zuerst eine Frage stellen, Hauptmann Arcturus. Soweit ich weiß, seid Ihr kein gelernter Jurist. Weshalb verteidigt ausgerechnet Ihr den Jungen?«

»Ich verteidige ihn, weil es außer mir niemand wagt«, antwortete Arcturus mit einem verbitterten Kopfschütteln. »Die Feiglinge haben Angst vor dem Dreigestirn.«

Der Richter runzelte die Stirn. »Ich bedaure, aber … was meint Ihr mit Dreigestirn? Der Ausdruck ist mir nicht geläufig.«

Fletcher horchte ebenfalls auf. Auch er hörte das Wort zum ersten Mal.

»Graf Cavell, die Dame Faverham und Herzog Forsys arbeiten sowohl geschäftlich als auch in der Politik sehr eng zusammen. Der Volksmund nennt sie deshalb ›das Dreigestirn‹.«

Didric steckte also mit den Faverhams und den Forsys unter einer Decke. Wie passend. Fletcher hätte es gleich wissen sollen. Die, die ihn am meisten hassten, brachten ihn nun gemeinsam zu Fall.

»Oder es will ihn niemand verteidigen, weil seine Schuld allzu offensichtlich ist!«, rief Didric dazwischen. »Kein Anwalt, der bei Trost ist, nimmt einen Fall wie diesen an.«

Arcturus wirbelte zu Didric herum. »Ruhe!«, fauchte er. »Ich habe während Eures Plädoyers nicht gesprochen und würde es begrüßen, wenn Ihr nun ebenfalls die Freundlichkeit hättet.«

Didric verdrehte die Augen und hob in gespielter Unterwürfigkeit die Hände.

»Man bringe die Dorfwache Calista und Feldwebel Jakov noch einmal herein«, befahl der Richter. »Und Stühle für beide.«

Schon einen Wimpernschlag später waren sie wieder im Saal, als hätten sie die ganze Zeit an der Tür gewartet und gelauscht.

»Dann können wir nun also endlich fortfahren?«, sagte der Richter naserümpfend, während der Gerichtsdiener zwei Stühle mit beträchtlichem Lärm vor das Podium zerrte. »Bringt Eure Beweisführung vor, damit ich zu einem Urteil kommen kann.«

Fletcher musterte die drei und fragte sich, was Arcturus vorhatte. Er hatte weder dem Hauptmann noch sonst jemandem je in allen Einzelheiten erzählt, was in jener Nacht vorgefallen war, und dafür hätte er sich nun ohrfeigen können. Fletchers Verzweiflung wurde immer größer, da erhob Arcturus das Wort.

»Als Erstes möchte ich das ehrenwerte Gericht darauf hinweisen, dass es nicht ein einziges Beweisstück gibt, das die Aussage der beiden Zeugen belegt. Falls sich der von Dorfwache Calista und Feldwebel Jakov geschilderte Hergang als unzutreffend herausstellen sollte, muss Fletcher in allen Anklagepunkten freigesprochen werden. Ist das korrekt, Euer Ehren?«

»Nun, das ist eine stark vereinfachte Interpretation der Rechtslage«, erwiderte der Richter mit einem Räuspern. »Sollten die Aussagen tatsächlich ausreichend in Zweifel gezogen werden, bin ich eher geneigt, den Angeklagten freizusprechen. Allerdings werdet Ihr in diesem Fall eine andere Version des Tathergangs darlegen müssen, und zwar mit Beweisen.«

»Danke, Euer …«

»Vergesst aber nicht, dass drei übereinstimmende Zeugenaussagen einiges Gewicht haben«, fiel der Richter Arcturus ins Wort. »Ihr müsstet gravierende Widersprüche aufzeigen, Hauptmann Arcturus. Gravierende!«

Arcturus verneigte sich respektvoll. »Sehr wohl, Euer Ehren. Wie Ihr gleich sehen werdet, gibt es in der Tat eine stark abweichende Version der Ereignisse zu berichten.«

Er verschränkte die Hände hinter dem Rücken und wandte sich an die drei Zeugen. »An einem kalten Abend vor zwei Jahren freundet sich Fletcher in der Dorfschenke mit einem altgedienten Soldaten an. Sein Name ist Rotterham, unter seinen Mitkämpfern an der Front kennt man ihn besser als Rotter. Er ist im Besitz eines Buches. Die beiden trinken gerade gemeinsam ein Bier, da werden sie von Didric und Jakov angepöbelt. Didric verlangt die Herausgabe des Buches für eine lächerlich geringe Summe, auf die man sich zuvor nicht einmal geeinigt hatte. Streitet Ihr das ab, Didric?«

»Die korrekte Anrede lautet Graf Cavell«, gab Didric giftig zurück und verschränkte die Arme vor der Brust.

»Graf Cavell«, wiederholte Arcturus durch zusammengebissene Zähne. »Bestreitet Ihr, was ich soeben gesagt habe? Es gibt mehrere Zeugen, die den Hergang unter Eid beschwören würden. Anscheinend sind nicht alle Bewohner von Pelz käuflich, nicht einmal die, die Euer Vater in den Ruin getrieben hat.«

Didrics Gesicht wurde rot vor Zorn, doch er beherrschte sich und antwortete gemessen: »Ich bestreite nichts. Wir sind einander in jener Nacht in der Dorfschenke begegnet. Der Kaufpreis für das Buch war allerdings sehr wohl zuvor festgelegt worden.«

»Wie dem auch sei«, fuhr Arcturus nun lauter fort und wandte sich dem Publikum zu. »Es kam zu einem Streit, in dessen Verlauf Didric versuchte, Fletcher mit einem unter seinem Gewand verborgenen Krummdolch zu töten. Ich frage Euch noch einmal, *Graf Cavell*: Streitet Ihr das ab?«

»Es war Notwehr. Dieser Verrückte war gerade dabei, mich zu erdrosseln«, antwortete Didric mit einer abschätzigen Geste, als wäre die Sache nicht der Rede wert. »Das beweist nur, dass der Angeklagte schon zu diesem Zeitpunkt versuchte, mich zu ermorden. Ganz zu schweigen von den späteren Vorfällen in der gleichen Nacht, die ihn in seinem Entschluss noch weiter bestärkten.«

»Ich bin froh, dass Ihr den Begriff Notwehr erwähnt«, erwiderte Arcturus und ging zur anderen Seite der Zeugenbank hinüber. »Er wird später noch sehr wichtig werden. Rotterham und Fletcher hatten also Freundschaft geschlossen und sogar Seite an Seite gegen Euch gekämpft. Weshalb seid Ihr dann so überrascht gewesen, als Ihr das Buch später in Fletchers Besitz fandet?«

»Das habe nicht ich gesagt, sondern Calista. Sie war in der Schenke nicht dabei, daher wusste sie nichts von dem Buch. Ich denke, das war auch der Grund, warum sie Fletcher gefolgt ist«, antwortete Didric gelassen. Auf der unversehrten Seite seines Gesichts zeichnete sich ein zuversichtliches Lächeln ab.

»Und weshalb seid *Ihr* ihm gefolgt?«, fragte Arcturus.

»Pure Neugierde. Ein Halbwüchsiger, der sich mitten in der Nacht auf den Weg zum Friedhof macht, ist verdächtig, findet Ihr nicht?«

»Es hatte also nichts damit zu tun, dass er Euch in der Auseinandersetzung in der Schenke besiegt hatte?«, hakte Arcturus nach.

Fletcher musste ein Lachen unterdrücken – das Prusten, das dabei herauskam, brachte ihm einen weiteren strafenden Blick des Richters ein.

»Nein«, erwiderte Didric knapp.

»Nun, dann werden wir Euch das wohl glauben müssen«, fuhr Arcturus schließlich fort. »Allerdings finde ich es eigenartig, dass weder Ihr noch Jakov gegenüber Calista die vorangegangene Auseinandersetzung mit Fletcher erwähntet. Doch darüber wird sich der ehrenwerte Richter selbst ein Bild machen.«

Der Richter schnaubte kurz und machte sich achselzuckend eine Notiz.

»Dann kommen wir also zu den Ereignissen am Friedhof«, sprach Arcturus weiter und tippte sich ans Kinn. »Obwohl Ihr Fletcher in der Nacht zuvor beinahe den Bauch aufgeschlitzt hattet und eine innige Abneigung zwischen Euch besteht, lud der Angeklagte Euch ganz unerwartet ein, dem Beschwörungsversuch beizuwohnen? Es gab keinen weiteren Streit, kein böses Blut, als Ihr ihn am Friedhof überraschtet?«

»Ich bin nicht nachtragend, Hauptmann. Ich habe weder den Angeklagten bedroht noch er mich. Immerhin war ich in Begleitung zweier bewaffneter Dorfwachen. Da er von Anfang an vorhatte, den Dämon auf uns zu hetzen, tat er zunächst ganz freundlich, bis er das Wesen unter Kontrolle gebracht hatte.«

»Ah, Kontrolle. Gut, dass Ihr es erwähnt. Nun sagt mir, was Euch an der Dämonenakademie als Erstes beigebracht wurde, nachdem Ihr den Äther und seine Geister kennengelernt hattet?«, fragte Arcturus.

»Unseren Dämon unter Kontrolle zu bringen …«, antwortete Didric mit einem ersten Anflug von Unsicherheit in der Stimme.

Fletcher musste unwillkürlich grinsen. Mit dieser Entwicklung der Befragung hatte sein Erzfeind wohl nicht gerechnet.

Arcturus' Stimme wurde jetzt hart, wie beiläufig deutete er auf Fletcher. »Glaubt Ihr im Ernst, ein so blutiger Anfänger wie der Angeklagte könnte einen Dämon auf Euch hetzen, den er eben erst gerufen hat? Ohne vorangegangene Provokation?«

Mit einem Mal war Fletcher froh über seine dreckigen Kleider und das verfilzte Haar. Wie ein erfahrener Beschwörer sah er bestimmt nicht aus.

»Wie Euer Ehren sicherlich wissen wird, ist es einem Novizen nahezu unmöglich, seinen ersten Dämon gleich nach der Beschwörung zu kontrollieren. Umso mehr gilt das für jemanden wie Fletcher, der zuvor keinerlei Unterweisung erhalten hatte«, fuhr Arcturus mit nach oben gezogenen Augenbrauen fort.

»Wohl wahr«, sagte der Richter nach einem Moment. »Das gibt in der Tat zu denken.«

»Vielleicht gab es in diesem Buch eine Passage, in der es stand«, warf der mittlerweile ein wenig blass gewordene Didric ein.

»Ich habe eine Ausgabe des Buches als Beweisstück hier«, verkündete Arcturus. Er kehrte an seinen Platz zurück und zog einen dicken Wälzer aus seinem Rucksack. Als er ihn mit einem hörbaren Knall aufs Pult legte, erhob sich eine Staubwolke aus den Seiten. »Ich versichere Euer Ehren, dass sich in diesem Buch keinerlei Anweisungen befinden, wie man einen Dämon kontrolliert. Wünscht Ihr eine Verhandlungspause zur Sichtung des Beweisstücks, Euer Ehren?«

Entsetzt beäugte der Richter den dicken Wälzer. Er würde Tage brauchen, ihn durchzuarbeiten.

Fletcher sah Didrics niedergeschlagene Miene und grinste. Der überhebliche Schnösel hatte sich selbst ins Knie geschossen, als er sich entschieden hatte, keinen ordentlichen Anwalt für Fletcher zu bestellen. Nur ein Beschwörer mit Arcturus' Erfahrung konnte auf eine so gewitzte Verteidigung kommen.

»Euer Wort genügt mir, Hauptmann«, sagte der Richter mit einem Räuspern. »Ich stimme Euch darin zu, dass dies ein zweifelhaftes Licht auf die Version der Anklage wirft. Allerdings besteht die Möglichkeit, dass Fletcher ein Naturtalent ist. Ich werde diesen Punkt dennoch bei der Urteilsfindung berücksichtigen. Bitte fahrt fort.«

Arcturus trat vor die Zeugenbank. »Gewiss, Euer Ehren. Ich werde die Zeugen nun nacheinander befragen und bitte darum, dass sie erst sprechen, wenn ich sie dazu auffordere«, begann er. »Ich wünsche, dass meine Fragen so detailliert wie möglich beantwortet werden. Beginnen wir mit dir, Calista. Was ist auf dem Friedhof passiert? Womit hat Fletcher den Dämon herbeigerufen?«

»Ich … das weiß ich nicht mehr so genau«, sagte Calista leicht verdattert. »Immerhin ist es schon zwei Jahre her.«

»Das weiß ich, genauso wie du anscheinend noch sehr genau weißt, was Fletcher in jener Nacht gesagt hat, und *wie* er es gesagt hat. Du hast also einer Dämonenbeschwörung beigewohnt und kannst dich nicht mehr daran erinnern? Nicht einmal an die Werkzeuge, die der Angeklagte benutzt hat?«, bohrte Arcturus nach.

Calista schaute Hilfe suchend zu Didric hinüber, aber der starrte nur stur geradeaus.

»Ich glaube … er hat einfach aus dem Buch vorgelesen«, stammelte sie.

Fletcher versuchte, sich nichts anmerken zu lassen, aber innerlich jubelte er vor Freude. Offensichtlich hatte Didric es versäumt, seinen »Zeugen« zu erklären, was sie in diesem Fall sagen sollten.

»Hat er sonst noch etwas getan?«, fragte Arcturus.

»Ich erinnere mich nicht mehr …«, antwortete Calista mit zitternder Stimme.

Didrics Miene blieb ausdruckslos, doch Fletcher sah deutlich, wie seine Kiefermuskeln zuckten.

»Eigenartig. Alles andere konntest du sehr genau beschreiben. Kommt Euch das nicht auch seltsam vor, Euer Ehren?«, fragte Arcturus betont unschuldig.

»Tut es, tut es«, erwiderte der Richter grimmig und fügte erneut etwas seinen Notizen zu.

Arcturus legte einen Finger auf die Lippen. »Vielleicht kann Jakov etwas Licht in die Angelegenheit bringen.«

Jakovs Kiefer klappte nach unten. Sein Blick sprang wild hin und her, als suche er nach einem Ausweg.

»Ach du meine Güte!«, platzte Didric heraus. »Er hat eine Schriftrolle und ein Beschwörungsleder mit einem Pentagramm darauf verwendet, so wie jeder andere Dämonenbändiger auch. Wie lange sollen wir diese Farce von einer Befragung eigentlich noch ertragen?«

»Graf Cavell!«, bellte der Richter und ließ seinen Hammer niedersausen. »Ruhe!«

»Verzeiht, Euer Ehren.« Didric breitete entschuldigend die Hände aus. »Ich wollte nur meine Sicht der Dinge mitteilen.«

»Kein. Wort. Mehr.«, knurrte der Richter und untermalte jede Silbe mit einem weiteren Hammerschlag.

Endlich sah Fletcher Hoffnung am Horizont aufblitzen. Jetzt verstand er, was Arcturus vorhatte, und Didric war prompt in die Falle getappt.

Der Hauptmann fuhr unterdessen fort. »War es so, Jakov? Der Angeklagte hat von einer Schriftrolle vorgelesen und ein Stück Leder benutzt, um den Dämon zu rufen?«

Jakov versuchte verzweifelt, Didrics Blick aufzufangen. »Es war genau, wie Didric gesagt hat«, antwortete er schließlich. »Jetzt weiß ich es wieder.«

»Schön. Dann wäre dieser Punkt wohl geklärt.« Arcturus nickte und machte sich auf den Weg zurück zu seinem

Platz. Doch plötzlich blieb er stehen, als wäre ihm gerade etwas eingefallen. »Graf Cavell, woher hatte Fletcher die beiden Gegenstände eigentlich? Ich dachte, er hätte dem braven Soldaten Rotterham lediglich das Buch gestohlen?«

Didric warf Arcturus einen wütenden Blick zu. Darauf war er nicht vorbereitet. »Ich habe nicht die geringste Ahnung«, antwortete er mit geschlossenen Augen, als denke er angestrengt nach. »Wenn ich spekulieren soll, würde ich sagen, die beiden Gegenstände stammten ebenfalls von Rotterham. Der Soldat hat einem Dämonenbändiger sein Gepäck gestohlen, und darin befanden sich die Beschwörungsrolle sowie das Leder.«

»Könnt Ihr die Beschwörungsrolle beschreiben?«, fragte Arcturus weiter. »Die Farbe der Schrift vielleicht oder die Helligkeit des Papiers?«

»Damit stellt Ihr nicht den Wahrheitsgehalt meiner Aussage auf die Probe, Hauptmann, sondern nur mein Gedächtnis«, entgegnete Didric lächelnd, als wäre ihm soeben ein kleiner Erfolg gelungen.

»Wie dem auch sei, bitte tut mir den Gefallen«, beharrte Arcturus mit einem freundlichen Lächeln.

»Die Schriftrolle muss einmal einem Ork gehört haben. Sie war in der Orksprache verfasst, daran erinnere ich mich genau.«

Fletcher überlegte, woher Didric das wissen konnte. Da erinnerte er sich wieder, dass er selbst es Inquisitor Raubler während des Unterrichts verraten hatte – vor versammelter Klasse. Jeder an der Akademie konnte es Didric gesagt haben … Fletcher hoffte nur, dass er nicht noch mehr wusste.

»Die Schrift darauf war dunkel, mehr weiß ich nicht mehr. Über die Größe kann ich nichts sagen, denn die beiden Enden waren aufgerollt, und auf dem Friedhof war es schlichtweg zu dunkel, um die Helligkeit des Papiers zu erkennen. Ist Eure Frage damit beantwortet?«

»Ist sie. Die Schrift war also dunkel. Aber ist das nicht jede Schrift? Wie sollte man sie sonst lesen? Könnt Ihr uns wirklich nichts über die tatsächliche Farbe verraten?«

»Ihr glaubt doch wohl nicht, dieser Mörder würde seiner Verurteilung entgehen, weil ich mich nicht mehr erinnern kann, mit welcher Farbe die Rolle beschrieben war? Ihr solltet beim Kriegshandwerk bleiben, Hauptmann. Als Advokat taugt Ihr nichts. Die Schrift war dunkel, mehr werdet Ihr nicht aus mir herausbekommen.«

»Euer letztes Wort?«

»Absolut«, erwiderte Didric und verschränkte trotzig die Arme vor der Brust.

»Und was ist mit dir, Jakov. Kannst du diese Aussage bestätigen?«

»Ja, Herr«, murmelte Jakov.

»Calista, hat die Beschreibung irgendwelche Erinnerungen in dir wachgerufen?«

»Ich glaube, ich habe eine solche Rolle und eine Matte gesehen«, flüsterte sie.

»Schön, fassen wir also zusammen: Didric und Jakov behaupten, Fletcher hätte ein aufgerolltes und mit dunkler Tinte beschriebenes Stück Papier von unbestimmter Größe verwendet, um den Dämon herbeizurufen, außerdem ein Stück Leder mit einem Pentagramm darauf. Calista bestätigt diese Aussage«, erklärte Arcturus.

»Durchaus, Hauptmann, all diese Punkte sind so weit klar«, sagte der Richter nach einem Blick auf seine Notizen. »Wäret Ihr nun so freundlich, mir zu verraten, worauf Ihr hinauswollt?«

»Selbstverständlich.« Arcturus ging zu seinem Rucksack, holte etwas daraus hervor und hielt es hoch in die Luft, damit alle im Saal es sahen.

»Hier habe ich … die Schriftrolle!«

5

NACH EINEM GANZEN JAHR hatte Fletcher beinahe vergessen, wie grauenvoll die Beschwörungsrolle aussah.

Eigentlich war sie kaum mehr als ein Rechteck aus einem gelblichen, lederartigen Material. Die Schrift darauf bestand aus leicht erhöhten, knotigen Linien, die selbst ein Blinder ertasten konnte. Darunter hatte James Baker eine Übersetzung geschrieben, so hauchfein, dass sie mit bloßem Auge kaum zu erkennen war.

»Diese Rolle, falls man sie überhaupt als eine solche bezeichnen kann, sieht vollkommen anders aus, als der Gegenstand, den Didric beschrieben hat«, verkündete Arcturus. »Weder ist sie an den Enden aufgerollt, noch hat die Schrift eine Farbe, und aus Papier oder einem ähnlichen Material besteht sie schon gar nicht. Sie ist aus Menschenhaut gefertigt. Dem Opfer wurden die Schriftzeichen in den Rücken geritzt, dann warteten die Orks, bis sie vernarbt waren, um das Stück Haut später abzuziehen und zu trocknen. Das grausige Ergebnis sehen wir hier vor uns.«

Die Menge schnappte entsetzt nach Luft. Ein Mann schlug sich die Hände vor den Mund und rannte aus dem

Saal, andere würgten laut und stolperten ebenfalls nach draußen. Doch nicht alle schafften es rechtzeitig.

»Gerichtsdiener, holt jemanden, der das hier wegwischt«, rief der Richter, ebenfalls schon leicht grün im Gesicht. »Das Gericht zieht sich kurz zurück.« Er kam eilig von seiner Kanzel herab und verschwand durch den Nebeneingang.

Didric war blass geworden, sagte aber kein Wort. Als sein Blick auf Fletcher fiel, schlug seine Erschütterung in Wut um und ließ ihn feuerrot anlaufen.

Arcturus kauerte sich unterdessen neben Fletcher. »Bist du verletzt?«, fragte er. »Haben sie dir irgendetwas getan?«

»Mir fehlt nichts. Es … es tut gut, Euch zu sehen.« Mit einem Mal wurde ihm unbehaglich zumute. Er war menschliche Zuwendung nicht gewohnt. Zumindest nicht mehr. Er begann am ganzen Körper zu zittern, eine Träne stahl sich aus seinem Augenwinkel. Erst in diesem Moment wurde ihm bewusst, wie entsetzlich einsam er während all der vergangenen Monate gewesen war.

Arcturus drückte ihm die Schulter. »Wir holen dich da raus. Du wirst schon bitterlich vermisst.«

»Wie geht es den anderen?«, fragte er.

»Sylva haben wir seit dem Turnier nicht mehr gesehen. Als König Harold von ihren Verletzungen erfuhr, ließ er sie sofort in ihre Heimat bringen. Er war außer sich, und die Elfen natürlich auch.« Arcturus atmete einmal tief durch. »Berdon wurde mit einem lächerlichen Vorwand eingesperrt. Sie werden ihn allerdings nur ein paar Tage festhalten können, mach dir um ihn keine Sorgen. Didric wollte unbedingt verhindern, dass du ihn sehen kannst. Nicht einmal das bisschen Trost gönnt er dir.«

»Diese Schlange«, knurrte Fletcher und presste die Fäuste gegen die Bodendielen. »Aber ich kriege ihn noch. Und wenn es das Letzte ist, was ich tue.«

»Vorsicht«, sagte Arcturus leise und versicherte sich, dass niemand mitgehört hatte. »Du bist wegen Mordversuchs angeklagt, vergiss das nicht.«

»Was ist mit Othello?«, erkundigte sich Fletcher weiter.

»Er ist nach wie vor an der Akademie. Atilla und eine junge Zwergin namens Kress wurden in diesem Jahr aufgenommen. Zurzeit bereiten sie sich auf ihr erstes Turnier vor. Othello hat sogar einen Fronteinsatz abgelehnt, damit er den beiden zur Seite stehen kann, und das ist gut so.«

Arcturus warf einen Blick über die Schulter und sah den Richter – mit mittlerweile wieder normaler Gesichtsfarbe – in seine Kanzel zurückkehren. »Othello vermisst dich entsetzlich. Ihm und seiner Familie haben wir es zu verdanken, dass diese Verhandlung überhaupt stattfindet. Sie haben eine Petition beim König eingereicht, damit du angehört wirst, und dafür gesorgt, dass ein Richter dem Verfahren vorsitzt, der nicht vom Dreigestirn bestochen wurde. Es kamen nicht viele infrage, das kannst du mir glauben.«

»Wartet, dieses Dreigestirn …«, begann Fletcher gerade, da sorgte der Richter mit einem Hammerschlag für Ruhe im Saal.

Arcturus bedeutete Fletcher mit einem Blick, bis nach der Verhandlung zu warten.

»Hauptmann, dass es Widersprüche in den Zeugenaussagen und denen der Anklage gibt, ist so weit klar. Habt Ihr noch weitere Beweise vorzubringen?«

»Das habe ich, Euer Ehren«, erwiderte Arcturus und trat zur Zeugenbank zurück. »Zuerst möchte ich den Zeugen allerdings noch ein paar Fragen stellen. Bitte antwortet nacheinander, zuerst Jakov, dann Calista und schließlich Graf Cavell. Gibt es irgendetwas, dass ihr euren Aussagen hinzufügen möchtet?«

Jakovs Blick sprang zu Didric, der ganz leicht den Kopf schüttelte. »Nein«, sagte Jakov schließlich.

Calista starrte ihre Hände an. »Ich kann mich an nichts anderes erinnern. Ich habe schon alles gesagt«, murmelte sie.

Didric stand auf und wandte sich dem Publikum zu, dann sagte er mit lauter, klarer Stimme: »Ich möchte betonen, dass diese Orkrolle überhaupt nichts beweist. Erinnerungen sind launenhaft, es war die Fragerei des Hauptmanns, die mich dazu verleitete, sie so zu beschreiben, wie ich es tat.«

»Selbstverständlich haben sie das vermocht, denn Ihr hattet die Rolle ja noch nie zuvor gesehen. Meine Fragen haben nicht Euer Gedächtnis entlarvt, sondern Euer Lügengebäude«, entgegnete Arcturus so laut, dass alle im Saal ihn hörten. »Und jetzt beantwortet meine Frage.«

»Wie es *scheint*, konnte ich die Rolle wohl doch nicht so gut sehen, wie ich gedacht hatte«, sagte Didric gelangweilt. »Das ändert jedoch nichts am Wahrheitsgehalt meiner Worte. Man kann einen Dämon nicht ohne ein Pentagramm herbeirufen, das auf organisches Material gemalt oder meinetwegen auch hineingeritzt wurde. Fletcher hatte ein Beschwörungsleder. Ich habe es mit eigenen Augen gesehen.«

Arcturus klatschte grinsend in die Hände. »Das stimmt zumindest zur Hälfte, Graf Cavell. Man braucht in der Tat ein Pentagramm auf organischem Material, um einen Dämon zu rufen. Was könnte Fletcher in jener Nacht also benutzt haben?«

»Augenblick …«, stammelte Didric, als es ihm plötzlich einfiel, doch jetzt war es zu spät.

»Das Buch selbst!«, verkündete Arcturus. Mit einem weiteren Griff holte er den Einband aus seinem Rucksack und präsentierte ihn mit einer Verneigung.

Es war der Einband des Buches aus Fletchers Zelle. Er erkannte das Pentagramm darauf sofort wieder.

»Noch eine Lüge also«, fuhr Arcturus mit einem Kopfschütteln fort. »Ich kann weitere Zeugen einfliegen lassen: die Dame Ferrhaven und Akademievorsteher Scipio persönlich. Sie werden bestätigen, dass Fletcher den Dämon mit genau diesen beiden Gegenständen gerufen hat. Soll ich, Euer Ehren?«

»Nein, Hauptmann, ich glaube Euch. Bitte schildert nun den Ablauf der Ereignisse, wie er sich Eurer Meinung nach zugetragen hat.«

Arcturus drehte sich mit dem Rücken zum Saal und sprach nun gezielt den Richter an. »In der Nacht vor dem angeblichen Mordversuch hat Didric Fletcher angegriffen und ist schmählich unterlegen. Sein Ruf unter seinesgleichen hat dabei empfindlich gelitten. Am folgenden Abend sah er oder einer der beiden Zeugen Fletcher zum Friedhof gehen. Didric rief die Gruppe zusammen, um Fletcher zu folgen, allerdings kamen sie erst an, *nachdem* Fletcher den Dämon beschworen hatte. Um Rache zu nehmen, griffen sie Fletcher gemeinsam an, dessen Dämon ihn instinktiv und in Notwehr beschützte. Dann ergriff Fletcher – allerdings als Opfer, nicht als Täter – die Flucht. Hätte er vorgehabt, Didric und seine Freunde zu ermorden, wäre er geblieben und hätte es zu Ende gebracht, nachdem er die Oberhand gewonnen hatte.« Arcturus hielt kurz inne, als wäre ihm gerade etwas aufgefallen. »Es war nicht mehr als eine Wiederholung der Ereignisse der Nacht zuvor. Didric attackiert Fletcher und unterliegt, als dieser sich in Notwehr verteidigt. Hier liegt eindeutig ein Muster vor. Bedenkt das, Euer Ehren, wenn Ihr Euer Urteil fällt.«

Der Richter blinzelte ganz langsam, als wäre er tief in Gedanken versunken, dann lehnte er sich zurück und kratzte sich mit dem Hammer am Kopf. Im Saal war es jetzt totenstill. Alle blickten wie gebannt den Richter an, der die Augen nun ganz schloss. Minuten vergingen, die Stille wurde allmählich unerträglich. Fletcher glaubte schon, der Richter sei eingeschlafen. Dann erschrak er umso mehr, als der mit immer noch geschlossenen Augen plötzlich etwas sagte.

»Ich habe mein Urteil gefällt. Fletcher Wulf, du bist angeklagt des versuchten Mordes an Graf Didric Cavell. Erhebe dich und höre das Urteil.«

Fletcher rappelte sich hoch. Wegen der viel zu kurzen Ketten an seinen Handschellen konnte er nicht einmal aufrecht stehen. Es ging ihm alles um einiges zu schnell, er hatte gerade erst begonnen die Ereignisse zu verarbeiten. Seine Zukunft stand auf Messers Schneide: abgrundtiefe Verzweiflung auf der einen Seite, eine ungewisse Zukunft auf der anderen. Sein Herz begann so stark zu pochen, dass er seinen Puls bis in die Ohren spürte und die letzten Worte des Richters beinahe überhört hätte.

»… daher befinde ich den Angeklagten in allen Punkten für unschuldig.«

Fletcher sank auf die Knie. Er spürte, wie Arcturus ihm freudig auf den Rücken schlug, gleichzeitig hörte er den Tumult im Saal. Es war wie in einem Traum. Erst jetzt wurde ihm klar, dass er bis zuletzt nicht an einen Freispruch geglaubt hatte. Doch irgendwie hatten Othellos Familie und Arcturus es geschafft, Fletcher vor einem Leben im Kerker – oder Schlimmerem – zu bewahren.

Tränen der Freude und Erleichterung trübten seinen Blick, dann schaute er zu Didric hinüber, der überraschenderweise gar nicht wütend aussah. Er runzelte lediglich die Stirn, als wunderte ihn das Urteil.

»Ruhe!«, bellte der Richter, als die Zuhörer nach einer Weile noch immer nicht verstummt waren. Mit jedem Schlag seines Hammers wurde es leiser, bis auf ein einziges Geräusch: ein langsames Klatschen, das vom Ende des Saals herüberklang.

Der Richter sagte nichts. Er sträubte lediglich erstaunt die Augenbrauen.

»Sehr gut, hervorragende Unterhaltung«, kommentierte eine vor Sarkasmus triefende Stimme. Dann trat Raubler mit einem höhnischen Grinsen vor die Richterkanzel. Er trug einen langen schwarzen Mantel, eine Mischung aus Talar und Militärrock – die Uniform der Inquisition.

Fletchers Magen krampfte sich zusammen. Raubler war ein Fanatiker und ein Rassist. Und er hasste Fletcher.

»Ich muss sagen, Ihr habt Euch selbst übertroffen, Arcturus. Eine meisterliche Leistung. Ich dachte schon, Ihr hättet verloren, aber meine Güte, dann habt Ihr das Blatt doch noch einmal gewendet!« Raubler applaudierte immer noch, während er mit einem anerkennenden Lächeln der Menge zunickte.

»Ähem, Inquisitor Raubler«, meldete sich der Richter nun doch zu Wort. »Ich möchte Euch bitten, Platz zu nehmen, damit der Angeklagte freigelassen werden kann. Ihr habt keine Befugnisse vor diesem Gericht. Dies ist kein Militärtribunal.« Seine Stimme klang jetzt nicht mehr ganz so fest wie zuvor, und das gefiel Fletcher überhaupt nicht.

Raubler nickte nachdenklich, dann stolzierte er zur Zeugenbank und ließ selbstgefällig die Finger über die hölzerne Lehne gleiten. »Ich weiß, Euer Ehren. Verzeiht die Einmischung, aber ich halte es für verfrüht, den Angeklagten jetzt schon freizulassen. Es liegt noch eine weitere Anschuldigung gegen Meister Wulf vor.« Die Miene des Inquisitors blieb ungerührt, als er das sagte, doch in seinem Blick lag ein bedrohliches Blitzen.

»Lächerlich!«, rief Arcturus und stellte sich vor Raubler. »Was könntet Ihr dem Jungen jetzt noch anhängen wollen?«

Raubler schlenderte weiter, während ein Trupp Soldaten mit schweren Ketten im Laufschritt den Saal betrat.

»Das schwerste Verbrechen von allen«, knurrte er und packte Fletcher am Kragen. »Hochverrat.«

6

SIE BRACHTEN FLETCHER in eine Aufenthaltszelle, komplett ausgestattet mit einem Tisch und Stühlen, sogar ein Waschbecken mit Seife gab es dort. Die Soldaten hielten sich die Nase zu, nahmen ihm die Ketten ab und verschwanden sofort. Die Tür hatte sich kaum geschlossen, da tauchte Fletcher seinen Kopf in das Becken, um sich das dreckige Gesicht und die verfilzten Haare zu waschen. Es war wunderbar, endlich mehr als nur einen kleinen Eimer voll Trinkwasser zu haben.

Nach zehn Minuten Schrubben widmete er sich auch dem Rest seines Körpers und blickte zwischenzeitlich immer wieder zur Zellentür hinüber, für den Fall, dass jemand hereinkam. Schließlich hüpfte er auf und ab, um das Wasser abzuschütteln, dann legte er auch noch sein Wams und die Kniehosen in das Becken, um den Dreck eines ganzen Jahres abzuwaschen. Als er fertig war, war das Wasser nur noch eine braune Brühe, und Fletcher fühlte sich wie neu geboren.

Er rief Ignatius herbei und schloss den Wichtel in eine freudige Umarmung. Fletcher hatte eine Gänsehaut, doch der Salamander presste seinen warmen Körper auf Fletchers Brust und blies ihm zärtlich heiße Luft ins Gesicht.

»Wir haben es noch nicht hinter uns, Ignatius«, flüsterte er. »Aber wenigstens wird dich nicht das gleiche Schicksal ereilen wie mich. Wenn ich sterbe, entschwindest du einfach wieder in den Äther. Dir passiert nichts.«

Ignatius winselte traurig und legte ihm den Schwanz um die nackte Hüfte.

»Mach dir keine Sorgen, wir schaffen das schon.« Fletcher wollte den Salamander auf dem Boden absetzen, doch der klammerte sich stur an ihm fest.

»Komm schon, Kleiner, ich weiß ja, dass es dir nichts ausmacht, den ganzen Tag nackt herumzulaufen. Mir dagegen macht es schon was aus. Die Wachen würden ganz schön Augen machen, wenn sie jetzt hereinkämen.«

Ignatius ließ zögernd los und verlegte sich darauf, die neue Zelle zu inspizieren. Als Erstes beschnupperte er die Stühle, als könnten sie jeden Augenblick lebendig werden und die beiden angreifen. Fletcher streifte sich gerade die klatschnassen Kleider über, da hörte er ein kurzes Klopfen an der Tür.

Arcturus kam herein. Das Gesicht des Hauptmanns sah ernst aus, tiefe Sorgenfalten standen auf seiner Stirn. Er schenkte Fletcher ein gezwungenes Lächeln. »Du siehst ja wie eine ertrunkene Ratte aus. Bin gespannt, was Berdon dazu sagt, wenn er dich sieht.«

»Er kommt her?«, fragte Fletcher ungläubig.

»Ja, sein Fall wurde gleich nach deinem verhandelt. Nach Raublers Auftritt hat der Richter sich bereit erklärt, Berdon für heute Freigang zu geben, damit er dich sehen kann. Aber die nächsten beiden Tage verbringt er wieder im Gefängnis. Wenigstens ein kleiner Sonnenstrahl an diesem finsteren Tag.« Arcturus zog einen Stuhl heran und setzte sich.

»Danke«, sagte Fletcher und ergriff die Hände des Hauptmanns. »Für alles. Ich verdanke Euch mein Leben.«

Arcturus' Mundwinkel bogen sich kurz nach oben, dann wurde seine Miene wieder finster. »Freu dich nicht zu früh. Es sieht schlimm aus, Fletcher. Du wirst beschuldigt, während eines gescheiterten Putschversuchs der Zwerge mehrere von Herzog Forsys' Soldaten getötet zu haben. Sie haben Zeugen, die behaupten, dich und Othello am Tatort gesehen zu haben, außerdem Beweisstücke, die belegen, dass du mit Feinden des Königshauses sympathisierst. Othello ist ebenfalls hier … er wurde vor Kurzem verhaftet. Es tut mir leid, Fletcher. Das ist alles meine Schuld. Didrics Anklage gegen dich war nur ein Ablenkungsmanöver. In der Zwischenzeit konnten sie in aller Ruhe diese hier vorbereiten.«

Fletcher ließ sich in einen Stuhl sinken und vergrub das Gesicht in den Händen. Erst jetzt wurde ihm bewusst, wie aussichtslos die Lage war. Ignatius kam heran und stupste ihn mitfühlend am Bein.

»Vom Regen in die Traufe«, murmelte Fletcher und dachte mit Grausen an das Kerkerloch zurück, in das man ihn bald wieder stecken würde. »Ich erinnere mich noch gut an jene Nacht, Arcturus. Othello und ich sind tatsächlich dort gewesen.«

»Das ist noch gar nicht das Schlimmste. Militärtribunale werden von der Inquisition durchgeführt. Als Offiziersanwärter unterliegst du ihrer Rechtsprechung. Ganz zu schweigen davon, dass die Geschworenen mit größter Sicherheit von dem ersten Verfahren gegen dich wissen, wenn das Dreigestirn sie nicht ohnehin alle gekauft hat …«

»Augenblick«, fiel ihm Fletcher ins Wort. »Erzählt mir mehr über dieses Dreigestirn.«

»Wie ich bereits sagte, es besteht aus Herzog Forsys, der Dame Faverham und Didric«, begann Arcturus grimmig. »Didric lernte die beiden kennen, als Graf Faverham seine Verbrennungen heilte. Bei dieser Gelegenheit fand der Graf heraus, dass die Cavells das Monopol für Waffenlieferungen an die Nordfront haben, also machte er die Cavells mit den Forsys bekannt. Die drei Familien schlossen sich zusammen, noch bevor du überhaupt der Dämonenakademie beigetreten bist. Jetzt gehören ihnen beinahe alle Gefängnisse und Waffenfabriken in ganz Hominum. Deshalb sind ihnen die Zwerge auch so ein großer Dorn im Auge: Das Dreigestirn ist fest entschlossen, sie aus dem Musketen-Geschäft zu drängen. Leider haben sie sowohl die Inquisition als auch die Pinkertons auf ihrer Seite – und unseren alten König Alfric.«

»Das nenne ich mal eine wirklich finstere Allianz«, murmelte Fletcher.

»Absolut, und eine mächtige noch dazu. Und auf dich haben sie es ganz besonders abgesehen. Irgendwie ist es dir gelungen, alle drei Familien gegen dich aufzubringen. Du hast Didrics Gesicht verunstaltet, einen von den Forsys geführten Umsturzversuch vereitelt und dich dann auch noch als ein potenzieller Bastard von Graf Faverham herausgestellt.«

Fletcher fuhr sich mit der Hand durch das nasse Haar. »Wie soll ich da jemals heil wieder rauskommen?«

»Die einzige Möglichkeit ist, deine Unschuld so zweifelsfrei zu beweisen, dass die Geschworenen dich auf keinen Fall schuldig sprechen können. Und jetzt sag mir, was sie gegen dich in der Hand haben.«

Fletcher kam nicht mehr dazu, die Frage des Hauptmanns zu beantworten, denn in diesem Moment flog die Tür auf, und der bullige Berdon stürmte herein. Fletcher konnte gerade noch aufstehen, da wurde er schon in eine innige Umarmung geschlossen.

»Sohn … mein Sohn …«, schluchzte Berdon.

Fletcher genoss den vertrauten Geruch nach Leder und Kohlenstaub, den sein Adoptivvater verströmte, dann entließ Berdon ihn wieder aus seinen kräftigen Armen. Er nahm Fletchers Gesicht zwischen die Hände und inspizierte ihn mit leuchtenden Augen. »Du bist größer geworden, gehst mir ja fast schon bis zum Kinn«, sagte er halb lachend, halb weinend. »Ein richtiger Mann, auch wenn dir immer noch kein gescheiter Bart wächst.«

Fletcher grinste und erwiderte die Umarmung. Er war sprachlos und wusste nicht, wie er dem liebenswerten Riesen sagen sollte, wie sehr er ihn vermisst hatte. »Es gibt so viel, das ich dir erzählen muss«, murmelte er schließlich.

»Dein Freund Othello hat mir schon alles gesagt«, erwiderte Berdon und zerzauste Fletchers Haar. »Ein Jahr ist eine lange Zeit. Ich habe sie genutzt, um dir zusammen mit den Thorsagers ein gerechtes Verfahren zu ermöglichen. Wie ich höre, ist ein wackerer Kämpfer aus dir geworden.«

Fletcher trat von einem Fuß auf den anderen und schüttelte verlegen den Kopf.

»Othellos Vater, Uhtred, ist ein guter Schmied«, sprach Berdon nach einer kurzen Pause weiter. »Er trägt das Herz am rechten Fleck.«

Fletcher nickte. »Sie sind gute Leute, ohne die ich das Jahr an der Akademie nicht überstanden hätte.«

Berdon nahm sich einen Stuhl und setzte sich hinter Fletcher, dann machte er sich daran, die Knoten in seinem Haar mit einem Kamm zu lösen, den er eigens dafür mitgebracht hatte.

Ignatius schien nicht recht zu wissen, was er von dem Neuankömmling halten sollte, und beschnupperte misstrauisch Berdons Stiefel. Als Berdon den Kopf des Salamanders streicheln wollte, spuckte der prompt ein kleines Rauchwölkchen aus und trottete dann mit erhobener Schnauze davon.

Berdon lachte. »Ist schon eine ganze Zeit her, dass ich den kleinen Racker das letzte Mal gesehen habe. Du kümmerst dich doch gut um ihn, oder?«

»Eher umgekehrt«, antwortete Fletcher und befahl Ignatius in Gedanken, sich zu benehmen.

Arcturus, der die ganze Zeit betreten danebengesessen hatte, räusperte sich nun höflich. »Ich bedaure, euch unterbrechen zu müssen, aber die Verhandlung beginnt bald, und wir hatten noch gar keine Zeit, Fletchers Verteidigung vorzubereiten. Uhtred und Othello werden ebenfalls anwesend sein. Sie haben mich bereits über die Ereignisse in der Nacht des Zwergenrats aufgeklärt.«

»Dann richten wir dich mal ordentlich her, während du dich mit dem Hauptmann unterhältst«, brummte Berdon. »Körperpflege war noch nie deine Stärke.«

»Danke … Papa.« Ihn so anzureden war vollkommen neu für Fletcher, doch Berdons strahlendes Lächeln versicherte ihm, dass er genau das Richtige gesagt hatte.

Berdon deutete auf ein schlankes Messer an Arcturus' Gürtel. »Dürfte ich?«

»Aber sicher.« Arcturus reichte ihm die Klinge.

Berdon nahm das Messer und wog es kurz in der Hand. Dann begann er, Fletcher den Flaum von Oberlippe, Kinn und Wangen zu schaben. Als er damit fertig war, musterte er Fletchers langes Kopfhaar. »Darum können wir uns später noch kümmern«, sagte er mit einem Achselzucken und gab das Messer zurück, um erneut den Kamm hervorzuziehen.

Fletcher glaubte, eine Träne in Arcturus' Augen zu sehen, als er das Messer wieder einsteckte. Doch als er genauer hinschaute, war sie schon wieder fort.

»Ich werde jetzt zusammenfassen, was ich bereits von Othello und Uhtred weiß«, begann der Hauptmann. »Hör gut zu und ergänze alles, was sie vielleicht vergessen haben.«

Fletcher nickte.

»Als sich Othello aus der Akademie schlich, um der Sitzung des Zwergenrats beizuwohnen, sind du und Sylva ihm gefolgt. Jemand hatte Herzog Forsys von dem Rat informiert. Seine Leute hatten den Zwergen einen Hinterhalt gelegt, angeblich mit dem Ziel, einen Aufstand zu verhindern. Euch ist es gelungen, die Zwerge zu warnen, bevor die Soldaten angreifen konnten, und im Verlauf eurer Flucht habt ihr – du, Sylva, Othello und Atilla – fünf von ihnen getötet. Als Atilla angeschossen wurde, hast du ihn zum Krankenflügel der Akademie getragen. Hauptfrau Lovetts Kerf, Valens, hat euch geführt. Auf dem Weg hat dann ein junger Soldat versucht, euch aufzuhalten, doch Valens konnte ihn mit einem Stich lähmen. Kommt das in etwa hin?«

»Ja, tut es …«, erwiderte Fletcher und zermarterte sich das Gehirn. Sich zu konzentrieren war nicht leicht, wenn Berdon ihm gleichzeitig das Haar kämmte. Erinnerungen an Momente, in denen Berdon genau das Gleiche getan hatte, kehrten zurück – nur dass sie damals gemeinsam vor dem Kamin gesessen und dem Prasseln der Flammen gelauscht hatten.

Ignatius spürte das emotionale Band zwischen den beiden und leckte zögernd über Berdons Finger. Einen Wimpernschlag später hustete und spuckte er und versuchte, sich mit den Krallen die Zunge sauber zu wischen.

»Kohlenstaub«, kommentierte Berdon grinsend. »Davon bekommt man Haare auf der Brust!«

Ignatius sprang auf den Rand des Waschbeckens und tauchte den Kopf hinein, dann warf er sich würgend auf den Rücken und spuckte die braune Brühe angewidert wieder aus.

Die Kapriolen des kleinen Dämons brachten Fletcher zum Lachen, doch Arcturus' ernstes Gesicht holte ihn schnell wieder in die Realität zurück. »Dir fällt wirklich nicht mehr dazu ein? Irgendeine Kleinigkeit, egal was?«

»Grindel und vier seiner Männer könnten als Zeugen auftreten«, antwortete Fletcher schließlich und dachte an den grobschlächtigen Riesen, der schon früher einmal versucht hatte, Sylva zu töten. »Ich glaube das aber nicht. Sie sind ein übler und wenig vertrauenerweckender Haufen. Mehr fällt mir auch nicht ein. Wir werden erst wissen, was sie gegen mich vorbringen, wenn es so weit ist.«

Arcturus rieb sich kopfschüttelnd die Augen. »Ich hatte kein bisschen Zeit, mich vorzubereiten, Fletcher. Sie werden euch zum Tode verurteilen, dich und Othello. Das ist die Strafe für Hochverrat, entweder durch Erhängen oder durch Köpfen.«

Fletcher drehte sich der Magen um, wenn er nur daran dachte. Er fasste sich unwillkürlich an den Hals und zog seine Hand sofort wieder zurück, als er es merkte. Kalter Schweiß lief ihm den Rücken hinunter, während er kaum noch Luft bekam.

»Sie haben vor, dich und die Zwerge in einem Streich aus dem Weg zu räumen, so viel ist sicher«, fuhr Arcturus fort. »Schon der leiseste Verdacht auf eine geplante Rebellion genügt, um den gesamten Zwergenrat in den Kerker zu werfen, ihre Waffen zu beschlagnahmen und alle Zwergenschmieden zu schließen. Damit wäre das Dreigestirn seinen größten Konkurrenten los, nur noch Seraph und seine Familie wären dann übrig. Dafür werden sie alles tun. Wenn wir wenigstens ein bisschen mehr Zeit hätten, uns einen Plan zurechtzu…«

Er hatte noch nicht zu Ende gesprochen, da betrat ein Wachsoldat die Zelle.

»Fletcher Wulf. Du wirst vor Gericht erwartet.«

7

DER SAAL WAR SOGAR NOCH voller als zuvor, trotzdem war es totenstill. Vor der Richterkanzel hatte man zwei weitere Reihen mit Bänken aufgestellt, in denen nun Männer und Frauen in prächtigen roten Roben saßen. Sie beobachteten jede von Fletchers Bewegungen feindselig, als fürchteten sie, jeden Augenblick von ihm angegriffen zu werden.

In der vordersten Reihe saßen die Generäle und Adligen. Eine dicke Dunstwolke schwebte über ihnen. Einige rauchten lange Zigarren und tuschelten, als würden sie einer Theatervorstellung beiwohnen.

Die Faverhams waren ebenfalls dabei, außerdem Herzog Forsys, der mit seiner stattlichen Statur zwei ganze Plätze beanspruchte. Gleich neben ihm saß eine elegante blonde Dame, bei der es sich wohl um seine Frau handelte. Didric und dessen Vater saßen Fletcher am nächsten. Sie trugen samtene Anzüge sowie dicke Goldringe an den Fingern.

Alle starrten Arcturus und Fletcher mit hasserfüllten Blicken an, während die Soldaten seine Handgelenke zum zweiten Mal an diesem Tag am Boden festketteten. Fletcher unterdrückte ein Schaudern und hob trotzig das Kinn. Er würde ihnen nicht den Gefallen tun, sich seine Angst anmerken zu lassen. Arcturus erwiderte den Blick der Adligen scheinbar ruhig, doch Fletcher sah, wie seine Hände zitterten.

»Erhebt euch vor den Inquisitoren Damian Raubler und Karl Faverham!«, rief der Gerichtsdiener.

Raubler stolzierte herein, hinter ihm folgte ein Mann mit dunklen Augen, rabenschwarzem Haar und einer Hakennase. Seine Haut war so weiß, wie Raublers Haut gelb war. Überall an seinem Körper traten die Knochen hervor, beinahe wie bei einem Skelett. Nachdem die Inquisitoren auf der Kanzel Platz genommen hatten, ließen sie den Blick hochmütig durch den Saal schweifen.

»Seit ich fünfzehn bin, war ich mit meinem Vater und meinem Halbbruder nicht mehr im selben Raum«, flüsterte Arcturus, während er dem Dunkelhaarigen der beiden unmerklich zunickte.

Fletcher beäugte Karl Faverham neugierig und suchte nach Ähnlichkeiten mit seinem eigenen Gesicht. Wenn Arcturus' Theorie stimmte, waren er und Arcturus illegitime Söhne des Grafen Faverham; Karl wäre dann auch Fletchers Halbbruder. Allerdings konnte er bis auf das dichte schwarze Haar kaum Gemeinsamkeiten entdecken.

»Bringt den Mitverschwörer herein!«, sagte Karl mit heller, dünner Stimme.

Die Doppeltür flog auf, und Jakov betrat mit Othello den Saal. Der Zwerg war mit so vielen Ketten gefesselt, dass er kaum laufen konnte. In seinem Mund steckte ein vollkommen verdeckter Knebel, eines seiner Augen war zugeschwollen und glänzte violett wie eine überreife Pflaume.

Hinter ihm ging sein Vater Uhtred, das Gesicht verkniffen vor ohnmächtiger Wut. Seine Fäuste waren geballt, der Schritt entschlossen wie der eines Mannes, der sich auf eine Schlägerei vorbereitete.

»Was hast du mit ihm gemacht?«, fuhr Arcturus Jakov an, als er Othello neben Fletcher festkettete.

»Er hat sich widersetzt«, antwortete der Feldwebel grinsend. »Wir mussten ihm ein paar Backpfeifen geben und einen Knebel verpassen, damit er den Mund hält. Eine andere Sprache verstehen diese Halbmenschen nicht.«

»Lasst ihn, Hauptmann«, knurrte Uhtred und zog Arcturus beiseite. »Mit solchen Tieren kann man doch nicht reden. Die Geschworenen sollen ruhig sehen, wie sie meinen Sohn zugerichtet haben. Vielleicht erweckt es ihr Mitgefühl.«

»Das bezweifle ich«, flüsterte Arcturus, während Jakov einem der Geschworenen zunickte und dann aus dem Saal schlenderte.

»Nur einer von uns kann als Verteidiger auftreten. Nach Eurer Leistung bei der letzten Verhandlung glaube ich, dass Ihr das übernehmen solltet«, sprach Uhtred weiter und küsste Othello auf den Scheitel. »Ich werde solange draußen warten, sonst vergesse ich mich noch. Ich konnte mich gerade so beherrschen, diesen Jakov nicht in Stücke zu reißen. Viel Glück ... wir sprechen uns, wenn das hier vorbei ist.«

Bevor Arcturus etwas erwidern konnte, kam ein Räuspern von der Kanzel, und alle im Saal verstummten. Fletcher sah Uhtred noch nach draußen gehen, dann fiel die Tür ins Schloss.

»Edle Damen und Herren, vielen Dank für Eure Anwesenheit«, begann Raubler und breitete theatralisch die Arme aus. »Die Inquisition hat nicht oft Gelegenheit, über einen Fall von Hochverrat zu entscheiden. Immerhin ist es das niederträchtigste aller Verbrechen, für das als Strafe nur der Tod infrage kommt.«

Diesmal verspürte Fletcher eine eigenartige Gleichgültigkeit wegen seiner möglichen Hinrichtung. Vielleicht war ihm der Tod sogar lieber als ein Leben im Kerker.

»Die Verhandlung wird nicht lange dauern«, verkündete Raubler unterdessen großherzig. »Schließlich haben wir alle noch anderes zu tun. Uns, der Inquisition, kommt die Rolle des Anklägers und Richters zu, während ihr als Geschworene über die Schuld des Angeklagten befindet. Wenn niemand etwas dagegen hat, kommen wir gleich zur Sache. Inquisitor Faverham, wenn Ihr bitte die Beweislage darlegen würdet.«

Karl musterte Fletcher von der Kanzel herab und nahm seine Notizen zur Hand. »Während einer nächtlichen Übung wurden fünf von Herzog Forsys' Soldaten hinterrücks ermordet. Eines der Opfer hatte Verbrennungen im Gesicht, die auf den Angriff eines Salamanders hindeuten. Dieser Dämon ist äußerst selten, Fletcher ist der Einzige in ganz Hominum, der einen solchen besitzt. Wir glauben außerdem, dass Othello Thorsager an der Tat beteiligt war und geholfen hat, das Massaker zu verüben.« Karl deutete auf den gefesselten und geknebelten Zwerg, der nichts anderes tun konnte, als den Blick trotzig zu erwidern. »Grund des Angriffs war die geplante Entmachtung von König Harold – als erster Schritt zu einem Zwergenaufstand. Wäre Fletcher nicht gleich danach wegen versuchten Mordes an Graf Cavell verhaftet worden, befänden wir uns jetzt wahrscheinlich mitten in einem Bürgerkrieg.«

»Die Verhaftung war ungerechtfertigt«, warf Arcturus ein. »Fletcher wurde in allen Punkten freigesprochen. Graf Cavell kann von Glück reden, dass er nicht selbst wegen Mordversuchs angeklagt wurde.«

Raubler wollte gerade etwas von der Kanzel herunterbrüllen, doch Karl hob die Hand. »Ah, Arcturus, ich dachte schon, es hätte Euch für immer die Sprache verschlagen«, höhnte er. »Trotzdem wäre es schön, wenn Ihr die Freundlichkeit besäßet, den Mund zu halten, bis die Beweisaufnahme abgeschlossen ist.«

»Dann fahrt mit Euren angeblichen Beweisen fort, anstatt falsche Anschuldigungen vorzubringen.«

Karl ignorierte die Bemerkung und kam nach unten. »Es gibt drei Beweisstücke. Bei dem ersten handelt es sich um die Waffe, mit der Othello Thorsager die Bluttat verübte. Das zweite belegt Fletchers Verbindung zu den umstürzlerischen Zwergen. Der dritte und letzte Punkt wird dann die Aussage eines Augenzeugen sein. Ich denke, das sollte genügen, um die Schuld zu beweisen und die Angeklagten noch heute zu köpfen. Auch wenn Inquisitor Raubler der Meinung ist, sie hätten die traditionelle Strafe verdient, die da wäre … Tod durch Erhängen, Streckbank und Vierteilen. Es mag sich als Glück für die Angeklagten herausstellen, dass die Festsetzung der Todesart den Geschworenen obliegt.«

Othello erschauerte und starrte Fletcher mit großen Augen an. Es war ein grässlicher Tod, an den Fletcher nicht einmal zu denken wagte. Vielleicht war ein Leben im Kerker doch gar nicht so schlecht, überlegte er.

»Hauptmann Arcturus, habt Ihr irgendwelche Gegenbeweise oder Zeugen vorzubringen?«, fragte Karl unschuldig. Seine Augen blitzten vor Häme.

»Da die neue Anklage gegen Fletcher erst vor einer Stunde vorgebracht wurde und ich nichts von Othellos Verhaftung wusste, wird es das Gericht nicht überraschen, dass ich im Augenblick nichts dergleichen vorweisen kann«, antwortete Arcturus mit einer Stimme, die vor Sarkasmus triefte.

»Wenn ich mich recht entsinne, habt Ihr persönlich bei König Harold eine Petition eingereicht, um Fletchers Verhandlung voranzutreiben. Ich dachte, Ihr wärt glücklich darüber, dass die Petition Erfolg hatte!«, gab Karl genauso sarkastisch zurück.

Arcturus funkelte seinen Halbbruder finster an. »Zwischen einem Jahr und einer Stunde besteht ein großer Unterschied, wie Ihr sehr gut wisst, Karl. Glücklicherweise sind meine Zeugen bereits auf dem Weg. Mindestens einer davon wird Fletcher und Othello entlasten. Sie werden bald eintreffen, vorausgesetzt sie haben meine Nachricht rechtzeitig erhalten.«

»Wunderbar!«, rief Karl und klatschte in die Hände. »Dann macht es Euch ja nichts aus, wenn zunächst die

Anklage ihre Beweise vorlegt. Bevor wir damit anfangen, möchte ich allerdings noch König Harold meinen Respekt erweisen.«

Tosender Applaus hallte durch den Saal, dann fuhr Karl mit einem Lächeln fort. »Selbstverständlich darf auch sein Vater, der glorreiche Gründer der Inquisition, Vorsteher der Pinkertons und Oberhaupt der Richterkammer, nicht vergessen werden: unser Alt-König Alfric.«

Fletcher drehte sich um und sah gleich neben dem Dreigestirn zwei Männer sitzen. Sie waren ihm bisher gar nicht aufgefallen, da sie beinahe genauso gekleidet waren wie die anderen Adligen. Doch jetzt wusste er, was die Goldreife auf ihren Köpfen zu bedeuten hatten.

»So alt nun auch wieder nicht!«, krächzte Alfric, begleitet vom Kichern einiger Zuhörer.

König Harold mochte um die dreißig Jahre alt sein, also etwa im selben Alter wie Arcturus. Unter dem goldenen Kronreif wallte dichtes blondes Haar, sein Gesicht war wohlgeformt, und er hatte leuchtende graue Augen. Alfric, sein Vater und der ehemalige König Hominums, trug einen silbernen Kronreif. Das weiße Haar reichte ihm bis zu den Schultern, seine Nase war so spitz wie der Schnabel eines Adlers. Er sah sich teilnahmslos im Saal um. Erst als sein Blick auf Fletcher fiel, verengten sich seine Augen zu Schlitzen.

»Hiermit rufe ich Wachtmeister Mörki und Chefermittler Törner in den Zeugenstand. Sie werden das erste Beweisstück präsentieren«, verkündete Karl, während Raubler den Soldaten einen Befehl zubellte.

Othello knurrte, als er die beiden Pinkertons sah. Sie

warfen Othello und Fletcher ein hämisches Grinsen zu, dann überreichten sie Karl einen in ein weißes Tuch gewickelten Gegenstand. Nachdem sie ihre Spitzhüte höflich vor den Geschworenen gelupft hatten, verschwanden sie wieder durch den Seiteneingang.

Karl wartete, bis sie draußen waren, dann zog er das weiße Tuch beiseite.

»Das erste Beweisstück«, rief er mit überschwänglicher Geste. »Ein Wurfbeil. Eigentümer: Othello Thorsager!«

8

WILDES GEMURMEL WURDE LAUT, die erste Reihe der Geschworenen beugte sich neugierig nach vorn, und Othello brüllte gegen den Knebel in seinem Mund an. Sein Bart zitterte und bebte, während er verzweifelt versuchte, den Stoff durchzubeißen.

»Lüge!«, rief Fletcher anstelle seines Freundes, noch bevor Arcturus es verhindern konnte. »Das Beil wurde Othello schon Wochen vorher gestohlen, nachdem die beiden Schläger ihm die Rippen gebrochen hatten.«

»Wochen vor *was*?« Raubler hob die Hand, und das Geplapper hörte augenblicklich auf.

Fletcher spürte, dass nun alle Blicke auf ihn gerichtet waren.

»Wochen. Vor. Was?«, wiederholte Karl.

»Vor … dieser Geschichte«, antwortete Fletcher und suchte fieberhaft nach einem Ausweg. Warum hatte er nicht einfach den Mund gehalten?

»Dann weißt du also, wann die Morde passiert sind? Du gibst zu, dass du dort warst?«, bohrte Karl unbarmherzig nach.

»Das habe ich nicht gesagt«, erwiderte Fletcher kleinlaut.

Arcturus legte ihm eine Hand auf die Schulter und drückte so fest zu, dass Fletcher sich zusammenreißen musste, nicht laut aufzuschreien. »Ich habe ihn davon in Kenntnis gesetzt, wann die angebliche Tat begangen wurde. Beantwortet das Eure Frage?«, erklärte der Hauptmann, den Blick auf Karl gerichtet.

Einen Augenblick lang starrten die beiden einander an, als seien sie Wölfe, die um die Rudelführerschaft kämpfen. Karl schaute als Erster weg, ging aber sofort zum nächsten Angriff über:

»Die Mordwaffe trägt das Wappen der Thorsagers, also kann sie nur einem männlichen Mitglied der Familie gehören. Sowohl Othellos Vater Uhtred als auch sein Bruder Atilla können ein Alibi für die fragliche Nacht vorweisen. Othello war damals noch Schüler an der Dämonenakademie, aber die Bediensteten dort bescheinigen, dass er sich zur Tatzeit nicht dort aufgehalten hat. Somit steht wohl außer Frage, wer die Morde begangen hat.«

Die Geschworenen musterten Othellos Beil mit großem Interesse, einige flüsterten miteinander. Fletcher wusste, dass dies nichts Gutes bedeuten konnte.

»Danke, Inquisitor Faverham. Sehr überzeugend«, sagte Raubler und schrieb etwas in seine Notizen. »Bitte bringt das nächste Beweisstück.«

Diesmal rief Karl niemanden herein, sondern zog lediglich ein kleines Kärtchen aus seiner Robe und hielt es in die Höhe. »Dies ist ein Mitgliedsausweis der Ambosse. Er wurde nach Fletchers Verhaftung in seinem Zimmer gefunden. Ein Glück, dass der Ausweis noch vorhanden war, denn ein Unbekannter hatte alle anderen Beweisstücke bereits entfernt.« An dieser Stelle warf er Arcturus einen vielsagenden Blick zu. »Nachdem die Verteidigung während der letzten Verhandlung Fletchers Beschwörungsleder vorweisen konnte, dürfen wir wohl annehmen, dass wir wissen, wer dieser Unbekannte war.«

Fletcher blinzelte verwirrt. Er hatte das Kärtchen vor langer Zeit an seinem ersten Tag in Corcillum bekommen. Über die Ambosse wusste er nur wenig, eigentlich bloß, dass es sich dabei um eine Vereinigung von Menschen handelte, die sich für die Rechte der Zwerge einsetzte.

»Und was soll das beweisen? Ich habe den Ausweis schon seit zwei Jahren«, platzte er heraus.

Diesmal verzichtete Arcturus darauf, Fletcher an der Schulter zu packen. Er stieß lediglich einen frustrierten Seufzer aus. »Hohes Gericht, dürfte ich kurz mit meinen Mandanten sprechen?«, fragte er.

»Ja, warum nicht?«, antwortete Raubler gut gelaunt. »Vielleicht könntet Ihr Meister Fletcher gleich beibringen, den Schnabel zu halten. Nicht dass es einen Unterschied macht, denn schon bald wird er für immer schweigen.«

Arcturus verneigte sich steif, dann kauerte er sich neben Othello und Fletcher hin und wartete, bis die Gespräche im Saal so laut geworden waren, dass niemand ihn belauschen konnte. »Fletcher, seit deiner Verhaftung gab es zahlreiche Attentate auf die Pinkertons, aber auch auf Zivilisten. Die Spuren führten jedes Mal zu den Ambossen.«

Othello schüttelte energisch den Kopf.

»Verzeih, Othello. Ich werde dir den Knebel abnehmen, aber du musst mir versprechen, dich zu beherrschen. Du genauso, Fletcher. Ihr dürft euch erst verteidigen, wenn die Inquisition ihre Beweisführung beendet hat.«

Othello würgte und spuckte, als er das Stück Stoff in seinem Mund endlich los war. »Igitt, der hat geschmeckt wie der Lendenschurz eines Kobolds!«, schimpfte er.

»Warum erklärst du Fletcher nicht, was es mit der Mitgliedskarte auf sich hat?«, fragte Arcturus und reichte dem Zwerg eine Feldflasche mit Wasser.

Othello nahm ein paar tiefe Schlucke, dann wandte er sich an Fletcher. »Gut, dich zu sehen, mein Freund. Ich wünschte nur, die Umstände wären glücklicher.« Er fasste Fletcher am Arm und zog ihn näher zu sich heran. »Es ist eine Menge passiert, seit du … fort bist. Die Feindseligkeiten zwischen Menschen und Zwergen wurden immer schlimmer, und alles nur wegen dieser Anschläge, die angeblich von den Ambossen verübt wurden. Mittlerweile ist die Organisation verboten, allein die Mitgliedschaft ist strafbar, und die meisten ihrer Anführer sind untergetaucht.«

»Aber warum tun die Ambosse das? Es macht doch alles nur noch schlimmer«, warf Fletcher ein.

»Wir glauben, dass es einen Verräter in ihren Reihen gibt. Es muss derselbe sein, der die Forsys über das geheime Ratstreffen informiert und uns diese ganze Suppe überhaupt erst eingebrockt hat«, flüsterte Othello.

Von der Kanzel kam ein lautes Räuspern. »Sagtet Ihr nicht ›kurz‹, Hauptmann?«, fragte Raubler ungeduldig.

»Hört zu, beide«, sprach Arcturus ungerührt weiter, ohne auf Raubler zu achten. »Wir haben weder die Zeit noch einen Grund, uns jetzt eine Geschichte auszudenken. Ihr wisst nichts und werdet ab jetzt den Mund halten. Verstanden?«

»Die Gesprächszeit ist vorbei, Hauptmann!«, bellte Raubler nun und winkte die Soldaten heran.

Arcturus trat einen Schritt zurück und hob beschwichtigend die Hände.

»Seht Ihr, das war doch gar nicht so schwer«, kommentierte Raubler lachend und pfiff die Wachen zurück. »Ich denke, dieser Mitgliedsausweis spricht für sich selbst, meint Ihr nicht?«

Fletcher versuchte nicht hinzusehen, während die Geschworenen eifrig nickten. Waren er und Othello in ihren Augen bereits schuldig, oder gab es noch Hoffnung?

»Bringt den Zeugen der Anklage herein. Er soll seine Aussage machen, und danach werde ich die Beschuldigten verhören«, sprach Raubler weiter und wandte sich dann wieder an Arcturus. »Ihr könnt Eure Verteidigung morgen vorbringen, Hauptmann, doch die Zeugen werden nur heute vernommen. Die Inquisition möchte die Anhörungen schnell abschließen, damit morgen Nachmittag ein Urteil gefällt werden kann.«

Arcturus' Kiefermuskeln zuckten, doch er blieb stumm. Fletcher überlegte unterdessen fieberhaft, wer für ihn aussagen könnte. Seraph vielleicht?

Als Nächstes führte Jakov einen Soldaten in der pechschwarzen Uniform der Forsys herein. Fletcher kannte den jungen Mann zwar nicht, aber zu Grindels Trupp schien er nicht zu gehören. Das waren alles hartgesottene, bullige Männer gewesen, während dieser hier jung und zierlich wirkte. Wahrscheinlich war er kaum älter als Fletcher selbst.

»Nenne den Geschworenen deinen Namen«, befahl Karl, nachdem der Soldat auf der Zeugenbank Platz genommen hatte.

»Ich bin John Metzger von den Forsys-Furien«, sagte der Angesprochene mit fester Stimme. Fletcher und Othello würdigte er keines Blickes.

»Gut, John. Was hast du in jener Nacht gesehen?«

»Wir machten gerade eine nächtliche Übung, als wir plötzlich Schüsse hörten. Als wir eintrafen, fanden wir fünf Männer tot auf dem Boden liegend, also suchten wir nach den Tätern. In der Dunkelheit wurde ich von meinem Trupp getrennt, dann entdeckte ich die beiden.« Nun warf er doch noch einen Blick in die Richtung der Angeklagten und deutete mit dem Finger dorthin. »Ich richtete meine Muskete auf sie und verhaftete die beiden in der Hoffnung, dass meine Kameraden bald eintreffen würden. Dann lähmte mich ein Kerf mit seinem Stich, und die Gefangenen flohen. Meine Kameraden fanden mich erst mehrere Stunden später.«

»Danke, John. Das wäre alles«, erwiderte Raubler.

John erhob sich und salutierte steif, dann verließ er den Saal. Fletcher sah ihm mit schwerem Herzen hinterher. Mittlerweile erinnerte er sich wieder an ihn, und das Schlimmste war: Er hatte die Wahrheit gesagt.

»Damit ist die Beweisführung der Anklage abgeschlossen.« Raubler nahm seine Notizen zur Hand und las mit lauter Stimme vor. »Die Zusammenfassung lautet, dass Fletcher als Mitglied der Ambosse ein Tatmotiv hatte, und Othello …« Er verstummte kurz und nahm ein anderes Papier zur Hand. »Nun, Othellos Strafregister umfasst mittlerweile mehrere Bände: tätliche Übergriffe auf Pinkertons, Widerstand gegen die Staatsgewalt, rassistische Propaganda und so weiter. Ein aktenkundiger Unruhestifter also.«

»Bloße Indizien, die mit diesem Fall nicht das Geringste zu tun haben!«, rief Arcturus dazwischen und schaute dabei die Geschworenen an.

»Nichtsdestotrotz ein Motiv!«, knurrte Raubler.

Entsetzt beobachtete Fletcher, wie Raubler den Geschworenen seine Notizen überreichen ließ, damit sie alles selbst nachlesen konnten. Dabei war Othello in allen genannten Punkten unschuldig – er hatte lediglich für seinen Zwillingsbruder Atilla den Kopf hingehalten, dessen Gefängnisstrafen abgesessen und auch noch die Prügel von den Wärtern eingesteckt.

»Auch die Tatwaffen haben wir«, führte der Inquisitor weiter aus. »Die Verbrennungen wurden den Ermordeten eindeutig von Fletchers Salamander zugefügt. Das Wurfbeil des Angeklagten Thorsager befindet sich unmittelbar hier vor Euren Augen, verehrte Geschworene. Und es gibt einen zuverlässigen Zeugen, der die beiden in der Nähe des Tatorts gesehen hat. Fahren wir nun mit der Vernehmung der Angeklagten fort. Wache, bringt den Zwerg in den Zeugenstand!«

Othello stand mühsam auf, nachdem seine Füße losgekettet worden waren, dann schleppte er sich zum Podium und funkelte Raubler verächtlich an.

»Wo warst du in der Nacht der Morde?«, fragte der Inquisitor mit aneinandergelegten Fingerspitzen.

Othello zuckte mit keiner Wimper und verschränkte stumm die Arme vor der Brust.

Raubler beugte sich nach vorn. »Warum hast du diese Männer angegriffen?«, fragte er barsch. »War es ein geplanter Anschlag oder ein spontaner Entschluss?«

Othello stand regungslos wie eine Statue da und hielt Raublers Blick eisern stand. Nur der Brustkorb bewegte sich im gleichmäßigen Rhythmus seiner Atmung.

»Dein Knebel hat wahre Wunder gewirkt, Jakov«, sagte Raubler schließlich mit einem schallenden Lachen. »Endlich hält der Zwerg den Mund!«

Fletcher hörte ein Kichern hinter sich und drehte den Kopf: Es kam von König Alfric.

»Aber wie er mich ansieht … alles andere als respektvoll«, sprach Raubler plötzlich todernst weiter. »Sogar ganz entschieden unverschämt, findest du nicht, Karl?«

»Und wie. Ganz und gar ungehörig«, bestätigte Karl und rieb sich nachdenklich das Kinn. »Auch sein Äußeres lässt zu wünschen übrig, dieses ungekämmte Haupt, und überall Haare im Gesicht. Sein Auftreten ist eine Schande für dieses Gericht.«

Das Ganze war ein abgekartetes Spiel, wurde Fletcher klar. Er kam sich vor wie in einem schlechten Theaterstück. Die beiden Inquisitoren hatten alles im Voraus geplant, und genau das machte Fletcher Angst.

»Jakov, warum kommst du nicht herüber und verschönerst den Angeklagten ein wenig?«, sagte Karl schließlich und winkte den Feldwebel heran.

Othello wurde blass.

In diesem Augenblick riss Fletcher an seinen Ketten. »Das dürft Ihr nicht!«, schrie er. »Einem Zwerg das Haar zu schneiden, das ist Frevel!« Er zog so lange, bis die Handschellen in seine Haut schnitten und ihm das Blut über die Finger rann.

Arcturus' Blick wanderte zu König Harold, aber der Monarch saß mit verschränkten Armen stumm da. Herzog Forsys, Didric und die Dame Faverham grinsten hämisch, während König Alfric Didric aufgeregt etwas ins Ohr flüsterte.

»Das verstößt gegen die Bürgerrechte«, sagte Arcturus schließlich an die Geschworenen gewandt. »Es ist illegal!«

»Zwerge haben keine Bürgerrechte«, entgegnete Raubler lachend. »Sein Aussehen muss dieses Gerichtes würdig sein. Ein Haarschnitt hat noch niemandem geschadet.«

»Das lasse ich nicht zu!«, bellte Arcturus. Sein Zeigefinger erstrahlte bereits in blauem Licht, da spannten die Soldaten ihre Musketen und zielten auf seine Brust, während Jakov seinen Dolch zog und sich breitbeinig vor Othello stellte.

Arcturus gab sich geschlagen. Das blaue Leuchten erlosch, dann kniete er sich neben Fletcher und hielt seine Handgelenke fest, damit er sich nicht weiter verletzte. »Sieh nicht hin«, flüsterte er. »Sie wollen dich nur leiden sehen.«

Othello wehrte sich verzweifelt. Sein Oberkörper zuckte wild von links nach rechts, während er mit den Zähnen nach Jakovs Händen schnappte. Er sah wie ein in die

Enge getriebenes Tier aus, und die Adligen auf der Geschworenenbank schüttelten angewidert die Köpfe.

»Keine Angst, den Gefallen tu ich ihnen nicht«, knurrte Fletcher. Er spürte nur noch glühenden Zorn, konnte sich kaum beherrschen, seine Handschellen abzusprengen und Othello zu Hilfe zu eilen. Doch er wusste, das wäre glatter Selbstmord – also genau das, was seine Feinde wollten.

Jakov hielt Othello mit seiner fleischigen Hand fest, dann hob er den Dolch. »Halt still«, brummte er und packte den Zwerg am Bart. »Wir wollen doch nicht, dass es schief wird.«

Geschlagen ließ Othello den Kopf hängen. Das erste *Schnipp!* hallte durch den Saal, eine dicke Bartsträhne fiel zu Boden, und der Stolz in Othellos Augen erlosch. Eine Träne stahl sich aus seinem Augenwinkel, aber über seine Lippen kam kein Laut.

Das Messer blitzte auf, wieder und wieder. Fletcher spürte jeden Streich, als würde Jakov in sein eigenes Fleisch schneiden, doch Othello vergoss nicht eine einzige weitere Träne. Mit stoischer Ruhe ertrug er die Erniedrigung, während Fletcher ihm in Gedanken all seinen Mut und seine Kraft sandte.

»Gut so, hohes Gericht?« Jakov trat einen Schritt zurück und bewunderte seine Arbeit. Othellos Bart war nun beinahe genauso kurz wie derjenige Raublers.

»Hmmm, diese Haare ...«, überlegte Karl laut und stellte sich direkt vor Othello. Schließlich hob er den dicken Zopf des Zwergs an. »Ich hätte sie gern als Andenken.«

Othello schloss die Augen, dann fuhr Jakovs Dolch erneut nieder.

»Vielleicht lasse ich mir daraus einen Rasierpinsel machen«, meinte Karl lachend und schwenkte den abgeschnittenen Zopf wie einen Pferdeschwanz.

»Viel zu schmutzig«, erwiderte Raubler mit gerümpfter Nase. »Jetzt die Oberlippe. Rasier alles weg, Jakov. Ich wollte schon immer wissen, wie Zwerge ohne ihren …«

Er kam nicht dazu, den Satz zu Ende zu sprechen, denn in diesem Augenblick flog mit einem Krachen die Tür am Ende des Saals auf. Ein pfeifender Wind fuhr herein und bespritzte den Steinboden mit Regen, dann stolzierte ein Greif mit einem lauten Kreischen in den Saal. Die Reiterin trug eine Uniform, das schwarze Haar klebte ihr nass an den blassen Wangen. Als sie ihre Fliegerbrille abnahm, blitzten ihre grauen Augen nur so vor kalter Wut.

»Hauptfrau Lovett!«, keuchte Fletcher. Er konnte es nicht fassen. Das letzte Mal, als er sie gesehen hatte, hatte sie noch im Koma gelegen und sich nur über ihren Kerf, Valens, verständigen können.

Lovett ließ ihren Greif den Mittelgang entlangstolzieren. Die Tropfspur, die er dabei hinterließ, kümmerte sie genauso wenig wie die entsetzten Blicke des Publikums. Erst als sie unmittelbar vor Jakov stand, hielt sie an und riss ihm den Dolch aus der Hand.

Raubler brauchte einen Moment, bis er seine Sprache wiederfand. »Hauptfrau Lovett, wie könnt Ihr es wagen, einfach in diesen Saal zu platzen? Steigt sofort ab, sonst werde ich Euch wegen Missachtung des Gerichts belangen!«

»Das ist nicht möglich«, erwiderte sie nur und ließ den Dolch klappernd zu Boden fallen.

Raubler stand auf. »Ihr weigert Euch?«, fauchte er von der Kanzel herunter.

»Ich kann nicht«, widersprach Lovett und schüttelte sich das nasse Haar aus dem Gesicht. »Ich bin von der Hüfte abwärts gelähmt.«

9

WÄHREND DER VERWUNDERTE RAUBLER noch nach einer geeigneten Antwort suchte, wanderte Lovetts Blick weiter zu Fletcher. Sie nickte ihm kurz zu, dann lenkte sie ihren Greifen, Lysander, zur Geschworenenbank.

»Ich bin hier, um Euch zu sagen, dass Fletcher und Othello unschuldig sind. Sie mussten sich gegen einen Angriff von zehn Männern verteidigen und sind gerade noch mit dem Leben davongekommen. Der Zwerg wurde angeschossen, doch Fletcher brachte ihn in Sicherheit. Mein Kerf, Valens, stach einen Soldaten, der sie gefangen genommen hatte, damit sie entkommen konnten.«

Raubler schlug mit der Faust auf das Pult. »Ihr habt ihnen zur Flucht verholfen, nachdem sie fünf Soldaten ermordet hatten?«, polterte er.

»Ich habe sie davor bewahrt, kaltblütig abgeschlachtet zu werden, nachdem sie vor einer Gruppe Soldaten geflohen waren, die zum bloßen Vergnügen Jagd auf Zwerge machte«, erwiderte Lovett mit fester, selbstbewusster Stimme, den Blick weiterhin auf die Geschworenen gerichtet.

Karl hob die Hand und schüttelte lächelnd den Kopf. »Nicht so schnell, Hauptfrau Lovett. Ich weiß aus sicherer Quelle, dass Ihr noch bis vor wenigen Monaten im Ätherschock lagt … daher auch Eure bedauerliche Lähmung. Wie ist es dann möglich, dass Ihr die Ereignisse in jener Nacht bezeugen könnt?«

»Durch Valens, meinen Kerf. Wie andere vor mir habe auch ich einen Weg gefunden, durch seine Augen zu sehen, ohne einen Hellsehstein benutzen zu müssen«, antwortete sie mit stolz erhobenem Kinn.

Karl winkte ab. »Lächerlich. Nur die allerbesten Beschwörer sind dazu in der Lage.«

»Eben«, erwiderte Lovett trocken.

Karl schürzte die Lippen, wusste aber offensichtlich nicht, was er darauf sagen sollte.

»Wenn es stimmt, was Ihr sagt, könnten wir es ja hier und jetzt überprüfen«, warf Raubler lachend ein.

»Nur zu.«

Raubler überlegte eine Weile und starrte sie von der Kanzel herunter an, doch die Hauptfrau erwiderte seinen Blick, ohne mit der Wimper zu zucken.

»Nehmen wir einmal an, Ihr wärt tatsächlich in der Lage, ohne einen Kristall hellzusehen …«, sagte Raubler schließlich und betrachtete seine Fingernägel. »Eure Aussage wäre dennoch wertlos, oder besser gesagt: gerade deshalb.«

»Was soll das?«, warf Arcturus aufgebracht ein. »Es gibt ausreichend Präzedenzfälle, bei denen Beobachtungen, die durch Hellsehen gemacht wurden, als Beweis zugelassen wurden.«

»Durchaus, aber diese Beobachtungen wurden in einem Hellsehstein gemacht. Lovett behauptet, keinen benutzt zu haben. Dafür gibt es keinen Präzedenzfall, also erkläre ich ihre Aussage hiermit als unzulässig. Ihr seid entlassen, Hauptfrau Lovett.«

»Das ist absurd!«, rief Arcturus und trat vor die Kanzel.

»Es ist das *Gesetz*, Hauptmann. Ich mache es, und Ihr habt Euch dem zu beugen.« Raubler konnte sich ein Lächeln nicht verkneifen, als er die Zornesröte auf Arcturus' Gesicht sah.

»Verehrte Geschworene, bitte vergesst Hauptfrau Lovetts Aussage«, fuhr Karl unterdessen fort. Er bedeutete Arcturus, auf seinen Platz zurückzukehren. »Außerdem, Hauptmann: Solltet Ihr noch einmal auf diese Weise mit dem Gericht sprechen, werden wir Euch des Saals verweisen. Dann können die Missetäter sich selbst verteidigen.«

Arcturus verschränkte die Arme hinter dem Rücken, als könnte er sich kaum beherrschen, Karl an die Kehle zu springen. Mit sichtlicher Anstrengung drehte er sich schließlich weg und führte Othello zur Anklagebank zurück.

Der Zwerg stierte mit leeren Augen zu Boden, ohne Fletcher anzusehen. Er wirkte jetzt kleiner, regelrecht geschrumpft. Nachdem er so viel ertragen hatte, schien er endgültig gebrochen.

Fletchers Wut brannte nur noch heißer. Seine Widersacher hielten alle Macht in den Händen, er war vollkommen hilflos. Dieses Tribunal war eine Farce und das Urteil längst gefällt. Doch so groß sein Zorn auch war, ein Gedanke drängte sich unbarmherzig in den Vordergrund: Er würde sterben. Es gab nichts, was er dagegen tun konnte. Berdon … Sylva … Er würde sie niemals wiedersehen.

»Ich werde mich nicht hinstellen und das tatenlos mit ansehen«, sagte Lovett unbeirrt.

»Gewiss nicht. Das könnt Ihr ja gar nicht, wie Ihr eben selbst sagtet«, kommentierte Raubler grinsend. Fletcher hörte, wie Herzog Forsys beinahe platzte vor Lachen.

Hauptfrau Lovett ignorierte die Spitze und deutete auf die Inquisitoren. »Verehrte Geschworene, hört auf Euer Gewissen, nicht auf diese Scharlatane. Die beiden Angeklagten sind Opfer einer Intrige, nichts weiter.«

»Das reicht, Hauptfrau!«, brüllte Raubler und nickte einem Soldaten zu. »Ich bin mit meiner Geduld am Ende. Noch ein Wort, dann …«

Der Soldat richtete seine Muskete auf Lovett, doch Fletcher sah, wie er unter Lysanders bohrendem Blick zitterte.

»Nun, hat die Verteidigung noch weitere Zeugen zu bieten, oder wären wir damit fertig?«, fragte Karl.

Hauptfrau Lovett beugte sich zu Arcturus hinunter. »Fechtmeister Caulder steht draußen. Die Wachen haben ihn nicht hereingelassen«, flüsterte sie.

Arcturus überlegte kurz, doch schließlich schüttelte er den Kopf.

»Nein, das wäre alles«, antwortete er und wandte sich dann leise an Lovett. »Gleichgültig, was Caulder zu sagen hat, es würde keinen Unterschied machen.«

Raubler nahm die Antwort zufrieden zur Kenntnis und hob seinen Hammer. »Schön, dass wir uns in diesem Punkt einig sind. Die Verhandlung ist bis morgen Vormittag unterbrochen, dann werden wir das Plädoyer der Verteidigung hören. Das Urteil dürfte bis zum Nachmittag gefällt sein … und die Angeklagten sind dann noch am selben Abend tot.«

Fletcher und Othello wurden getrennt, aber Ersterer wusste auch so, dass sein Freund nicht weit war, denn er hörte Uhtred in der Nachbarzelle laut fluchen. Die Worte waren zwar nicht zu verstehen, doch das Krachen zertrümmerter Möbel und die Schreie der Soldaten sprachen eine deutliche Sprache. Wenige Momente später riss Jakov die Zellentür auf und stieß Uhtred vor Fletcher zu Boden.

»Hier drinnen kannst du dich beruhigen«, knurrte er und wischte sich einen Blutstropfen aus dem Mundwinkel. Seine Lippe war aufgesprungen, das Kinn rot und geschwollen. »Wenn du noch einmal die Hand gegen eine der Wachen erhebst, verpasse ich dir die gleiche Schönheitsbehandlung wie deinem Sohn.«

Fletcher machte einen Schritt auf Jakov zu und ließ eine Feuerkugel in seiner Handfläche erscheinen. »Raus!«, knurrte er. »Sonst verpasse ich *dir* die gleiche Schönheitsbehandlung wie Didric.«

Jakov war bereits draußen, bevor Fletcher überhaupt zu Ende gesprochen hatte. Er ließ die Feuerkugel noch einen Moment auf seinem Zeigefinger tanzen und überlegte, ob er die Tür damit aus dem Rahmen sprengen sollte. Im Gegensatz zur Tür seiner Kerkerzelle war sie nicht aus Stahl, sondern aus Holz.

»Danke, Fletcher.« Uhtred setzte sich stöhnend in einen Stuhl. Eine Hand hielt er auf seine Rippen gepresst.

»Er ist ein Ungeheuer, innerlich wie äußerlich«, brummte Fletcher, dann saugte er das Mana aus der Feuerkugel wieder in sich hinein. Falls sich doch noch eine Fluchtmöglichkeit bot, würde er jedes bisschen davon brauchen, doch jetzt war nicht der richtige Moment.

»Komm her«, keuchte Uhtred. »Ich muss dir etwas sagen.« Er sprach abgehackt, als wären seine Verletzungen schlimmer, als es von außen schien.

Fletcher zog seinen Stuhl heran und setzte sich.

»Ich werde nicht zulassen, dass ihr sterbt. Wir holen euch hier raus.«

Fletcher wusste nicht, was er sagen sollte. Uhtreds Worte klangen unheilvoll. Was immer der Zwerg vorhatte, es konnte zu einem bösen Ende führen.

»Die Zwergenbataillone sind nicht weit von hier stationiert. Ich werde sie zusammenrufen, dann stürmen wir das Dorf.«

»Auf keinen Fall«, widersprach Fletcher leise. Sein Blick wanderte zur Zellentür. »Die Folgen wären nicht auszudenken. All der gute Wille, den König Harold Euch entgegenbringt, wäre zerstört, der Frieden zwischen Menschen und Zwergen läge in Scherben. Das Land würde im Bürgerkrieg versinken, und schließlich würdet Ihr verlieren.«

»Nein, Fletcher. Unsere Soldaten sind gut ausgebildet, und sie haben Waffen. Othello kann Dämonen herbeirufen, die …«

»Und dann?«, fiel ihm Fletcher ins Wort. »Vergesst nicht, dass ich den Streit während des Zwergenrats mitangehört habe. Die Situation ist immer noch die gleiche.«

»Ist sie nicht. Wir erobern Didrics Schloss, dort lagern genug Vorräte für eine zehnjährige Belagerung, zu der der König aber ohnehin zu wenig Mut hätte. Wegen der Kanonen wird das Himmelskorps es nicht wagen, einen Angriff auf uns zu fliegen, und mit dem Geld aus den Schatzkammern können wir Handel mit den Elfen treiben. Wir gründen endlich unser eigenes Königreich.«

Uhtreds Blick wurde glasig, während er verstummte. Doch seine Worte hatten Fletcher zutiefst erschüttert. Wie sein Sohn Othello war er immer ein Verfechter des Friedens gewesen, doch nun schien etwas in ihm zerbrochen zu sein. Fletcher hoffte nur, dass er den Schaden reparieren konnte.

»Was ist mit Thaissa und Briss und all den anderen Zwergen in Corcillum?«, fragte er. »Was glaubt Ihr, würde mit ihnen geschehen?«

Uhtred rang die schwieligen Hände, blieb aber weiterhin stumm.

»Außerdem sind Arcturus und Lovett hier«, fuhr Fletcher fort. »Glaubt Ihr, sie würden tatenlos zusehen, wie Ihr einen Aufstand vom Zaun brecht? Oder wollt Ihr die beiden ebenfalls töten? Dann wären da noch König Harold und sein Vater, ganz zu schweigen von den vielen Adligen. Das sind alles mächtige Beschwörer. Und was Didrics Schloss angeht: Es ist schwer befestigt und wird Tag und Nacht streng bewacht. Wenn nicht einmal das Himmelskorps gegen die Kanonen dort ankommt, welche

Chance habt dann Ihr Zwerge? Eure Soldaten würden einen tapferen Tod sterben, und am Ende wäre ihr eigenes Blut doch nur sinnlos vergossen.«

Uhtred blinzelte gegen seine Tränen an. All seine Wut war verflogen, zurück blieb nur noch Schmerz. »Ich habe mein Volk im Stich gelassen«, schluchzte er bebend. »Und meinen Sohn.«

Fletcher legte ihm einen Arm um die zitternden Schultern. Die Thorsagers so am Boden zerstört zu sehen machte ihn rasend, aber er unterdrückte seinen Zorn. Was Uhtred jetzt brauchte war Mitgefühl. »Ihr dürft nicht zulassen, dass diese Schufte alles in Gefahr bringen, was Ihr und Othello gemeinsam erreicht habt. Ihr tätet ihnen nur einen Gefallen. Und vergesst nicht, dass König Harold …«

Uhtred schlug mit der Faust auf den Tisch. »Der König hat uns verraten!«, polterte er. »Er war dabei und hat tatenlos zugesehen, wie sie meinem Sohn all das angetan haben. Meinem tapferen, gutherzigen Sohn.«

Von der Tür kam ein leises Klopfen, und Fletcher erstarrte. Wenn eine der Wachen Uhtreds Ausbruch mitangehört hatte, würde der Zwerg morgen ebenfalls wegen Hochverrats hingerichtet werden. Fletcher lud seinen Telekinesefinger auf und versteckte die Hand hinter seinem Rücken. Mit einer schnellen, gezielten Entladung sollte er jeden ausschalten können, wer auch immer gleich durch diese Tür kam.

»Nicht doch, Fletcher. Wenn du mich jetzt angreifst, wäre das in der Tat Hochverrat. Zu deinem Pech hat ein junger Schlachtmagier wie du außerdem kaum eine Chance gegen den König.«

Fletcher wirbelte herum und sah Harold im Türrahmen lehnen. Der König wirkte erschrocken, in seinen Augen stand ein Ausdruck, den Fletcher nicht recht deuten konnte.

»Ich bedaure, was vorhin passiert ist. Wenn ich es hätte verhindern können, hätte ich es getan. Bitte lasst mich euch alles erklären, dann werdet ihr verstehen«, sprach Harold weiter.

»Von mir aus«, erwiderte Fletcher, so ruhig er konnte. Wenn der König nicht in der Lage war, solch himmelschreiende Ungerechtigkeiten zu verhindern geschweige denn zu bestrafen, verdiente er seinen Respekt auch nicht.

»Es gibt keine Rechtfertigung für Euer tatenloses Zusehen!«, fuhr Uhtred auf und humpelte zur Tür.

»Uhtred …«

»Spart Euch die Worte bis morgen nach der Verhandlung auf«, knurrte der Zwerg. »Ich möchte sehen, wie es Euch ergeht, wenn Ihr den Tod zweier Unschuldiger auf dem Gewissen habt!« Dann schlug er die Tür hinter sich zu.

Harold starrte dem Zwerg wortlos hinterher. Eine unbehagliche Stille senkte sich über den Raum. Schließlich nahm er den Kronreif ab und legte ihn auf den Tisch. Er rieb sich seufzend die Schläfen, zog den freien Stuhl heran und setzte sich.

»Ich werde dir jetzt eine Geschichte erzählen«, begann Harold und schloss die Augen. »Teile davon kennst du wahrscheinlich schon, aber gewiss noch nicht alles.« Er sprach sehr leise, als fürchtete er, belauscht zu werden.

»Als ich noch ein Junge war, steckte Hominum in tiefen Schwierigkeiten. Mein Vater hatte die Steuern so stark erhöht, dass die Armen kaum noch zu essen hatten. Selbst der Adel musste den Gürtel enger schnallen. Er verprasste das Geld für überflüssigen Luxus wie Festbankette, Statuen und Gemälde. Dann ließ er mitten im Zentrum von Corcillum auch noch einen prächtigen Palast erbauen. Das Volk war unzufrieden, und der Adel noch mehr. Die Frage war nicht, *ob* es zu einer Revolte kommen würde, sondern *wann*. Also dankte er ab und gab den Thron an mich weiter, sobald ich meine Ausbildung an der Dämonenakademie abgeschlossen hatte. Die Steuern wurden wieder gesenkt, das Volk hatte einen neuen König, der Frieden war gerettet.«

Fletcher erinnerte sich zwar vage, das alles schon einmal gehört zu haben, konnte sich aber nicht vorstellen, was es mit dem Tribunal zu tun haben sollte.

»Offiziell bin ich zwar der König, aber die Macht liegt allein bei meinem Vater«, fuhr Harold fort. »Der Adel steht fest auf seiner Seite, außerdem kontrolliert er die Richter und damit auch die Rechtsprechung. Er ist Oberhaupt der Inquisition und lässt jeden, der ihm in die Quere kommt, von den Pinkertons einsperren. Als er mir sein Amt übertrug, war er sicher, dass ich nach seiner Pfeife tanzen würde. Falls nicht, hatte er die Richter, die Inquisition und die Pinkertons als Druckmittel. Das Ganze war ein Propagandatrick, mehr nicht.«

Fletcher war verblüfft. Er hatte den Eindruck, als wäre der König irgendwie geschrumpft. Mit einem Mal erschien ihm Harolds Gegenwart weit weniger drückend.

Als der König die Augen wieder öffnete, erwiderte Fletcher seinen Blick wie ein Gleichgestellter.

»Mein Vater ist ein rassistischer Fanatiker, der andere gerne leiden sieht, aber ich bin nicht so … wie er. Ich hatte Mentoren und wurde von Gelehrten unterrichtet. Meine Kindermädchen waren allesamt Zwerginnen.«

Fletcher hatte von der finsteren Regierungszeit des abgedankten Königs und dessen diskriminierenden Zwergengesetzen gehört. Seinen eigenen Sohn so über ihn sprechen zu hören war trotzdem ein Schock. Alfric musste ein wahres Scheusal sein. Doch während Harold noch die Hände rang, wurde Fletcher zunehmend unbehaglich zumute. Warum erzählte ihm der König das alles? Fletcher hatte nicht die Absicht, sich in einer Art politischem Schachspiel zum Bauern machen zu lassen.

»Als noch Frieden zwischen unseren Reichen herrschte, bin ich sogar des Öfteren als Diplomat bei den Elfen gewesen«, sprach der König weiter. »Es mag das gleiche Blut in unseren Adern fließen, aber ich habe nichts mit meinem Vater gemein. Manchmal frage ich mich, ob es der Tod meiner Mutter war, der ihn so werden ließ …«

Harold verstummte, dann saßen sie eine Weile schweigend nebeneinander.

»Eure Geschichte rührt mich, ehrlich, aber es fällt mir schwer, sie zu glauben«, sagte Fletcher, als er es nicht mehr aushielt. »Was ist mit der Übereinkunft mit den Zwergen, dem Frieden mit den Elfen, und was ist mit dem Orkkrieg? Es heißt, das alles wäre Euer Werk.«

»Das war der Rat, nicht ich. Ich habe seine Gründung vorgeschlagen, um mir wenigstens einen Teil der Macht zurückzuholen. Meinem Vater habe ich weisgemacht, der

Rat würde ihm die langweiligen Regierungsgeschäfte erleichtern.« Harold lachte leise, als er das sagte.

»Alfric glaubte, wegen seiner guten Verbindungen zum Adel könnte er die Zusammensetzung des Rats kontrollieren, aber ich habe meine eigenen Verbündeten. Als die ursprünglichen Mitglieder allmählich an Altersschwäche oder in den Grenzkriegen starben, erbten meine Freunde deren Ratssitze. So gelang es mir, neue Gesetze zu erlassen. Deshalb war das Turnier im letzten Jahr auch so wichtig. Mein Vater kam auf die Idee, einen Ratssitz als Preis auszuloben. Hätte einer der Forsys-Zwillinge gewonnen, hätte sich das Machtverhältnis wieder zu seinen Gunsten verschoben, denn die Faverhams und Forsys stehen fest auf seiner Seite. Ich danke dir von ganzem Herzen, dass du das verhindert hast.«

»Und was hat das mit Othello und dem Tribunal zu tun?«, hakte Fletcher nach.

»Mein Vater denkt immer noch, ich wäre genauso von Hass zerfressen wie er und seine Freunde. Er glaubt, ich hätte die Gesetze, die ihm nicht passen, nur aus praktischen Gründen erlassen, nicht um die Dinge wieder in Ordnung zu bringen. Wüsste er die Wahrheit … würde er einen Bürgerkrieg anfangen und sich die Macht zurückholen. Ich hingegen versuche, Hominum zusammenzuhalten. Die Sicherheit unseres Volkes steht auf Messers Schneide. Wir können die Orks gerade so von den Grenzen fernhalten, doch wenn es jetzt auch noch Krieg zwischen mir und meinem Vater gibt, die Zwerge sich erheben oder die Elfen auf die Idee kommen einzumarschieren, würde unser Heer zusammenbrechen. Die Orks hätten freie Bahn und würden Hominum dem Erdboden gleichmachen.«

»Das heißt, Ihr könnt euch nicht einmischen, weil Euer Vater sonst Verdacht schöpfen würde. Dann könnt Ihr uns also nicht begnadigen?«

»Begnadigt werden können ohnehin nur Adlige. Aber du hast recht, selbst *wenn* es möglich wäre, könnte ich es nicht. Jedenfalls nicht ohne triftigen Grund«, erwiderte Harold. »Doch ich bin nicht nur gekommen, um mich dir zu erklären. Du sollst außerdem erfahren, was geschieht, falls Othello morgen hingerichtet wird: Den Generälen, dem Adel und den Soldaten wird man weismachen, Othello wäre wegen Hochverrats und Mordes an fünf Soldaten schuldig gesprochen und entsprechend bestraft worden. Die Zwergenbataillone hingegen wissen, dass Othello nicht nur unschuldig war und in Notwehr gehandelt hat, sondern … er war auch noch der Sohn des großen Uhtred Thorsager. Kannst du dir vorstellen, was dann passiert?«

»Es würde … zu Unruhen kommen … Menschen und Zwerge würden übereinander herfallen«, keuchte Fletcher entsetzt. Er war so sehr um Othello und sich selbst besorgt gewesen, dass ihm die volle Tragweite des Tribunals vollkommen entgangen war.

»Die Zwerge würden niedergeworfen werden, aber erst nach einem Kampf, der das Heer einen viel zu hohen Blutzoll kosten würde«, sprach Harold grimmig weiter. »Wenn sie gesehen haben, was wir den Zwergen angetan haben, werden die Elfen das Bündnis mit uns wahrscheinlich aufkündigen. Und die ganze Zeit über sammelt der Albino-

Ork weiter seine Kräfte, um seine Horden zum richtigen Zeitpunkt auf unser hoffnungslos überlastetes Heer loszulassen. Und all das nur wegen eines einzigen toten Zwergs. Alles, was das Dreigestirn interessiert, sind das verfluchte Waffengeschäft und ihre Rache an dir. Alles, was meinen Vater interessiert, ist, die Zwerge und Elfen in die Schranken zu verweisen. Und ich belade mich mit Schuld, egal ob ich euch helfe oder nicht. Entweder kommt es zum Krieg gegen meinen Vater oder zu einer Zwergenrevolte.«

Fletcher nahm Harolds Hand. »Könnt Ihr denn gar nichts dagegen tun?«, fragte er bestürzt.

Wie ein Ertrinkender umklammerte der König Fletchers Finger. »Nein, gar nichts. Aber *du* kannst etwas tun.« Er schaute Fletcher mit verzweifelter Hoffnung an.

»Ich tue alles, was Ihr sagt. Morgen bin ich so oder so tot«, erwiderte Fletcher. Es fühlte sich gut an, endlich wieder einen Plan zu haben, ein Ziel, für das es sich zu kämpfen lohnte. Einen Augenblick lang flackerte neue Hoffnung in ihm auf.

Harold holte tief Luft.

»Bekenne dich schuldig. Ich werde dafür sorgen, dass dein Tod schnell und schmerzlos ist.«

10

AN DIESEM ABEND BEKAM FLETCHER keine weiteren Besuche mehr. Als er nicht einschlafen konnte, rief er Ignatius herbei, und sie spielten ein wenig Fangen um den Tisch. Es war ein kindisches Spiel, bei dem er sich immer wieder die Schienbeine anschlug, aber wenigstens lenkte es ihn von dem ab, was ihm am morgigen Tag bevorstand. Schließlich blieb ihm nichts anderes übrig, als still zuzusehen, wie sein kleiner Dämon einschlief. Sein einziger Trost war, dass Ignatius die Verzweiflung nicht spürte, die sich seines Herrn bemächtigt hatte.

Jakov und die anderen Wachen kamen sehr früh. Mit lautem Gebrüll hämmerten sie gegen die Tür, immer in der Erwartung, einen vollkommen verängstigten Fletcher aus dem Bett zu ziehen. Doch Fletcher erwartete sie schon, gefasst und bereit, sein Schicksal auf sich zu nehmen.

Trotz der frühen Stunde war der Gerichtssaal zum Bersten gefüllt. Heute waren noch mehr Generäle und Adlige gekommen, um das Urteil zu hören, sogar ein paar Fußsoldaten befanden sich in der Menge. Das linderte Fletchers Nervosität zwar nicht gerade, aber er dachte einfach daran, was passieren würde, wenn er sich jetzt noch einmal umentschied, und das genügte. Sein Geständnis würde Othello von allen Anschuldigungen entlasten. Das Dreigestirn wäre um seinen Sieg gebracht, der Bürgerkrieg wäre abgewendet. Hominum würde nicht zerfallen.

Alles, was er dafür tun musste, war sein Leben zu opfern.

Arcturus wirkte erschöpft, als er mit einem ganzen Stapel Notizen an die Brust gepresst seinen Platz einnahm. Hauptfrau Lovetts Verfassung war kein bisschen besser. Sie saß direkt hinter ihm in der ersten Reihe der Geschworenenbank, eingequetscht zwischen Zacharias Forsys und dem alten König Alfric. Ein paar Schritte daneben stand ein klappriger Rollstuhl.

Während Raubler und Karl darauf warteten, dass alle Platz nahmen, wurde Othello in den Saal geschleift und neben Fletcher festgekettet. Diesmal hielt er das Haupt stolz erhoben, das alte Feuer leuchtete wieder in seinen Augen.

Fletcher fragte sich, ob Uhtred immer noch an seinem Plan festhielt und Othello vielleicht eingeweiht hatte. Der mögliche Tod seines Sohnes wirkte wie eine unglaubliche Last auf den Schultern des gutherzigen Zwergs. Fletcher musste schnell handeln, am besten sofort.

»Othello, du musst mir etwas versprechen«, flüsterte er. »Der König war letzte Nacht in meiner Zelle. Er steht auf unserer Seite und weiß, was er tut. Ich kann dir jetzt nicht alle Einzelheiten erklären, aber was auch immer passiert, du musst mitspielen.«

Othello hob die Augenbrauen und schenkte Fletcher ein vertrauensvolles Lächeln. Dass so viel von dem Gesicht des Zwergs zu sehen war, machte einen eigenartigen Eindruck. Sein stoppeliger Kiefer war kräftig und breit, beinahe wie ein Amboss.

»Ich bin froh, dass er endlich was unternimmt«, erwiderte Othello leise. »Nach Uhtreds … *Ausbruch* von letzter Nacht haben sie Arcturus und Lovett zur Strafe nicht zu mir gelassen. Ich habe gehört, wie sie vor meiner Zellentür mit den Wachen gestritten haben. Mein Vater darf nicht einmal mehr den Gerichtssaal betreten.« Othello warf Jakov einen hasserfüllten Blick zu, dann flüsterte er aus dem Mundwinkel: »Bist du sicher, dass wir dem König trauen können?«

»Uns bleibt gar keine andere Wahl«, erwiderte Fletcher. »Was auch immer Arcturus und Lovett zu unserer Verteidigung vorbringen, es wird keinen Einfluss auf das Urteil haben.«

Othello schüttelte den Kopf und warf einen Blick zur Verteidigerbank hinüber. »Sie sehen aus, als hätten sie die ganze Nacht kein Auge zugetan. Ich würde es lieber darauf ankommen lassen.«

Fletcher lächelte seinen Freund traurig an und fragte sich, ob er vor der Hinrichtung noch Gelegenheit bekommen würde, ihm alles zu erklären, dann atmete er einmal tief durch.

»Ich habe etwas zu sagen!«, rief er laut und drehte sich zum Publikum um, soweit es seine Ketten zuließen.

»Fletcher, halt den Mund«, knurrte Arcturus, die müden Augen vor Entsetzen weit aufgerissen.

Im Saal wurde Gemurmel laut. Raubler versuchte, mit seinem Hammer für Ruhe zu sorgen, während sich immer mehr Zuhörer von ihren Plätzen erhoben, um zu sehen, welcher der beiden Gefangenen gesprochen hatte.

»Ich bedaure, aber in diesem Punkt stimme ich ausnahmsweise mit Hauptmann Arcturus überein«, höhnte Raubler. »Für feurige Reden und große letzte Worte hat dieses Gericht keine Zeit. Halt den Mund, Junge, sonst wird Jakov dich knebeln, wie er es schon mit dem Zwerg gemacht hat.«

»Ich möchte ein Geständnis ablegen«, sprach Fletcher ungerührt weiter, ohne sich zu dem Inquisitor umzudrehen.

»Nein!«, schrie Arcturus. »Wir können die Verhandlung immer noch gewinn…«

Der Hauptmann verstummte abrupt, als Jakov ihn zu Boden riss und ihm mit der prankenartigen Hand den Mund zuhielt.

Ein anderer Soldat stellte sich demonstrativ direkt vor Lovett, aber das war gar nicht nötig. Fletcher sah, wie Zacharias Forsys der Hauptfrau etwas ins Ohr flüsterte und ihr seinen Dolch an die Rippen hielt. All das bestätigte Fletcher nur in seinem Entschluss. Er hasste diese blutleeren, gleichgültigen Männer, die wie willenlose Puppen nur ihren eigenen Begierden hinterherliefen.

»Wiederhole das!«, mischte sich Karl mit aufgeregter Stimme ein. »Sag es laut, damit der ganze Saal dich hören kann.«

Wieder erhoben sich allerlei Stimmen im Raum. Fletcher spürte, wie die Blicke der mächtigsten Frauen und Männer in ganz Hominum auf ihm lasteten, doch er hielt stand. Sein Auftritt musste überzeugend aussehen.

»Ich gestehe den Mord an den fünf Soldaten!«

Entsetztes Schweigen breitete sich über den Saal.

»Ihr habt richtig gehört. *Ich* war es, ich und kein anderer. Ich habe Othellos Wurfbeil gestohlen und bin losgezogen, um Streit zu suchen. Allerdings habe ich nicht gemerkt, dass Othello den Diebstahl beobachtet hatte und mir gefolgt ist.«

An dieser Stelle geriet Fletcher ins Stottern. Die Worte, die er in seiner Zelle so oft wiederholt hatte, fühlten sich nun wie glühende Kohlen auf seiner Zunge an. Jede Silbe brachte ihn näher an seinen Tod.

»Na-Nachdem er mir eine Stunde lang gefolgt war, hat eine Patrouille ihn entdeckt. Die Soldaten nahmen es als willkommene Gelegenheit für eine Schießübung. Ich hörte den Schuss und schlich mich näher heran, da sah ich Othello mit einer tiefen Wunde im Bein am Boden liegen.«

Fletcher machte eine Verschnaufpause. Die nächsten Worte würden sein Schicksal endgültig besiegeln, doch jetzt, zum letzten Akt, kehrte all sein Mut wieder zurück, und er sprach im vollen Brustton weiter.

»Während Othello kaum bei Bewusstsein war, habe ich sie alle fünf getötet. Ich tat es hinterrücks und mit voller Absicht – die Soldaten haben mich nicht einmal gesehen. Ich bin der einzig Schuldige. Othello hatte nichts damit zu tun.«

Seine Worte hallten durch den mucksmäuschenstillen Saal, während Raublers Federkiel über das Pergament raste.

Nur Karl wurde blass, als er begriff, was Fletchers Aussage bedeutete. »Der … der Zwerg …«, stammelte er. »Er muss ebenfalls …«

Fletcher hörte einen lauten Fluch aus dem Publikum und lächelte – auch Didric schien ganz und gar nicht glücklich über diese neue Entwicklung zu sein.

»Die Verhandlung wird vorübergehend unterbrochen«, erklärte Karl endlich mit einem lauten Hammerschlag, dann eilte er die Stufen hinauf, um sich aufgeregt mit Raubler zu beraten.

Es war so laut im Raum, dass Fletcher nicht hören konnte, was sie besprachen. Er sah nur, wie sie häufig zum Dreigestirn und zu König Alfric hinüberschauten, und das genügte, um seinen Verdacht zu bestätigen: Eigentlich hatten sie es auf Othello abgesehen. Fletchers Tod sollte nur das Sahnehäubchen sein. Und jetzt schmeckte ihnen die Torte nicht mehr.

Plötzlich erhob sich eine neue Stimme aus der Menge. »Wir sind zu einem Urteil gekommen.«

Eine der Geschworenen hatte gesprochen, eine hochgewachsene, herrische Dame mit streng zurückgebundenem grauen Haar und einer Hornbrille auf der Nase. In den Händen hielt sie einen kleinen Stapel Zettel. Fletchers Herz setzte einen Schlag lang aus, als er den Stapel sah: Die Geschworenen hatten über das Urteil abgestimmt, während die Inquisitoren noch abgelenkt gewesen waren.

»Wenn Ihr uns nur noch einen kurzen Augenblick geben würdet«, entgegnete Karl und hob den Zeigefinger.

»Nein«, erwiderte die Dame knapp. »Ihr tätet gut daran, Euch zu erinnern, dass die Verteidigung heute Vormittag das Wort hat. Fletcher hat sich eindeutig zu seiner Schuld bekannt. Das Urteil obliegt uns allein, und wir haben es bereits gefällt. Unsere einzige weitere Frage lautet, ob der Zwerg noch etwas zu sagen hat, bevor ich es verlese.«

Othello zögerte. Er schaute Fletcher forschend an, dann senkte er unentschlossenen den Blick. Beinahe eine halbe Minute lang lag Hominums Zukunft in den Händen des Zwergs, dann schüttelte er stumm den Kopf.

»In diesem Fall befinden wir Othello Thorsager … für unschuldig. Er war ein Opfer unglücklicher Umstände, nichts weiter.«

Othello reagierte kaum, er fasste Fletcher lediglich am Handgelenk und zog ihn näher an sich heran.

»Was hat Harold vor? Das ergibt keinen Sinn«, flüsterte er. Dann, als er endlich aufblickte, begriff er die Wahrheit, die Fletcher nicht aussprechen konnte.

»Nein …«, stammelte der Zwerg und umklammerte Fletchers Hand.

Fletchers Augen füllten sich mit Tränen. Othello war gerettet. Er musste jetzt nicht mehr stark sein.

Wie einen Ertrinkenden packte Othello Fletcher am Wams. »Du hast gesagt, der König hätte einen Plan«, krächzte er. »Harold wollte dich retten.«

»Das hier war sein Plan«, antwortete Fletcher mit einem traurigen Lächeln. »Eines Tages wirst du es verstehen. Diese Angelegenheit ist wichtiger als wir beide.«

Dann hörte Fletcher das Urteil der Geschworenen. Jedes Wort traf ihn wie ein Hammerschlag.

»Fletcher Wulf wird in allen Punkten schuldig gesprochen und zum Tod durch Erhängen verurteilt.«

11

WIE EINE TOTENGLOCKE HALLTE DAS URTEIL durch den Saal – in gewissem Sinne war es das ja auch, dachte Fletcher. Eine bleierne Stille senkte sich über den Raum, einige der Zuhörer schienen schockiert, andere warteten gespannt auf Fletchers Reaktion, da ertönte eine wilde Schimpftirade vom Eingang herüber.

Fletcher drehte sich um, und sofort erkannte er die ungeschlachte Gestalt, die dort den Mittelgang entlanghumpelte. Es war Fechtmeister Caulder von der Akademie. Sein Holzbein schlug klappernd gegen den Steinboden, während er, immer noch laut vor sich hin fluchend, nach vorne kam.

Raubler ließ seinen Hammer niedersausen. »Was, zum Teufel, soll das?«, polterte er. »Wachen, werft ihn sofort hinaus!«

Caulder zog sein Schwert. »Verflucht, ich habe etwas zu sagen und werde jeden zum Krüppel schlagen, der auch nur in meine Nähe kommt«, knurrte er. Er trug ein Kettenhemd und den silberblauen Waffenrock der Adelsfamilie, der er einst gedient hatte. Es war seine alte Uniform.

Die Wachen zögerten und hoben unentschlossen ihre Musketen.

Zacharias Forsys schüttelte angewidert den Kopf und sprang auf. »Wollt ihr diesem unflätigen Greis etwa auch noch eine Bühne für seine Unverschämtheiten geben?«, rief er den Zuhörern in seinem Rücken zu. »Das Urteil ist gefällt, soll er allein seinen wirren Gedanken nachhängen!«

Doch Zacharias hatte die Stimmung im Saal falsch eingeschätzt. Begierig auf noch mehr Unterhaltung ignorierten die Zuhörer seinen Zwischenruf. Manche forderten ihn sogar auf, sich zu setzen.

König Harold erhob sich nun ebenfalls und brachte die Menge mit einem strengen Blick zum Schweigen. »Ich bin geneigt, Zacharias zuzustimmen«, sagte er, als wieder Ruhe herrschte.

Fletcher verzweifelte. Warum schlug sich Harold nun auch noch auf Zacharias' Seite? War alles nur ein Trick gewesen, um ihm ein Geständnis zu entlocken?

»Aber«, sprach der König weiter, »ich habe Meister Caulder persönlich zum Ritter geschlagen und ihn außerdem zum Waffenmeister der Dämonenakademie ernannt. Er ist ein guter Mann. Allein der Respekt vor seinen Titeln gebietet, ihn anzuhören.«

Dann setzte er sich, und Zacharias blieb nichts anderes übrig, als das Gleiche zu tun, wenn er sich dem König in der Öffentlichkeit nicht widersetzen wollte. Fletcher seufzte erleichtert und konzentrierte sich dann wieder auf seinen alten Fechtmeister.

Caulder neigte den Kopf. »Danke, mein König.« Dann räusperte er sich und sagte mit lauter, klarer Stimme:

»Vor einundzwanzig Jahren trat ich in die Dienste des Grafen Rale ein. Ganz in der Nähe der Grafschaft begann der Dschungel, oft gab es Orküberfälle. Das Anwesen der Rales lag am Rand eines Dorfes, war aber leicht zu verteidigen, da die Orks nur über einen einzigen Gebirgspass einfallen konnten. Diesen Pass hätte ich mit meinen fünfzig Männern gegen ein ganzes Heer halten können, falls nötig. Über Jahre hielten wir die Orks problemlos fern.«

Dann hielt Caulder plötzlich inne, als müsse er sich sammeln. Fletcher verstand nicht, was der Fechtmeister mit seinem Auftritt erreichen wollte. Er zögerte doch das Unvermeidliche nur hinaus. Und wozu? Wollte er Uhtred Zeit verschaffen, seine Zwergenbataillone in Position zu bringen? Fletcher warf einen schnellen Blick in Richtung der Eingangstür und hoffte verzweifelt, dass Uhtred seinen selbstmörderischen Plan nicht doch noch in die Tat umsetzte.

»Es war eine Nacht wie jede andere. Alle Wachen waren auf ihren Posten, überall brannten Fackeln, nichts rührte sich im Wald rund um den Pass. Wir merkten erst, was vorging, als sich ein Diener mit einem Speer im Bauch in unser Lager schleppte. Die Orks seien wie aus dem Nichts aufgetaucht, berichtete er, und jetzt töteten sie alles, was sich bewegte. Als wir ankamen, war es bereits zu spät. Die Rales und die Dorfbewohner waren tot oder lagen im Sterben. Wir sahen uns einer entsetzlichen Übermacht gegenüber. Ich habe als Einziger überlebt.« Caulder hielt seine Hakenhand hoch in die Luft, damit alle sie sahen.

»Ich habe in jener Nacht eine Hand und ein Bein verloren, aber noch viel schrecklicher war der Blutzoll, den die anderen zahlten. Jeder Mann, jede Frau und jedes Kind war enthauptet worden. Die Köpfe ihrer Opfer hatten die Orks auf dem Dorfplatz aufgestapelt. Die Rales und ihre Dienerschaft spießten sie auf Pfähle, die sie an ihrem Rand zum Dschungel aufstellten – als Warnung an Hominum, sich vom Orkreich fernzuhalten. Als wir die Leichen bargen, um sie zur letzten Ruhe zu betten, waren sie kaum noch zu erkennen.«

Inquisitor Raubler stöhnte laut und schaute demonstrativ zur Decke. »Wir alle kennen diese Geschichte, Waffenmeister Caulder. Der Zwischenfall löste nach acht Jahren bösen Blutes den Orkkrieg aus. Ich habe jetzt aber keine Zeit, einem alten Mann dabei zuzuhören, wie er über die Fehler seiner Vergangenheit sinniert. Kommt zum Ende.«

Caulder funkelte den blassen Inquisitor an, dann wandte er sich mit sichtlicher Anstrengung wieder dem Saal zu. »Der von uns bewachte Pass war der einzige Zugang zur Grafschaft Rale. Das hatten wir zumindest geglaubt. Doch es gab noch einen Zweiten. Einen geheimen Tunnel unter den Bergen, den nur die Rales und enge Freunde der Familie kannten. Jemand hatte sie verraten. Dieser Verräter befindet sich wahrscheinlich hier in diesem Raum.«

Er sprach die Worte ruhig und ohne Anklage, doch die Zuhörer begannen sofort aufgeregt zu tuscheln.

Zacharias fuhr herum und richtete seinen Zeigefinger wie eine geladene Pistole auf Caulder. »Ihr wagt es, das

Andenken Edmund Rales und seiner Familie mit Euren Lügen zu beschmutzen?«, fauchte er. Seine Fingerkuppe leuchtete bereits blau. »Ich sollte Euch an Ort und Stelle töten!«

König Harold legte Zacharias eine Hand auf die Schulter und drückte ihn zurück in seinen Stuhl. »Bitte, Herzog Forsys, lasst ihn zu Ende sprechen. Er ist der Einzige, der beim Tod unseres besten Freundes zugegen war.« Dann wandte sich Harold an die Zuhörer. »Was Waffenmeister Caulder sagt, ist wahr. Als Kinder haben wir oft in dem Tunnel gespielt. Ich erinnere mich noch gut, wie wir als Mutprobe hineingingen, so weit wir es wagten. Keiner traute sich so weit wie Edmund.«

Harold lächelte versonnen, und Fletcher sah, wie andere Adlige zustimmend nickten. Auch für sie schien der Tunnel nicht allzu geheim gewesen zu sein.

Dann meldete sich Caulder wieder zu Wort. Seine Stimme zitterte, und er rieb sich die Augen, als müsste er die Tränen zurückhalten. »Ich habe versagt und den Tunnel nicht ausreichend bewachen lassen. Zum Teufel, wir hätten ihn schon vor Jahren versiegeln sollen. Das war alles meine Schuld. Deshalb habe ich mich auch nie gegen den Vorwurf verteidigt, ich hätte meine Pflicht vernachlässigt. Denn das habe ich.«

Fletcher tat der Fechtmeister unendlich leid, auch im Saal wurde mitfühlendes Gemurmel laut. Caulder hatte einen Fehler begangen, den jeder hätte machen können.

Raubler breitete theatralisch die Arme aus. »Ich bin froh, dass Ihr Euch das endlich von der Seele reden konntet, alter Mann. Hoffentlich macht es Eure traurige Existenz ein wenig erträglicher«, kommentierte er. »Aber Eure Geschichte hat nicht das Geringste mit dieser Verhandlung zu tun. Geht, bevor ich Euch noch von meinem Minotaurus an den Haaren aus dem Saal schleifen lasse.«

»O doch. Meine Geschichte hat sogar *jede Menge* mit Fletcher zu tun. Dieses ganze Verfahren war von Anfang an eine Farce.« Caulder stampfte zur Zeugenbank. »Die Inquisition hat nicht über den Jungen zu richten. Geschworene können keinen Adligen verurteilen. Allein der König kann das!« Damit setzte er sich und blickte Karl erwartungsvoll an.

Der Inquisitor ging auf den drahtigen Haudegen zu. »Wenn ich mich nicht täusche, sprecht Ihr von Meister Wulfs Behauptung, er sei der illegitime Sohn meines Vaters, und damit mein …«

»Das habe ich nie behauptet!«, rief Fletcher dazwischen.

»Halbbruder«, beendete Karl den Satz. »Eine Anmaßung ohnegleichen ist das! Aber selbst wenn sie wahr wäre, würde sie Fletcher nicht zum Adligen machen, sondern lediglich zu einem Bastard.«

Caulder schüttelte lachend den Kopf und versetzte Karl mit der breiten Seite seines Schwerts einen so harten Schlag, dass er ins Wanken geriet. »So gerne ich die Verfehlungen Eures Vaters auch enthüllen würde, aber Fletcher ist *keiner* von Graf Faverhams Bastarden. Bitte verzeiht mir den Ausdruck, Hauptmann Arcturus.«

Arcturus, der sich endlich aus Jakovs Griff befreit hatte, nickte knapp.

»Ich gebe gerne zu, dass ich eine Weile lang glaubte, Fletcher könnte tatsächlich Euer Halbbruder sein, Inquisitor«, fuhr Caulder laut fort. »Doch das war, bevor ich mit seinem Stiefvater Berdon gesprochen hatte. Jetzt *weiß* ich, wer er ist. In der letzten Nacht habe ich erfahren, dass Fletcher vor den Toren dieses Dorfes nackt im Schnee gefunden wurde. Er hatte nichts bei sich, keinen Zettel, keinen Korb, ja nicht einmal eine Decke. Wer würde sein eigenes Kind aussetzen und dem sicheren Erfrierungstod überlassen? Und warum vor den Toren eines so entlegenen Dorfes wie Pelz, das beinahe an der Grenze zum Gebiet der Elfen liegt? Jetzt endlich kenne ich die Antwort. Auf all diese Fragen und noch mehr.«

Der Fechtmeister schaute Fletcher jetzt zum ersten Mal an. Trauer lag in seinem Blick, sogar ein bisschen Reue. »Als ich mit zerschmetterten Gliedern neben dem Herrenhaus der Rales im Dreck lag, habe ich einen Dämon aus einem der Fenster auffliegen sehen«, sprach er schließlich weiter. »Es war Graf Rales Greifeule, und sie trug etwas in den Krallen.« Er nickte Fletcher erwartungsvoll zu, doch Fletcher konnte nicht mehr tun, als verwirrt die Stirn zu runzeln.

»Was soll das schon gewesen sein? Ein Brief? Geld? Eine Greifeule ist kaum größer als ein Kauz, sie kann nicht viel tragen«, höhnte Karl.

Caulder lächelte Fletcher reumütig zu.

»Ein Säugling«, antwortete er. »Gerade mal eine Woche alt und genauso nackt wie bei seiner Geburt.«

12

FLETCHER KONNTE KAUM DENKEN, so laut wurde es plötzlich im Saal. Männer wie Frauen schrien zornig durcheinander und machten es unmöglich, einen klaren Gedanken zu fassen. Schließlich sank er auf die Knie und hielt sich die Ohren zu, während er verzweifelt versuchte, Caulders Geschichte zu verstehen. Mit pochendem Herzen ging er alles noch einmal durch und tat sein Bestes, Zacharias' Gebrüll sowie das Krachen des Gerichtshammers auszublenden.

Er wusste, es war nur ein Strohhalm, an den er sich da klammerte, aber er konnte nicht anders: Wenn er wirklich Graf Rales Sohn war, erklärte das zumindest, warum er die Gabe hatte, die bei bürgerlich Geborenen so besonders selten war. Der Zeitraum passte ebenfalls, mehr oder weniger zumindest. Aber das war auch schon alles. Wie schon die Erklärung, derzufolge er Arcturus' Halbbruder war, hatte auch diese Geschichte riesige Löcher, die irgendwie gefüllt werden mussten …

Raubler war der gleichen Meinung. »Lächerlich«, sagte er nur, während die Menge unter dem funkelnden Blick von König Harold, der sich erneut erhoben hatte, allmählich verstummte. »Selbst wenn wir Euch glaubten – und wir haben triftige Gründe, davon auszugehen, dass Ihr nicht vor einer Lüge zurückscheuen würdet, um Meister Wulf zu schützen –, wie sollte das Neugeborene denn ausgerechnet an der Nordgrenze Hominums auftauchen, wo die Grafschaft Rale doch ganz im Süden liegt? Welchen Grund hätte Edmund gehabt, sein Kind hierherzubringen?«

»Weil er nicht mehr wusste, wem er noch vertrauen konnte!«, knurrte Caulder und schlug mit der Faust auf die Bank. »Ein Freund der Familie hatte ihn verraten und die Orks direkt zu seiner Haustür geführt. Graf Rale wusste, dass sein Sohn nirgendwo in Hominum sicher wäre, also schickte er ihn an den einzigen Ort, an dem selbst der König ihn nicht erreichen konnte: zu den Elfen.«

»Und dann? Hat der Dämon sich vielleicht unterwegs verirrt und ihn versehentlich hier abgesetzt?«, stichelte Karl.

»Graf Rale war tot, und die Greifeule entschwand in den Äther, so wie alle Dämonen, die nicht mehr an diese Welt gebunden sind, nachdem ihr Herr verstorben ist. Sie schaffte es nicht bis an die Grenze. Ein Glück, dass sie überhaupt bis zu den Bärenzahnbergen kam«, antwortete Caulder gelassen. Fletcher sah einige der anwesenden Adligen nicken. »Sie hat den Jungen so nahe an das Land der Elfen herangebracht, wie sie nur konnte, und an einem Ort abgelegt, wo ihn mit Sicherheit jemand finden würde: vor den Toren von Pelz. Er war nackt und allein, aber er schrie so laut, dass der Schmied ihn schließlich fand.«

Das klang halbwegs überzeugend, überlegte Fletcher, zumindest, wenn man daran glauben *wollte*. Andererseits hätte Rale seinen Sohn irgendwohin geben können. In ein Waisenhaus vielleicht oder zu einem Freund. Hätte er ihn aber wirklich auf die lange Reise zu den Elfen geschickt? Vorausgesetzt natürlich, dass an Caulders Geschichte überhaupt etwas dran war.

Fletcher schüttelte den Kopf. Die Worte des Fechtmeisters bewiesen überhaupt nichts, und wenn er sich noch so sehr wünschte, sie wären wahr.

»Warum?«, platzte Karl heraus. »Warum habt Ihr noch nie jemandem davon erzählt? Von dem Säugling, von dem Geheimtunnel, von allem!«

Der Waffenmeister seufzte und ließ die Schultern hängen. Plötzlich wich er Fletchers Blick aus, als hätte ihn der Mut verlassen. »Ich hatte Angst«, antwortete er. »Angst, dass mich der Verräter töten würde, falls ich es jemandem erzählte. Und auch Angst, dass er sich auf die Suche nach dem Jungen machen würde, sobald er erfuhr, dass der überlebt hatte. Das war der einzige Grund, warum ich die Stellung an der Dämonenakademie überhaupt angenommen habe. Ich hoffte, der verschollene Sohn würde eines Tages seinen Weg dorthin finden. Und das hat er.«

Einige im Saal schrien entsetzt, als Zacharias plötzlich aufsprang und wütend auf Caulder zustampfte. »Ich glaube Euch kein einziges Wort. Ihr habt Euch das ausgedacht, um Eurem Freund die Haut zu retten, und das auf Kosten meines verstorbenen Freundes!« Die letzten Worte brüllte er Caulder mitten ins Gesicht. Dabei schlug er mit beiden Händen so fest auf die Lehne der Zeugenbank, dass es einen lauten Knall gab.

Der Fechtmeister zuckte nicht einmal. Er wischte sich lediglich einen Speicheltropfen aus dem Gesicht. »Darüber hat der König zu entscheiden. Er kann Fletcher als Adligen anerkennen und ihn um seiner Eltern willen von dieser erlogenen Anklage freisprechen, oder er legt die Hände in den Schoß und lässt ihn sterben.«

Caulder hielt Zacharias' bohrendem Blick so lange stand, bis sich der Herzog angewidert wegdrehte.

»Glaubt Ihr das etwa, Harold?«, fragte Zacharias fassungslos. »Er hat ohne jeden Zweifel den Verstand verloren. Ihr werdet nicht zulassen, dass dieser Spinner Edmunds und Alices Andenken beschmutzt, nur um einen Mörder zu retten.«

Harold stand auf und stellte sich neben Zacharias unter die Kanzel. Fletcher glaubte, einen Hoffnungsschimmer in den Augen des Königs zu sehen, doch bevor er etwas sagen konnte, ergriff Waffenmeister Caulder noch einmal mit bebender Stimme das Wort: »Mein König, ich habe die Rales geliebt wie mein eigen Fleisch und Blut. Ich schulde ihnen mein Leben und noch mehr, denn statt sie zu beschützen, habe ich sie im Stich gelassen. Ich tue dies hier für sie, für das Leben ihres Kindes, und nicht aus Verbundenheit gegenüber einem meiner Schüler.«

Harold schnitt ihm mit einer Geste das Wort ab. »Das ist fürwahr eine reißerische Geschichte, eine, die ich lieber schon vor vielen Jahren gehört hätte«, sagte der König ungehalten. »Wegen der Ereignisse in dieser Nacht haben wir einen Krieg angefangen. Sie nur unvollständig zu berichten grenzt an Verrat.«

»Hört, hört«, sagte Zacharias mit einem Nicken.

»Doch selbst wenn sich die Abstammung des Jungen nicht beweisen lässt, ich kann ihn doch unmöglich guten Gewissens sterben lassen. Gerade Ihr, Zacharias, werdet das verstehen. Also erkenne ich Fletcher hiermit als Adligen an und begnadige ihn. Um des Andenkens von Edmund und Alice Rale willen.«

Es war vorbei. Caulders List hatte sich durchgesetzt. Fletcher war überglücklich. Er spürte noch, wie Othello ihm auf den Rücken schlug, doch all seine Gedanken galten jetzt Berdon. Er musste ihm so vieles erzählen. Fletcher war so erleichtert, dass er beinahe in Ohnmacht fiel. Irgendwie hatte er gewonnen.

Da schnitt eine kalte, zittrige Stimme wie ein Messer durch die Luft.

»Es *gibt* eine Möglichkeit, seine Abstammung zu überprüfen.«

Es war der abgedankte König Alfric, der gesprochen hatte. Fletcher fuhr herum und sah, wie ihm die Dame Faverham beim Aufstehen half. Sie hatte hohe Wangenknochen und silbriges Haar, das ihr bis zur Hüfte reichte. Fletcher bekam sie zum ersten Mal richtig zu Gesicht und stellte fest, dass sie in jungen Jahren eine wahre Schönheit gewesen sein musste. Ihr Blick verriet allerdings, dass diese Schönheit nur oberflächlich gewesen sein konnte, denn Faverhams Augen waren voller Hass.

»Die Rales hatten einen sehr seltenen Dämon, der von Generation zu Generation weitervererbt wurde, bis er vor mehreren Jahrhunderten starb. Das ist auch der Grund, warum ein Mantikor die Uniform des geschätzten Fechtmeisters Caulder ziert. Ist es nicht so, mein Sohn?«, sprach Alfric weiter, während er auf einen langen Stock gestützt zur Kanzel humpelte.

Konnte das der Mann sein, vor dem Harold solche Angst hatte? Allzu furchterregend wirkte der greise Alfric eigentlich nicht auf Fletcher.

»Erinnert Ihr Euch noch an die alte Geschichte von dem zweitgeborenen Sohn, der von dem Mantikor seines älteren Bruders gestochen wurde und auf diese Weise die Gabe erhielt? Ganz ähnlich wie unser Freund Graf Cavell, der zum Beschwörer geworden ist, nachdem der Salamander dieses Verbrechers ihn verbrannt hatte«, erklärte Alfric und nickte Didric zu.

»König Alfric, ich bitte Euch …«, begann Arcturus, aber Jakov brachte ihn mit einem Tritt in die Rippen zum Schweigen.

»Schließlich wurde der ältere Bruder während der ersten Zwergenrebellion getötet, weshalb der Zweitgeborene an die Stelle des Erben rückte«, fuhr Alfric fort, ohne Arcturus zu beachten. »Seit diesem Tag sind alle erstgeborenen Kinder seiner Nachfahren immun gegen Mantikor-Gift. Ich spreche hier vom Fürstengeschlecht der Rales.«

»Aber das ist eine Legende«, entgegnete Harold mit einem gutmütigen Lächeln. »Nicht einmal Edmund selbst glaubte daran. Schon ein Fingerhut voll Mantikor-Gift genügt, um zehn erwachsene Männer zu töten. Nur sein Herr überlebt den Stich, und das auch nur dann, wenn er von seinem *eigenen* Mantikor gestochen wird. Es ist ganz ähnlich wie bei dem Bändiger eines Kerfen oder Arachen, der gegen das Gift seines Dämonen immun ist.«

Harold hatte in Richtung Saal gesprochen, damit alle folgen konnten, aber Fletcher kannte die Geschichte ohnehin aus seinen Dämonologie-Stunden. Damals hatte er sie für nutzlosen Unsinn gehalten. Wie sehr er sich getäuscht hatte.

»Untersteh dich, mich zu maßregeln wie ein kleines Kind«, bellte Alfric. Dann humpelte er zu Fletcher hinüber und inspizierte sein Gesicht. Alfrics Augen waren kalt und berechnend, in seinem Blick lag ein gefährliches Blitzen. »Der Junge gehört an den Galgen, wenn ihr mich fragt. Eine gerechte Strafe für sein niederträchtiges Verbrechen. Zu glauben, dieses Gossenkind könnte der Nachfahre des großen Edmund und seiner Frau Alice sein, ist alberne Fantasterei.« Dann fügte er kichernd hinzu: »Allein sein Gestank beweist das Gegenteil.«

Die Hoffnung in Harolds Augen begann zu schwinden, und eine neuerlich auftretende Verzweiflung senkte sich auf Fletcher herab. Sie wurde mit jedem Herzschlag drückender, bis er kaum noch stehen konnte. Nur Othellos starke Hand auf seiner Schulter hielt ihn noch aufrecht.

Alfric legte sich einen Finger ans Kinn und starrte an die Decke. »Ich mache dir einen Vorschlag«, sagte er ganz plötzlich. »Lassen wir ihn stechen. Wenn er stirbt, war er eben nicht Rales Sohn und hat den Tod verdient. Wenn er überlebt … hast du meine Erlaubnis, ihn zu begnadigen.«

Harold stieg die Zornesröte ins Gesicht. Er war ein erwachsener Mann und außerdem der König. Er brauchte die Erlaubnis seines Vaters nicht. Fletcher konnte förmlich sehen, wie Harold stumm mit sich rang, um dann geschlagen den Kopf zu senken – er wagte es nicht, sich seinem Vater offen zu widersetzen. Wenigstens noch nicht.

»Ich erhebe Einspruch«, meldete sich Hauptfrau Lovett zu Wort. »An Mantikor-Gift zu sterben ist ein entsetzlicher Tod. Es dauert Stunden, und der Gestochene muss fürchterliche Schmerzen erleiden.«

»Dann geben wir ihm eben die volle Dosis!«, fauchte Alfric. »Daran wird er schnell genug krepieren.«

»Das habe ich nicht gemeint …«, begann Lovett, aber Alfric schnitt ihr das Wort ab.

»Glücklicherweise befindet sich ein Bändiger hier im Raum, der über einen Mantikor gebietet. Ist es nicht so, Karl?«, fragte er und deutete auf den dunkelhaarigen Inquisitor.

»Er war ein Geschenk meiner Mutter, als ich der Inquisition beitrat«, antwortete Karl Faverham mit einer Verbeugung. »Soweit ich weiß, bekam sie den Dämon einst von Euch.«

»So ist es«, bestätigte Alfric. »Ich muss zugeben, ich habe den guten Xerxes vermisst, nachdem ich ihn meiner Cousine gegeben hatte. Über Jahre hinweg war er mein Liebling. Warum ruft Ihr ihn nicht herbei? Er kann es bestimmt kaum erwarten, endlich einmal wieder zuzustechen.«

»Ja, Herr.« Karl kniete sich hin und schnippte mit dem Finger. Eine der Wachen ging zur Kanzel hinauf und kehrte mit einem langen Köcher zurück. Mit dem Geschick jahrelanger Übung holte Karl ein aufgerolltes Stück Leder daraus hervor und breitete es vor sich aus. Dann legte er eine Hand auf das Pentagramm in der Mitte und schloss die Augen. Seine Stirn legte sich in tiefe Konzentrationsfalten, das Pentagramm erstrahlte in einem dunklen Blau, das selbst in dem gut ausgeleuchteten Gerichtssaal nicht zu übersehen war. Weiße Lichtfäden erschienen in der Luft und verdichteten sich zu einem Knoten, der immer konkretere Gestalt annahm. Binnen Augenblicken materialisierte sich eine riesenhafte Kreatur im Raum.

Fletcher hielt den Atem an. Xerxes war so groß wie ein Schlachtross und überragte ihn bei Weitem. Hinter- und Vorderläufe waren so muskulös wie bei einem Raubtier, das Fell war dicht und von dunkelvioletter Farbe, die Mähne hingegen schwarz und struppig. Aus ihr ragten lange, spitze Dornen, die klappernd gegeneinander schlugen, als das Biest das mächtige Löwenhaupt schüttelte. Die Schnauze war kurz und breit, und Xerxes' wasserblaue Augen schimmerten beinahe wie die eines Menschen. Mit einer mörderischen Neugierde starrte er Fletcher an.

Viel schlimmer als dieser Blick war allerdings der Giftstachel am Ende des langen schwarzen Schwanzes. Er wogte hin und her, ganz so wie der Kopf einer Schlange kurz vorm Zubeißen. Ein Gifttropfen glänzte auf dem Stachel, gelb und dickflüssig wie Eiter.

»Ah, da ist ja der kleine Schlingel«, rief Alfric und streichelte den Schwanz des Mantikors. »Was für ein prächtiges Exemplar. Ich bin froh zu sehen, wie gut es ihm bei Euch geht.«

»Der kleine Schlingel?«, stammelte Othello. »Das ist ein Monster!«

Alfrics Blick sprang zu Othello hinüber. »Wachen, schafft den Zwerg da weg und haltet Meister Wulf fest. Die Musketenschützen sollen Arcturus und Lovett ins Visier nehmen. Ihre Gefühle für den Jungen könnten sie zu unüberlegten Taten verleiten.«

Fletcher hörte, wie die Soldaten die Hähne ihrer Musketen spannten und anlegten. Othello fluchte laut, als Jakov ihn packte und samt der klappernden Ketten an Händen und Füßen nach draußen zerrte. Fletcher war wie gebannt vom Anblick dieser hypnotischen Augen, während der Mantikor langsam auf ihn zukam.

»Seht gut hin«, sagte Karl gut gelaunt. »Man bekommt nicht oft einen Mantikor in Aktion zu sehen, schon gar nicht, wenn er eine volle Dosis verabreicht. Allerdings sollten die Zartbesaiteten unter uns den Saal jetzt vielleicht besser verlassen.«

Der Stachel richtete sich auf und blieb dann mitten in der Luft stehen, während Xerxes auf das Kommando seines Herrn wartete. Karl hob die Hand, der Mantikor stieß ein aufgeregtes Brummen aus, da spürte Fletcher eine Hand an seinem Arm.

»Halt schön still. Wir wollen doch nicht, dass er danebensticht«, sagte Didric hämisch.

Eine weitere Hand griff von hinten über Fletchers Schulter und riss sein Wams auf, um die Brust darunter zu entblößen.

»Dein Opfer ist vollkommen umsonst«, zischte Zacharias. Er beugte sich so nahe heran, dass Fletcher seinen Atem im Nacken spürte. »Es zögert das Unvermeidliche nur hinaus. Die Zwerge werden bekommen, was sie verdient haben. Eine Schande nur, dass du es nicht mehr erleben wirst.«

Dann drückten die beiden Adligen Fletcher auf die Knie und zogen an seinen Handgelenken, als wollten sie ihm die Arme ausreißen, während der Mantikor ein letztes Mal zielte.

»Der Gefangene ist bereit, Herr!«, rief Karl mit hoher, aufgeregter Stimme. »Kann der *Beweis* beginnen?«

»Macht schon«, sagte Alfric nur.

Schwungvoll senkte Karl den Arm, der Stachel pfiff durch die Luft. Ein grausiges Ploppen ertönte, als die Spitze genau unterhalb Fletchers Brustbein durch die Haut drang. Fletcher schrie. Es fühlte sich an, als wäre er von einem Schwert durchbohrt worden. Dann pulsierte der Stachel und injizierte das Gift.

Fletcher sank zu Boden, die fremde Flüssigkeit brannte wie Säure in seinem Körper. Der Schmerz fiel über ihn her, als würde er bei lebendigem Leib von innen gekocht. Sein ganzer Körper brüllte vor Qual, die Muskeln zuckten, Arme und Beine schlugen unkontrolliert nach allen Richtungen aus, dann spürte er eine Schwärze näher kommen. Fletcher empfing sie mit offenen Armen. Alles war besser als dieses endlose Leid. Sogar der Tod.

Dann erlöste ihn die Bewusstlosigkeit. Er hörte Didric noch lachen. Seine Worte klangen, als kämen sie aus weiter Entfernung.

»Leb wohl, Fletcher Wulf!«

13

DER SCHMERZ WAR BEINAHE verschwunden, Fletcher spürte lediglich ein dumpfes Pochen in der Brust. Es wäre so leicht, einfach loszulassen und sich dieser Schwärze hinzugeben, in die Unendlichkeit und gleichzeitig ins Nichts einzugehen. Um endlich frei zu sein.

Doch jemand rief nach ihm. Eine Seele, die in dieser Leere ebenso verloren war wie die seine. Es war Ignatius.

Er spürte Liebe. Sie hielt ihn davon ab, ganz in den Abgrund zu stürzen, an dem er schon taumelte. Ignatius rief nach ihm. Fletcher fühlte, wie das Band zwischen ihnen immer dünner und schwächer wurde, aber Ignatius ließ nicht los. Der letzte seidene Faden hielt, und daran zerrte ihn der Salamander vom Abgrund weg.

Dann öffnete Fletcher die Augen.

Decke und Wände des Zimmers um ihn herum bestanden aus glattem, unbehauenem Holz. Die einzige Verzierung war das wunderschöne Muster der Rinde. Er konnte keine Tür erkennen, nur eine Öffnung, die in einen dunklen Gang führte. Am seltsamsten jedoch war die Beleuchtung. Sie bestand aus kleinen gläsernen Krügen, in denen winzige gelbliche Leuchtkugeln umherschwirrten, als seien es Wyrrlichter.

Fletcher lag in einer Art Bett, in einen Kokon aus dicken Hirschfellen – eingewickelt wie ein Baby.

»Du bist ja wach«, sagte eine sanfte, glockenhelle Stimme.

Fletcher sah ein Gesicht mit leuchtend blauen Augen direkt über sich. Erst jetzt merkte er, dass sein Kopf auf einen Schoß gebettet war. Weißgoldenes Haar kitzelte ihn am Kinn. Es war Sylva, die da auf ihn herabschaute.

»Sylva!«, keuchte er und zuckte sogleich vor Schmerz zusammen, als er sich aufsetzte. Sein ganzer Körper tat weh, als hätte er eine Schlägerei hinter sich und verloren. Ziemlich übel verloren.

»Ganz ruhig«, sagte Sylva und drückte ihn sanft zurück. »Du hast eine große Menge Mantikor-Gift abbekommen. Überlass das Reden mir.«

Fletcher ließ es geschehen. Er schloss einfach die Augen und genoss die Wärme ihres Schoßes. Als Nächstes spürte er, wie sie ihm ein paar Haarsträhnen aus dem Gesicht wischte und seine Stirn mit einem Schwamm abtupfte.

»Du hast Glück gehabt, dass ihr so nah an unserer Grenze wart. Wir konnten das Gift mit Elfenmedizin aus deinem Körper leiten. Die Heilzauber, von denen ihr in Hominum so viel haltet, bekamen das nicht hin.«

Fletcher öffnete lächelnd die Augen. Diesmal setzte er sich ganz langsam auf und ließ die Beine über die Bettkante baumeln. Sein Bett schien geradewegs aus der Wand zu wachsen. Es war ein schlichtes Holzbrett, das dichte grüne Moos darauf diente als Matratze. Als sein Blick auf das blaue Wams, die Kniehose und die weichen Filzpantoffeln an seinen Füßen fiel, wurde er plötzlich rot. Wer hatte ihn umgezogen? Doch hoffentlich nicht Sylva?

»Schön, dich wiederzusehen«, sagte er endlich und schloss sie in die Arme.

Sylva erwiderte die Umarmung, dann saßen sie eine Weile still da und genossen den Augenblick. Fletcher musterte seine alte Freundin. Sie trug eine Tunika aus grünem Samt, der Stoff war mit Motiven von springenden Hirschen bestickt und an den Rändern mit Fell besetzt. Die Details darauf waren so fein und genau gearbeitet wie bei einem Gemälde.

Fletcher war nicht sicher, ob es daran lag, dass er seit über einem Jahr kein Mädchen in seinem Alter mehr gesehen hatte, aber Sylva erschien ihm schöner denn je, vor allem in diesem traditionellen Elfengewand.

Sylva wich seinem allzu offenen Blick aus und sprang vom Bett, dann pfiff sie durch die Finger.

Sariel kam hereingesprungen. Die goldfarbene Canidin war größer als bei ihrer letzten Begegnung und beschnupperte eifrig Fletchers Füße. Er unterdrückte den gleich einsetzenden Impuls, sie zu streicheln, stattdessen ließ er Sariel lieber an seiner Hand schnuppern.

Die Canidin berührte seine Fingerspitzen zärtlich mit der feuchten Schnauze, da fiel Fletcher Ignatius wieder ein. Also rief er seinen Salamander, der sich sogleich mit einem freudigen Zirpen materialisierte.

Fletcher drückte ihn liebevoll an die Brust. »Eure Medizin … hat mich also gerettet. Dann bin ich wohl doch kein Adliger«, sagte er schließlich, um das unangenehme Schweigen zu brechen. Fletcher war enttäuscht. Für kurze Zeit hatte er geglaubt, endlich zu wissen, wer seine Eltern waren.

»Das stimmt nicht ganz«, entgegnete Sylva. »Ich weiß, du hast noch eine Menge zu verarbeiten, aber König Harold erwartet dich schon. Er wird dir alles erklären. Kannst du gehen?«

»Ich kann's zumindest versuchen.« Fletcher kam schwankend auf die Beine, da streckte Sariel den Kopf unter seiner Achsel durch, damit er den Arm auf ihren Rücken legen konnte, während Ignatius sich wie immer um seinen Nacken legte. So humpelte er schließlich aus dem Raum.

Sylva ging voraus. Im Tunnel nahm sie eines der Leuchtgläser zur Hand und schüttelte es. Die Glühwürmchen darin flogen auf, nur ein paar blieben auf dem Boden sitzen und steckten den Rüssel in eine klebrige Flüssigkeit.

»Nektar«, erläuterte Sylva, als sie Fletchers fragenden Blick bemerkte. »Damit fangen wir sie vor Einbruch der Nacht und lassen sie im Morgengrauen wieder frei. Wir mögen keinen Fackelrauch.«

Doch Fletcher hörte nur noch mit einem halben Ohr zu, denn mittlerweile waren sie aus dem Tunnel heraus ins Freie getreten. Wieder geriet er ins Taumeln, aber diesmal hatte das Schwindelgefühl nichts mit seiner körperlichen Verfassung zu tun – sie befanden sich Hunderte Meter über dem Boden, auf einem Ast, der noch dicker war als der mächtigste Baum, den Fletcher je gesehen hatte.

Die ausladenden Blätter wirkten so groß, dass man ein ganzes Haus damit hätte abdecken können. Als Fletcher sich umdrehte, sah er, dass sie soeben aus einem Baumstamm getreten waren, der noch größer war als das höchste Gebäude in Corcillum. Bis zum Horizont erstreckten sich zahllose weitere solcher Bäume. Der Himmel darüber wurde von der untergehenden Sonne in sanftes orangefarbenes Licht getaucht. Der Anblick war schlichtweg atemberaubend.

»Der Große Wald. Unsere Heimat«, sagte Sylva stolz und führte ihn auf einem breiten Weg den Ast entlang.

Auf den Nachbarästen entdeckte Fletcher weitere Elfen, die in aller Ruhe ihrer Wege gingen. Einige blieben stehen und starrten ihn an, manche winkten, andere schüttelten den Kopf. Fletcher fragte sich unwillkürlich, wann sie das letzte Mal einen Menschen gesehen hatten. Er selbst hatte außer Sylva noch nie einen Elf oder eine Elfin zu Gesicht bekommen. Das helle Haar und der grazile Körperbau faszinierten ihn, er konnte sich kaum daran sattsehen.

»Hier musst du ein bisschen aufpassen.« Sylva deutete auf eine Hängebrücke, die zu einem Nachbarast führte. Sie bestand aus eng miteinander verwobenen, rankenartigen Wurzeln und hatte sogar Handläufe. Als er den ersten Schritt wagte, fühlte sie sich so fest an, als bestünde sie aus Stein.

Sie gingen eine Weile schweigend nebeneinander, goldenes Sonnenlicht fiel durch das Blätterdach über ihnen. Ihr Weg führte sie immer weiter nach unten, auch wenn Fletcher eigentlich lieber bis ganz nach oben geklettert wäre, um den Anblick des Großen Waldes zu genießen und vielleicht einen Blick auf die Bärenzahnberge zu erhaschen.

Schließlich blieb Sylva stehen, rief einen anderen Elf herbei und sagte in ihrer melodischen Muttersprache ein paar Worte zu ihm. Der Elf verneigte sich respektvoll, dann sprang er leichtfüßig und geschickt wie ein Eichhörnchen auf den Ast gleich unter ihnen.

»Verzeih, dass ich Elfisch mit ihm gesprochen habe«, erklärte Sylva leicht errötend. »Ich habe so viele Sprachen gelernt, sogar die Orkrunen, aber die anderen Hochelfen hatten dieses Glück nicht. Ich habe ihn gebeten, den König zu holen.«

»Es gibt nichts zu verzeihen«, erwiderte Fletcher lächelnd. »Ich höre eure Sprache gern.«

Sie waren jetzt nur noch hundert Meter über dem Boden. Sylva führte ihn an den Rand des breiten, glatten Astes. Dort setzten sie sich und schauten nach unten.

»Das wollte ich dir zeigen«, erklärte sie und deutete auf die weite Ebene unterhalb.

Zahllose Herden von Hirschen zogen langsam über die sanften Hügel. An den Rändern schlugen die Männchen klappernd ihre Geweihe gegeneinander, wichen aus und griffen im Kampf um die Aufmerksamkeit der vielen Kühe, die ringsum grasten, wieder an.

Von hier oben wirkten die Herden wie ein endloser Teppich aus grauen, braunen und weißen Pünktchen. Es waren große Tiere unter ihnen und auch kleine, außerdem riesige Elche mit mächtigen Geweihen. Der Boden war von dickem, leuchtend grünem Moos bewachsen.

Es war das gleiche Moos, das auf Fletchers Krankenbett als Matratze gedient hatte. Den Hirschen schien es gut zu schmecken. Sie rupften die oberste Schicht ab und zerkauten das Moos gemächlich, bis ihnen der grüne Saft aus den Mundwinkeln rann.

»Die Herden des Großen Waldes und der Reichtum unseres Volkes«, erklärte Sylva mit ausgebreiteten Armen. »Wir züchten jede bekannte Rasse von Hornträgern.«

Fletcher drehte den Kopf und sah, dass sich die Herden auch zwischen den Bäumen tummelten. Es mussten Zehntausende sein in allen Größen und Farben, von bellenden Muntjakhirschen mit ihren langen raubtierartigen Eckzähnen, bis hin zu Rothirschen, die unablässig ihre Rangeleien austrugen.

»Sieh mal, die Kitze da drüben, das sind ja mindestens hundert«, keuchte er und deutete auf eine Gruppe ganz am Rand der Herde. Die Tiere waren geradezu winzig und kaum größer als ein Hase. »Wo sind ihre Mütter?«

»Das sind keine Kitze, sondern Pudus«, antwortete Sylva lachend. »Siehst du die Hörner auf ihren Köpfen? Das sind ausgewachsene Männchen.«

»Oh.« Fletcher staunte. »Ihr habt wirklich eine Menge verschiedener Rassen.«

»Von ihnen bekommen wir alles, was wir brauchen: Pelze und Leder für unsere Kleidung und Decken, Milch und Fleisch zum Essen, Knochen und Geweihe für Schnitzarbeiten, Sehnen und Rohleder für unsere Bogen und zum Nähen. Aus dem Fett stellen wir Talg, Seife, Kerzen und Kleber her.«

Sylva deutete auf eine Gruppe von Elchen. Sie waren von der gleichen Rasse wie die, die er in Ignatius' Erinnerungen gesehen hatte, und wurden von Elfen geritten. Sein Salamander erkannte sie ebenfalls und stieß ein aufgeregtes Quieken aus.

Die Reiter hörten es und blickten erschrocken auf. Sie trugen Bogen auf dem Rücken, in der Hand hielten sie lange Stangen mit einem Lasso am Ende, mit denen sie Tiere, die aus der Herde ausscherten, wieder zurücktrieben. Das Haar trugen sie lang, in kräftigen Rot-, Braun- und Schwarztönen hing es ihnen bis weit über die Schultern. Sie sahen ganz anders aus als die Elfen, die Fletcher auf den Bäumen gesehen hatte. Außerdem trugen sie Umhänge aus Wolfshaut. Kopf und Oberkiefer bedeckten ihren Scheitel wie ein Helm.

»Das sind Waldelfen. Sie bewachen die Herden und beschützen sie vor Raubtieren, heilen verletzte Tiere und helfen bei der Geburt der Jungen«, erklärte Sylva gerade, da entdeckte Fletcher einen großen Vogel, der in weitem Bogen herabschwebte und sich auf das Handgelenk eines Elfen setzte. Der Greifvogel grub die langen Klauen in den dicken Unterarmschutz und bekam ein Stück rohes Fleisch als Belohnung.

»Ihr haltet auch Adler?«, fragte Fletcher. »Warum?«

Er überlegte kurz, ob er vielleicht zu neugierig war, doch Sylva schien erfreut, dass er sich so sehr für das Leben ihres Volkes interessierte. Sie antwortete sofort. »Wir halten auch Füchse, so ähnlich wie ihr Hunde haltet. Ein Adler ist groß und stark genug, um selbst einen Wolf zu schlagen, wenn es sein muss. Außerdem behalten sie die vielen Rudel im Auge, die den Herden ständig folgen. Trotzdem können wir nicht alle unsere Hirsche beschützen. Sie sind einfach eine viel zu verlockende Futterquelle.«

Fletcher beobachtete, wie einer der Waldelfen mit seinem Lassostock ein Kitz einfing, das sich zu weit von seinen Artgenossen entfernt hatte, und es dann an den Hinterbeinen gefesselt wie einen erbeuteten Hasen zurück in den Schutz der Herde trug. Gerade wollte er die nächste Frage stellen, da räusperte sich jemand hinter ihm.

»Danke, Sylva, dass du ihn hergebracht hast«, sagte König Harold und setzte sich neben sie. »Wir sehen uns dann beim Ratstreffen.«

»Ratstreffen?«, wiederholte Fletcher, doch Sylva drückte ihm nur lächelnd die Schulter und stand auf.

Dann verschwand sie und ließ ihn mit dem König allein.

14

»NUN, FLETCHER, DU WEILST ALSO noch unter uns«, begann Harold. Sie saßen nebeneinander und beobachteten die Herden. Die Sonne war inzwischen fast untergegangen und tauchte die Ebene unterhalb in lange Schatten.

In der Ferne hörte Fletcher das klagende Heulen eines Wolfes. »Sieht ganz so aus«, antwortete er, ohne den König anzusehen.

»Eine Zeit lang war es ziemlich eng. Ich glaubte schon, du würdest es nicht schaffen. Den Großteil der letzten Nacht hast du dich unter entsetzlichen Schmerzen gewunden.«

»Ich verdanke den Elfen mein Leben. Und Euch ebenfalls, wie es scheint. Ich kann mir nicht vorstellen, wie es Euch gelungen ist, bei den anderen Adligen durchzusetzen, dass man mich hierherschickt, nachdem klar war, dass ich doch nicht immun bin«, sagte Fletcher niedergeschlagen.

»Aber nein, das bist du. Wenn man das Opfer allerdings mit einer so großen Menge giftiger Säure vollpumpt wie in deinem Fall, wird es hart, gleichgültig ob man immun ist oder nicht. Bei dieser Dosis hättest du bereits nach wenigen Minuten tot sein müssen, aber nachdem wir schon eine Stunde lang zugesehen hatten, wussten wir es. Die Elfen haben dann nur noch das Gift aus deinem Körper gespült.«

Fletcher konnte es nicht fassen. Er war tatsächlich immun. Also war er ein Rale. Alles schien so unwirklich, geradezu unmöglich.

»Ich habe dich begnadigt, aber du musst wissen, dass einige der Adligen anderer Meinung sind. Du wirst in Zukunft mit der ein oder anderen Anfeindung rechnen müssen«, fuhr Harold fort. »Die meisten stimmen zwar darin überein, dass du lediglich deinen Zwergenfreund verteidigt hast, aber auf welche Seite sich deine Verwandtschaft schlagen wird, bleibt abzuwarten.«

»Meine Verwandtschaft?«, fragte Fletcher verwirrt.

»Die Forsys. Deine Mutter Alice war die Zwillingsschwester von Josephine Königssaum, die wiederum die Mutter von Tarquin und Isadora ist – Zwillinge scheinen in deiner Familie häufig zu sein. Dein Vater Edmund heiratete Alice, Zacharias Forsys hat Josephine geheiratet. Als Kinder waren wir alle eng miteinander befreundet, damals wusste jeder, dass sie eines Tages heiraten würden … Aber deshalb bin ich nicht hier. Ich möchte mit dir über dein Erbe sprechen, oder besser gesagt, über das Erbe, das dir eigentlich zusteht.«

Fletcher schwieg. Die Neuigkeiten machten ihn glücklich und traurig zugleich. Seine Eltern hatten ihn also *doch* gewollt. Sie hatten ihn nicht ausgesetzt, damit er im

Schnee erfror, sondern um ihn zu retten. Dennoch würde er sie nie kennenlernen, niemals ihre Stimmen hören …

»Mein Erbe kümmert mich nicht«, murmelte er schließlich. »Mir geht's auch ohne gut.«

»Das mag sein, aber du hast zumindest verdient zu erfahren, was mit eurem Familiensitz geschehen ist. Da die Forsys die nächsten Verwandten deiner Eltern sind, haben sie alles Geld, die Ländereien und sonstigen Besitztümer geerbt.« Harold räusperte sich voller Unbehagen. »Sie sagten, dass du wegen deines angeblichen Verbrechens gar nicht mehr am Leben sein dürftest und dir das Erbe deshalb nicht zusteht. Ich bin da jedoch anderer Meinung, und schließlich sind wir zu einer Einigung gekommen. Die Forsys behalten das Geld und die fruchtbaren Ländereien im Herzen Hominums, dafür bekommst du das Land deiner Geburt: die Grafschaft Rale.«

Fletchers Augen wurden tellergroß. »Und was bedeutet das?« Er wusste so wenig über Hominum und noch viel weniger über die Rales.

»Nachdem deine Eltern und ihr Hausstaat tot waren, verfielen die Gebäude. Die Bewohner der umliegenden Dörfer wanderten ab«, erklärte Harold traurig. »Bis auf die Soldaten, die den Gebirgspass und den nicht mehr ganz so geheimen Tunnel bewachen, ist das Land in Hunderten Kilometern Umkreis vollkommen entvölkert. Eine Einöde. Aber es gehört dir, du kannst damit tun, was du willst. Wenigstens das musste ich für dich herausholen nach dem Opfer, das du für mich gebracht hast. Ich werde es dir nicht vergessen.«

Fletcher nickte. Es war immer noch alles so unwirklich. Es ging um einen Landstrich, den es schon lange vor seiner Geburt gegeben hatte und auch noch geben würde, wenn er längst tot war. Was machte es da für einen Unterschied, wem er gehörte? Es lebte ja nicht einmal mehr jemand dort.

»Ich habe noch etwas für dich«, sagte Harold und rieb sich die Augen. »Wie erklär ich dir das am besten? Hast du dir schon einmal überlegt, wie es kommt, dass so viele Dämonen innerhalb der Adelsfamilien weitervererbt werden, selbst wenn die Bändiger weit entfernt von ihren Kindern im Kampf fallen? Eigentlich müssten die Dämonen doch in den Äther entschwinden, sobald ihre Herren tot sind, nicht wahr?«

Wieder nickte Fletcher nur stumm.

»Beschwörer wissen, dass sie ständig in irgendwelchen Kriegen kämpfen müssen und entsprechend gefährlich leben. Deshalb überlassen sie die Beschwörungsrollen für ihre Dämonen einem vertrauenswürdigen Freund, der sie im Fall ihres frühzeitigen Todes an die leiblichen Nachkommen weitergibt. Damit können sie die Dämonen aus dem Äther zurückholen. In Edmunds Fall war ich dieser vertrauenswürdige Freund.«

Harold stand auf und Fletcher ebenfalls, auch wenn er nicht wusste, was von ihm erwartet wurde. Der König zeigte ihm eine von einem roten Band zusammengehaltene Pergamentrolle. Dann holte er aus einer anderen Tasche ein Beschwörungsleder mit einem beschrifteten Pentagramm hervor. Beides legte er in der Mitte des Astes behutsam ab.

»Edmunds Canid wurde bei dem Orküberfall getötet, genauso wie der Vulpid deiner Mutter. Aber die Greifeule, die dich nach Pelz trug, könnte irgendwo im Äther noch am Leben sein. Hier hast du alles, was du brauchst, um sie zurückzuholen.«

Mit zitternden Händen öffnete Fletcher das rote Band und gab acht, dass das staubige Pergament an den Rändern nicht einriss, während er es entrollte. Die Tusche darauf war zu einem dunklen Braun verblichen, aber immer noch gut lesbar.

»Zuvor solltest du allerdings deinen Salamander bergen«, fuhr Harold fort. »Es kommt nicht selten vor, dass ein gerade erst beschworener Dämon einen anderen Dämon angreift, bevor sein Meister ihn ausreichend unter Kontrolle hat.«

Fletcher dachte daran, wie sich Ignatius ohne sein Zutun auf Didric gestürzt hatte, und nickte. Auch wenn er es nur ungern tat, löste er den Salamander in einen violetten Lichtblitz auf und nahm ihn in sich auf.

»Fang an«, sagte Harold aufmunternd.

»Doh rah go si mai lo go.« Mit jeder Silbe wurde Fletchers Stimme sicherer. Er sprach immer lauter, bis die Hirsche, die sich gerade unter dem Baum befanden, aufgeschreckt davonliefen. »Fai lo go di ai lo go.«

Das Pentagramm erstrahlte, und Fletcher sah nur noch leuchtende Farben, genau so wie damals auf dem Friedhof von Pelz. Eine violette Kugel erschien über dem fünfzackigen Stern und wurde immer größer, bis sie den Durchmesser eines Wagenrads erreicht hatte. Dann begann sie, sich langsam zu drehen. Fletcher hörte ein Tosen, außerdem die aufgebrachten Rufe der Waldelfen, deren Herde nun endgültig vor der lauten Lichterscheinung oben in den Bäumen Reißaus nahm.

»Lei go si mai doh roh!«

Beim letzten Wort verschwand die Kugel. Zurück blieb ein geflügeltes Geschöpf.

»Verzeiht!«, rief der König lachend nach unten, als die Elfenhirten etwas zu ihnen heraufbrüllten, bei dem es sich nur um wilde Flüche handeln konnte.

Fletcher bekam es allerdings kaum mit, denn die neue Präsenz, die er nun in seinem Bewusstsein spürte, war anders als alles, was er bisher gekannt hatte. Ignatius' Wesen war eine einfache Mischung aus Gefühlen und Absichten. Der Geist der Kreatur unmittelbar vor ihm war hingegen messerscharf. Ihre Gedanken wechselten blitzschnell und waren dennoch vollkommen klar. Der Dämon sah einer Schleiereule sehr ähnlich, hatte das gleiche herzförmige Gesicht, einen weißen Bauch und braune Flügel. Im Gegensatz zu seinen Namensvettern hatte er aber auch noch den Schwanz, die Ohren und die Krallen einer Katze, außerdem war sein Gefieder mit Fell durchsetzt. Am faszinierendsten fand Fletcher jedoch die runden, ausdrucksstarken Augen, die ebenso blau waren wie bei Sylva. Diese Augen schauten ihn nun neugierig und konzentriert an.

»Greifeulen sind heutzutage äußerst selten, gut möglich, dass du noch nie von dieser Spezies gehört hast.« Harold machte vorsichtig einen Schritt zurück, als der Dämon ein ungehaltenes Kreischen ausstieß. »Wie du dir wahrscheinlich schon gedacht hast, ist es eine Kreuzung aus Eule und Katze, Beschwörungsstufe vier. Dein Vater taufte sie auf den Namen Athena.«

»Sie ist wunderschön«, keuchte Fletcher und begann, die Verbindung zwischen ihm und Athena zu festigen, wie er es an der Akademie gelernt hatte. Er ließ sie seine Gedanken spüren, genauso wie er die ihren spürte.

Die Greifeule neigte den Kopf, dann breitete sie die Flügel aus und setzte sich auf Fletchers Schulter. Obwohl sie achtgab, nicht zu fest mit den nadelspitzen Krallen zuzupacken, spürte Fletcher einen stechenden Schmerz in der Schulter, woraufhin Athena ihre Krallen mit einem leisen *Schhhht* einzog.

»Du solltest sie lieber ebenfalls bergen, bevor sie noch jemand sieht«, sagte der König und blickte sich vorsichtig um. »Die Elfen haben darum gebeten, dass in ihrem Reich keine ausländischen Dämonen frei herumlaufen. Eigentlich hätte ich lieber noch etwas gewartet, aber ich wollte, dass du den Dämon hast, bevor Zacharias noch Anspruch auf die Beschwörungsrolle erhebt. Ich wünsche dir alles Gute mit der Greifeule.«

Fletcher war ein wenig enttäuscht. Er hätte seinen neuen Dämon gern noch besser kennengelernt, aber was blieb ihm schon übrig? Er richtete seine tätowierte Handfläche auf die Greifeule und ließ das Pentagramm aufflammen, bis er die Hitze der feinen Energiebänder spürte, die sich daraus ergossen. Dann löste er Athena mit einem Gedankenbefehl in weißes Licht auf, das er in sich aufsaugte. Die Euphorie, die jeder Beschwörer verspürt, wenn er einen Dämon das erste Mal in sich aufnimmt, überkam ihn, und er fühlte Athenas Bewusstsein mit dem seinen verschmelzen wie zwei ineinander mündende Flüsse.

Sein eigener Manavorrat war mit einem Mal doppelt so groß wie zuvor. Die Verbindung zwischen ihm und der Greifeule schien sich wie von selbst zu verfestigen, ein starker Energiestrom pulsierte darin wie das Blut in seinen Adern.

Dennoch blieben die beiden Dämonen in ihm getrennt. Sie spürten einander nicht einmal, aber Fletcher nahm sie wahr, während sie die Geschehnisse in der Außenwelt durch seine Augen weiter beobachteten.

Plötzlich wurde ihm schwindlig. Die zwei Präsenzen in seinem Geist zogen in alle möglichen Richtungen gleichzeitig. Da musste Fletcher an Seraph denken, der ihm erzählt hatte, dass manche Beschwörer über Dutzende von Kerfen verfügten. Wie verwirrend sich das erst anfühlen musste, wollte Fletcher sich lieber gar nicht erst vorstellen.

»Sehr schön!« Harold schnappte sich das Beschwörungsleder und schob Fletcher schon weiter den Ast entlang, noch bevor er all die neuen Eindrücke verarbeiten konnte. Die Sonne war nun beinahe ganz untergegangen, also zauberte der König ein großes Wyrrlicht herbei, das den Weg vor ihnen beleuchtete.

Immer noch ein wenig benommen beobachtete Fletcher, wie in den Bäumen ringsum weitere Lichter aufflammten. Allerdings waren es keine Wyrrlichter, sondern lumineszierende Pilze, die er für ganz gewöhnliche Baumschwämme gehalten hatte und die jetzt in einem grellen Grün erstrahlten. Ein Stückchen über ihnen schwebten blaue Glühwürmchen, die silbern schimmernde Fäden hinter sich herzogen, fein wie Spinnweben. Gleichzeitig erhoben sich orangefarbene Leuchtkäfer aus dem Waldboden und flogen ihnen wie funkelnde Wolken um die Köpfe. Es war ein Kaleidoskop aus Farben, das den ganzen Wald in ein unirdisches Lichterspiel tauchte.

»Atemberaubend, nicht wahr?«, kommentierte Harold. »Edmund hat mir vor Jahren in einem Brief davon geschrieben. Er war oft hier, um ein Handelsabkommen mit den Elfenklans auszuhandeln. Der Bedarf an Bogen, Leder, Pelzen und Arzneien war in Hominum groß. Dein Vater träumte von einer Welt, in der Elfen und Menschen sich in beiden Reichen frei bewegen können und regen Handel miteinander treiben. Leider ist sein Traum und beinahe alles, was er erreicht hatte, mit ihm gestorben.«

Fletcher lauschte aufmerksam und saugte alles begierig in sich auf. Zu gern hätte er gewusst, wie seine Eltern ausgesehen hatten. Da wurde ihm mit einem kleinen Stich bewusst, dass er wahrscheinlich bereits eine recht gute Vorstellung davon hatte: Während des Turniers und der Gerichtsverhandlung hatte er doch Zacharias' Frau gesehen, oder etwa nicht? Die Erinnerung war verschwommen, aber vor seinem inneren Auge sah er eine blonde Dame gleich neben dem Grafen Faverham sitzen. Die dunklen Haare musste Fletcher wohl von seinem Vater geerbt haben.

»Könnt Ihr mir mehr … über meine Eltern erzählen?«, fragte er vorsichtig.

Harold seufzte schwer und führte Fletcher über eine Hängebrücke zum nächsten Ast. »Edmund war mein engster Freund, und Alice … tja … hätten sich die Dinge anders entwickelt, wäre sie vielleicht *meine* Frau geworden.

Aber ich konnte ihrem Glück einfach nicht im Weg stehen. Du bist alles, was von den beiden Menschen, die ich am meisten geliebt habe, noch existiert.«

Fletcher blickte Harold in die Augen und sah die Trauer darin. Wahrscheinlich trug er sie schon lange im Verborgenen mit sich herum und verheimlichte sie selbst vor befreundeten Adligen. Für einen König geziemte es sich nicht, seine Gefühle offen zu zeigen.

Fletcher hatte sich Harold immer als einen berechnenden, kalten Menschen vorgestellt. Nun stand er diesem gutherzigen und zutiefst moralischen Mann gegenüber, der einsam für das kämpfte, an das er glaubte, allerdings ohne die Macht, es durchzusetzen.

»Ich wünschte, ich könnte Euch helfen«, begann Fletcher. »Im Gegensatz zu Euch kann ich mich den anderen Adligen offen widersetzen, aber ich bin allein und noch ein Junge. Ich kann nicht viel ausrichten.«

»Du bist jetzt ein Rale. Da kannst du sogar eine ganze Menge ausrichten«, widersprach Harold. Der Ast endete vor dem großen, dunklen Eingang zu einem besonders dicken Baum. »An oberster Stelle wäre da deine Stimme als Ratsmitglied, die du dir im Turnier erkämpft hast. Die Elfen-Häuptlinge und der Ältestenrat der Zwerge nehmen ebenfalls an diesem Rat teil. Es ist der erste in der Geschichte unserer Völker, und es ist an der Zeit, das Bündnis zwischen Menschen, Zwergen und Elfen ein für alle Mal zu besiegeln.«

Schluckend trat Fletcher in den dunklen Durchgang. »Wann findet dieser Rat statt?«, fragte er.

»Jetzt.«

15

ER WAR KAUM EINGETRETEN, da versperrten ihm zwei Elfen mit langen, eigenartig gebogenen Waffen den Weg. Fletcher kannte sie aus seiner Zeit in Berdons Schmiede, es waren Falxe, eine Art Schwert mit einem ungewöhnlich langen Griff und einer noch viel längeren gekrümmten Klinge. Die Spitze lief zu einer Sichel aus, sodass sich die Schneide auch wie eine Axt einsetzen ließ. Der beidhändige Griff ermöglichte großen Krafteinsatz beim Schlagen und Parieren. Es waren furchterregende Waffen und sie galten, wenn sich Fletcher richtig erinnerte, als die Lieblingswaffen der Elfen.

»Schon gut, lasst sie durch«, ertönte Sylvas Stimme, als sie aus der Dunkelheit trat.

Überrascht stellte Fletcher fest, dass auch sie ein Falx auf dem Rücken trug, außerdem einen glänzenden Bogen sowie einen Köcher voller Pfeile. Das sonst lose Haar war geölt und zu einem Zopf geflochten, der am Ende mit einem Jadestein beschwert war und über die Schulter bis zum Bauchnabel reichte.

Am meisten staunte er allerdings nicht über ihre Waffen, sondern über die lederne Lamellenrüstung. Sie bestand aus Hunderten kleiner Rechtecke, die an den Ecken durch Metallringe miteinander verbunden waren. Die eng anliegende Rüstung passte wunderbar und folgte jeder von Sylvas mühelosen Bewegungen. Oberschenkel, Schienbeine, Schultern und Handgelenke waren von Metallplatten geschützt, die in einem kräftigen Grün schimmerten.

»Na ja, immerhin ist das hier ein Kriegsrat«, sagte sie verlegen, als sie Fletchers bewundernden Blick bemerkte.

Harold nickte ihr respektvoll zu und schritt von dem dunklen Eingang weiter in einen von flackernden Fackeln beleuchteten Raum. Sylva folgte ihm, ohne sich noch einmal nach Fletcher umzudrehen.

Der Raum hatte eine kuppelartige Decke und war genauso groß wie der Speisesaal der Dämonenakademie. Bis auf die Fackeln waren die Wände vollkommen kahl, aber in der Mitte sah Fletcher einen riesigen runden Tisch mit einem etwa menschengroßen, von einem Tuch verhüllten Gegenstand darauf. Um den Tisch herum standen Stühle mit hohen Lehnen, und hinter jeder von diesen ragte eine Standarte auf. Die meisten waren schon besetzt. Männer, Frauen, Elfen und Zwerge saßen um die Tafel herum, und alle inspizierten sie die Neuankömmlinge.

Die ungebetene Aufmerksamkeit ließ Fletcher unwillkürlich den Kopf einziehen.

»Du sitzt hier«, flüsterte eine vertraute Stimme – Othello streckte das Gesicht hinter einer der Stuhllehnen hervor und deutete auf den Platz neben sich. Sein unfreiwillig gestutztes Haupt- und Gesichtshaar stand in krassem Gegensatz zu der grauen Pracht der anderen Zwerge. Die beiden tauschten ein freundschaftliches Lächeln, aber bevor Fletcher etwas sagen konnte, presste sich Othello einen Finger vor die Lippen.

Also musterte er erst einmal den ihm zugewiesenen Platz, vor allem die Standarte mit dem blauen und silbernen Wappen der Rales. Plötzlich über eine Herkunft und sogar über ein Familienwappen zu verfügen fühlte sich eigenartig an. Fletcher wusste, er würde sich wahrscheinlich nie daran gewöhnen – nicht zuletzt wegen des Mantikors in der Mitte »seines« Wappens. Zögernd setzte er sich, während Sylva und König Harold um die Tafel herum zu ihren Plätzen gingen.

Harolds Platz befand sich zwischen Alfric, Zacharias und der Dame Faverham, die sorgsam Fletchers Blick vermieden. Außerdem waren noch vier Generäle mit langen Koteletten und buschigen Schnauzbärten im Raum. Den Rücken durchgestreckt wie ein Besen saßen sie neben den Elfen und schauten stur geradeaus.

Eine Frau mit einem Falkengesicht, die Fletcher noch nie gesehen hatte, nickte ihm zu. Sie war stämmig und hatte rotes, von silbrigen Strähnen durchsetztes Haar. Der dunkelhäutige Mann gleich neben ihr, der Fletcher unter seinen hängenden Lidern hervor musterte, vervollständigte das Menschenkontingent. Fletcher konnte kaum glauben, dass er nun auch zu diesen Blaublütigen gehörte.

Noch vor wenigen Stunden war er ein Bürgerlicher – und zugleich ein zu einem grausamen Tod verurteilter

Mörder – gewesen. Ein eiskalter Schauder durchzuckte ihn, und er spürte, wie Ignatius ebenfalls erschauerte.

Athena hingegen reagierte überhaupt nicht. Vielleicht hatte sein Vater sie darauf trainiert, ihn nicht mit ihren Emotionen abzulenken.

Othello, Uhtred und die fünf weißhaarigen Zwerge zu seiner Rechten saßen in eisiges Schweigen gehüllt da und warteten auf den Anfang der Besprechung. Offensichtlich waren Othello und Uhtred im letzten Jahr ebenfalls in den Rat berufen worden, vielleicht wegen ihrer Verdienste um das Bündnis mit Hominum oder auch wegen des hohen Ansehens, das sie in ihrem Volk genossen.

Mit Sylva, die ihren Vater vertrat, waren es insgesamt zehn Elfen. Alle gehörten zu den Hochelfen, aber nur drei von ihnen waren Frauen. Sie alle trugen eine ähnliche Rüstung wie Sylva, nur die Farbe variierte je nach Wappen.

»Lasst uns beginnen«, sagte Harold laut und schlug mit der Faust auf den Tisch.

Fletcher verblüffte die plötzliche Verwandlung. Harolds Stimme klang mit einem Mal hart und scharf. Seine königliche Autorität war jetzt deutlich zu spüren.

»Es gilt, drei Probleme zu lösen. Das erste und dringendste ist der Mangel an Moral unter den Menschen genauso wie unter Zwergen und Elfen.« Er deutete auf Sylva und sprach etwas leiser weiter. »Ihr Elfen habt den Bündnisschluss zwischen unseren Völkern nun beinahe ein ganzes Jahr hinausgezögert, weil ihr aufgebracht wart wegen der Verletzungen, die Sylva im Turnier erlitten hatte –

durch die Hand des Sohnes eines Ratsmitglieds, wohlgemerkt. Die daraus entstandene Feindseligkeit ist bei Wald- wie Hochelfen noch immer lebendig. Oder täusche ich mich da?«

»Nein, es stimmt.« Sylva stand auf und ließ den Blick über die anwesenden Elfenhäuptlinge schweifen. »Und das, obwohl ich versucht habe, ihnen zu erklären, dass alle Teilnehmer während des Turniers der gleichen Gefahr ausgesetzt waren.«

»Ganz recht«, bestätigte Harold und bedeutete Sylva wieder Platz zu nehmen. Er spielte seine Rolle hervorragend.

Sylvas Augen verengten sich kurz, als sie sah, wie Zacharias und Alfric amüsierte Blicke austauschten. Aber dann gehorchte sie.

»Was die Zwerge betrifft: Die von den Ambossen verübten Anschläge haben den Hass zwischen unseren Völkern beträchtlich geschürt«, fuhr der König fort. »Ich habe versucht, sie durch eine Lockerung der Bevölkerungs- und Eigentumsgesetze zu beschwichtigen, jedoch ohne großen Erfolg.«

»Was nützt es uns, wenn wir Land besitzen dürfen, Euer Adel uns aber keines verkauft?«, fragte einer der Zwerge mit kaum verhohlener Verbitterung.

»An wen sie verkaufen, obliegt allein den Besitzern«, entgegnete Harold. »Die meisten Adligen trennen sich nur sehr ungern von ihren Ländereien, und ich bin kein Tyrann, der ihnen befehlen würde, es zu verkaufen.«

»Das gelockerte Bevölkerungsgesetz hilft uns herzlich wenig, solange alle unsere jungen Männer zum Militärdienst eingezogen werden«, fügte Uhtred hinzu. »Im letzten Jahr wurden uns noch weniger Kinder geboren als je zuvor.«

Harold stieß einen hörbaren Seufzer aus und ging weiter zum nächsten Punkt. »Die Menschen wiederum haben nach dem kostspieligen Krieg, den wir gegen sie führen mussten, ihre eigenen Gründe, den Elfen zu grollen. Wenn all diese Spannungen sich auch nur noch ein klein wenig verschlimmern, gehen Zwerge, Menschen und Elfen einander an die Kehle – das wäre eine Katastrophe. Ein solcher Krieg würde uns in eine Niederlage gegen die Orks führen. Sind wir uns darin einig, dass dies ein ernsthaftes Problem darstellt?«

Alle Anwesenden nickten.

»Wenigstens in diesem Punkt sind wir also einer Meinung«, fasste Harold zusammen und setzte sich. »Die nächsten beiden Probleme kann ein anderer besser erklären als ich. Herzog Forsys, wenn Ihr so freundlich wärt.«

Zacharias stand auf und wandte sich in Richtung Eingang. »Schickt den Jungen rein!«

Fletcher hörte die Falxklingen übereinanderschaben, als die Wachen den Durchgang frei machten, dann stolperte ein braunhaariger Junge in den Ratssaal. Er war dünn wie ein Besenstil. Die Kleider an seinem Leib sahen aus wie die Besegelung eines Schiffes bei Flaute. Seine Augen waren eingefallen und die Haut wirkte so dunkel, als hätte er sein gesamtes Leben unter freiem Himmel gearbeitet.

»Er ist gerade erst aus einem Orklager geflohen«, sagte Zacharias und zerrte den Jungen in den Fackelschein.

»Mit vierzehn beigetreten, mit fünfzehn gefangen genommen und jetzt sechzehn Jahre alt. Zwei Jahre Sklavenarbeit bei den Orks, Feuerholz schleppen, Fische fangen, Hütten bauen und Waffenfertigung.«

Unterdessen hielt der Junge den Kopf eingezogen und starrte seine Füße an.

»Genau wie ein Kobold, nur größer, nicht wahr?«, bellte Zacharias so laut, dass der Junge zusammenzuckte. »Mach schon, sag was.«

Der Junge öffnete zwar den Mund, doch es kam nur unzusammenhängendes Gestammel heraus.

Der Herzog schlug ihn mit der flachen Hand auf den Hinterkopf. »Wenn ich daran denke, dass du einmal Mitglied der Forsys-Furien warst, du sabbernder Wurm! Sprich, sonst prügle ich die Worte aus dir heraus!«

Drohend hob Zacharias die Hand, da sprudelte der verängstigte Kerl hastig drauflos. Seine Sprache war so roh und ungehobelt wie die eines Bauern.

»Zehn von uns mussten das schwere Zeug schleppen, das die Kobolde nich tragen konnten. Ich und neun andere, Herr. Aber da war noch so eine Frau, sie war schon älter und eine Adlige. Halb verhungert war sie und hat nie ein Wort gesagt, nicht mal, wenn ich ihr Essen zugesteckt hab. Hat wohl den Verstand verloren, weil sie so lang allein war. Aber sie trug eine Offiziersuniform aus den alten Tagen, daher weiß ich auch, dass sie eine Blaublütige war.«

Die Adligen in der Runde flüsterten kurz miteinander, schließlich stand die rothaarige Frau auf und sagte mit leiser, heller Stimme: »Das muss Elisabeth Kavendisch sein. Sie und ihr Dämon, ein Peryton, kamen vor zwölf Jahren von einem Einsatz hinter den feindlichen Linien nicht mehr zurück. Wäre das möglich, Ophelia?«

Die Dame Faverham war tief in Gedanken gewesen und blickte erschrocken auf. »Ihr habt recht, Boudica. Ihr Peryton wurde von einem Speer getroffen, aber nicht sie. Sie ist zwar aus großer Höhe mit ihm abgestürzt, aber sie könnte überlebt haben. Ich wünschte, ich hätte sie damals retten können, aber die Wyvernreiter waren uns dicht auf den Fersen. Vielleicht haben sie Elisabeth gefangen genommen und gefoltert, um Informationen aus ihr herauszupressen.«

»Sie spricht von Rufus' Mutter«, flüsterte Othello Fletcher zu.

Fletcher erinnerte sich an den schmächtigen Jungen mit dem mausbraunen Haar, der Tarquin Forsys an der Akademie jederzeit wie ein Schoßhündchen gefolgt war. Seine verschollene Mutter war eine Adlige gewesen, sein Vater ein Bürgerlicher.

»Wir dürfen nicht zulassen, dass sie noch länger in ihrem Orkgefängnis darbt. Es wäre unwürdig, ihnen eine von uns einfach zu überlassen. Dank ihrer Heirat mit einem gewöhnlichen Diener« – an dieser Stelle verzog die Dame Faverham verächtlich die Lippen – »war sie auch beim gewöhnlichen Volk sehr beliebt. Es wäre gut für die Moral und für ihre beiden Söhne, wenn wir sie retteten.«

»Ganz meine Meinung«, stimmte Harold zu. »Gut gesprochen, Ophelia.«

Eine der Elfinnen erhob sich. Sie war muskulös, hatte einen breiten Kiefer und Haar, das zu hauchfeinen Zöpfen geflochten war. »Diese Blaublütige hat nichts mit uns zu tun. Spart Euch das Problem für Eure eigenen Ratstreffen auf«, sagte sie zwar mit starkem Akzent, aber dennoch klar verständlich.

»Bitte, Häuptling Cerva«, erwiderte Harold beschwörend. »Ein Sieg für Hominum wäre ein Sieg für uns alle. Wollt Ihr uns wirklich nicht zur Seite stehen?«

Cerva blickte ihn unbeeindruckt an. »Wir riskieren unser Leben doch nicht für eine halsbrecherische Rettungsaktion, wenn es das ist, was Ihr meint«, erwiderte sie trocken.

»Sie ist nicht halsbrecherisch, das versichere ich Euch. Bitte hört Euch unser Vorhaben zuerst einmal an. Wenn Ihr dann immer noch Zweifel habt, sehen wir weiter.«

Cerva setzte sich, ließ jedoch die Arme vor der Brust verschränkt.

Harold wartete, bis wieder Ruhe eingekehrt war, bevor er weitersprach. »Der nächste Punkt ist womöglich unser gravierendstes Problem. Es handelt sich um etwas vollkommen Neues, das unser aller Untergang bedeuten könnte, ob wir nun verbündet sind oder nicht. Graf Rale, wenn Ihr bitte das Tuch von dem Behälter ziehen würdet.«

Fletcher brauchte einen Moment, bis er begriff, dass der König ihn meinte. Graf Rale. Ob er sich je daran gewöhnen würde? Er musterte den Behälter kurz, und als er merkte, dass es ihm anders nicht möglich war, kletterte er auf den Tisch.

Einer der Elfen schnaubte verärgert, als das Holz unter Fletchers Gewicht knarrte, da hatte er den Zylinder aber auch schon erreicht, nahm eine Ecke des Tuchs und zog. Der Behälter schwankte kurz, und Fletcher hörte, wie eine Flüssigkeit darin hin und her schwappte. Dann schrie er genauso erschrocken auf wie alle anderen im Raum.

In dem Zylinder schwamm ein regloses Geschöpf.

16

DIE KREATUR WAR ZUR KONSERVIERUNG in eine grünliche Flüssigkeit eingelegt, in der Mitte ihres schmalen Brustkorbs klaffte ein Loch.

»Was ist das?«, fragte Cerva mit einer Mischung aus Neugierde und Entsetzen in der Stimme. »Eine neue Dämonenart?«

»Nein«, widersprach Harold finster. »Das hier ist kein Dämon, sondern eine Züchtung. Eine Monstrosität, eine bizarre Mischung aus Ork und Kobold, erschaffen mithilfe einer uns unbekannten dunklen Kunst.«

Fletcher betrachtete das Wesen. Es sah ein bisschen aus wie ein Kobold, hatte die gleichen dreieckigen Schlappohren, eine ebenso lange Nase und hervortretende Augen. Sogar die Finger waren so lang und dünn wie bei einem Kobold, wenn auch weniger knotig. Selbst einen Lendenschurz trug das Wesen.

Andererseits war es viel größer, größer sogar als ein Zwerg, aber nicht so groß wie ein Mensch. Der Mund starrte von scharfen, gelben Zähnen, und aus dem Unterkiefer ragten lange Hauer, die Fletcher an einen noch nicht ganz ausgewachsenen Ork erinnerten. Der Körperbau war eher schmal, doch die drahtigen Muskeln ließen keinen Zweifel, dass ein solches Wesen ein fähiger Kämpfer war. Die Haut sah genauso grau aus wie die eines Kobolds oder Orks und wirkte schon etwas faltig, vermutlich von der Flüssigkeit.

»Wir nennen sie Gnome. Die Orks züchten sie zu Tausen…«, begann Harold, da fiel Uhtred ihm ins Wort.

»Zu Tausenden? Wir können die Orks ja so schon kaum zurückschlagen. Die zahlenmäßige Überlegenheit war unser größter Vorteil!«

»Welche Waffen benutzen diese Gnome?«, warf Sylva ein und sprang auf den Tisch, um das Geschöpf genauer zu inspizieren.

»Soweit wir wissen, die gleichen wie die Orks«, antwortete der König. »Keulen mit Vulkanglasstacheln, Wurfspieße, Lederschilde, Lanzen mit Steinspitzen und dergleichen. Wie Uhtred bereits sagte, es ist ihre Zahl, die uns beunruhigt. Es könnten bereits mehr sein als Menschen, Elfen und Zwerge zusammengenommen.«

»Wie habt Ihr sie entdeckt?«, fragte Fletcher immer noch ein wenig unsicher, aber Harold reagierte prompt.

»Der Junge«, sagte er mit einem Fingerschnippen. »Junge, wie heißt du?«

Einen Moment lang war Fletcher entsetzt, wie ruppig Harold den Soldaten behandelte, da fiel ihm wieder ein, dass er immer noch schauspielerte.

»Manhard, Majestät«, murmelte der Angesprochene.

»Er hat die Leiche auf seiner Flucht mitgenommen und hergebracht. Cleveres Bürschchen, unser Manhard, nicht wahr?«

»Wenn Ihr meint, Majestät«, erwiderte Manhard mit gesenktem Haupt.

»Manhard berichtete, dass sie aus Eiern schlüpfen, in Höhlen tief im Orkdschungel. Dieses Exemplar hier ist voll ausgewachsen und trotz des Lendenschurzes geschlechtslos.«

»Wie viele von denen gibt es schon?«, erkundigte sich Uhtred.

»Tut mir leid, aber ich kann's nich genau sagen. Paar Hundert vielleicht«, antwortete Manhard nach kurzem Überlegen. »Man sieht sie kaum an der Oberfläche, meistens kümmern sie sich um die Eier und so. Die Eier brauchen lange, bis sie fertig ausgebrütet sind. Die Gnome schlüpfen voll ausgewachsen, ich hab nie irgendwo ein Kleines rumlaufen seh'n. Manche von den Eiern müssen schon Jahre alt sein, sind voller Staub und Dreck und so. Wenn sie erst mal alle geschlüpft sind, kommen vielleicht so schnell keine neuen mehr.«

»Wenigstens *ein* Trost«, seufzte Uhtred.

Harold nickte ernst. »Fürwahr. Und das bringt mich gleich zu dem nächsten dringenden Punkt: Diese Eier müssen unbedingt zerstört werden. Die Dame Kavendisch muss gerettet werden, unsere Völker müssen zusammenhalten und unser Verständnis füreinander muss gestärkt werden. Die Frage ist nur, wie?«

»Vom mangelnden Zusammenhalt einmal abgesehen, wir können die Orks nicht einfach angreifen«, erklärte

Cerva, während Sylva wieder vom Tisch herunterkletterte. Fletcher folgte ihrem Beispiel. Er war froh, etwas Abstand zwischen sich und den grausigen Kadaver zu bringen.

»Eure Musketen brauchen freies Schussfeld. So etwas gibt es im Dschungel nicht«, sprach Cerva unterdessen ungerührt weiter. »Außerdem müssten wir auf unbekanntem Territorium kämpfen. Die Orks hätten leichtes Spiel.«

»Ich bin der gleichen Meinung«, warf einer der Generäle ein. »Dame Faverham, kann das Fliegende Korps nicht etwas unternehmen?«

Ophelia bedachte den General mit einem vernichtenden Blick. »Wie Manhard berichtet, wurde er tief im Dschungel gefangen gehalten. Seine Flucht gelang nur, weil er zum einen von einem Fluss mitgerissen wurde und zum anderen die aufgeblähte Gnomleiche als Rettungsring benutzte. War es nicht so, Junge?«

Manhard hatte noch nicht einmal genickt, da fuhr Ophelia schon fort. »Bei der weiten Strecke würde das Himmelskorps schon auf halbem Weg entdeckt werden. Die Orkschamanen würden uns mit ihren Wyvern abfangen. Unsere Dämonen sind zwar schneller, aber ihre sind stärker. Selbst wenn wir es bis zum Ziel schafften, könnten wir nur kurz landen und müssten sofort wieder starten, bevor uns die Wyvernreiter einholen. Das ist viel zu wenig Zeit, um die Höhlen zu durchsuchen, Tausende Gnomeier zu zerstören und die Gefangene zu befreien – umso mehr, da inzwischen das halbe Orkreich von unserer Anwesenheit wüsste.«

Bei Erwähnung der Wyvernreiter sprangen Fletchers Gedanken zurück zu einer von Major Godwins eintönigen Dämonologiestunden, in der er zum ersten Mal von ihnen gehört hatte. Wyvern waren riesenhafte, geschuppte Kreaturen mit zwei kräftigen Beinen, fledermausartigen Flügeln, einem langen Schwanz mit einem Stachel am Ende sowie Hörnern auf dem krokodilähnlichen Kopf. Mit einer Beschwörungsebene von fünfzehn galten sie als die stärksten Dämonen im Heer der Orks und bildeten eine bemerkenswerte Ausnahme von der Regel, dass Orkdämonen generell schwächer waren. Es gab nur etwa ein Dutzend Wyvern, aber sie waren Hominums Alicornen, Hippogreifen, Perytonen und Greifen weit überlegen.

Nun ergriff Alfric zum ersten Mal das Wort. Fletcher musste sich mit aller Macht zusammenreißen, den Mann, der versucht hatte, ihn von einem Mantikor töten zu lassen, nicht böse anzustarren.

»Meine werte Cousine hat recht«, begann Alfric und nickte Ophelia zu. »Wenn wir das Himmelskorps verlieren, verlieren wir auch die einzige Möglichkeit, den Himmel über Hominum zu verteidigen. Die Wyvernreiter hätten freie Bahn und könnten ungehindert in das Reich einfallen.«

»Diese Möglichkeit kommt also nicht infrage«, bestätigte Harold in einem Tonfall, der nahelegte, dass er nichts anderes erwartet hatte. »Allerdings gibt es noch eine andere. Der Plan ist allerdings riskant, wir alle müssten geschlossen dahinterstehen: Ich schlage vor, wir entsenden vier Gruppen in das Orkreich, die aus je vier

Absolventen der Akademie bestehen. Als ausgebildete Schlachtmagier wären sie in der Lage, sich gegen die Orks zu verteidigen, gleichzeitig wären die Gruppen klein genug, um unbemerkt tief in feindliches Gebiet vorzudringen. Das Leben unserer erfahrenen Offiziere können wir für diesen Auftrag nicht riskieren, denn die Soldaten brauchen sie und ihre Führungsqualitäten an der Front.«

Harold verstummte und wartete auf Reaktionen, doch diesmal war nicht Gleichgültigkeit der Grund für das Schweigen in der Runde, sondern Staunen.

Auch Fletchers Gedanken rasten. Der Vorschlag konnte tatsächlich funktionieren, aber er war auch entsetzlich gefährlich. Fletcher hatte bereits so eine Ahnung, wer den riskanten Auftrag übernehmen sollte, und ein Stupser von Seiten Othellos sagte ihm, dass er damit nicht der Einzige war. Schließlich schaute er zu Sylva hinüber. Sie verzog keine Miene, aber Fletcher sah, wie angespannt ihre Kiefermuskeln waren.

»Jede der Gruppen wird einen Offizier als Anführer haben«, fuhr Harold fort. »Sobald der Auftrag erledigt ist und sie die Höhlen wieder verlassen haben, wird das Himmelskorps sie ausfliegen.«

Wieder folgte bleiernes Schweigen auf seine Worte. Die sorgfältig vorbereitete Rede hatte einfach nicht die gewünschte Wirkung.

»Doch das ist noch nicht alles«, fügte er schließlich hinzu. »Mit dieser Rettungsaktion könnten alle drei Völker gemeinsam an einem hehren Ziel arbeiten. Herzog Forsys, wenn ich Euch bitten dürfte.«

Zacharias stand auf und hielt einen kleinen Gegenstand in den flackernden Schein der Fackeln. Es war ein lilafarbener Kristall, sorgfältig geschliffen und zu einem runden Schmuckstein poliert. »Das ist ein Korund. Hellsehsteine, Erfüllungsmeter und Speichersteine werden aus diesem Material gefertigt. Noch bis vor wenigen Wochen gehörte er zu den seltensten und teuersten Bodenschätzen Hominums. Das ist nun vorbei.«

Er warf den Kristall wie einen wertlosen Kiesel auf den Tisch.

»Wir haben große finanzielle Anstrengungen unternommen, um Hominums knappe Vorräte an Schwefel aufzustocken, den wir dringend zur Herstellung von Schießpulver brauchen. Auf der Suche nach natürlichen Vorkommen sind wir stattdessen auf Korunde gestoßen. Das ist derart viel, dass wir jede Kaserne, jedes Wirtshaus und jede Stadthalle im Land nun mit einem Hellsehstein ausrüsten könnten und immer noch welche übrig hätten.«

Falls der Herzog eine begeisterte Reaktion erwartet hatte, wurde er herb enttäuscht.

»Glückwunsch«, sagte Sylva lediglich mit einem Anflug von Sarkasmus in der Stimme.

»Begreift Ihr denn nicht, was das bedeutet?«, mischte sich Ophelia ein. »Jeder Bürger Hominums könnte den Einsatz mit einem Hellsehstein verfolgen. Das wäre ein unglaublicher Ansporn für die Moral.«

»Wohl wahr, aber sie könnten nur die Perspektive eines einzigen Dämons sehen«, gab Othello zu bedenken. »Und hören würden sie auch nichts. Das kann nur der Bändiger des Dämons.«

»Aber sie würden Zwerge und Menschen Seite an Seite kämpfen sehen«, warf Uhtred ein, der sich allmählich für die Idee zu erwärmen schien.

»Die Wirkung wäre bestenfalls langfristig zu erwarten«, meldete sich nun auch Cerva wieder zu Wort. »Die neuen Elfen- und Zwergensoldaten treffen aber schon in wenigen Wochen an der Front ein. Die Spannungen zwischen unseren Völkern müssen vorher beigelegt sein. Sind sie es nicht, so wird es wohl innerhalb des Heeres Kämpfe geben. Denkt an meine Worte. Schon eine einzige Wirtshausschlägerei könnte einen Bürgerkrieg auslösen.«

»Womit wir bei dem zweiten wichtigen Bestandteil meines Plans wären.« Harold erhob sich und ließ den Blick über die Anwesenden schweifen. »Der Rettungseinsatz findet statt, *bevor* die neuen Soldaten eintreffen. Menschen, Elfen und Zwerge werden das Geschehen mittels der Hellsehsteine, die Herzog Forsys und das Dreigestirn uns so großzügig zur Verfügung stellen, mitansehen, als wären sie selbst dabei. Wichtiger noch: Die Zusammenarbeit zwischen Menschen, Zwergen und Elfen würde allen zeigen, dass wir in diesem Krieg zusammenstehen müssen. Und dass die Orks der eigentliche Feind sind.«

Harold verstummte, um seine Worte wirken zu lassen.

Fletcher überlegte. Der Vorschlag *war* riskant. Er könnte mehr Schaden als Nutzen bringen. Es gab keine Garantie, dass die Vertreter der drei Völker nicht während des Einsatzes aneinandergerieten – er brauchte nur an all die Rivalitäten an der Akademie zurückzudenken. Und tatsächlich – schon eine einzige Auseinandersetzung konnte dann für Aufruhr im ganzen Land sorgen.

»Wir sind wie Äste an demselben Baum«, fuhr Harold fort und bedachte alle am Tisch mit einem ernsten Blick. »Wir haben die Chance, ein neues Zeitalter einzuläuten, in dem Menschen, Zwerge und Elfen friedlich Seite an Seite leben. Eine solche Gelegenheit gab es noch nie. Ergreifen wir sie gemeinsam!«

Sylva hob die Hand. »Ich habe eine Frage. Von welchen Absolventen sprecht Ihr? Schließlich gibt es nur eine einzige Elfenbändigerin, und das bin ich.«

»Nun ja … das ist einer der Gründe, warum ich Euch alle hier zusammengerufen habe«, antwortete Harold mit einem Räuspern. Für einen Augenblick fiel seine Maske, und er wurde unsicher. »Die Dämonenakademie nimmt erst seit kurzer Zeit auch Vertreter anderer Völker auf. Ihr seid die einzige Elfin, und Othello ist der einzige Zwerg, die bisher dort ausgebildet wurden.«

»Verstehe«, erwiderte Sylva mit einem eindringlichen Blick.

»Ihr und Othello müsstet beide teilnehmen«, sprach Harold weiter. »Graf Rale ist der Dritte im Bunde. Trotz seiner adligen Abstammung wuchs er als Bürgerlicher auf und wäre somit ein idealer Vertreter für alle Gesellschaftsschichten Hominums. Damit wäre ein Mitglied jedes Volkes und jedes Rates dabei. Außerdem möchten wir einen freiwilligen Novizen in jede Gruppe aufnehmen. Meine Hoffnung ist, dass sich Atilla und Kress, die beide noch in ihrem ersten Jahr sind, dazu bereit erklären.«

Die Stille im Raum war beinahe greifbar, dann erhob sich Geflüster, als die Zwerge die Köpfe zusammensteckten und – begleitet von viel Kopfgeschüttel – hitzig miteinander diskutierten.

Fletcher hörte, wie Cerva auf der anderen Seite des Tisches zornig das Wort erhob. »Wenn es schiefgeht, machen wir mehr kaputt, als wir erreichen. Der Einsatz ist äußerst gefährlich«, knurrte sie und ergriff Sylvas Arm. »Sylva, du bist seine einzige Tochter. Dein Vater würde uns nie verzeihen, wenn du dabei ums Leben kommst.«

Fletchers Blick wanderte weiter zu Harold. Seine Stirn glänzte, die goldenen Locken klebten ihm schweißnass am Kopf. Als er Fletchers Blick bemerkte, nickte er unmerklich.

Fletcher hatte verstanden: Es war Zeit zu handeln. Aber war es auch wirklich das Richtige? Er wusste, das Bündnis bröckelte, die Spannungen zwischen ihren Völkern waren kurz vorm Überkochen. Früher oder später würde die Situation außer Kontrolle geraten. Nur ein weiterer Anschlag von den Ambossen, eine neue Unstimmigkeit im Rat, ja selbst ein einziges böses Wort konnte schon genügen, um das Fass zum Überlaufen zu bringen. Aber manchmal lag die größte Gefahr darin, gar nichts zu tun.

»Ich bin dabei«, sagte plötzlich jemand über die zahlreichen Diskussionen am Tisch hinweg.

Fletcher brauchte eine Weile, bis er merkte, dass er selbst es gewesen war.

Alle Köpfe drehten sich in seine Richtung, und Fletcher schluckte. »Ich habe keine Angst. Hominum wird sich nicht vor seiner Aufgabe in diesem Kampf drücken.«

Natürlich hatte er Angst, aber sobald die Worte gesprochen waren, wusste er, dass er das Richtige getan hatte.

Cerva verstand die Anschuldigung sofort, die da mitschwang. »Die Elfen fürchten sich genauso wenig«, erklärte sie mit erhobenem Kinn. »Sylva ist die Beste in unseren Reihen. Ich kann nicht für sie sprechen, aber die Klans werden ihre Entscheidung unterstützen.«

Sylva stand auf und schaute Fletcher mit einer kühlen Gefasstheit an, die ihm verriet, dass die Freundschaft zwischen ihnen keinen Einfluss auf ihre Entscheidung haben würde. Er erwiderte ihren Blick und versuchte, eine Zuversicht hineinzulegen, die er gar nicht verspürte.

»Die Zwerge werden Euch nicht im Stich lassen«, sagte Othello in die entstandene Stille hinein. »Wenn die Menschen Hominums sehen möchten, wie ein Zwerg gegen die Orks kämpft, zeige ich es ihnen gerne.«

Uhtred packte seinen Sohn erbost am Ärmel, aber es war zu spät. Er hatte seine Zusage bereits gegeben und nickte Fletcher grimmig zu.

»Einverstanden«, sagte einer der weißhaarigen Zwerge nach einem kurzen Blickwechsel mit den anderen Mitgliedern des Ältestenrates.

Sylva beobachtete die Szene weiterhin ungerührt. Ihre Augen sprangen von Zacharias Forsys zu Ophelia Faverham und dann zu Alfric.

Allmählich kamen Fletcher Zweifel. Wessen Plan war das in Wirklichkeit? Irgendetwas stimmte hier nicht. Warum sollte der Herzog die wertvollen Hellsehsteine einfach so unter dem Volk verteilen, wo ihn doch nichts so sehr interessierte wie der eigene Gewinn? Die drei Völker Hominums miteinander zu versöhnen war doch das Letzte, was er wollte. Die Zwerge waren sein härtester Konkurrent im Waffengeschäft, und ein neuer Krieg mit den Elfen würde ihm weitere ertragreiche Lieferungen an die Nordfront einbringen.

Beinahe noch fragwürdiger schien ihm, warum Ophelia den Plan unterstützte. Sie steckte genauso tief im Waffengeschäft wie Zacharias. Oder hatten die beiden endlich begriffen, wie verheerend ein Bürgerkrieg für Hominum wäre?

Noch während er versuchte, eine Antwort auf all diese Fragen zu finden, meldete sich Sylva endlich zu Wort.

»Abgemacht.«

17

»AUF KEINEN FALL«, SAGTE FLETCHER, als Hauptfrau Lovett seine Hand umklammerte und ihn hinter sich in den Sattel zog.

»Zu spät«, erwiderte sie lachend und bedeutete ihm, die Arme um ihre Hüfte zu legen.

Es war der nächste Morgen, sie standen auf einem breiten Ast. Lysander scharrte mit den Krallen, bereit zum Abheben. Fletcher hatte nie Höhenangst gehabt, aber jetzt, da er wusste, dass sie gleich losfliegen würden, kam ihm der Boden plötzlich sehr weit entfernt vor.

Er sah die anderen auf den Ästen ein Stück weiter unten. Arcturus war ebenfalls mit von der Partie. Gemeinsam würden sie sich auf den langen Weg zur Dämonenakademie machen, um dem Turnier beizuwohnen. Sylva war auch dabei, als einzige Elfin unter den vielen Zwergen und Menschen. Fletcher machte sich wegen ihres sonderbaren Verhaltens während des Ratstreffens Sorgen. Leider hatte er Sylva nicht mehr sprechen können, weil ein ungeduldiger Diener ihn nach dem Treffen sogleich auf sein Zimmer gescheucht hatte, wo er eine unruhige Nacht verbrachte, um dann in aller Früh von Hauptfrau Lovett geweckt zu werden.

Sylva würde das Wohl ihres Volkes immer über die Freundschaft mit Fletcher stellen. Die Erinnerung an ihre anfängliche Verbrüderung mit den Forsys-Zwillingen kehrte ungebeten zurück. Fletcher konnte ihr diese Haltung zwar nicht verübeln, aber ihre Prioritäten während des Ratstreffens noch einmal vor Augen geführt zu bekommen ließ es ihm eng in der Brust werden.

»Es macht Euch wirklich nichts aus, mich zuvor noch nach Pelz zu bringen?«, fragte Fletcher und versuchte, nicht nach unten zu sehen.

»Kein bisschen. Unter uns gesagt, ich gehöre zwar zum Fliegenden Korps, aber ich bin nicht gerade erpicht darauf, besonders viel Zeit mit den anderen Mitgliedern zu verbringen«, sagte Lovett über die Schulter. »Darum habe ich mich auch freiwillig als Lehrerin an der Akademie gemeldet. Ophelia Faverham gehört zu den unangenehmsten Offizieren, unter denen ich je gedient habe. Sie verbittet sich die Anrede ›Hauptfrau‹, weil ihr das immer noch zu männlich klingt, und lässt sich lieber mit ›Dame‹ ansprechen. Mir gefällt *Hauptfrau Lovett,* also komm bloß nicht auf irgendwelche Ideen!«

Fletcher hielt den Blick starr auf Lovetts Rücken gerichtet. »Ich bin jetzt ebenfalls Hauptmann«, murmelte er. »Immerhin habe ich das Turnier gewonnen.«

»Oh, habe ich ganz vergessen«, erwiderte sie lachend.

Fletcher schmunzelte. Er hatte Lovett noch nie lachen gehört. Ihre Stimme, die sonst immer so hart und entschlossen war, klang nun warm und einladend.

»Ich glaube …«, begann er, kam aber nicht weiter, denn Lysander schwang sich bereits in die Luft. Die Welt um Fletcher herum verwandelte sich in ein wildes Karussell aus Braun- und Grüntönen. Mit halsbrecherischer Geschwindigkeit steuerte der Greif zwischen den Ästen hindurch. Fletcher spürte, wie sein Magen Purzelbäume schlug – Lovett hingegen jauchzte vor Vergnügen und trieb Lysander immer noch schneller an.

Mit einem letzten mächtigen Flügelschlag ließ der Greif die Baumkronen endgültig hinter sich. Dicke, wachsige Blätter schlugen ihnen ins Gesicht, dann brachen sie durch das Blätterdach hinaus in den morgendlichen Himmel.

Die ersten Sonnenstrahlen wärmten Fletchers Haut, in der Ferne sah er schon die beiden Gipfel der Bärenzahnberge spitz in den Himmel ragen. Obwohl Lysander schnell stieg, breitete sich mit einem Mal Ruhe in Fletcher aus. Unter ihm erstreckte sich ein Meer aus Grün, die Baumwipfel wogten in der Brise, begleitet vom leisen Knarren der Zweige und Äste. Es war einfach atemberaubend.

»Ich bekomme nie genug vom Fliegen!«, rief Lovett und tätschelte Lysanders Hals. »Wie geht es dir da hinten?«

Fletcher blickte sich um. Selbst sein Zimmer in der Dämonenakademie war nicht so weit oben gewesen. Noch nie hatte er so viel von der Welt um sich herum gesehen.

»Ich glaube, ich auch nicht«, antwortete er und lehnte sich in den Sattel. Seine Angst war wie weggeblasen, plötzlich hatte er das Bedürfnis zu schreien, herumzuhüpfen oder beides zugleich. Er war am Leben und endlich frei!

Fletcher überlegte gerade, Ignatius herbeizurufen, um diesen Augenblick mit ihm zu genießen, doch es schien ihm zu riskant. Auf dem Sattel war kein Platz für einen dritten Passagier. Dennoch gab es jemanden, der ihm während seines ersten Flugs Gesellschaft leisten konnte, also streckte er den Arm in die Luft. Dabei fühlte er einen kurzen Schmerz in der Handfläche, als das Pentagramm darauf violett aufleuchtete, und dann materialisierte sich Athena mit einem aufgeregten Gurren und flatterte wie ein weiß-brauner Federblitz um ihre Köpfe. Als Lysander das mächtige Haupt in die Richtung der Greifeule drehte, beruhigte sie sich wieder und setzte sich auf Fletchers Schulter. Dieser streichelte sie und spürte, wie Ignatius sogleich eifersüchtig wurde. Der Salamander verbarg seine Gefühle zwar sofort wieder, trotzdem zog Fletcher vorsichtshalber seine Hand zurück.

»Ich erinnere mich noch gut an Athena«, sagte Lovett mit einem Mal ernst. »Ich bin gemeinsam mit deinen Eltern auf der Akademie gewesen, auch wenn sie natürlich viel älter waren als ich. Du sollst wissen, dass Edmund und Alice gute Menschen waren. Sie waren immer freundlich zu mir und sorgten dafür, dass es mir an nichts mangelte, denn ich war die Jüngste von allen Novizen. Das Gleiche gilt selbstverständlich für Arcturus.«

»Arcturus hat meine Eltern also auch gekannt?«, fragte Fletcher.

»Ja, er war der erste Bürgerliche, der an der Akademie aufgenommen wurde. Edmund, Alice und ich waren die Einzigen, die ihn vollständig akzeptierten.«

»Vielleicht ist er jetzt enttäuscht, weil ich doch nicht sein Halbbruder bin«, überlegte Fletcher laut. Seine gute Stimmung trübte sich ein wenig. Bisher war er sicher gewesen, sich stets auf den Hauptmann verlassen zu können, so wie auf einen älteren Bruder. Aber jetzt?

Lovett drehte sich zu ihm um. »Ich glaube, er liebt dich nur umso mehr. Deine Eltern sind nur zwei Jahre nach ihrem Abschluss gestorben. Das war ein harter Schlag für Arcturus. Die Narbe im Gesicht hat er sich auf der Suche nach den Orks zugezogen, die deine Eltern auf dem Gewissen haben.«

»Das wusste ich nicht«, erwiderte Fletcher düster, da spürte er ein liebevolles Kneifen am Ohr. Es war Athena. Sie versuchte ihn aufzumuntern und schmiegte ihr weiches Gefieder an seinen Hals. Fletcher stellte sich vor, dass sie das Gleiche wahrscheinlich vor vielen Jahren auch bei seinem Vater getan hatte, und das tröstete ihn. Athena war in diesem Augenblick die einzige Verbindung zu seiner Vergangenheit.

Mit neuem Mut wandte er seine Gedanken wieder der anstehenden Aufgabe zu: Fechtmeister Caulder und Berdon mussten erfahren, dass er wohlauf war.

»Bringt uns nach Pelz, Hauptfrau«, sagte Fletcher und deutete auf den höchsten der beiden Bärenzahngipfel. »Zeigt mir, wie schnell Euer Greif fliegen kann.«

Während des spiralförmigen Sinkflugs beäugte Fletcher überrascht die vielen neuen Häuser außerhalb der Palisade von Pelz. Wie achtlos hingeworfene Kiesel erstreckten sich die aus Lehm, Stroh und dürren Ästen zusammengezimmerten Hütten vor den Toren. In der Mitte befand sich eine kleine Freifläche, auf der sich eine Menschenmenge versammelt hatte. Ganz vorne sah Fletcher Berdons imposante Gestalt aufragen, Fechtmeister Caulder stand direkt neben ihm. Vor ihnen hob sich eine Reihe gelb-schwarzer Uniformen von dem schlammigen Untergrund ab. Didrics Soldaten.

»Landet dort!«, rief Fletcher und deutete auf das kleine freie Fleckchen zwischen den beiden Gruppen.

Im Näherkommen hörte er zorniges Geschrei von unten. Die Dorfbewohner fuchtelten mit Mistgabeln, Ziegelsteinen und Spaten. Etwas braute sich zusammen – und sie flogen mitten hinein.

Als Lysander aufsetzte, ergoss sich eine Fontäne aus feuchter Erde über die am nächsten stehenden Soldaten. Fletcher sprang aus dem Sattel, dann hob der Greif wieder ab und zog knapp über ihnen seine Kreise. Hauptmann Lovetts grimmiger Blick ließ keinen Zweifel daran, auf wessen Seite sie stand. Athena flog dicht hinter dem Greif, bereit, beim ersten Anzeichen von Gefahr herabzustoßen.

»Graf Rale!«, rief einer der Soldaten. »Bei allem Respekt, ich muss Euch bitten, zur Seite zu treten. Wir sind auf Befehl des Grafen Cavell hier. Diese illegalen Siedler müssen seinen Grund unverzüglich verlassen.«

Fletcher ignorierte ihn und wandte sich an Berdon und Caulder. Ignatius materialisierte sich in einem Blitz aus seiner Handfläche und spie als Warnung eine Flamme in Richtung der Soldaten, die nervös ihre Musketen hoben.

»Was geht hier vor?«, fragte er und wünschte, er hätte seinen Chepesch dabei.

»Sie versuchen uns zu vertreiben«, antwortete Berdon. »Das ist unsere Siedlung.«

»Und wir bleiben!«, brüllte eine Frau aus der Menge. »Wir lassen uns nicht noch ein zweites Mal das Dach über dem Kopf wegnehmen.«

Beifallsschreie wurden laut, die Menge drang weiter nach vorn, da erkannte Fletcher die Frau. Es war die Näherin Janet, von der seine Jacke stammte.

»Seit Didric und sein Vater ihre Kredite zurückverlangt haben, um das Gefängnis zu bauen, leben die meisten Einwohner von Pelz außerhalb der Palisade«, erklärte Berdon an Fletcher gewandt. »Als Didric dann zum Grafen gemacht wurde, bekam er dieses Land hier geschenkt. Seither versucht er uns zu vertreiben.«

»Was? Davon wusste ich gar nichts!«, stammelte Fletcher empört.

»Das hier wird kein gutes Ende nehmen«, brummte Caulder. Er zog sein Schwert und deutete auf die zornigen Dörfler. »Die Wachen werden jeden Moment das Feuer eröffnen. Berdon sagt, es ist das erste Mal, dass sie mit Musketen kommen.«

»Ja, mein Sohn. Ich fürchte, das wird die Rache für deinen Sieg vor Gericht sein«, bestätigte Berdon. »Sehr viel länger kann ich die Leute nicht mehr zurückhalten«, fügte er mit einem Blick in Richtung der Menschenmenge hinzu.

Fletcher musterte die vorrückenden Soldaten. Dieser Schlamassel war seine Schuld, also musste er etwas tun. Nur was?

Die Hütten ringsum waren kaum mehr als armselige Verschläge, weil sich die verarmten Dorfbewohner kein richtiges Baumaterial leisten konnten. Es gab weder einen Brunnen für Trinkwasser noch eine Mauer, die Wölfe und Diebe abhielt. Die Menschen trugen kaum mehr als Fetzen am Leib, ihre Gesichter waren ungewaschen und verdreckt. Selbst Berdons Kleidung sah erbärmlich aus, außerdem fiel Fletcher auf, dass er abgenommen hatte. Von seiner bulligen Statur waren nur noch Sehnen und drahtige Muskeln übrig.

Das hatte Didric also aus ihnen gemacht. Die einst so stolzen Jäger und Kunsthandwerker waren zu verarmten Lehmhüttenbewohnern verkommen, und jetzt wollte Didric ihnen auch noch das letzte Dach über dem Kopf wegnehmen.

»Dafür wird er bezahlen«, flüsterte Fletcher, und in diesem Augenblick flog ein Stein über ihn hinweg. Er landete nur wenige Meter vor den Soldaten, die sofort ihre Musketen hochrissen und den Finger an den Abzug legten.

»Sie können uns nicht alle gleichzeitig erschießen!«, bellte Janet. »Unsere Hütten sind das Einzige, was wir noch haben!«

»Trotzdem lohnt es sich nicht, dafür zu sterben!«, rief Fletcher dazwischen.

Das aufgebrachte Geschrei verstummte, alle Blicke wandten sich Fletcher zu.

»Wir haben sonst nichts«, knurrte Janet und spuckte verächtlich auf den Boden. »Ohne unsere ›Häuser‹ müssen wir in Boreas betteln gehen, das heißt, falls die Pinkertons uns überhaupt in die Stadt lassen. Die Hälfte von uns wird erfrieren, noch bevor das Jahr vorbei ist.«

Janets Worte trafen Fletcher mitten ins Herz. Er hatte leicht reden, aber so einfach war es nun mal nicht, woanders hinzugehen und sich dort ein neues Leben aufzubauen. Die schicksalhafte Nacht vor zwei Jahren, als er selbst aus Pelz hatte fliehen müssen, war ihm noch gut in Erinnerung. Er spürte seine Angst und die Zweifel, genauso wie damals. Dabei hatte er wenigstens Geld gehabt, gute Kleidung und sogar Waffen. Diese Menschen hier hatten aber nichts. Er hätte ihnen so gerne geholfen, doch er besaß ja selbst kaum etwas.

»Hast du deine Zunge verschluckt, *Graf Rale*?«, höhnte Janet. »Du hast richtig gehört, wir alle wissen jetzt, wer du bist. Komm runter von deinem hohen Ross und geh uns aus dem Weg. Unser Schicksal entscheidet sich hier und jetzt, für uns gibt es keinen anderen Ort.«

Doch, den gab es. Die Erkenntnis traf Fletcher wie ein Sonnenstrahl, der durch die Wolkendecke bricht. Es bedeutete viel Arbeit, und Fletcher würde ihnen nicht helfen können, aber er schuldete es den Dörflern. Und Berdon.

»Wartet! Ich weiß, wo ihr hingehen könnt«, rief er, während Ignatius die Soldaten anfauchte. »Die Grafschaft Rale. Dort könnt ihr euch niederlassen.«

Plötzlich waren alle still. Nur hier und da ertönte das leise Rasseln eines Kettenhemds.

»Sie liegt an der Grenze zum Orkdschungel, die Dörfer sind alle verlassen. Dort gibt es Land zum Jagen, Flüsse zum Fischen, und das Wetter ist warm. Ihr könntet euch dort niederlassen und ein neues Leben beginnen.« Fletcher sprach immer schneller, während die Soldaten weiter vorrückten.

»Und du glaubst, da wären wir sicher? In der Nähe des Dschungels, wo die Orks jeden Tag ihre Überfälle machen und alle erschlagen?«, zischte Janet. »Ich versuche mein Glück lieber hier.«

Fletcher wandte sich an die Menge. »Ihr alle kennt mich. In der Grafschaft wäre ich euer neuer Lehnsherr, und ich schwöre, sobald ich zurückkehre, werde ich alles in meiner Macht Stehende tun, um euch zu beschützen.«

Ignatius kletterte fauchend auf Fletchers Schulter, so nahe waren die Soldaten schon. Es war höchste Zeit, die Taktik zu ändern. Fletcher fasste Berdon und Caulder an den Armen. »Ihr könnt hier als sturköpfige Narren sterben«, rief er, »oder mir, Berdon und Fechtmeister Caulder in ein neues Leben folgen. Die Entscheidung liegt bei euch!«

Dann drehte er sich um und schob sich mit Caulder und Berdon durch die Menge, weg von den Soldaten. Die Dörfler folgten ihm mit ihren Blicken. Fletcher konnte nur hoffen, dass sie ihm seine Angst nicht ansahen. Ob sie angebissen hatten?

Als sie am anderen Ende der Traube angelangt waren, wandte sich Berdon mit lauter, tiefer Stimme an die Versammelten. »Wer mit uns kommen möchte, soll seine Sachen holen. Wir treffen uns an der Passstraße am Ende der Siedlung. Nehmt nur mit, was ihr tragen könnt. Wir haben einen weiten Weg vor uns. Alle anderen sehe ich im Jenseits wieder.«

Dann gingen sie weiter, ohne sich noch einmal umzudrehen. Fletcher hörte zwar schmatzende Schritte hinter sich, aber wie viele ihnen tatsächlich folgten, war schwer zu sagen.

Caulders Holzbein versank bei jedem Schritt im Schlamm, er stöhnte vor Anstrengung. »Wie viele sind es?«, flüsterte er aus dem Mundwinkel.

»Keine Ahnung«, flüsterte Berdon zurück. »Seht nicht hin. Wir müssen ihnen Zeit geben.«

Sie gingen an den letzten Hütten vorbei und blieben erst an der Abzweigung zur Passstraße stehen. Zumindest waren noch keine Schüsse gefallen. Die Sonne stieg immer noch und tauchte die Baumkronen in ein goldenes Licht.

»Wenn du nichts dagegen hast, Fletcher, würde ich Berdon gerne begleiten«, flüsterte Caulder zögernd. »Die Grafschaft Rale ist der Ort, an den ich gehöre. Außerdem glaube ich kaum, dass ich nach meiner Aussage vor dem Tribunal an der Akademie noch sicher bin.«

»Ihr seid mir höchst willkommen, Fechtmeister«, erwiderte Fletcher. »Ich hatte noch gar keine Gelegenheit, mich bei Euch zu bedanken. Ihr habt Kopf und Kragen für mich riskiert.«

»Mach dir nichts draus, mein Junge. Das war meine heilige Pflicht. Ich bin froh, dass ich dich retten konnte, nachdem ich deine Eltern damals so schändlich im Stich gelassen habe. Kannst du mir je verzeihen?«, fragte Caulder mit bebender Stimme.

Erst jetzt wurde Fletcher bewusst, wie alt der raubeinige Krieger sein musste. Sein Leben neigte sich dem Ende zu. Fletcher konnte sich kaum vorstellen, wie sehr ihn seine lange verheimlichten Schuldgefühle geplagt haben mussten.

»Es gibt nichts zu verzeihen. Was vergangen ist, ist vergangen«, antwortete er schließlich. »Wichtig sind nur die Familienmitglieder und Freunde, die noch am Leben sind. Und zu denen gehört Ihr dazu.«

Dann wandte er sich an Berdon. »Du weißt, dass du immer noch mein Vater bist, oder?«

Berdon schloss die Augen, als wäre soeben eine tonnenschwere Last von ihm gefallen.

Fletcher legte ihm einen Arm um die breiten Schultern. »Es gibt ein paar Dinge, die ich erledigen muss, aber ich schwöre, ich komme zurück. Dann gründen wir zusammen ein neues Dorf, weit weg von diesem Drecksloch, das die Cavells aus Pelz gemacht haben.«

»Ich verlass mich auf dein Wort, Sohn«, erwiderte Berdon und schloss Fletcher in eine so feste Umarmung, dass es ihm die Luft aus den Lungen presste.

Hinter ihnen ertönte ein Hüsteln. Fletcher spähte über Berdons Schulter und sah eine große Menschentraube. Ihre Habseligkeiten hatten sie auf mehrere Handkarren und einen klapprigen Pritschenwagen verteilt.

Janet trat vor. Ein Schatten glitt über ihr Gesicht, als Lysander über die Gruppe hinwegflog.

»Na schön, du hast uns überzeugt«, sagte sie. »Jetzt lasst die Gefühlsduseleien sein und zeigt uns lieber den Weg.«

18

AUF DEM FLUG ZUR AKADEMIE ignorierten Fletchers Dämonen einander, Athena saß auf seiner Schulter, Ignatius lag um seinen Hals gewickelt. Dennoch war es nicht so, dass die beiden sich nicht mochten. Fletcher spürte, dass es eher an einer gewissen Unsicherheit lag, vermischt mit einem Konkurrenzgefühl.

Während der Reise sprachen er und Lovett nicht viel, es wäre ohnehin schwierig gewesen. Der Wind war viel zu laut und übertönte beinahe jedes der wenigen Worte, die sie miteinander wechselten. Fletcher versuchte, nicht zu viel über die zurückliegenden Ereignisse nachzudenken. Sie waren viel zu beunruhigend und stürzten ihn nur in tiefe Selbstzweifel. Sogar die Erinnerung an das Wiedersehen mit Berdon hatte einen bitteren Nachgeschmack. Es war allzu kurz gewesen, und der Trennungsschmerz fühlte sich genauso stark an wie damals, als er aus Pelz hatte fliehen müssen.

Lieber vertrieb er sich die Zeit damit, die Landschaft weit unterhalb zu betrachten. Wie ein Flickenteppich aus Gelb-, Braun- und Grüntönen zog sie an ihnen vorbei, ab und zu unterbrochen von blauen Flüssen und ockerfarbenen Straßen, die die weiten Ebenen durchzogen.

Es dämmerte schon fast, als er die dunklen Mauern der alten Burg in der Ferne aufragen sah. Während Lysander in immer tiefer werdenden Kreisen auf den Innenhof zuhielt, merkte Fletcher, wie sehr er die Akademie vermisst hatte.

»Beeil dich, sonst verpasst du noch das Ende des Turniers«, sagte Lovett nach der Landung und deutete auf die Eingangstür. »Geh schon mal vor, ich werde inzwischen Lysander absatteln.«

»Danke fürs Mitnehmen. Wir sehen uns dann drinnen«, erwiderte er. »Tut mir leid, dass ich unterwegs so still war.«

Lovett schüttelte nur den Kopf. »Darüber mach dir keine Sorgen.«

Fletcher eilte durch die große Flügeltür. Die Eingangshalle dahinter lag still und verlassen wie eine Grabkammer, seine Schritte hallten ungehört von den Wänden zurück. Es war seltsam, wieder hier zu sein. Er war ein ganzes Jahr weg gewesen, das längste seines Lebens, und doch fühlte es sich an, als wäre er erst gestern noch durch die altehrwürdigen Korridore gewandelt. Irgendwie fühlte er sich hier inzwischen heimischer als in Pelz.

Ignatius und Athena gleichzeitig auf seinen Schultern zu haben störte ihn überraschenderweise überhaupt nicht. Athena nutzte ohnehin schon bald die Gelegenheit, die Flügel ein wenig zu strecken, und erhob sich in die Luft, um von oben nach möglichen Gefahren Ausschau zu halten. Ignatius gähnte nur in ihre Richtung und schlang sich umso enger um Fletchers Hals, als wollte er ihr sagen, dass sie nur ihre Zeit verschwendete.

Fletcher rannte eine Treppe hinunter und dann durch einen langen, kalten Gang mit Zellen auf beiden Seiten. Schon hörte er den Kampflärm, der aus der Arena durch den Tunnel schallte. Als er den Eingang beinahe erreicht hatte, merkte er, dass dies die letzte Runde sein musste, denn die Zellen links und rechts waren leer. Also waren alle bis auf zwei Kämpfer, die nun das Finale bestritten, bereits ausgeschieden.

Niemand bemerkte ihn, als er eintrat, so konzentriert war ein jeder auf das Geschehen in der Arena. Adlige, Generäle und Diener riefen im Chor, und zwar nur einen einzigen Namen:

»Didric! Didric!«

Im Sand der Arena kreisten zwei verschwitzte Gestalten lauernd umeinander. Sie suchten nach einer Lücke, stießen zu oder wichen immer wieder den Angriffen ihres Gegners aus. Es waren keine Dämonen dabei, genau wie damals, als Fletcher in der zweiten Runde gegen Malik gekämpft hatte.

Doch dies hier war das Finale.

Didric schwang ein langes, dünnes Rapier mit Korbgriff – eher eine Duellwaffe als eine, die sich gegen Orks einsetzen ließ. Das blonde Haar klebte ihm in feuchten Strähnen am Kopf. Fletcher sah das gerade erst getrocknete Blut auf seiner Nase, Mund und Kinn. Didrics vernarbtes Gesicht war zu einer grinsenden Maske erstarrt, sein einst schlaffer Körper war hart und voller Spannung, während er mit dem Geschick eines erfahrenen Fechters vorschnellte und sich sofort wieder zurückzog.

Bei seinem Gegner handelte es sich ohne Zweifel um einen Zwerg. Langes rotes Haar schlug peitschend durch die Luft, während er blitzschnell auswich und konterte. In der einen Hand hatte er einen mit Dornen besetzten Schlagring zum Abwehren und Zustoßen, in der anderen eine kurze, vorn spitz zulaufende Klinge mit Knochengriff, die Fletcher als Sachs identifizierte.

Der Zwerg musste vor einem plötzlichen Schlaghagel Didrics mehrere Schritte zurückweichen, bis er beinahe mit dem Rücken zur Wand stand, da spritzte er ihm mit dem Fuß Sand ins Gesicht. Als Didric sich wegdrehte und eilig die Augen abwischte, befreite sich der Zwerg aus der Klemme und sprang zurück in die Mitte der Arena.

Erst jetzt sah Fletcher das bartlose Kinn, die grünen Augen und die Sommersprossen auf dem Rücken der Stupsnase – eine Zwerg*in* war das! Sie trug zwar keinen Schleier wie alle anderen, die er bisher gesehen hatte, aber der dornenbewehrte Schlagring in ihrer Hand räumte jeden Zweifel aus. Es war ein Torq, die traditionelle Waffe der Zwergenfrauen.

»Fletcher, hierher!«, rief Othello von ein paar Metern weiter unten und winkte ihn heran.

Fletcher arbeitete sich zu seinem Freund vor, ohne die beiden Kämpfer aus den Augen zu lassen, und setzte sich. Didric ging nun wieder zum Angriff über und redete leise auf seine Gegnerin ein. Fletcher hörte seine Worte nicht, aber die immer größer werdenden Augen der Zwergin sagten ihm, dass es sich nur um Beleidigungen handeln konnte.

»Wie heißt sie?«, fragte er, während die Zwergin einen weiteren Stoß mit ihrem Torq parierte und gleichzeitig mit dem Sachs nach Didrics Beinen schlug, und zwar so schnell, dass er sich gerade noch mit einem ungelenken Luftsprung retten konnte.

»Das ist Kress. Eigentlich hat sie schon längst gewonnen. Didric kommt mit beidhändigen Gegnern nicht zurecht. Sieh dir nur seine Nase an. Kress hat ihn mit ihrem Torq voll erwischt, aber Raubler meinte, der Treffer wäre nicht tödlich gewesen. Typisch.« Othello deutete auf den ganz in Schwarz gekleideten Kampfrichter in der Ecke. Gerade funkelte er Kress zornig an, weil ihr Sachs den Halskragen von Didrics Uniform zerfetzt hatte – seine Kehle blieb dank des Sperrzaubers allerdings unverletzt.

»Kommt schon!«, bellte Othello im Chor mit vielen Buhrufern, die Didrics schlechte Verteidigung bemängelten. »Einen aufgeschlitzten Hals hat noch keiner überlebt!«

Raubler schürzte lediglich die Lippen und schüttelte den Kopf. Die meisten in dem fast ausschließlich aus Menschen bestehenden Publikum hielten zu Didric, aber selbst von denen konnten viele die Entscheidung des Inquisitors nicht fassen.

Fletcher stupste Othello mit dem Ellbogen an. »Wo steckt eigentlich Atilla? Etwa im Krankenflügel?«

»Aber nein. Er und Kress … sagen wir einfach, sie kommen nicht besonders gut miteinander aus. Nachdem er gegen Didric verloren hatte, ist er gleich aus der Arena gestürmt.«

Unterdessen führte Kress einen Sensenschlag, der Didrics Bauch treffen sollte. Er konnte nur noch ausweichen, indem er die Hüfte zurücknahm und den Oberkörper weit nach vorn beugte. Gleichzeitig machte Kress mit ihrem Torq einen Aufwärtshaken, der krachend einschlug, so laut, dass Fletcher das Geräusch selbst über die entsetzten Aufschreie im Publikum hinweg hörte. Didric ging wie ein Stein zu Boden und blieb, alle viere von sich gestreckt, liegen.

Raubler zählte trotzdem bis zehn, bevor er nickte.

»Kress ist die Gewinnerin des diesjährigen Turniers«, sagte er endlich und applaudierte mürrisch. Dann lief er zu Didric hinüber, der nur langsam wieder zu sich kam, und half ihm auf die Beine.

Kress stand stolz daneben und wischte sich den Schweiß von der Stirn. Dass sich niemand im Publikum mit ihr freute, schien sie nicht zu kümmern. Die Anschläge der Ambosse hatten ganze Arbeit geleistet: Die Ressentiments gegen die Zwerge waren sogar noch schlimmer geworden als zu Fletchers Zeit an der Akademie. Die meisten Zuschauer verließen bereits enttäuscht ihre Plätze.

Othello konnte nur den Kopf schütteln. Kress hatte weit mehr Applaus für ihren überlegenen Sieg verdient. »Pass auf«, flüsterte er Fletcher zu. »Die Zwillinge sind auch hier.«

Tarquin und Isadora stützten den immer noch benommenen Didric und gingen mit ihm die Treppen hinauf.

Wenige Meter entfernt blieben sie stehen und versuchten, Fletcher und Othello niederzustarren.

»Was für eine rührende Familienzusammenführung«, höhnte Didric und warf Fletcher einen hasserfüllten Blick zu.

Fletcher musste sich mit aller Macht beherrschen, ihn nicht die Stufen hinunterzustoßen, und Othello fasste ihn sicherheitshalber am Arm.

Isadora verdrehte die Augen. »*Geliebter* Vetter, du bist viel zu lange fort gewesen«, sagte sie mit einem theatralischen Knicks. »Kann es wirklich sein, dass es schon über ein Jahr her ist? Was *hast* du nur die ganze Zeit über getrieben?«

Fletcher wusste nur zu gut, wem er das Jahr Kerkerhaft zu verdanken hatte. »Ich bin nicht dein Vetter«, knurrte er.

»Ganz recht«, bestätigte Tarquin mit einem bösartigen Blitzen in den Augen. »Einmal ein Bürgerlicher, immer ein Bürgerlicher. Aber so lange Tante Alices Erbe bei uns bleibt, ist mir gleich, welchen Titel du führst.«

»Ihr könnt euer schmutziges Geld behalten«, erwiderte Fletcher gemessen. »Bleibt mir einfach vom Leib.«

»Nur zu gern«, feixte Isadora. Das Lächeln verschwand von ihrem Gesicht, dann rümpfte sie die Nase. »Kommt, hier stinkt es zu sehr nach Zwerg.«

Othello lief rot an und verstärkte seinen Griff um Fletchers Arm derart, dass Fletcher vor Schmerz zusammenzuckte.

»Hübscher Haarschnitt«, rief Tarquin noch über die Schulter. »Wer war denn der Künstler?«

»Das reicht jetzt!«, knurrte Othello und sprang auf die Füße. Fletcher tat das Gleiche, da waren ihre drei Widersacher schon wieder fort. Stattdessen standen sie nun dem verwunderten Rori und Genevieve gegenüber.

»Hallo«, begrüßte Fletcher Rori unsicher. Die beiden waren letztes Jahr nicht gerade als Freunde auseinandergegangen, denn Fletcher hatte Roris Kerf im Verlauf des Turniers um ein Haar getötet.

»Hallo. Du bist also wieder frei«, erwiderte Rori unbehaglich.

Fletcher kratzte sich am Hals. »Ja, stimmt.«

Rori wich Fletchers Blick aus. »Schön … das ist, ähm, freut mich.«

Dann standen sie einander so lange schweigend gegenüber, bis Genevieve mit einem gezwungenen Lächeln zwischen sie trat. »Willkommen zurück. Wir sprechen uns später noch«, sagte sie nach einer kurzen Umarmung und eilte mit Rori davon.

»Das ist ja gut gelaufen«, kommentierte Othello.

»Es braucht eben noch ein bisschen Zeit. Sie können mir schlecht sofort verzeihen.«

»Da hast du wohl recht«, erklärte der Zwerg. »Auch wenn man meinen könnte, ein Jahr wäre lange genug.«

Fletcher erwiderte nichts, denn Kress war inzwischen aus der Arena geklettert. Sie klopfte sich den Sand von ihrer Kadettenuniform und kam auf sie zu. Einen Wimpernschlag später stand sie mit leuchtenden Augen und in die Hüften gestemmten Händen vor ihnen.

»Du bist also der berühmte Fletcher«, begrüßte sie ihn mit einem strahlenden Lächeln. »Ich hätte gedacht, du wärst größer.«

»Allzu groß bist du aber auch nicht«, gab Fletcher zurück, erwiderte jedoch das Lächeln. Der Humor der Zwergin war einfach ansteckend.

»Kress und Atilla haben sich wacker geschlagen«, warf Othello zufrieden ein. »Dem angeberischen Didric eine Abreibung zu verpassen war der verdiente Lohn für das lange, anstrengende Training. Ich kann dir gar nicht sagen, wie unangenehm die Zeit mit dem frisch gebackenen Grafen Cavell gewesen ist. Er und Atlas waren vom ersten Tag an Busenfreunde.«

»Das kannst du laut sagen«, stimmte Kress zu und deutete auf die gegenüberliegende Seite der Arena, wo Didric mit Tarquin, Isadora und Atlas auf den Stufen saß. Didric trug seine übliche schwarz-gelbe Uniform, Atlas und die Zwillinge den pechschwarzen Rock der Forsys-Furien.

»Warum haben sie denn schon Uniformen?«, fragte sich Fletcher laut. »Sie haben doch gerade erst ihren Abschluss gemacht.«

»Tarquin und Isadora wurden gleich nach dem letzten Turnier zu Leutnants befördert, Seraph ebenfalls«, erläuterte Othello. »Die Zwillinge haben das vergangene Jahr über im Regiment ihres Vaters gedient und Atlas gleich eine passende Uniform mitgebracht, wie es scheint.«

Ein ganzes Jahr Kampferfahrung an der Front hat die beiden gefährlicher denn je werden lassen, dachte Fletcher bestürzt.

»Ich weiß übrigens von eurem Einsatz«, flüsterte Kress unvermittelt. »Raubler hat uns vor dem Turnier davon erzählt. Ich würde eurer Gruppe gern beitreten, falls ihr mich haben wollt. Dass ich kämpfen kann, habe ich – glaube ich – gerade bewiesen.«

»Welche Gruppe?«, fragte Fletcher, doch bevor die Zwergin antworten konnte, stieß plötzlich Sylva zu ihnen. Sie trug immer noch die grüne Lamellenrüstung vom Vortag.

»Hab ich was verpasst?«, erkundigte sie sich. »Ist Didric der Sieger? Ich hätte so gerne zugesehen, aber ich habe dich überall gesucht, Fletcher.«

»Ach ja?«, erwiderte er und deutete etwas unsicher auf die junge Zwergin. »Kress hat ihn geschlagen.«

»Sehr schön!« Sylva hielt Kress strahlend die Hand hin. Stirnrunzelnd schüttelte Kress sie. Über die plötzliche Unterbrechung schien sie nicht gerade erfreut.

Sylva so nahe zu sein war seltsam für Fletcher. Er hatte seit dem Ratstreffen nicht mehr mit ihr gesprochen und wusste nicht recht, wie sie mittlerweile zu ihm stand. Waren sie nun Freunde oder nur Verbündete? Immerhin hatte Sylva am Ende der Ratsbesprechung lange gezögert, bis sie ihre Zustimmung gab.

»Also, wie ich gerade sag…«, versuchte Kress es noch einmal und verstummte abrupt wieder, als auch noch Atilla hinzukam.

»Fletcher, Sylva – schön, euch wieder hierzuhaben«, sagte er, ohne Kress eines Blickes zu würdigen. »Ihr wart viel zu lange weg.«

»Ich freue mich auch, dich zu sehen«, warf Kress sarkastisch ein.

Atilla wurde rot und drehte sich weg. »Während des Unterrichts ist es schon schlimm genug, aber jetzt auch noch hier, vor all den Zuschauern«, brummte er. »Das ist widerlich!«

Fletcher hob verwundert die Augenbrauen. Wovon redete der Kerl?

Kress legte sich die Hände auf die Wangen und blinzelte Atilla an. »Sehe ich wirklich so schlimm aus?«

»Bedecke dich«, erwiderte er und wurde noch röter.

»Damit eines klar ist, Atilla«, sagte Kress plötzlich mit drohendem Unterton. »Zwerginnen tragen einen Schleier, wenn sie es *wollen*. Sie tun es für sich selbst, nicht für dich. Wenn ich beschließe, mein Gesicht zu zeigen, ist das *meine* Entscheidung. Du hast nicht mitzureden.«

»Es ist unanständig«, knurrte Atilla, den Blick starr zu Boden gerichtet. »Du stellst dich öffentlich zur Schau.«

»Und was ist mit mir?«, mischte sich Sylva ein. Sie sprach ganz ruhig, aber Fletcher sah, wie rot die Spitzen ihrer Ohren geworden waren. Ein klares Zeichen dafür, dass sie wütend war.

»Wie meinst du das?«, fragte Atilla verwirrt.

»Führe *ich* mich unanständig auf? Stelle ich mich zur *Schau*?«

Atilla murmelte etwas Unverständliches.

»Und was ist überhaupt mit *dir*, Atilla?«, setzte Kress nach. »Du trainierst manchmal sogar mit nacktem Oberkörper. Stellst du dich damit etwa nicht zur Schau? Vor den anderen *und* vor mir. Wie *unanständig* von dir!«

Atilla stampfte wütend auf. »Ich diskutiere nicht mit Dummköpfen. Kress weiß, dass das, was sie tut, nicht richtig ist, auch wenn ihr Nicht-Zwerge das nicht versteht. Wenigstens du, Bruder, solltest das nicht einfach so hinnehmen. Kress ist jetzt ein Vorbild für alle Zwerginnen. Wenn sie an dem Einsatz teilnimmt, kann ganz Hominum ihr Gesicht sehen. Was, wenn die anderen Mädchen ihrem Beispiel folgen?«

Othello bedachte Kress mit einem kleinen Lächeln. »Ich sehe nichts, worüber ich mich beschweren könnte.«

Atilla drehte sich schnaubend um und ging auf die andere Seite der Arena zu Seraph, der die Gruppe eben erst bemerkt hatte und ihnen freudig zuwinkte. Er trug eine auffällige, bernsteinfarbene Uniform mit einer scharlachroten Schärpe, und außerdem einen Säbel und eine Pistole am Gürtel.

Fletcher und seine Freunde erwiderten das Winken, da schritt Raubler in die Mitte der Arena, ätzte ein Symbol in die Luft und ließ einen Knall ertönen, der so laut war, dass Fletcher die Ohren schmerzten.

»Da jetzt endlich alle still sind, können wir mit der Auswahl der Gruppen beginnen«, rief er in die Runde. »Fletcher, Isadora, Malik und Seraph – wir treffen uns in der Arena.«

19

KALTER SCHWEISS LIEF FLETCHER zwischen den Schulterblättern hinab, während er in die Arena hinunterging. Mit einem Leuchten aus seiner Handfläche nahm er Ignatius und Athena in sich auf, die die einzigen beiden Dämonen im Raum gewesen waren. Neben seiner eigenen Verbindung zu ihnen spürte er nun noch eine weitere, die sich allmählich zwischen dem Salamander und der Greifeule bildete. Anscheinend fassten sie allmählich Vertrauen zueinander.

Während er in den Schein der ringsum flackernden Fackeln trat, kehrten die Erinnerungen an das letzte Turnier zurück, in dem er selbst hier gekämpft hatte. Allerdings waren die Gefahren von damals nichts im Vergleich zu denen, die ihn nun erwarteten.

»Ihr alle wisst, weshalb ihr hier seid«, begann Raubler und ging vor ihnen auf und ab. »Der Einsatz hat zwei Ziele: Erstens müssen mehrere Tausend Gnomeier zerstört werden, bevor die Gnome schlüpfen. Zweitens müsst ihr Rufus' Mutter retten, die Dame Kavendisch.«

Rufus setzte sich sogleich ein wenig auf. Alle Köpfe drehten sich in seine Richtung, und Fletcher sah, wie seine Knöchel weiß wurden, so fest hielt er den Griff seines Schwerts umklammert. Während des letzten Jahres hatte er ständig versucht, sich bei den Forsys-Zwillingen einzuschmeicheln, was Fletchers Meinung von ihm nicht gerade zuträglich gewesen war. Er hoffte nur, dass Rufus während des bevorstehenden Einsatzes die Nerven behielt und nicht unter dem Druck, seine eigene Mutter zu retten, alle in Gefahr brachte.

Ein blaues Leuchten ließ seine Aufmerksamkeit zu Raubler zurückkehren. Er hatte ein Wyrrlicht herbeigerufen, das nun durch die Luft sauste und dabei eine Leuchtspur hinterließ, die sich allmählich zu einer klar umrissenen Form verdichtete. Kurz darauf schwebte eine vierseitige, leuchtende Pyramide in der Luft, darunter eine Art Kammer mit einem verzweigten Tunnelsystem. Das Bild drehte sich langsam und tauchte die Arena in einen bläulichen Schimmer, der unirdisch wirkte.

»Nach unseren Informationen befinden sich die Gnomeier in einer der vulkanischen Höhlen unterhalb dieser Pyramide, tief im Herzen des Orkdschungels.« Raubler deutete auf das schwebende Tunnellabyrinth. »Auch die Dame Kavendisch wird irgendwo dort festgehalten, und das nicht ohne Grund: Diese Pyramide ist ihr Allerheiligstes und der sicherste Ort im ganzen Orkreich.«

All das war Fletcher vollkommen neu. Sein Herz schlug so schnell, als wollte es aus seinem Brustkorb springen. Er hatte erwartet, ein entlegenes Orkdorf zu überfallen, stattdessen mussten sie ein Stollenlabyrinth tief unter der Erde durchkämmen.

»Das Himmelskorps wird euch so nahe heranbringen wie möglich, den Rest des Weges werdet ihr zu Fuß zurücklegen. Nachdem ihr abgesetzt wurdet, *müsst* ihr euch drei Tage später um Mitternacht beim hinteren Eingang der Pyramide wiedertreffen. Von da an bleiben euch noch acht Stunden für den Einsatz, länger kann das Korps nicht warten. Denkt daran: Während jeder Stunde, die ihr braucht, kann das Korps keine Patrouillen über Hominum fliegen. Ihr setzt eure Heimat einer entsetzlichen Gefahr aus, denn falls die Orks das Korps bemerken, werden sie sofort ihre Wyvernreiter auf unsere schutzlosen Dörfer und Städte loslassen.«

Fletcher dachte an die Zerstörung, die selbst ein einziger Wyvern anrichten konnte, und schluckte. Es war in der Tat ein großes Risiko.

»Das Himmelskorps wird euren Einsatz mittels der Hellsehsteine beobachten und so schnell wie möglich zu euch stoßen, wenn der Auftrag erledigt ist. Jede Gruppe, die dann nicht beim Treffpunkt ist, muss sich allein nach Hominum durchschlagen.«

Raubler machte eine Pause, um den Ernst seiner Worte wirken zu lassen.

Fletcher wusste: Sich allein durch den Orkdschungel zu kämpfen war gleichbedeutend mit einem Todesurteil. Alle um ihn herum blickten finster drein, selbst Tarquin und Isadora waren blass geworden. Die beiden hatten ein Jahr lang an der Front gekämpft und wussten besser als jeder andere, was sie erwartete.

»Wie ihr alle wisst, werden zurzeit über ganz Hominum Hellsehsteine verteilt«, fuhr Raubler schließlich fort. »Schon bald wird jedes Wirtshaus, jeder Dorfsaal und jeder öffentliche Platz vier davon haben – einen für jede Gruppe, sodass die Bürger die Geschehnisse mit eigenen Augen verfolgen können. Ihr selbst werdet allerdings keinen solchen Stein erhalten, denn sollte eine Gruppe den Orks in die Hände fallen, könnten sie den Kristall benutzen, um auch die anderen Gruppen aufzuspüren.«

Raubler ließ die Pyramide mit einem Fingerschnippen verschwinden, und die Arena wurde wieder in einen orangefarbenen Fackelschein getaucht.

»Damit ihr euch ganz auf eure Aufgabe konzentrieren könnt, bekommt jede Gruppe einen Dämon, durch dessen Augen die Bewohner Hominums das Geschehen verfolgen werden«, sprach der Inquisitor weiter. »Zu diesem Zweck haben wir Spender gebeten, uns Dämonen aus ihrem eigenen Arsenal zur Verfügung zu stellen. Die Spender stellen euch außerdem einen erfahrenen Führer zur Seite, der euch den Weg durch den Dschungel weist. Wer das sein wird, erfahrt ihr bald genug.«

Raubler klatschte und rieb sich in freudiger Erwartung die Hände.

»Nun zu den vier Gruppen. Jede besteht aus vier Mitgliedern: drei Schüler im zweiten Jahr und zusätzlich ein freiwilliger Novize. Die Freiwilligen müssen wissen, dass es kein Zurück mehr gibt, sobald sie den Fuß in diese Arena gesetzt haben.«

An dieser Stelle verstummte er und bedachte die anwesenden Novizen mit einem strengen Blick.

»Die Hauptleute wurden bereits erwählt«, fuhr Raubler fort und nahm eine Schriftrolle zur Hand. »Ihr seht sie hier vor euch.«

Fletcher war stolz und nervös zugleich. Er war vollkommen außer Form und hatte ein ganzes Jahr lang mit niemandem außer Ignatius gesprochen – das waren also eher einseitige Unterhaltungen gewesen. War er wirklich bereit, einen so gefährlichen Einsatz zu leiten?

Da räusperte sich Raubler, und Fletcher hielt den Atem an. Wen würde der Inquisitor in seine Gruppe berufen?

»Nach sorgfältiger Rücksprache mit dem königlichen Rat und den Lehrern dieser Akademie wurden folgende Gruppen bestimmt. Bitte tretet in die Arena und stellt euch zu euren Hauptleuten, sobald ihr aufgerufen werdet: Isadora, Tarquin und Atlas. Seraph, Rori und Genevieve. Malik, Penelope und Rufus. Fletcher, Othello und Sylva.«

Fletcher seufzte erleichtert, während die Aufgerufenen in die Arena kamen. Sylva stellte sich lächelnd neben ihn, Othello versetzte ihm einen freundschaftlichen Klaps auf die Schulter.

»Klar, dass sie einem Menschen das Kommando geben«, flüsterte der Zwerg mit einem Zwinkern. »Scheint, als hätten sie nur Freunde mit Freunden zusammengesteckt.«

»Sieht ganz so aus«, stimmte Fletcher zu. »Isadora strahlt geradezu. Nachdem ich Tarquin letztes Jahr im Finale geschlagen habe, gilt sie jetzt wohl als die stärkere der beiden.«

Nachdem die Gruppen sich zusammengefunden hatten, saßen nur noch die vier Novizen auf den Zuschauerrängen: Atilla, Kress, Didric und ein dunkelhaariges Mädchen, das Fletcher noch nie gesehen hatte.

»Ihr habt jetzt die Gelegenheit, aus den Freiwilligen euer viertes Mitglied zu bestimmen«, sagte Raubler mit ausgebreiteten Armen. »Isadora, das Los hat entschieden, dass du als Erste wählen darfst.«

»Ganz bestimmt«, raunte Sylva in Fletchers Ohr. Er spürte, wie sie sanft mit der Hand seine Hüfte berührte. »Aber es ist auch egal. Schließlich wissen wir beide, wen sie sich aussuchen wird.«

»Ich erwähle den wackeren Grafen Cavell«, rief Isadora und winkte Didric mit großer Geste heran. »Nach seiner hervorragenden Leistung im Turnier wurde er durch unsägliches Pech um den wohlverdienten Sieg betrogen.«

»Mit Pech hatte das nichts zu tun!«, rief Kress dazwischen, ohne sich um Raublers aufgebrachtes Zischen zu kümmern.

Didric sprang in die Arena hinunter und landete so schwankend, als leide er noch unter einer leichten Gehirnerschütterung. Tarquin schüttelte ihm die Hand, Atlas und Isadora schlugen ihm auf die Schulter.

»Nun du, Fletcher«, sagte Raubler, die Augen immer noch auf Kress gerichtet.

Fletcher erschrak. Eigentlich hatte er damit gerechnet, als Letzter dranzukommen. Er überlegte eine Weile, was ihm prompt einen bösen Blick von Atilla einbrachte. Welche Wahl er von Fletcher erwartete, war klar, aber Kress hatte soeben das Turnier gewonnen und außerdem höflich darum gebeten, in die Gruppe aufgenommen zu werden. Und dann war da noch Atillas Wutausbruch, weil Kress sich weigerte, einen Schleier zu tragen. Fletcher hingegen wollte, dass seine Gruppe ein leuchtendes Beispiel für ganz Hominum abgab – ein Beispiel an Solidarität, Zusammenhalt und Toleranz.

Atilla hatte zwar ein gutes Herz und war ein ebenso guter Krieger, aber für diese Aufgabe schien er Fletcher nicht geeignet. Er musste nur noch die richtigen Worte finden, ihm die Entscheidung zu erklären.

»Ich nehme Kress«, sagte er und hob sofort die Hand, als Atilla empört den Mund öffnete. »Die Thorsagers würden es mir nie verzeihen, wenn ihre beiden Söhne gleichzeitig ums Leben kämen, sollte ausgerechnet unsere Gruppe scheitern. Also ist es besser, das Risiko aufzuteilen. Aus diesem Grund dienen Brüder auch im königlichen Heer niemals im gleichen Regiment.«

Atilla ließ kurz den Kopf hängen, dann nickte er knapp.

»Außerdem habe ich gerade das Turnier gewonnen. Nur falls du es schon vergessen hast, Fletcher«, sagte Kress laut. »Mein voller Name lautet Kress Freyja.«

»Ich habe es nicht vergessen«, flüsterte er, als Kress nahe genug herangekommen war. »Genau das war der zweite Grund für meine Entscheidung. Schön, dich bei uns zu haben, Kress *Freyja*.«

»Seraph, du bist dran«, sagte Raubler und drehte ihnen den Rücken zu.

Seraph musterte das dunkelhaarige Mädchen auf den Stufen – jedoch nur kurz. »Ich nehme natürlich Atilla Thorsager. Komm her, du alter Griesgram!«, rief er fröhlich.

Atilla verdrehte die Augen, wobei Fletcher allerdings auch den Anflug eines Lächelns auf seinem Gesicht sah. Anscheinend hatte er sich mit Seraph angefreundet, während Fletcher im Kerker gesessen hatte.

»Und schließlich du, Malik«, sprach Raubler.

»Belena Faverham!«, verkündete Malik, während das dunkelhaarige Mädchen in den Fackelschein trat. »Es überrascht mich doch sehr, dass sie nicht gleich als Erste ausgewählt wurde.«

Belena stellte sich zu ihrer Gruppe und schüttelte das rabenschwarze Haar aus.

Fletcher konnte den Blick kaum von ihr losreißen. Sie war wunderschön, vielleicht sogar das schönste Mädchen, das er je gesehen hatte. Belena hatte hohe Wangenknochen und große, ausdrucksstarke Augen, außerdem schien sie seinen Blick zu erwidern. Ihr Familienname fiel ihm erst auf, als Othello ihn etwas fragte.

»Sie ist ihrer Großmutter Ophelia wie aus dem Gesicht geschnitten, findest du nicht, Fletcher?«

Auch er sah die Ähnlichkeit, schaffte es aber nicht, dieses bezaubernde Mädchen mit der hartherzigen Ophelia in Verbindung zu bringen. Selbst ihr Vater, Inquisitor Karl Faverham, schien kaum etwas mit ihr gemein zu haben – außer der hellen Haut.

Belena begrüßte Malik mit einem warmen Lächeln, dann umarmte sie Penelope und Rufus. Erst als Sylva Fletcher den Ellbogen in die Rippen stieß, merkte er, wie er das Mädchen die ganze Zeit angestarrt hatte, und versuchte, sich in Erinnerung zu rufen, dass die Faverhams seine Feinde waren.

»Sie ist in ihrem ersten Jahr?«, fragte er.

»Richtig«, bestätigte Othello. »Aber ich habe sie nicht oft gesehen. Sie blieb meistens für sich selbst. Ihre Freizeit hat sie entweder beim Lernen auf ihrem Zimmer verbracht oder in Corcillum.«

Alle Gruppen waren nun versammelt und warteten auf weitere Anweisungen.

»Wie ihr wisst, haben Tarquins und Isadoras Vater, Belenas Großmutter sowie Didric selbst die Hellsehsteine zur Verfügung gestellt und damit diesen Einsatz überhaupt erst möglich gemacht«, verkündete Raubler und nickte den dreien anerkennend zu. »Ich denke, es wäre angebracht, wenn wir uns alle bei den Forsys, den Faverhams und den Cavells für ihre Großzügigkeit bedanken.« Dann blickte er sie erwartungsvoll an.

Die Forsys-Zwillinge und Didric grinsten wie blöd, während Fletcher und die anderen sich ohne rechte Begeisterung bedankten. Belena wurde lediglich rot und sah verschämt zu Boden.

»Sehr schön«, fuhr Raubler fort. »Nun habe ich euch allen noch etwas mitzuteilen. Um die Sache sowohl für die Teilnehmer als auch für die Zuschauer möglichst interessant zu machen, wurde eine Belohnung ausgesetzt. Die Gruppe, der es gelingt, die Dame Kavendisch zu befreien, bekommt eintausend Goldtaler, die zu gleichen Teilen unter den Mitgliedern aufgeteilt werden. Weitere fünfhundert Goldtaler winken jedem Trupp, der sich an der Zerstörung der Gnomeier beteiligt. Nichts ist förderlicher als ein gesunder Wettbewerb.«

Raubler grinste zufrieden, während die Schüler verstohlen miteinander flüsterten. Das waren fürstliche Summen, genug, um ein kleines Heer auszustatten. Fletcher schien als Einziger nicht überrascht zu sein. Falls eine der Gruppen mitten im Dschungel den Mut verlor, war das Geld ein guter Anreiz, sie bei der Stange zu halten.

Raubler deutete auf den Eingang zur Arena. »Nun dreht euch um«, befahl er.

Fletcher gehorchte und sah vier Dämonen im Durchgang stehen. Drei davon kannte er bereits: Lovetts Greif Lysander kam mit stolz erhobenem Haupt die Stufen herunter und blies mit einem Flügelschlag Sand in die Richtung von Isadoras Gruppe. Zu welchem Trupp er gehörte, war bereits klar, bevor er sich zu Fletcher und seinen drei Begleitern stellte.

»Aber … das geht nicht«, stammelte Fletcher und dachte bestürzt an Hauptfrau Lovett, die ohne Lysander allein auf ihren Rollstuhl angewiesen war. »Lysander ist ihr bester Freund und außerdem ihre einzige Möglichkeit, sich zu bewegen. Ohne ihn hat sie nur noch Valens.«

»Sie will uns eben beschützen«, flüsterte Sylva ihm zu. »Wir bringen ihr Lysander einfach wohlbehalten zurück. Außerdem ist es beinahe so, als wäre sie selbst dabei. Sie kann durch ihn hellsehen und seinen Körper kontrollieren, genau wie sie es bei Valens gemacht hat. Würde mich nicht wundern, wenn sie es auch jetzt gerade tut.«

Genau in diesem Augenblick schubste Lysander ihn sanft mit dem Schnabel. Fletcher hob überrascht den Blick und sah, wie ihm der Greif zuzwinkerte. Sehr menschliche Gesten für einen Dämon, dachte er. Sylva hatte wohl recht mit ihrer Behauptung.

Sacharissa, Arcturus' Canid, trabte an ihnen vorbei und gab dem Greifen einen spielerischen Stupser. Lysander schlug mit einer Kralle nach ihm, erwischte aber nur den buschigen schwarzen Schwanz des flinken Dämons.

»Sieht so aus, als hätte Arcturus den gleichen Gedanken gehabt«, kommentierte Fletcher, während Sacharissa sich zu Seraphs Gruppe gesellte. Seraph hieß sie mit einem Stück Pökelfleisch willkommen, das er wundersamerweise dabeigehabt hatte. Greife waren zwar stärker und vielseitiger als Canide, trotzdem wünschte Fletcher, er könnte beide mitnehmen. Mit Arcturus' und Lovetts Dämonen an der Seite würde er sich im Orkdschungel um einiges sicherer fühlen.

»Was in aller Welt ist *das*?« Kress deutete auf eine knochige, menschenähnliche Kreatur, die gerade die Stufen herabkam.

Das Wesen hatte ein ausladendes Geweih mit unzähligen Enden, wie Dornengestrüpp ragte es zu beiden Seiten aus seinem Schädel. Sein Kopf sah wie eine Mischung aus Hirsch und Wolf aus, und die Arme waren so lang, dass die rasiermesserscharfen Krallen an den Händen den Sand berührten, während der Blick der dunklen Augen hungrig durch die Arena schweifte. Unter der grauen, fleckigen Haut zuckten drahtige Muskeln. Hätte sich der hagere Dämon nicht bewegt, Fletcher hätte ihn glatt für eine Leiche gehalten. Zumindest roch er wie eine.

»Ein Wendigo«, beantwortete Othello Kress' Frage mit einer Mischung aus Ehrfurcht und Abscheu. »Beschwörungsebene dreizehn und sehr selten. Er ist Zacharias Forsys' Lieblingsdämon. So gut wie alles, was wir über Wendigos wissen, verdanken wir ihm. Im Äther sieht man sie so gut wie nie. Er heißt übrigens Hannibal.«

»Wer den bekommt, ist wohl keine Frage«, warf Fletcher ein, da blieb der Wendigo auch schon neben den Forsys-Zwillingen stehen. Fletcher beobachtete grinsend, wie Tarquin wegen des Gestanks sogleich die Nase rümpfte.

Unterdessen winkte Raubler den letzten Dämon heran, es war sein eigener.

»Caliban wird Maliks Gruppe begleiten«, verkündete der Inquisitor.

Der bullige Minotaurus mit dem verfilzten schwarzen Fell schien im Gegensatz zu dem sehnigen, groß gewachsenen Wendigo nur aus Fleisch- und Muskelbergen zu bestehen. Das laute Atemgeräusch aus den Nüstern erinnerte Fletcher an den Blasebalg in Berdons Schmiede.

»Vielen Dank für Eure Unterstützung, Inquisitor«, sagte Malik mit einer tiefen Verbeugung.

»Wir können die einzigen Erben der Saladins und Faverhams doch nicht schutzlos ihrem Schicksal überlassen«, erwiderte Raubler.

Das war eine derbe Missachtung der beiden anderen Truppmitglieder Penelope und Rufus, deren Eltern ebenfalls zum Adel gehörten. Sie waren nur nicht so reich wie die anderen.

Rufus schien der Affront nicht zu stören, denn dankbar ergriff er Raublers Hand. »Ihr werdet es nicht bereuen,

Inquisitor. Mein älterer Bruder wird Euch alle Auslagen zehnfach zurückzahlen, wenn wir meine Mutter erst befreit haben, das schwöre ich!«

»Heute Abend werdet ihr eure Führer kennenlernen«, sprach Raubler weiter und schüttelte irritiert Rufus' Hand ab. »Maliks Gruppe bleibt hier bei mir, alle anderen folgen ihren Dämonen.«

20

LYSANDER FÜHRTE SIE AUS DER ARENA zurück in die Vorhalle, Sacharissa trabte gleich neben ihm. Fletcher hatte erwartet, dass sie wie die Gruppe des Caliban durch den Haupteingang nach draußen gehen würden, aber ihre beiden Dämonen bogen zur Treppe im Westflügel ab.

Es war ein langer Aufstieg, den sich Fletcher damit verkürzte, Lysander dabei zuzusehen, wie er sich die Stufen hinaufmühte. Der Greif war ans Fliegen gewöhnt, und auf einer so engen Wendeltreppe tat er sich besonders schwer. Sacharissa wartete geduldig an jedem Absatz auf ihn und behielt den schwitzenden Greif gutmütig im Auge.

»Vielleicht hättest du nach oben fliegen und dort auf uns warten sollen«, kommentierte Fletcher lachend. Der böse Blick, den ihm Lysander daraufhin zuwarf, konnte nur von Lovett selbst stammen.

Während seines ersten Jahres an der Akademie war Fletcher kaum in diesem Teil des Gebäudes gewesen, denn er beherbergte hauptsächlich die Privatzimmer der Lehrer, Bedienstetenunterkünfte, eine große Wäscherei sowie Lagerräume. Somit war es keine große Überraschung, dass sie bis ganz nach oben gingen und von dort durch einen langen Korridor weiter zum Nordwestturm.

Während sie den beiden Dämonen hinterhertrotteten, konnte Fletcher gar nicht anders, als die Gemälde und Wandteppiche zu bewundern, auf denen Schlachtszenen aus der Zeit, als es noch keine Feuerwaffen gegeben hatte, dargestellt waren. Vor einem der älteren Gemälde, dessen Farbe schon teilweise abblätterte, blieb er stehen.

Im Gegensatz zu den anderen zeigte es keinen glorreichen Sieg über die Orks – sondern einen über die Zwerge. Im Hintergrund waren Zwerginnen abgebildet, denen man die Schleier von den Gesichtern gerissen hatte, vor ihnen knieten die Krieger, die sich von Menschen die Bärte schneiden lassen mussten, die in schillernde Rüstungen gekleidet waren. Überall um sie herum lagen tote Zwerge, hoch darüber flog das Himmelskorps mit bluttriefenden Lanzen.

Die drei Zwerge, außerdem Seraph und Sylva, blieben ebenfalls stehen. Nur Rori und Genevieve gingen weiter, als wäre nichts Besonderes an dem Gemälde.

»Genau das müssen wir verhindern«, murmelte Othello und ließ die Finger über die Gefallenen auf dem Bild gleiten. »Das kann jederzeit wieder passieren. Ich habe unsere Geschichtsbücher studiert und gesehen, wie schnell sich der Hass verbreitet, und zwar auf beiden Seiten. Viermal haben wir uns erhoben, und jedes Mal wurden wir geschlagen. Viermal wurde unser Volk in den Staub getreten. Wir müssen diesen Kreislauf endlich durchbrechen. Nur die Einigkeit mit den Menschen wird uns die Freiheit bringen.«

Atilla ging wütend weiter, Fletcher konnte es ihm nicht verübeln. Das Bild war abscheulich. Es wie ein Prunkstück in den altehrwürdigen Korridoren der Akademie auszustellen gehörte sich einfach nicht. Seraph folgte dem Zwerg, doch als er Atilla einen Arm um die Schulter legte, schüttelte der ihn mürrisch ab.

»Kommt«, flüsterte Fletcher. Er war kaum losgegangen, da hörte er ein Knistern in seinem Rücken und drehte sich um – eine Feuerglyphe hatte das Gemälde zu schwarzer Kohle verbrannt.

»Hoppla«, sagte Kress und tätschelte Fletchers Schulter. »Die Glyphe ist mir wohl irgendwie aus dem Finger gerutscht …«

Sie mussten laufen, um Rori und Genevieve einzuholen, die das oberste Stockwerk schon beinahe erreicht hatten. Das Treppenhaus und die Wände im Nordwestturm waren von einer dicken Staubschicht überzogen, in der sich eine einsame Fußspur abzeichnete, als käme nur eine einzige Person jemals hier herauf. Als die beiden Gruppen endlich ganz oben waren, standen sie vor einer Tür, die mit schweren Eisenriegeln gesichert worden war.

Lysander hob einen Flügel und klopfte mit seinen Klauen, kratzte und klopfte wieder.

Ein Erkennungszeichen, dachte Fletcher, denn nach einer kurzen Pause wurde Riegel um Riegel zurückgeschoben, bis sich die Tür mit einem Unheil verkündenden Knarren öffnete. Der Raum dahinter war genauso schummrig wie das Treppenhaus. Nur ein einsamer Kerzenleuchter hoch oben an der Decke spendete etwas Licht.

»Kommt rein, kommt rein«, meldete sich eine raue Stimme von irgendwo aus der Dunkelheit. »Aber werft bloß nichts um!«

Fletcher und Sylva riefen Wyrrlichter herbei, um den Weg auszuleuchten, und gingen voraus. Im blauen Schein der Lichter sahen sie lange Regalreihen und Tische, die über und über mit Gefäßen und Werkzeugen bedeckt waren.

Links von Fletcher standen Gläser mit Dämonen darin, die in einer hellgrünen Flüssigkeit konserviert waren. Viele davon schienen verstümmelt. Die abgetrennten Köpfe, Glieder und herausgenommenen Organe lagen auf den Tischen daneben verstreut. Zu seiner Rechten standen Topfpflanzen, dazwischen kleine Öfen mit Glaskolben darauf, in denen nicht identifizierbare Flüssigkeiten vor sich hin blubberten.

Von den Pflanzen machte eine einen seltsameren Eindruck als die andere. Eine hatte dicke Blütenblätter, die sich wie ein Kussmund öffneten. Eine andere bestand fast ausschließlich aus einem knotigen Wurzelgeflecht, das sich nach dem blauen Licht zu strecken schien, als sie daran vorbeigingen.

»Nicht so schüchtern, fühlt euch ganz wie zu Hause«, meldete sich die Stimme wieder zu Wort. Eine Gestalt mit noch dunklerer Haut, als Seraph sie hatte, trat aus den Schatten. Es war eine Frau. Die grauen Locken auf ihrem Kopf waren so dicht wie das Fell eines Pudels, und sie trug einen langen weißen Baumwollkittel, dazu schwarze Lederhandschuhe. Ein breites, fast schon verrücktes Grinsen stand ihr ins Gesicht geschrieben, während sie die beiden Gruppen hinter ihrer Brille hervor betrachtete. Die Gläser waren so dick, dass die Augen dahinter doppelt so groß wirkten.

»Verzeiht die Unordnung«, sprach die Frau weiter und deutete in Richtung der Dämonenkörperteile, die auf den Tischen verteilt lagen. »Jesper hätte heute aufräumen sollen, aber er hat sich heimlich davongestohlen, um sich das Turnier anzusehen.«

Als niemand etwas erwiderte, trat sie nervös von einem Fuß auf den anderen. »Eine Tasse Tee vielleicht? Oder war es Kaffee?« Sie zeigte auf einen Kessel mit einer schwer zu beschreibenden braunen Substanz darin, die eher wie Teer aussah. »Vielleicht habe ich auch Ginseng angesetzt oder heiße Schokolade. Irgendetwas Schmackhaftes jedenfalls.«

»Ähm, nein, danke«, antwortete Fletcher höflich, während eine besonders große Blase in dem Kessel mit einem lauten Ploppen zerplatzte.

Die Frau musterte sie alle noch eine Weile, dann verblasste ihr Grinsen allmählich. Schließlich räusperte sich Fletcher und sprach die Frage aus, die sie alle beschäftigte. »Wer seid Ihr? Und was ist das alles?«

Die Frau winkte sie näher heran, ihr Grinsen kehrte augenblicklich zurück. »Mein Name ist Electra Mabosi, ich stamme aus Swazulu jenseits des Vesania-Meers«, antwortete sie. »Ich bin Tier- und Pflanzenforscherin, Chemikerin und Dämonologin. Ein bisschen von allem, mehr oder weniger. Alchemistin wäre wahrscheinlich die beste Bezeichnung. Allerdings bin ich nicht eure Führerin, falls ihr das befürchtet. Ich habe dieses Turmzimmer seit vier Jahren nicht mehr verlassen und beabsichtige auch nicht, es in naher Zukunft zu tun.«

Fletcher sah sich in dem düsteren Raum um und versuchte sich vorzustellen, er hätte die letzten vier Jahre hier verbracht. Wahrscheinlich war es hier angenehmer als in seinem Kerker, aber nicht viel. Was musste das für ein Mensch sein, der sich freiwillig so lange an einem solchen Ort aufhielt?

»Seit ich hier bin, führe ich im Auftrag von König Harold und Vorsteher Scipio geheime Forschungen durch. Ich informiere sie über meine Erkenntnisse, wann immer sich die Gelegenheit dazu bietet, aber leider lassen sie mich nicht unterrichten, wie oft ich sie auch darum bitte. Sie sind der festen Überzeugung, hier oben wäre ich besser aufgehoben.«

Electra nahm ein verkorktes Fläschchen aus einem der Regale, zog einen handtellergroßen, unappetitlich aussehenden Dämonenkadaver daraus hervor und legte ihn vor sich auf den Tisch. Daneben entrollte sie ein Ledertäschchen mit Skalpellen und anderen Werkzeugen.

»Seht her, dies ist ein junger Arach, der vor ein paar Monaten tot im Äther gefunden wurde. Beschwörungsstufe sechs. Eine nicht gerade häufige Spezies, aber auch keine seltene. Ich habe ihn extra für den heutigen Tag aufgehoben. Endlich bekomme ich einmal Gelegenheit zu unterrichten!«

Der Dämon sah wie eine große, haarige Spinne aus. Über der Stirn wölbte sich eine glitzernde Augentraube, darunter sah Fletcher zwei gekrümmte Beißzähne, und aus dem Hinterteil ragte ein Stachel.

Electra schnitt mit einer dicken Schere die Beine ab und wischte sie mit einer Handbewegung in den Abfalleimer neben dem Tisch. Eines der Beine verfehlte den Korb jedoch und landete direkt vor Genevieves Füßen, die quiekend einen Satz nach hinten machte. Nur Körper und Kopf lagen jetzt noch auf dem Tisch.

»Seht ihr die Öffnung unter dem Stachel?«, fragte Electra und hob das Hinterteil mit einer Zange an. »Aus dieser Öffnung verspritzt der Arach eine klebrige, mit Mana aufgeladene Substanz, die einem Spinnenfaden nicht ganz unähnlich ist.«

Sie holte ihre Laterne näher heran und inspizierte den von der Konservierungsflüssigkeit tropfnassen Kadaver. »Man muss sehr vorsichtig sein, denn die Haare lösen sich leicht vom Körper und schweben durch die Luft, wo sie Augen- und Hautreizungen verursachen. Jesper hat mir erzählt, dass Graf Cavells Arach im Unterricht schon ab und zu für Probleme gesorgt hat. Nicht wahr, Kress?«

»Und ob.« Kress kratzte sich gedankenverloren am Handgelenk. »Eine ganze Woche lang hat es gejuckt.«

Fletcher erschauerte. Er hatte das Gefühl, die Augen des toten Wesens würden ihn direkt anstarren. Wie ein voll ausgewachsener Arach aussah, wollte er sich lieber gar nicht erst vorstellen. Die Zeichnungen, die er im Dämonologie-Unterricht gesehen hatte, genügten ihm vollkommen. Dass ausgerechnet Didric einen Arach hatte, war ein Jammer, denn in einem Duell stellte der Dämon bestimmt einen ernst zu nehmenden Gegner für Ignatius dar.

Eine fröhliche Melodie vor sich hin summend, schob Electra ein dünnes, durchsichtiges Röhrchen in die Öffnung unter dem Stachel, als entkerne sie einen Apfel. Als sie das Röhrchen wieder herauszog, war es mit glibberigen Organen gefüllt, die sie mit der Zange auf der Tischplatte verteilte.

»Das ist ja widerlich«, stammelte Rori. Sein blasses Gesicht wurde noch fahler, dann gesellte er sich zu Genevieve ganz am Ende der Gruppe.

»Ach, kommt, seid nicht so kindisch!«, murrte Electra, fasste Fletcher am Arm und zog ihn näher zu sich heran. »Was siehst du?«

Fletcher fürchtete schon, er solle die Zukunft aus den Arach-Eingeweiden lesen, wie die Orkschamanen es angeblich bei ihren getöteten Feinden taten. Bei näherem Hinsehen jedoch entdeckte er ein Symbol, das wie ein Brandzeichen auf einem der Organe prangte.

»Da … da ist eine Glyphe«, sagte er mit einem verwunderten Kopfschütteln.

»Exakt! Wisst ihr eigentlich, wie Glyphen, Luftätzen und all die Zaubersprüche entdeckt wurden?« Electra wandte sich so abrupt der Gruppe zu, dass ein Tropfen aus ihrem Röhrchen auf Seraphs Wange spritzte. Seraph würgte sofort und wischte sich wie wild mit dem Ärmel übers Gesicht.

»Jeder Dämon hat ein solches Symbol auf seinen Organen«, fuhr Electra fort, ohne Seraphs heftige Reaktion zu beachten. »Die ersten Beschwörer müssen dies herausgefunden und die Symbole dann abgeschrieben haben, als sie ihre toten Dämonen sezierten. Mein Auftrag lautet, möglichst viele neue Symbole für unsere Schlachtmagier zu entdecken. Damit wurde eine längst vergessene

Kunst wiederbelebt! Leider bin ich selbst keine Beschwörerin, was die Dinge manchmal ein wenig schwierig macht …«

Sie wandte sich wieder an Fletcher und legte ihm die Hände auf die Schultern. »Dein Salamander zum Beispiel, er muss irgendwo in seinem Hals ein Feuersymbol haben. Würden sie mich endlich unterrichten lassen, wüsstet ihr all das bereits«, seufzte sie frustriert.

Fletcher und Othello tauschten einen vielsagenden Blick. Diese Electra Mabosi war selbst im Vergleich zu einem Fanatiker wie Raubler etwas zu exzentrisch, um an der Akademie zu lehren.

»Und was hat es mit all den Pflanzen auf sich?« Fletcher deutete auf einen besonders großen Topf mit einem furchterregenden Dornengewächs darin, das ein wenig wie eine Venusfliegenfalle aussah.

»Streng genommen sind sie ebenfalls Dämonen«, antwortete Electra. Liebevoll fuhr sie über den Stamm der Pflanze. »Auch sie stammen aus dem Äther, und obwohl ich noch an keiner davon ein Symbol entdecken konnte, habe ich doch etwas herausgefunden: Aus den Blütenblättern, Wurzeln und Blättern mancher Arten lässt sich ein Trunk herstellen, der durchaus nützlich sein kann.«

Sie deutete auf eine Sammlung verkorkter Fläschchen mit roten, blauen und gelblichen Flüssigkeiten darin.

»Glücklicherweise hat Hauptfrau Lovett sich bereit erklärt, sie für mich zu testen. Dieser hier, zum Beispiel, heilt Wunden, und das genauso gut wie unser Heilzauber. Lovett hat er geholfen, sich von ihren Lähmungserscheinungen zu erholen.« Electra nahm das Fläschchen zur Hand und schwenkte die blutrote Brühe darin, dann deutete sie auf ein blaues.

»Dieser Trank hier füllt das verbrauchte Mana eines Dämons wieder auf, wenn der Beschwörer ihn trinkt.« Sie wollte gerade nach einem der gelben Fläschchen greifen, da hielt sie mitten in der Bewegung inne und zuckte die Achseln.

»Ich habe gerade erst mit der Erforschung der Ätherpflanzen begonnen, aber bis jetzt sehen die Ergebnisse ganz gut aus«, erklärte sie schließlich.

»Das glaube ich sofort!«, rief Seraph. »Mit einem solchen Trank wären wir gegenüber den anderen bestimmt im Vorteil.«

»Was ist nun mit den gelben?«, hakte Sylva nach. »Was bewirken sie?«

Electra runzelte die Stirn und überlegte eine Weile, dann schüttelte sie den Kopf. »Ich habe nicht die geringste Ahnung. Ich weiß, *dass* sie etwas bewirken, aber das ist auch schon alles. Wenn man sie trinkt, spürt man, dass etwas in einem geschieht. Ich muss nur noch herausfinden, *was*.«

Electra klopfte Seraph auf die Finger. Der versuchte gerade, sich eines der Fläschchen aus dem Regal zu greifen, da hörte Fletcher, wie jemand hereinkam.

»Ah, der gute Jesper, mein Mann im Äther!«, rief Electra mit einem Händeklatschen. »Er riskiert jedes Mal Leib und Leben, um die Kadaver der Orkdämonen einzusammeln, wenn es im Dschungel mal wieder eine Schlacht gegeben hat. In unserem Teil des Äthers bekommen wir ihre Dämonen kaum zu Gesicht, deshalb sind sie die vielversprechendsten, wenn es darum geht, neue Zauber zu finden.«

Jespers eingefallene Wangen und die ungesunde Gesichtsfarbe wirkten in dem spärlichen Licht von Electras Labor noch dunkler als sonst. Er warf Fletcher ein verhaltenes Lächeln zu.

»Das Asthma behindert ihn natürlich«, räumte Electra ein, »aber er kennt den Orkdschungel wie seine eigene Westentasche. Außerdem bilde ich ihn seit zwei Jahren zum Alchimisten aus.«

»Hallo«, sagte er schüchtern. »Ich freue mich auf den gemeinsamen Einsatz mit euch. Ich möchte schon so lange meinen Beitrag leisten, aber der Vorsteher und die Lehrer haben mich wegen meiner kranken Lunge nie gelassen. Jetzt ist es endlich so weit.«

»Moment!«, rief Seraph. »*Er* soll unser Führer sein?«

»Er wird eine eurer Gruppen führen, ja«, antwortete Electra mit einem strengen Blick. »Hauptfrau Lovett hat ihn ausgewählt. Ihr habt aber die Wahl, welche Gruppe er führen soll. Für die andere hat Arcturus noch jemanden in petto.«

»Bei allem Respekt, aber ich mache mir ein wenig Sorgen«, erklärte Othello nervös. »Wenn er für dienstuntauglich erklärt wurde, wie kann er dann an einem so gefährlichen Einsatz tief im Dschungel teilnehmen? Ich hatte geglaubt, wir bekämen einen Kundschafter oder Spurenleser zur Seite gestellt.«

»Anfangs, als Jesper mich bat, teilnehmen zu dürfen, dachte ich genauso wie du«, erwiderte Electra. »Doch es ist mir gelungen, eine Kräutermedizin gegen sein Asthma zusammenzustellen. Außerdem kennt er den Dschungel besser als jeder andere, wie ich bereits sagte. Er hat die Pflanzen dort genauso gründlich erforscht wie ich den Äther und weiß, welche man essen kann und welche nicht. Der Gruppe, die ihn nimmt, wird er eine große Hilfe sein.«

»Wir dürfen wirklich frei wählen?«, fragte Fletcher.

»Ja. Niemand zwingt euch. Allerdings wird Hauptfrau Lovett erst noch jemand anderen finden müssen, falls sich beide Gruppen gegen ihn entscheiden. Wer an meinen Tränken und den von mir entdeckten Zaubern Interesse hat, nimmt Jesper als Führer. So weit, wie ihr hinter die feindlichen Linien vordringt, könntet ihr auf bisher vollkommen unbekannte Dämonen treffen. Ich an eurer Stelle würde einen Alchimisten mitnehmen.«

Fletcher musterte Jesper eine Weile. Er wirkte gefasst und fest entschlossen.

»Einverstanden«, sagte er schließlich.

21

FLETCHER SASS MIT SEINER GRUPPE um einen Wirtshaustisch versammelt. Vor ihnen lag die ausgebreitete Karte.

»Warum setzen sie uns so weit vom Ziel entfernt ab?«, fragte Othello und deutete auf das Kreuz ganz am unteren Ende der Karte. »Von dort brauchen wir Tage bis zur Pyramide.«

»Weiter geht es wahrscheinlich nicht, ohne dass wir entdeckt würden«, überlegte Sylva laut, während sie mit dem Finger die Strecke von der Orkfront bis zu dem Kreuz entlangfuhr. »Wenn man uns sieht, könnten wir bei unserer Ankunft auch gleich ein Feuerwerk abbrennen.«

Fletcher hatte das Kinn in die Hände gestützt und lauschte der Diskussion. Er war zu müde, um selbst etwas beizutragen. Die Fahrt nach Corcillum auf einem offenen Wagen war äußerst unerfreulich gewesen. In beständigem Nieselregen hatten sie sich auf der Pritsche eng zusammengekauert, um die Karte und die Anweisungen, die Raubler ihnen mitgegeben hatte, vor der Nässe zu schützen. Keiner hatte unterwegs auch nur ein Wort gesprochen.

Als sie endlich ankamen, brachte Othello sie zu einem Wirtshaus mit zugenagelten Fenstern und Türen, um dort die Nacht zu verbringen. Seraphs Gruppe ging unterdessen mit Sacharissa weiter, wahrscheinlich zu der Adresse des Führers, den Arcturus für sie bestimmt hatte. Lysander verabschiedete sich ebenfalls und erhob sich ohne Vorwarnung in die Luft. Fletcher vermutete, dass Lovett die Hellseh-Verbindung unterbrochen hatte und der Greif jetzt nur noch möglichst schnell nach Hause wollte.

Die Decke des Wirtshauses war so niedrig, als wäre es ausschließlich für Zwerge eingerichtet worden. Der Innenraum sah aus, als hätte ihn seit Langem niemand mehr betreten. Stühle und Tische standen unordentlich herum. Selbst als Othello die wenigen Laternen entzündete, blieb es beinahe dunkel im Raum. Am hellsten war noch das Mondlicht von draußen, das durch die Spalten zwischen den Brettern vor den Fenstern fiel.

»Wo sind wir hier überhaupt?«, stöhnte Fletcher. Er fuhr mit der Fingerkuppe über den Tisch und zeigte den anderen den Staub daran. »Was für ein Drecksloch.«

»In der Herberge ›Zum Amboss‹«, antwortete Kress. Sie deutete auf das Schild über dem Türrahmen. »Sagt dir der Name irgendetwas?«, fügte sie mit einem Zwinkern hinzu.

Und ob er das tat. Fletcher erinnerte sich vage an einen Zwerg namens Athol, der ihm vorgeschlagen hatte, seine erste Nacht in Corcillum hier zu verbringen. Von Athol stammte auch die Mitgliedskarte der Ambosse, die während des Tribunals als Beweisstück gegen ihn vorgebracht worden war.

»Ich bin früher oft hier gewesen«, meldete sich Jesper zum ersten Mal zu Wort. Er stand auf und ging zur Bar hinüber. »Ich war sogar schon Mitglied, bevor man die Ambosse zu Aufwieglern erklärte und das Wirtshaus geschlossen wurde. Hier gab's das beste Bier in ganz Corcillum. Allein dafür hat sich die Mitgliedschaft schon gelohnt.«

»Ein Zwergen-Betrieb«, erklärte Othello mit stolzgeschwellter Brust. »Von meinem Vetter geführt. Er sagte, hier könnten wir uns ungestört auf den Einsatz vorbereiten.«

»Laut Raublers Anweisungen geht es erst übermorgen los«, sprach Fletcher weiter, ohne auf die Kommentare der anderen einzugehen. »Ich würde mir lieber noch eine Mütze voll Schlaf gönnen, denn ich fürchte, im Dschungel werden wir nicht allzu viel davon bekommen. Die Einzelheiten können wir auch morgen früh besprechen.«

»Du kannst jetzt noch nicht ins Bett«, entgegnete Othello etwas verlegen. »Wir bekommen Besuch. Er müsste jeden Moment hier sein.«

Ein lautes Klopfen an der Tür ließ Fletcher zusammenzucken.

»Als hätten sie mich gehört!«, rief Othello und öffnete freudig.

Zwei Gestalten traten ein, die eine trug einen langen Mantel aus rosafarbenem und blauem Stoff mit einer Blumenstickerei auf der Knopfleiste. Ihr Gesicht war von einem Schleier verhüllt, aber der herzlichen Umarmung nach musste es sich um Othellos Mutter Briss handeln.

Neben ihr stand Athol, die Hände tief in den Taschen seiner Kniehose vergraben. Er sah müde aus, aber auch zufrieden.

»Würdet ihr uns mit der Lieferung helfen?« Athol deutete mit dem Kinn auf einen von einem Eber gezogenen Wagen draußen auf der Straße. Er war über und über mit Kisten beladen, die Flanken des Wildschweins glänzten nass von Schweiß. »Seid vorsichtig, das ist kostbare Fracht. Könnte euch das Leben retten.«

Der Zwerg zwinkerte Fletcher zu und schloss ihn dann laut lachend in eine innige Umarmung. Fletcher klopfte ihm herzlich auf den Rücken, während Jesper, Sylva und Kress die Kisten drinnen auf einem Tisch stapelten. Fletcher hatte gar nicht gemerkt, wie sehr er Athol die ganze Zeit vermisst hatte.

Als alles abgeladen war, versetzte Athol dem Eber einen Klaps auf die Hinterbacken. Der Eber quiekte kurz und trabte mit dem leeren Wagen los.

»Er kennt den Weg. Wildschweine sind schlauer als Pferde«, erklärte Athol und ließ seine Hosenträger schnalzen. Dann sah er sich mit einem leisen Pfeifen um.

»Kaum zu glauben«, sagte er, nahm einen Krug zur Hand und drehte ihn um. Ein dünnes Staubfähnchen rieselte heraus. »Das war einmal das beste Wirtshaus in ganz Hominum. Kurz nach dem ersten Anschlag musste es schließen. Türen und Fenster wurden zugenagelt, damit kein übereifriger Mensch es zu allem Überfluss in Brand steckte. Eine verfluchte Schande ist das.«

»Was ist eigentlich genau passiert?«, fragte Fletcher, der immer noch nicht fassen konnte, wie sehr sich die Dinge während seiner Kerkerhaft verändert hatten. »Was hatten die Ambosse mit den Anschlägen zu tun?«

Athol rieb sich seufzend die Augen. »Ursprünglich waren sie nur eine den Zwergen freundlich gesinnte Gruppe von Menschen«, begann er und setzte sich auf eine der niedrigen Bänke. »Angefangen hat es damit, dass sie in unseren Kneipen gern ihr Bier tranken. Bald mussten wir Mitgliedskarten verteilen, um Zwergenhasser davon abzuhalten, die nur auf der Suche nach Ärger herkamen. Im Lauf der Zeit wurden die Ambosse dann zu einer Art Schutzvereinigung, die Zwerge nachts auf dem Nachhauseweg begleitete, an unseren Protestmärschen teilnahm und dergleichen. Zu Gewalt kam es nie. Schon gleich gar nicht in dem Ausmaß.«

Athol verstummte kurz, um seine Gedanken zu ordnen.

»Der erste Anschlag ereignete sich während eines Protestmarschs. Wir forderten die Freilassung eines unschuldig verhafteten jungen Zwergs«, fuhr er schließlich grimmig fort. »Ein Fass voll Schwarzpulver und Musketenkugeln explodierte vor einem Pinkerton-Revier. Drei Pinkertons starben, außerdem zehn Unbeteiligte. Konnte nur einer von den Ambossen gewesen sein, behaupteten die Ermittler. Das Fass hatte schon tagelang an der Stelle gestanden, und die Einzigen, die wussten, wo der Protestmarsch stattfinden würde, waren wir und die Ambosse. Sie hätten es auch uns Zwergen anhängen können, aber ein Zeuge hat den Täter flüchten sehen. Er war zu groß für einen Zwerg, sagte er.«

»Aber wozu?«, hakte Fletcher nach. »Was wollten die Ambosse damit erreichen?«

»Das werden wir nie herausfinden«, antwortete Kress. Sie hatte die Augen geschlossen, ihre Hände zitterten vor Wut. »Ihre Anführer sind noch am gleichen Tag spurlos verschwunden, aber die Anschläge hörten nicht auf. Einer davon ereignete sich während der Verhandlung des Unschuldigen. Dreißig Leute starben, darunter auch der Angeklagte selbst, als wäre den Tätern alles egal. Doch diesmal ließen sie eine Spur zurück, und was für eine: Mitgliedsausweise von der Führungsebene der Ambosse. Solche, die man nicht fälschen kann.«

»Wie der, den du mir damals gegeben hast, Athol?«

»Nein, du hast einen für neue Mitglieder bekommen. Wenn man überhaupt noch von Mitgliedern sprechen konnte. Die meisten Mädchen und Jungs in Corcillum hatten einen Ausweis, wir haben sie wahllos verteilt«, antwortete Athol mit einem Kopfschütteln. »Bei deiner Verhandlung wurde er nur vorgebracht, um die Geschworenen zu beeinflussen. So hoch im Norden und weit entfernt von Corcillum hatten sie natürlich keine Ahnung, dass es sich dabei um kaum mehr als eine Eintrittskarte handelte.«

»Stimmt. Rori und Genevieve hatten ebenfalls einen«, bestätigte Jesper. »Werter, unser Koch, und sogar einige Adlige kamen früher oft hierher. Alle wollten das köstliche Bier probieren.«

Dann herrschte Schweigen. Eine düstere Stimmung senkte sich über den Raum, während ihnen bewusst wurde, wie schlimm die Lage inzwischen war. Fletcher fragte sich sogar, ob der Rettungseinsatz überhaupt noch etwas ändern würde. Konnte es Hominum tatsächlich den Frieden bringen, wenn alle sahen, wie Menschen, Elfen und Zwerge Seite an Seite kämpften?

»All unsere mühsamen Fortschritte wurden binnen weniger Stunden zunichtegemacht«, flüsterte Othello mit leeren Augen. »Natürlich gab man uns Zwergen die Schuld. Die Leute behaupteten, wir würden junge und beeinflussbare Menschen mit Alkohol zu Attentaten verführen, damit wir uns nicht selbst die Hände schmutzig machen mussten.«

»Sag ihm, wie Uhtred darüber denkt«, warf Briss ein.

Othello verdrehte die Augen, als wäre das reine Zeitverschwendung, da versetzte ihm Kress einen Tritt gegen das Schienbein.

»Ich möchte jetzt endlich wissen, was in diesen Paketen ist, also mach schon«, sagte Kress mit vor der Brust verschränkten Armen. »Und zeig etwas mehr Respekt vor deiner Mutter.«

Othello rieb sich das schmerzende Schienbein. »Na gut«, schnaubte er. »Uhtreds Theorie ist auch nicht verrückter als alle anderen, die ich gehört habe. Er glaubt, dass einer der Anführer der Ambosse heimlich für das Dreigestirn arbeitet, um unser Waffengeschäft zu zerstören. Die Quartiermeister kaufen nicht mehr bei uns, außerdem geht das Gerücht, wir würden unsere Musketen so präparieren, dass sie beim Abfeuern explodieren.«

»Hinter so etwas könnte genauso gut ein fanatischer Zwerg stecken, der den nächsten Aufstand anzetteln will«, widersprach Kress unbeeindruckt von Uhtreds Theorie. »Jemand wie Ulfr. Er ist der Schlimmste von allen und hatte Atilla schon unter seinen Fittichen. Aber dann hat Atilla zum Glück dich kennengelernt, Fletcher.«

Sie warf ihm ein dankbares Lächeln zu, dann wandte sie sich an Athol und Briss.

»Ich weiß, ihr habt den ganzen Tag an diesen Päckchen gearbeitet und konntet deswegen meinen Sieg beim Turnier nicht bezeugen«, begann sie mit einem Hauch von Vorwurf in der Stimme. »Aber jetzt lasst uns endlich sehen, was drin ist!«

Briss klatschte aufgeregt in die Hände und begann, ihre Päckchen unter den Anwesenden zu verteilen. Fletcher konnte gar nicht anders, als seines gleich aufzureißen. Es fühlte sich so weich an, dass er sofort wusste, um was es sich dabei handelte: eine Uniform.

Fletcher schüttelte sie aus und hielt sie in das spärliche Licht. Der Stoff war von einem wunderschönen, tiefen Blau. Die Jacke war mit Silberfäden durchwirkt, das breite Revers leuchtete weiß. Sie reichte ihm bis über die Knie, ebenso wie seine alte, aber das Material war dicker.

»Sie ist so leicht, dass sie dich nicht behindert, aber trotzdem ist sie lang und dick genug, um dich nachts warm zu halten«, erklärte Briss und spielte verlegen an ihrem Kleid herum. »Außerdem kommt man in Wolle nicht so leicht ins Schwitzen. Ich habe sie zusätzlich mit Öl eingerieben, damit sie den Regen noch besser abhält, als sie es ohnehin schon tut.«

Fletcher sah, dass die anderen genau die gleiche Uniform bekommen hatten. »Sie sind wunderbar«, keuchte er. »Das ist das Blau und Silber der Rales, oder täusche ich mich da?«

»Ganz und gar nicht«, antwortete Briss lachend. »Schön, dass es dir auffällt! Ich wollte sie eigentlich grün machen, damit sie besser mit dem Dschungel verschmilzt, aber dann habe ich mir gesagt, dass ihr in den Hellsehsteinen möglichst gut zu sehen sein solltet. Vergesst nicht, es geht darum, die Herzen Hominums für euch zu gewinnen. An dem Blau werden euch alle sofort erkennen.«

»Hervorragende Idee«, bestätigte Fletcher und betrachtete die zugehörige Hose. »Darauf wäre ich gar nicht gekommen.«

»Ich habe euch auch Stiefel gemacht«, fuhr Briss fort. Sie deutete auf die kniehohen Mokassins, die Athol auf den Tisch gestellt hatte. »Sie sind aus Elfenleder, weich und trotzdem robust. Das beste Material, das es gibt.«

Sylva lächelte wegen des Kompliments, dann bedankten sich alle überschwänglich.

Athol wippte unterdessen ungeduldig auf den Füßen. Er konnte es kaum erwarten, seine eigenen Geschenke zu präsentieren.

»Jetzt bin ich dran«, warf er ein, bevor Briss wieder das Wort ergreifen konnte. »Da du ja schon einen Bogen und einen Falx hast, Sylva, habe ich für dich nur ein paar Pfeile mit blauer Befiederung gemacht«, fügte er entschuldigend hinzu.

»Schon in Ordnung«, erwiderte die Elfin mit nur einem Hauch von Enttäuschung in der Stimme. »Es sind die Waffen meines Vaters. Die sollten gut genug für mich sein.«

»Schön, schön«, kommentierte Athol und rieb sich aufgeregt die Hände. »Kress, für dich habe ich ja schon einen

Torq und einen Sachs für das Turnier gefertigt. Morgen bekommst du noch eine Armbrust mit blau befiederten Bolzen dazu. Ein Schwert für Jesper habe ich auch, aber auf dem Wagen war einfach nicht genug Platz für alles.«

»Wie bitte?«, rief Kress und ließ sich enttäuscht in einen Stuhl sinken. »Ich habe mich schon den ganzen Tag auf meine neuen Waffen gefreut!«

»Jetzt bist du an der Reihe, Othello.« Athol winkte seinen Freund heran. »Das ist eine Donnerbüchse«, erklärte er und wickelte die Waffe aus einem mit Öl getränkten Lappen. »Sie verschießt Schrot, das sich beim Abfeuern kegelförmig ausbreitet. Das ist nicht besonders präzise, aber eine Schrotladung hat unglaubliche Wucht. Ein ausgewachsener Orkkrieger läuft einfach weiter, wenn er mit einer Muskete angeschossen wird, bringt dich um und merkt erst auf dem Nachhauseweg, dass er überhaupt getroffen wurde. Das Gleiche gilt für Pfeile und Armbrustbolzen. Natürlich stirbt er irgendwann an seinen Verletzungen, aber das nützt dir nichts mehr, wenn du selbst bereits tot bist. Eine Schrotladung hingegen streckt ihn nieder wie ein Schlag mit einem Schmiedehammer.«

Othello hielt seine Donnerbüchse ins Licht. Sie sah wie eine Muskete aus, hatte aber einen kürzeren Lauf, der sich nach vorne wie eine Trompete öffnete. Das polierte Metall schimmerte bronzefarben, und die Maserung des dunklen Holzes glänzte, als wäre es Teak.

»Für eine Geheimoperation wie die eure ist die Waffe zwar nicht gerade ideal, aber wenn ihr entdeckt werden solltet, kannst du sie getrost benutzen«, erklärte Athol weiter, dann sprang er erschrocken zur Seite, als Othello die Donnerbüchse an die Schulter hob und über den Lauf peilte. »Doch vergiss nicht: Der Schuss ist kilometerweit zu hören.«

Othello strahlte regelrecht, als er die Büchse zurück auf den Tisch legte.

Athol deutete auf ein weiteres Bündel. »Ich habe noch eine Schlachtaxt für dich. Sie stammt aus der Schmiede deines Vaters, eine seiner besten Arbeiten. Leider hatte ich nicht die Zeit, Anpassungen daran vorzunehmen, aber du bekommst auch noch ein paar Wurfbeile.«

»Ich danke dir aufrichtig«, erwiderte Othello gerührt. »Mit dieser Donnerbüchse hast du dich selbst übertroffen. Mein Vater hat dich gut ausgebildet.«

»Nun, er hätte sie ja selbst gearbeitet, aber der Rat ließ ihm keine Zeit dazu. Zum Glück konnte er den Pinkertons deine Axt wieder abluchsen. Er gibt sie dir zurück, wenn er euch verabschiedet.«

Othello setzte sich und schüttelte mit einem versonnenen Lächeln den Kopf.

»Und jetzt zu Fletcher. Außer du möchtest schon ins Bett?« Athol zwinkerte ihm zu. »Ich kann auch bis morgen warten, wenn dir das lieber ist.«

»Sehr komisch«, erwiderte Fletcher und bestaunte den immer noch recht großen Stapel hinter Athol. Konnte das wirklich alles für ihn sein?

»Ich muss gestehen, das meiste davon gehört dir bereits. Ich gebe es dir lediglich in Arcturus' Auftrag zurück«, begann Athol. »Er hat alles für dich aufgehoben, während du im Kerker warst: deinen Bogen, den Chepesch, die Scheide, den Hellsehstein, das Geld, deine Kleider und die Pfeile. Ist alles hier drin. Außerdem sollte ich dir noch das hier geben.«

Athol reichte ihm ein kleines verschnürtes Bündel, das Fletcher sofort vertraut vorkam. Er öffnete es freudig und fand James Bakers Tagebuch sowie das Buch mit den Zaubersprüchen darin. Irgendwie hatte Arcturus es geschafft, beides aus Fletchers Kerkerzelle zu retten. Ein Zettel mit einer Nachricht an ihn war auch dabei:

> Fletcher, ich bin froh, dass die Bücher dich tatsächlich erreicht haben. Ehrlich gesagt hatte ich Zweifel, ob ich den Wärter großzügig genug bestochen hatte. Jetzt hat er sie mir für einen stattlichen Preis zurückverkauft. Du kannst sie mittlerweile zwar bestimmt auswendig, aber ich wollte unbedingt verhindern, dass Didric sie in seine dreckigen Finger bekommt.
> Ich rate dir, sie in Athols Obhut zu lassen, und wünsche dir alles Gute für euren Einsatz. Im Geiste (und in Sacharissas Körper) werde ich stets bei euch sein.
>
> Arcturus

Fletcher grinste bis über beide Ohren. Endlich wusste er, wer der geheimnisvolle Wohltäter war, der ihm die Bücher hatte zukommen lassen. Arcturus war zwar nicht sein Halbbruder, wie er ursprünglich geglaubt hatte, trotzdem hatte der Hauptmann mehr für ihn getan, als selbst ein Bruder es gekonnt hätte. Fletcher verdankte ihm so unglaublich viel.

»Die Bücher hätte ich dir wohl besser als Letztes geben sollen«, brummte Athol, als er Fletchers verzücktes Gesicht sah. »Sei's drum, hier ist das nächste Geschenk.«

Fletcher stellte das erstaunlich schwere Päckchen vorsichtig auf dem Tisch ab und öffnete es.

Zwei Pistolen schimmerten im flackernden Laternenschein, die eine hatte einen verlängerten Lauf, die andere zwei kurze. In den Griff der einen war ein unglaublich detaillierter Salamander graviert – eher die Arbeit eines Künstlers denn die eines Waffenmachers –, in den der anderen eine Greifeule, deren Flügel die beiden Läufe entlangzeigten.

Athol rang nervös die schwieligen Hände. »Hauptfrau Lovett hat mir beim Entwurf geholfen. Ich hoffe, sie gefallen dir.«

Fletcher nahm die Salamander-Pistole zur Hand, sorgsam darauf bedacht, den Abzug nicht zu berühren.

»Sie sind wunderschön«, keuchte er und befühlte das rötliche Griffholz. Es war glatt wie Seide.

»Fein«, erwiderte Athol erleichtert und hielt die Salamander-Pistole ins Licht. »Das ist ein Prototyp mit einem gezogenen Lauf. Auf der Innenseite befindet sich eine spiralförmige Vertiefung. Die Vertiefung versetzt die Kugel in Drehung, so wie einen Kreisel, dadurch fliegt sie weiter als eine Musketenkugel und trifft außerdem genauer. Dafür ist das Nachladen schwieriger.«

Dann nahm er die andere Pistole zur Hand. »Die hier ist auch ein Prototyp. Zwei Läufe bedeuten zwei Schuss, aber auch doppelt so viel Zeit zum Nachladen. Deshalb sind sie innen glatt und nicht gezogen. Othello wird dir später zeigen, wie man sie lädt und abfeuert.«

»Du solltest ihnen Namen geben«, warf Othello ein, die Augen immer noch auf die schimmernde Donnerbüchse gerichtet. »Meine heißt Bess.«

Kress grinste vielsagend, als sie den Namen hörte, und Othello wurde rot.

»Mein Kindheitsschwarm«, gestand er leise.

Fletcher musste lachen, dann wandte er sich wieder seinen Pistolen zu. Einen Moment lang überlegte er, sie nach seinen Eltern zu benennen, aber das fühlte sich irgendwie falsch an. Schließlich gaben die Gravierungen den Ausschlag.

»Flamme und Brise«, sagte er. »Flamme steht für Ignatius' Feuer, und Brise für Athena, die mit dem Wind segelt.«

»Das sind schöne Namen«, kommentierte Sylva mit einem feierlichen Nicken.

Fletcher nahm die Pistolen vom Tisch. Sie wogen erstaunlich schwer in seinen Händen, als wollten sie ihm zeigen, was sie anrichten konnten: nämlich mit einem einzigen Zeigefingerkrümmen ein Leben auslöschen. Es waren in der Tat furchterregende Waffen.

»Wenn du auf einen Ork schießt, dann ziel auf den Kopf. Aber vergiss nicht, dass auch Pistolen verflucht laut sind«, sagte Athol und drückte Fletchers Arme nach unten, damit die Läufe wieder auf den Boden zeigten. »Und nun zu deinem letzten Geschenk. Als ich erfuhr, dass ihr Electras Angebot angenommen hattet, musste ich noch ein paar Veränderungen daran vornehmen. Sonst wären wir schon früher hier gewesen.«

Das letzte Päckchen öffnete Athol selbst und zog eine Art Zaumzeug mit zahlreichen Taschen, Riemen und Schnallen hervor.

»Das ist ein Tragegeschirr für deine Ausrüstung.« Athol stülpte es Fletcher über den Kopf, nahm ein paar Einstellungen an den Riemen vor und trat dann einen Schritt zurück, um das Ergebnis seiner Arbeit zu begutachten. »Passt. Dann wollen wir mal. Aber, bitte, tu mir inzwischen den Gefallen und steck die Pistolen ein. Es macht mich ganz nervös, wenn du damit herumfuchtelst.«

Fletcher ließ die schweren Waffen in die beiden Oberschenkelhalfter gleiten, während Athol hinter ihm bereits das nächste Paket aufriss. Er spürte, wie der Zwerg Bogen und Köcher auf seinem Rücken befestigte. Die Scheide mit dem Chepesch hängte er an Fletchers Gürtel, und zum krönenden Abschluss steckte er ihm noch vier von Electras Fläschchen in die kleinen Taschen an den Brustgurten.

»Ausgezeichnet«, kommentierte Athol. »Bewaffnet bis an die Zähne und lautlos wie ein Geist. Jetzt kannst du durch den Dschungel schleichen, ohne dass irgendetwas klappert oder gar runterfällt.«

»*Absolut* großartig«, murmelte Fletcher und suchte nach einem Spiegel, um sich darin zu bewundern, fand aber keinen. Also begnügte er sich mit einem kurzen Blick auf die Fläschchen an seiner Brust und die schimmernden Pistolengriffe in den Holstern.

»Ich weiß nicht, wie ich euch das je vergelten kann«, sagte er ergriffen. »Ich habe ein bisschen Geld dabei. Im

Dschungel werde ich es nicht brauchen, also nehmt wenigstens dies als Dankeschön.«

Athol steckte die Hände in die Hosentaschen. »Vergiss es.«

Fletcher nahm seine Geldbörse aus einem der Päckchen und hielt sie Briss hin, aber die winkte ebenfalls ab.

»Komm einfach gesund zurück«, sagte sie nur und legte Othello einen Arm um die Schulter. »Und pass gut auf meinen Sohn auf.«

22

ALS FLETCHER AUFWACHTE, war es bereits spät am Nachmittag. Sonnenlicht fiel durch die oberen Fenster des Wirtshauses. Ignatius lag schnurrend auf Fletchers Brust, sein Schwanz zuckte hin und her, als träume er. Ignatius hatte seinen Stammplatz an Fletchers Hals absichtlich verlassen, damit Athena sich nicht auf die Brust setzen konnte. Die Greifeule hatte verärgert auf das Reviergehabe des Salamanders reagiert, was Fletcher dazu veranlasste, sie in sich aufzunehmen, damit es keinen Streit gab.

Im Nachbarbett lag Othello und schnarchte. Sein Mund war weit geöffnet, die Nasenflügel bebten bei jedem Atemzug. Als Fletcher durch die Fensterläden nach draußen spähte und die Sonne schon hoch am Himmel stehen sah, stupste er Othello sanft mit dem Fuß an. Der Zwerg schnaubte nur und zog sich die Decke über den Kopf.

»Scheint, als hätten wir den Großteil des Tages verschlafen, nachdem wir gestern noch aufgeblieben sind, um unsere Route zu planen«, beschwerte sich Fletcher. »Ich hatte ja gesagt, wir sollten besser ins Bett gehen.«

»Wenigstens sind die Vorbereitungen jetzt alle erledigt«, entgegnete Othello halbherzig. »Wir könnten einkaufen gehen. Möchtest du nicht auch mal einen freien Tag haben? Seit du aus dem Kerker raus bist, bist du ständig beschäftigt.«

Fletcher streckte sich, dann zog er seine Stiefel an und bedeutete Ignatius, auf den Boden zu springen. Der Salamander schien anderer Meinung zu sein und krallte sich stur an Fletcher fest.

»Glaub mir, ich würde auch lieber liegen bleiben«, murmelte Fletcher. »Aber Jesper meinte, wir sollten die Front besuchen und mit den Soldaten sprechen. Ich war noch nie dort und bin schon ganz gespannt, wie es so ist und wie die Soldaten sind.«

»Ist das dein Ernst?«, fragte Othello etwas besorgt.

»Und ob. Wir dringen tief hinter die feindlichen Linien vor und wissen nicht einmal, wie unsere eigenen Soldaten aussehen.« Fletcher schlich auf Zehenspitzen an Jesper vorbei, der immer noch auf dem Sofa schlief. »Ich sehe mal nach, ob die Mädels schon wach sind.«

Er trat auf den Flur und klopfte leise am Nachbarzimmer. Als keine Reaktion kam, klopfte er etwas lauter, doch es geschah immer noch nichts. Schließlich hob er die Faust, um es ein drittes Mal zu versuchen, da schlug etwas von innen krachend gegen die Tür.

»Verzieh dich!«, rief Kress.

Fletcher zog sich kopfschüttelnd zurück. »Scheint, als wären wir nur zu dritt«, sagte er, als er wieder im Zimmer war, und rüttelte Jesper wach.

Die Kutschfahrt zur Front dauerte lange, so lange sogar, dass sich der Horizont bereits orange verfärbte, als der Fahrer endlich aufs Dach klopfte, um ihnen mitzuteilen, dass sie am Ziel waren.

Unterwegs hatten sie nicht viel gesprochen. Jeder hatte seinen eigenen Gedanken nachgehangen, da ihnen allmählich klar wurde, was sie während des Einsatzes erwartete. Auf halbem Weg hatte Fletcher sogar Ignatius in sich aufnehmen müssen. Der kleine Dämon hatte die gedrückte Stimmung gespürt, und sein Winseln hatte die Stimmung nicht gerade verbessert.

»Kommt schon«, sagte Fletcher, nachdem er aus der Kutsche gesprungen war und die anderen beiden immer noch zögernd aus der Kabine spähten. »Sehen wir uns ein bisschen um.«

Der Kutscher hatte auf der Kuppe eines niedrigen Hügels angehalten, unter ihnen erstreckte sich ein kilometerlanger, etwa mannstiefer Graben. Das also war die Front. Über die gesamte Länge verlief eine niedrige Holzbank, auf die sich die Soldaten zum Schießen stellten, lediglich unterbrochen von den Kanonenstellungen. In der Ferne hörte Fletcher das Echo von Geschützfeuer.

Etwa zwei Furchenlängen jenseits des Grabens begann das saftige Grün des Dschungels, das Land dazwischen war eine Einöde aus aufgewühlter Erde und Schlamm, zerstört von unzähligen Granateinschlägen und Feldschlachten.

Fletcher hatte den Dschungel noch nie zuvor gesehen. Die leuchtenden Farben und die üppigen Blätter, die so dicht wuchsen, dass er nicht einmal eine Armlänge weit hineinsehen konnte, faszinierten ihn. Gleichzeitig wurde ihm ein wenig flau im Magen, denn schon bald würde er sich jenseits dieser grünen Grenze befinden und damit außerhalb der Sicherheit Hominums.

Auf ihrer Seite des Schützengrabens liefen Soldaten in roten Uniformen scheinbar ziellos zwischen den unzähligen Feuerstellen und Zelten umher oder saßen rauchend, essend und trinkend am Boden. Irgendwo krächzte eine Geige eine traurige Melodie, bis ein zorniger Schrei das Lied unterbrach.

»Toller Vorschlag, Fletcher«, murmelte Othello, nachdem er endlich ausgestiegen war. »Ein wirklich schönes Fleckchen ist das – und jede einzelne der vier Stunden Fahrt wert.«

»Sieh es dir wenigstens mal an«, warf Jesper ein, den Blick auf ein besonders großes Zelt gerichtet, aus dem laute Rufe und Gelächter nach draußen drangen. »Mal schauen, was da drinnen vorgeht. Vielleicht gibt es ja Bier. Schlafen können wir auch auf dem Rückweg.«

»Abgemacht«, erwiderte Fletcher gerade, da wurde ein Mann von zwei Soldaten aus dem Zelteingang geworfen und landete klatschend im Schlamm. Ein zweiter kam sogleich hinterher. Er würgte ein paar Mal, dann stürzte er vornüber in seine eigene Brühe aus Erbrochenem.

»Wir müssen ja nicht lange bleiben«, fügte Fletcher hinzu und drehte sich um. »Warte hier auf uns, dann musst du nicht leer zurückfahren!«, rief er dem Kutscher zu.

»Gute Idee, Herr«, erwiderte der Kutscher mit einem Zwinkern.

Sorgsam darauf bedacht, ihre neuen Mokassins nicht schmutzig zu machen, stapften sie den matschigen Hügel hinunter. Einige der Soldaten, an denen sie vorbeikamen, nahmen Haltung an oder salutierten sogar. Jesper richtete sich gleich ein wenig auf, als er merkte, welchen Eindruck ihre Offiziersuniformen machten. Selbst die zwei Wachsoldaten vor dem Zelt traten stumm zur Seite und ließen sie sofort durch.

Das Zelt war zum Bersten voll. Die Luft war heiß, es stank nach ungewaschenen Menschen, Rauch und verschüttetem Bier. Männer leerten ihre Krüge oder saugten an Zigarrenstummeln, und über allem schwebte eine abgestandene Dunstglocke. Auf der rechten Seite befand sich eine Schanktheke. Jesper stellte sich sogleich in die Schlange, um sich ein Bier zu holen.

Unterdessen entdeckten Fletcher und Othello eine Zuschauertraube, die sich um eine ummauerte Grube in der Mitte des Zelts versammelt hatte. Als sie näher herangingen, trat ein glatzköpfiger Mann mit zahlreichen Lücken im Gebiss auf sie zu. Er hielt ihnen einen Stapel schmuddeliger Papierfetzen unter die Nase.

»Zeit, eure Wetten abzugeben, Freunde. Die Quote steht fünf zu eins, bei allen vier. Ihr könnt auf Blau, Rot, Grün oder Gelb wetten. Wer als Letzter noch auf den Beinen ist, bleibt am Leben.«

Sie ignorierten den Glatzkopf und schoben sich bis in die vorderste Zuschauerreihe. Othello konnte gerade so über den Rand der Mauer sehen.

Der Sand in der Grube war mit Blut verschmiert, und in der Mitte lag eine große Kiste, aus der ein Rütteln und Scharren ertönte. Ganz am Rand standen vier kleine Bierfässer, bemalt in den Farben, die der Buchmacher zuvor aufgezählt hatte. Von jedem dieser Fässer verlief ein Seil zu einem Mechanismus an der Zeltdecke, mit dem die Fässer angehoben werden konnten, um herauszulassen, was auch immer sich darin befinden mochte. In der Arena lagen Knochen verstreut wie Zigarrenstummel in einem Aschenbecher, dazwischen ragte der abgenagte Brustkorb eines Tieres auf, das einmal ein Hund gewesen sein mochte. Die Zuschauer links und rechts von ihnen johlten, manche spuckten oder brüllten auch wüste Beschimpfungen in die Arena.

»Die letzte Chance auf eine Wette – will noch jemand?«, rief der Glatzkopf. Als niemand reagierte, sprang er zwischen Fletcher und Othello auf die Mauer. Alle Köpfe wandten sich ihm zu. Offensichtlich war er der Organisator der Veranstaltung.

»Lasst die Kobolde raus!«, bellte er.

Ganz langsam wurden die Fässer angehoben. Aus den Falltüren in den Böden der Fässer purzelten vier dürre Kreaturen mit grauer Haut und einem Lendenschurz um die Hüfte. Sie waren kaum größer als ein Kleinkind, hatten spitze Nasen und Ohren, außerdem hervorstehende Augen und lange, dünne Finger – wie Pianisten –, mit denen sie sich verzweifelt an ihren Fässern festzukrallen versuchten. Doch es war zwecklos. Alle vier hatten einen Streifen auf dem Rücken, und zwar in der gleichen Farbe wie das Fass, aus dem sie eben gestürzt waren.

Einer der Kobolde erregte Fletchers Aufmerksamkeit. Während die anderen wimmernd versuchten, sich irgendwo zu verkriechen, blieb der blaue stolz und aufrecht stehen. Sein Blick sprang von der großen Kiste in der Mitte der Grube hinauf zu den Zuschauern. Er fixierte Fletcher einen Moment lang, dann hob er mit einer schnellen Bewegung einen Oberschenkelknochen vom Boden auf. Der Knochen war abgebrochen, das eine Ende spitz und scharf, das andere so dick und schwer wie eine Keule.

»Sieht so aus, als hätte Blau ein bisschen mehr Mumm als die anderen«, rief der Glatzkopf und schlug Fletcher lachend auf die Schulter. »Das sind die, die immer als Erstes draufgehen«, fügte er mit einem sadistischen Grinsen hinzu.

In diesem Augenblick drängte sich Jesper mit drei Bierkrügen in der Hand zwischen Fletcher und den Buchmacher. Fletcher atmete erleichtert auf, während Jesper die Krüge verteilte. Sein Blick war vom Alkohol schon ganz glasig geworden.

Fletcher beäugte die übel riechende Brühe in seinem Krug eine Weile, dann reichte er das Bier an den Glatzkopf weiter.

Der bedankte sich zwinkernd und nahm einen kräftigen Schluck. Der größte Teil ging über sein Hemd, dann brüllte er: »Lasst die Ratten los!«

Die Kiste in der Mitte wurde angehoben, eine Flut aus pelzigen Körpern ergoss sich in die Arena. Schwänze zuckten, spitze Nagezähne blitzten auf. Es mussten Hunderte sein. Wo sie auch hintraten, ihre Krallen hinterließen überall blutige Abdrücke im Sand.

Der Glatzkopf schlang Fletcher einen Arm um die Schulter. Das geschenkte Bier hatte ihn offensichtlich zu seinem Freund gemacht. »Wir geben ihnen eine Weile nichts zu essen, damit sie auch richtig Hunger bekommen«, krächzte der Kerl mit einem verschwörerischen Grinsen. »Normalerweise dauert's drei Tage, bis sie sich gegenseitig fressen, aber die hier scheinen früher angefangen zu haben.«

Sein Atem stank entsetzlich. Fletcher drehte sich angewidert weg.

Trotz des grausamen Schauspiels wurde sein Blick wie magisch von der Grube angezogen. Die Ratten hatten inzwischen gemerkt, dass sie nicht allein waren. Blau zwitscherte in Richtung der anderen Kobolde, als erteile er ihnen Befehle, allerdings ohne Erfolg. Soweit Fletcher wusste, konnten Kobolde ohnehin nicht sprechen. Jedenfalls zogen seine Artgenossen nur die Köpfe ein und kauerten sich wimmernd auf den Boden. Der grüne versuchte sogar, den bröckligen Rand der Arena zu erklettern.

Dann stürzte sich die erste Ratte auf Blau. Der schlug sie mit einem verzweifelten Keulenhieb zur Seite und quiekte in Richtung der anderen Kobolde. Aber sie reagierten nicht. Jetzt waren es schon zwei Ratten, die nach Blau schnappten. Ihm blieb nichts anderes übrig, als panisch zur Seite zu springen.

In diesem Moment stürzte der grüne Kobold mitten hinein in einen Haufen kreischender, rotäugiger Ratten. Blau schrie entsetzt auf, aber das war nichts im Vergleich zu dem schmerzverzerrten Gurgeln, das aus Grüns Kehle kam, während die Ratten über ihn herfielen. Es wurden immer mehr.

Blau taumelte entsetzt zurück, bis sein Rücken den abgenagten Brustkorb berührte, der nur noch von ein paar halb verwesten Sehnen zusammengehalten wurde.

Der gelbe Kobold starb als Nächster. Brüllend vor Schmerz ertrank er in einer Flut aus schwarzen Ratten, und Fletcher erschauerte.

Nur Blau und Rot waren jetzt noch am Leben. Rot hatte es irgendwie geschafft, die Hälfte der Grubenwand zu erklettern, doch nun saß er fest und kam weder vor noch zurück. Unter ihm sprangen die Ratten und schnappten quiekend nach seinen Beinen.

Blau verkroch sich unterdessen in dem Gerippe und stieß mit seiner Knochenkeule nach jeder Ratte, die in seine Nähe kam.

Fletcher beobachtete entsetzt, wie sich einer der Zuschauer über die Mauer beugte und den roten Kobold mit einem Schlag zurück in die Grube beförderte. Ein paar Zuschauer schrien, allerdings nur deshalb, weil sie auf Rot gewettet hatten. Wie ein Schwarm Piranhas fielen die Ratten nun über ihn her und ließen nur noch ein abgenagtes Skelett übrig.

»Blau ist der Sieger!«, verkündete der Glatzkopf unter allgemeinem Gejohle. »Wer wettet darauf, wie lange er durchhält? Zwei zu eins, dass es nicht länger als eine Minute dauert!«

Sofort kamen die Zuschauer mit Silbertalern in der Hand angestürmt, um die Wette anzunehmen.

»Ich dachte, der Sieger bleibt am Leben«, knurrte Fletcher.

»Eine so gute Vorstellung hatten wir noch nie«, flüsterte der Buchmacher aus dem Mundwinkel. »Diese Gelegenheit lasse ich mir bestimmt nicht entgehen.«

»Mir ist schlecht«, stammelte Jesper plötzlich und umklammerte Fletchers Arm. »Das Bier ist mir wohl nicht bekommen. Bitte bring mich hier raus.«

Blau kämpfte unterdessen wacker weiter um sein Leben. Eine Ratte quiekte, als sie das spitze Ende des Oberschenkelknochens ins Auge bekam, während schon die nächste anstürmte.

»Gehen wir«, sagte Fletcher und schob sich durch die Menge. Mit einem Mal war ihm das Zelt viel zu klein. Er brauchte dringend Luft zum Atmen.

Sie waren kaum draußen, da übergab sich Jesper. Inzwischen war es dunkel geworden, nur ein kleines Stückchen der Sonnenscheibe ragte noch über den Horizont.

»Ich habe meines schon nach dem ersten Schluck weggeschüttet«, schimpfte Othello. »Das Bier hat wie Kuhpisse geschmeckt. Aber wen kümmert's, nur Feiglinge müssen sich vor der Schlacht Mut antrinken.«

Mut, dachte Fletcher. Genau das hatte der blaue Kobold gerade in der Grube gezeigt und trotz seiner aussichtslosen Lage weitergekämpft. Fletcher überlegte kurz, dann machte er kehrt und lief zum Zelt zurück. Er konnte einfach nicht anders.

»Warte«, keuchte Jesper, dem immer noch der Magensaft aus den Mundwinkeln troff.

Doch Fletcher war schon wieder im Zelt. Er pflügte sich einen Weg durch die Zuschauer, dann sprang er mit einem Satz über die Mauer hinweg und hinunter in die Grube. Mit einem Telekinesezauber schmetterte er die Ratten zur Seite und rief Ignatius herbei, der sofort Feuer spie.

Ein Dutzend Ratten ging in Flammen auf. Der Geruch des versengten Fleisches versetzte die anderen in Raserei, und sofort stürzten sie sich geifernd auf ihre brennenden Artgenossen.

Blau stand Auge in Auge mit einer riesenhaften Ratte, die es bis in das Gerippe hinein geschafft hatte. Immer wieder schlug er auf sie ein, da zog Fletcher seinen Chepesch und hieb das Vieh in der Mitte entzwei. Dann hob er das Gerippe an und nahm den kleinen Kobold auf die Arme. Vor Erschöpfung bekam Blau kaum noch Luft.

Die Zuschauer starrten ihn verwundert an.

»Was zum Teufel …«, stammelte der Glatzkopf mit den Zahnlücken gerade, da wurde das Zelt von einer Explosion erschüttert. Splitter flogen durch die Luft, Dutzende Betrunkene gingen zu Boden wie Gras unter einer Sense.

Fletcher, Ignatius und Blau waren noch in der Grube, und das rettete ihnen das Leben. Der Feuerball der Explosion rollte einfach über sie hinweg, auch wenn der Knall um ein Haar Fletchers Trommelfelle zerfetzt hätte und die Druckwelle ihn zu Boden riss.

Als der Donner verhallt war, kletterte Fletcher hektisch aus der Grube und über die tot oder blutend herumliegenden Soldaten hinweg. Blau hielt er schützend an die Brust gepresst. Eine Hand griff nach seinem Knöchel und versuchte, sich an ihm festzuhalten, aber Fletcher schüttelte sie ab. Wie ein Ertrinkender auf hoher See schleppte er sich auf das rettende Ufer zu, während Ignatius ihn am Hosenbein zupfte, um ihm den Weg durch den dichten Rauch zu weisen. Dann wurde er plötzlich von Othellos starken Händen gepackt, die ihn nach draußen zerrten und erst am Fuß des Hügels wieder losließen, wo sie beide hustend zusammenbrachen.

»Du lebst«, keuchte Othello. »Ein verfluchtes Wunder.«

Fletchers Blick wanderte zu dem Blutbad, dem er soeben entronnen war. Offiziere bellten Befehle, Soldaten schleppten die Verwundeten aus den rauchenden Trümmern und legten sie auf eilig aus Speeren und Jacken improvisierte Tragen.

»Ein Wunder sieht anders aus«, krächzte er und kam schwankend auf die Beine. Seine Kehle war wund vom Rauch, überall lagen brennende Trümmer herum. Ignatius zirpte aufgeregt und kletterte auf Fletchers Schulter, um ihn mit einem kleinen Stupser zu trösten.

»Wir müssen ihnen helfen«, keuchte Jesper und stolperte auf das abgebrannte Zelt zu, doch Fletcher hielt ihn zurück.

»Othello darf hier nicht gesehen werden«, sagte er eindringlich, da ertönten schon die ersten Zornesrufe zwischen den Schreien der Sterbenden. »Überleg doch: eine Explosion, und dann auch noch ein Zwerg ganz in der Nähe.«

Othellos Augen weiteten sich vor Entsetzen, als er begriff, was Fletcher meinte, und dann packten sie Jesper und zerrten ihn den Hügel hinauf. Jesper wehrte sich bei jedem Schritt und verlangte, den Verwundeten helfen zu dürfen. Schließlich erreichten sie die Kuppe, wo die Kutsche erstaunlicherweise immer noch auf sie wartete.

»Was in aller Welt ist da unten passiert?«, rief der Kutscher ihnen entgegen, dann sah er den Kobold auf Fletchers Armen, und seine Kinnlade klappte nach unten.

Fletcher drückte ihm eine Handvoll Münzen in die Hand, während Othello Jesper in die Kutsche schob.

»Bring uns zurück nach Corcillum«, rief Fletcher. »Schnell.«

23

UHTRED SCHLUG MIT DER FAUST auf den Tisch. »Was zum Teufel habt ihr euch dabei gedacht?!«, polterte er.

Sie waren im Keller des Amboss und bekamen die Standpauke ihres Lebens. Uhtred war kurz vor ihnen eingetroffen und hatte sie sogleich nach unten gescheucht, nachdem er die Geschichte gehört hatte.

»Was, wenn euch jemand gesehen hat?«, brummte er und machte einen Schritt auf die drei zu. »Othello, du bist der einzige Zwergenoffizier weit und breit und dann auch noch *zufällig* dabei, als die Bombe explodiert. Wir sind hier im Wirtshaus ›Zum Amboss‹, um Himmels willen. Bis vor Kurzem seid ihr noch des *Hochverrats* angeklagt gewesen. Wenn euer kleiner Ausflug bekannt wird, werden die Leute euch für die Attentäter halten!«

»Ich wurde bestimmt gesehen«, murmelte Othello. »Aber ohne meinen Bart hat man mich vielleicht nicht als Zwerg erkannt, sondern nur für einen sehr kleinen Menschen gehalten. Es war ziemlich voll und dunkel in dem Zelt, alle waren betrunken, und die meisten, die mich gesehen haben, kamen wahrscheinlich bei der Explosion ums Leben.«

»Es ist meine Idee gewesen«, fügte Fletcher leise hinzu, während Othello unter dem strengen Blick seines Vaters immer kleiner wurde. »Woher hätten wir wissen sollen, dass es einen Anschlag geben würde? Wir wollten nur die Front sehen.«

Uhtred verzog das Gesicht zu einer Grimasse. »Wie dem auch sei, ihr bewegt euch auf sehr dünnem Eis«, sagte er schließlich schon etwas milder.

»Könntet Ihr ein bisschen leiser sprechen?«, sagte Jesper, die Hände auf die schmerzenden Schläfen gepresst. »Ich sterbe vor Übelkeit.«

»Geschieht dir recht«, knurrte Uhtred und reichte ihm seine Feldflasche. »Trink das. Morgen, wenn euer Einsatz beginnt, musst du wieder in bester Verfassung sein.«

Othello stöhnte, als er das Wort Einsatz hörte.

Uhtred fuhr herum. »Den hast du wohl ganz vergessen, wie? Die Zukunft Hominums hängt von euch ab! Ihr müsst unser zerstrittenes Volk einen und die Gnomeier zerstören. Nicht auszudenken, was König Harold sagen würde, wenn er wüsste, was heute passiert ist.«

Fletcher ließ beschämt den Kopf hängen und überlegte, wie Uhtred erst reagieren würde, wenn er wüsste, dass in dem Rucksack, der über dem Treppengeländer hing, ein Kobold schlief. Er hatte keine Ahnung, was er mit dem kleinen Wesen anfangen sollte, und Othello war auch nichts eingefallen. Jesper war nicht einmal mehr ansprechbar, seit sie in die Kutsche geklettert waren.

Uhtred seufzte und betrachtete Fletchers Pistolen. Schließlich zog er eine davon aus dem Holster und peilte über den Lauf.

»Hat dir mein Sohn wenigstens gezeigt, wie man sie abfeuert und nachlädt, während ihr dort wart?«, fragte er in einem Tonfall, der nahelegte, dass er die Antwort bereits kannte.

»Na ja … nach dem Anschlag und allem …«, stammelte Fletcher, ohne Othello anzusehen.

»Diese Waffen sind kilometerweit zu hören. Im Dschungel kannst du damit nicht üben«, sagte Uhtred verärgert. »Und morgen bleibt dafür auch keine Zeit mehr. Dieser Keller ist gut abgeschirmt, niemand wird etwas mitbekommen, aber *uns* werden die Ohren ganz schön wehtun.«

Am anderen Ende des Kellerraums befand sich ein Stapel achtlos hingeworfener kaputter Möbel. In der Mitte stand ein Stuhl. Das rote Rückenpolster zeigte genau in ihre Richtung – eine ideale Zielscheibe.

Uhtred hob die Pistole und betätigte den Abzug. In dem engen Keller hörte sich der Schuss eher wie ein lautes Klatschen an denn wie ein Knall. Funken schossen aus der Mündung, und ein kleines Rauchwölkchen stieg aus der Zündpfanne. Das Polster erzitterte leicht, dann sah Fletcher das neue Loch, das ein Stückchen außerhalb der Mitte in dem abgewetzten roten Stoff klaffte.

»Gar nicht mal so schlecht«, kommentierte Uhtred und spannte den Hahn wieder. »Jetzt sieh gut zu.«

Er zog ein kleines gelbes Tütchen aus seiner Gesäßtasche, das am oberen Ende verknotet war, und riss es mit den Zähnen auf. Ein feines schwarzes Pulver befand sich darin. »Du schüttest einen Teil des Pulvers hier rein, in die sogenannte Zündpfanne. Am Ende des Hammers sitzt ein Feuerstein. Wenn er gegen die metallene Zündpfanne schlägt, gibt es einen Funken, der das Pulver zum Explodieren bringt. Daher auch die Redensart, ›etwas auf der Pfanne haben‹.«

Fletcher beobachtete, wie Uhtred als Nächstes das Tütchen in den Lauf stopfte.

»Das Tütchen mit dem restlichen Pulver stopfst du in den Lauf und drückst es mit dem Ladestock fest.« Er löste eine dünne Metallstange aus einer Halterung am Lauf der Pistole und drückte das Pulver damit, bis es fest war. Dann verankerte er die Stange wieder und hielt Fletcher die nachgeladene Waffe hin. Das Ganze hatte weniger als fünfzehn Sekunden gedauert.

»Jetzt bist du dran«, sagte er. »Aber vergiss nicht, das Ding hat einen ganz schönen Rückstoß.«

Die Waffe war verflucht schwer. Fletchers Arm zitterte leicht, als er sie hob und am Lauf entlangpeilte. Alles fühlte sich ganz anders an als beim Bogenschießen. Das Ende des Laufs war viel weiter entfernt als die Pfeilspitze, außerdem war die Pistole kopflastig, und ihr ganzes Gewicht lastete auf nur einem Arm.

Fletcher drückte ab und schloss die Augen, als das Pulver in der Pfanne aufloderte. Der Knall war beinahe so laut wie die Explosion im Zelt, und er sah nicht einmal, ob er getroffen hatte, denn überall war Rauch. Als das Dröhnen in seinen Ohren nachließ und der Dunst sich legte, stellte er ernüchtert fest, dass das Kissen immer noch genauso aussah wie zuvor.

»Wo ist sie hin?«, fragte Fletcher, und im gleichen Augenblick fiel einen Meter neben dem Kissen, auf das er gezielt hatte, ein Stuhlbein klappernd zu Boden. Die Kugel steckte noch in dem Stumpf.

Othello kicherte, und Uhtred kommentierte lachend: »Du zielst wohl besser auf die Brust deiner Feinde, nicht auf den Kopf.«

Fletcher seufzte und steckte die Pistole zurück ins Holster.

»Und jetzt, runter mit den Kleidern«, sagte Uhtred mit einem Fingerschnippen.

»Wie bitte?« Was redete Uhtred da? Fletcher blickte an seiner Uniform herab. Die gesamte Vorderseite war über und über mit Ruß, Schlamm und Blut beschmiert. Und Othello sah beinahe genauso übel aus, obwohl er bei der Explosion gar nicht im Zelt gewesen war. Aber Fletcher dort herauszuholen hatte offensichtlich genügt. Nur Jespers Uniform schien nichts abbekommen zu haben, nicht einmal von seinem Erbrochenen.

Fletcher zuckte die Achseln und zog sich wie Othello bis auf die dünne Unterwäsche aus. Dann standen sie zitternd in dem kalten und staubigen Keller.

Uhtred schien ihre betretenen Gesichter ganz besonders lustig zu finden. »Euer Glück, dass meine Frau die beste Schneiderin weit und breit ist«, prustete er. »Was nicht mehr sauber wird, wird sie ersetzen. Bis morgen habt ihr eure Kleider wieder.«

Fletcher wollte sich gerade entschuldigen, weil er seine neue Uniform schon am ersten Tag ruiniert hatte, da hörten sie ein Knarren auf den Stufen. Noch bevor jemand reagieren konnte, flog die Kellertür auf.

»Wer ist da?«, rief Sylva, rollte sich durch den Türrahmen und kam mit gespanntem Bogen wieder hoch. Kress stand neben ihr und zielte mit ihrer Armbrust auf Fletcher.

»Wir sind's nur«, sagte Fletcher kleinlaut.

Mit wenigen schnellen Schritten war Uhtred bei Kress angekommen und drückte ihre Armbrust nach unten. »Ruht euch lieber aus«, sagte er immer noch kichernd. »Wir sehen uns dann morgen.«

Einen Moment lang blinzelten die beiden Mädchen die halb nackten, immer noch rußverschmierten Jungen an, dann wanderte ihr Blick weiter zu Jesper, der betrunken auf dem Boden lag.

»Da haben wir ja ganz schön was verpasst, wie es scheint«, sagte Kress mit einem schalkhaften Blitzen in den Augen.

24

DIE VIER GRUPPEN STANDEN auf einer großen hölzernen Plattform versammelt und schauten auf ein Meer aus roten Uniformen hinunter. Die Soldaten starrten grimmig zurück, ringsum war bis auf das Rascheln der im Wind flatternden Uniformen alles still.

Fletcher spürte, wie sich etwas in seinem Rucksack bewegte, und erstarrte. Blau hatte die ganze Nacht über geschlafen oder wenigstens so getan. Fletcher hatte vorgehabt, ihn – sobald sie gelandet waren – in einem unbeobachteten Augenblick im Dschungel freizulassen. Leider war der Kobold nun wach.

Während Fletcher betete, Blau möge wieder einschlafen, kam Vorsteher Scipio gemessenen Schrittes die Treppe neben der Bühne herauf. Er trug seine Generalsuniform und nickte ihnen zu, dann wandte er sich an die Soldaten.

»Ihr alle kennt mich«, begann er mit auf dem Rücken verschränkten Händen. »Ich bin der Held von der Watfurt-Brücke und Vorsteher der Dämonenakademie. Ich kämpfe seit über einem Jahrzehnt in diesem Krieg und habe unsere Grenzen schon lange davor verteidigt. Mit vielen von euch bin ich persönlich bekannt, und wenn ich euch sage, dass das, was ihr gleich zu hören bekommt, die Wahrheit ist, erwarte ich, dass ihr mir glaubt.«

Die meisten Soldaten nickten, manche lächelten sogar.

»Ihr wisst von der Dame Kavendisch, die seit Jahren in der Gefangenschaft der Orks leidet. Ihr habt auch von den Tausenden von Gnomen erfahren, die bald aus ihren Eiern schlüpfen werden. Diese vier Gruppen hier unternehmen eine Expedition tief in feindliches Gebiet hinein, um all diese Missstände zu beheben. Es ist eine der gefährlichsten Missionen, die ich je genehmigt habe. Diese jungen Krieger und Kriegerinnen riskieren ihr Leben, um Hominums Grenzen zu sichern. Ich wünsche, dass ihr das beherzigt, wenn die neuen Zwergen- und Elfenrekruten zu euch stoßen.«

Scipio legte eine kurze Pause ein, und Fletchers Blick sprang zu dem verbrannten Boden unter der Bühne – das waren Spuren der Explosion vom Vortag.

»Wir haben gestern bei einem sinnlosen und feigen Anschlag dreiundvierzig tapfere Männer verloren. Die Menschen, die das getan haben, sind genau das: *Menschen*. Der Ältestenrat der Zwerge verurteilt die Anschläge seit jeher. Die Zwerge trifft keinerlei Schuld, vergesst das nicht.«

Diesmal fiel die Reaktion der Soldaten deutlich verhaltener aus. Es herrschte eisiges Schweigen, einige schüttelten die Köpfe, andere starrten scheinbar unbeteiligt ins Leere.

»Das Himmelskorps wird jeden Moment mit den Führern, den für den Einsatz zur Verfügung gestellten Dämonen sowie deren Spendern eintreffen. Ich wünsche, dass ihr eure Wertschätzung für das Opfer zeigt, das alle Beteiligten für diesen Einsatz erbringen.«

Die Soldaten applaudierten, da sah Fletcher, wie sich mehrere kleine dunkle Punkte aus der Wolkendecke lösten und in großen Kreisen näher kamen. Anfangs waren sie noch weit entfernt und klein wie Bienen, die einen Honigtopf umkreisen, dann wurden sie immer größer, bis Fletcher nur noch mächtige Schwingen und Flügel sah, die in vollendeter Formation auf dem Truppenplatz landeten.

Lovetts Greif setzte mit einem kaum hörbaren Klicken seiner Klauen gleich neben Fletcher auf und faltete seine Schwingen ein.

»Ich habe Platz für zwei«, sagte Lovett, während sie Fletcher hinter sich in den Sattel zog.

Sylva kletterte ebenfalls hinauf und setzte sich hinter Fletcher. Ein dünner Schweißfilm stand auf ihrer Stirn. Sie bettete ihren Kopf auf Fletchers Rucksack und schlang ihm die Arme fest um die Hüfte.

»Mach dir keine Sorgen, alles wird gut«, sagte Fletcher, auch wenn er selbst nicht recht daran glaubte. Wenigstens hielt Blau still, als wüsste er, dass er sich unter allen Umständen ruhig verhalten musste.

Ein weiterer Dämon landete mit klappernden Hufen auf der Plattform. Es war ein Alicorn, einer der selteneren in Hominums Arsenal. Er sah aus wie ein großes Pferd, hatte breite Schwanenschwingen und ein langes Horn auf der Stirn. Fletcher bewunderte das wunderschöne weiße Fell, während sich der Alicorn elegant zwischen den Gruppen hindurchbewegte. Das Gesicht des Reiters konnte er wegen der Lederhaube und der großen Fliegerbrille nicht erkennen.

Der Reiter winkte Kress und Othello heran, dann half er ihnen beim Aufsteigen.

Weitere Dämonen folgten, jede Landung wurde von den Jubelrufen der Soldaten ringsum begleitet. Fletcher sah Hippogreife, das waren nahe Verwandte der Greife, die jedoch mit dem Körper und den Hinterbeinen eines Pferdes statt eines Löwen ausgestattet waren. Gehörnte Perytone, die aussahen wie Elche, wären da nicht die breiten braunen Schwingen gewesen, die langen Schwanzfedern und die scharfen Krallen an den Hinterläufen.

Dazwischen tummelte sich der eine oder andere Chamrosh, das waren Miniatur-Greife mit dem Körper eines Hundes und dem Kopf sowie den Flügeln eines Falken. Sie waren gerade mal doppelt so groß wie Athena und damit um einiges zu klein, um einen Reiter zu tragen. Dennoch bedeuteten sie eine unverzichtbare Unterstützung, außerdem leisteten sie den Hauptdämonen des Fliegenden Korps hervorragende Gesellschaft.

Fletcher kam aus dem Staunen nicht mehr heraus. Er hatte noch nie so viele verschiedene Dämonen gesehen, vor allem nicht so große und mächtige. An der Akademie hatte er immer nur die gleichen Dämonen zu Gesicht bekommen und beinahe vergessen, wie viele verschiedene Arten es in Hominum gab.

Außerdem freute er sich, dass keine weitere Greifeule dabei war. Athena war in der Tat eine Seltenheit. Vor dem Einsatz hatte er Ignatius und Athena so lange wie möglich in sich geborgen, damit sie sich ausruhen und ihr Mana aufladen konnten. So lange ohne Ignatius auszukommen war seltsam gewesen, und es hatte eine Weile gebraucht, bis er sich an Athenas Gegenwart in seinem Bewusstsein gewöhnt hatte. Wie es sich für einen wohlerzogenen Dämon gehörte, störte sie seine Gedanken nur selten, aber Fletcher hatte immer noch Probleme, seine Anweisungen gezielt an nur einen der beiden Dämonen zu richten.

»Bereit?«, rief Scipio, noch während die letzten Teilnehmer aufstiegen.

An der Spitze der Gruppe thronte Ophelia Faverham auf ihrem Peryton. Ihr silbernes Haar flatterte im Wind. Hinter ihr saß Zacharias Forsys. Wahrscheinlich wollte er seinen Wendigo verabschieden, vielleicht war er aber auch nur als zusätzlicher Geleitschutz dabei. Raubler war ebenfalls gekommen und hielt sich mit säuerlicher Miene an Forsys' Hüfte fest.

Nur von Caliban, Sacharissa und dem Wendigo fehlte jede Spur. Irgendwo mussten sie allerdings stecken, denn ohne sie konnte die Übertragung über die Hellsehsteine nicht funktionieren.

Da deuteten die Soldaten plötzlich nach oben. Fletcher folgte ihrer Blickrichtung und sah drei große Kisten auf den Sammelplatz herunterschweben, jede davon wurde von zwei Dämonen getragen. Jetzt verstand er auch, warum Raubler so missmutig dreinblickte: Die Kisten schwankten abenteuerlich, und die Bändiger der darin transportierten Dämonen spürten die Schaukelbewegungen, als wären sie selbst dabei.

»Wo ist Arcturus?«, fragte Fletcher schließlich, nachdem er den Hauptmann nirgendwo hatte entdecken können.

Lovett deutete stumm auf den Alicornreiter unmittelbar neben ihnen, da sah Fletcher die Narbe, die unter der Fliegerbrille des Hauptmanns hervorlugte.

»Ein Geschenk von König Harold!«, rief Arcturus und tätschelte den Hals seines Alicorns. »Ich nenne ihn Bukephalos, kurz Buk. Er wird mir Gesellschaft leisten, solange Sacha fort ist.«

Lovett drehte sich zu Fletcher und Sylva um. Ein glückliches Lächeln spielte um ihre Lippen. »Arcturus gehört zu der Gruppe, die euch nach dem Einsatz ausfliegen wird. Ich freue mich schon darauf, wenn ihr mir Lysander heil zurückbringt.«

Mittlerweile waren alle aufgestiegen, auch Jesper. Wegen der vielen Dämonen und flatternden Flügel ringsum konnte Fletcher allerdings nicht erkennen, mit wem er flog.

Auf einen barschen Befehl von Ophelia hin wandte das Himmelskorps seine Reittiere in Richtung Dschungel.

Fletchers Herz pochte laut, sein Mund wurde staubtrocken. Zum zweiten Mal innerhalb nur einer Woche würde er sich gleich in die Luft erheben.

Der Boden unter ihm fiel schneller zurück, als er für möglich gehalten hatte. Das Meer aus roten Uniformen schrumpfte zu einer kleinen Pfütze zusammen, der kilometerlange Schützengraben war kaum mehr als ein dunkler Faden, und doch stiegen sie immer höher den Wolken entgegen. Bevor sie darin verschwanden, erhaschte Fletcher noch einen kurzen Blick auf das weite grüne Blätterdach unter ihnen. Es wurde lediglich von einem gewundenen Flusslauf durchbrochen, der sich der Front an einer Stelle bis auf wenige Kilometer näherte und dann wieder im Dschungel verschwand.

»Das ist der Fluss, auf dem Manhard geflohen ist!«, rief Lovett, nachdem sie die Wolkendecke durchbrochen hatten. »Ihr wisst schon, das ist der Junge, der die Gnomleiche mitgebracht hat. Er ist wirklich tapfer. Ich könnte das nicht.«

Die Wolken unter ihnen erstreckten sich von einem Ende des Horizonts bis zum anderen wie ein endloses Betttuch, das grell in der Sonne schimmerte – und das überraschte Fletcher. Vor dem Start war es ein grauer, trüber Tag gewesen.

»Wie meint Ihr das mit Manhard? Warum ist er tapfer?«, hakte Sylva nach. Sie keuchte vor Aufregung und hielt Fletcher eng umklammert.

»Weil er Maliks Gruppe als Führer begleitet«, antwortete Lovett. »Wisst ihr noch, in welcher Verfassung er war, als er zurückkam? Er muss entweder verrückt sein oder vollkommen furchtlos, noch einmal in den Dschungel zu gehen. Vielleicht tut er es auch um seiner immer noch gefangen gehaltenen Kameraden willen oder wegen der Belohnung, die ihm winkt … ich weiß es nicht.«

Die Formation drehte jetzt nach Süden ab. Sie flogen gerade oberhalb der Wolken, und zwar so dicht, dass Fletcher sie beinahe berühren konnte. Probehalber streckte er die Zehen aus und hoffte, irgendetwas zu spüren, merkte aber nur, wie sich seine Mokassins allmählich mit Wasser vollsaugten.

»Ich habe etwas für euch«, sprach Lovett weiter. Sie griff in ihre Satteltasche und holte eine Schriftrolle hervor, die von einem roten Band zusammengehalten wurde. »Nur für den Fall, dass mir etwas zustoßen sollte, während ihr im Dschungel seid.« Sie reichte Fletcher die Rolle. »Das hier ist Lysanders Beschwörungsleder. Ich möchte nicht, dass er gerade während eures Einsatzes in den Äther entschwindet.«

Fletcher war überwältigt. »Danke«, sagte er gerührt. »Wir bringen Euch die Rolle wieder, und Euren Dämon auch.« Dann steckte er die Rolle in die Seitentasche seines Rucksacks, sorgsam darauf bedacht, den Kobold nicht zu erschrecken. Er wusste nicht, wie Lovett reagieren würde, wenn sie ihn entdeckte.

So flogen sie immer weiter, die Sonne brannte auf Fletchers Haut, der Wind trieb ihm die Tränen in die Augen, und irgendwann verschwand die anfängliche Flugbegeisterung – verdrängt von der düsteren Aussicht auf das, was ihnen bevorstand.

»Warum lässt du Athena nicht ein wenig herumfliegen?«, fragte Lovett schließlich, um die Anspannung etwas zu lösen.

Fletcher nahm den Vorschlag dankbar an und richtete seine Handfläche gen Himmel. Athena materialisierte sich in einem blauen Blitz, zog ein paar elegante Kreise und flog dann genau über Lysanders Schnabel.

»Vielleicht solltest du sie ein Stück zur Seite schieben«, sagte Lovett lachend.

Fletcher verstand nicht, was daran so lustig war. Er überlegte fieberhaft, da flüsterte Sylva: »Halb Hominum sieht im Moment durch Lysanders Augen. Ich glaube nicht, dass der Anblick von Athenas Hinterteil die Leute begeistert.«

»Ach so«, erwiderte Fletcher grinsend und bewegte Athena mit einem kurzen Gedankenbefehl ein Stück nach oben. »Hab ich ganz vergessen!«

»Ich nicht«, knurrte Lovett und kraulte Lysander hinter dem Ohr. »Mein armer Greif musste sich gestern den halben Tag lang mit Hellsehkristallen piksen lassen, die dann über das gesamte Reich verteilt wurden. Die ganze Zeit über stand Zacharias' Wendigo direkt neben uns. Das Vieh stinkt noch übler als der Lendenschurz eines Kobolds.«

Fletcher spürte eine Bewegung in seinem Rucksack, als hätte Blau das Wort Kobold verstanden. Fletcher bezweifelte es zwar, aber dann wechselte er trotzdem vorsichtshalber das Thema.

»Warum fliegen wir über den Wolken?«, erkundigte er sich. »Wäre es nicht besser, wenn wir sehen, wo wir landen wollen?«

»Wir können sogar von Glück reden, dass es so bedeckt ist«, entgegnete Lovett kopfschüttelnd. »Dort unten wimmelt es nur so von Orks, Kobolden und vielleicht sogar Gnomen. Wir fliegen schließlich direkt über ihrem Gebiet. Wenn sie uns entdecken, wäre euer Einsatz vorbei, bevor er überhaupt angefangen hat. Besser, wir verstecken uns hier oben, bis wir das Ziel erreichen. Wie die Späher berichten, ist das Landegebiet so gut wie unbewohnt. Fürs Erste droht euch also keine Gefahr.«

Fletcher schluckte. Mit einem Mal kam ihm die Wolkendecke viel zu dünn und durchsichtig vor. Kurz darauf flogen sie tatsächlich über ein Loch hinweg, darunter schimmerte der betörend schöne, bergige Dschungel. Daran, wie lange sie brauchen würden, um sich durch dieses Dickicht zu kämpfen, falls das Himmelskorps sie nicht bergen konnte, dachte er lieber gar nicht. Wahrscheinlich war es schlichtweg unmöglich, den Weg zu Fuß zurückzulegen.

Da fiel sein Blick auf eine Art Spieß, der am Sattel befestigt war. Er war mit einer blau-weißen Spirale bemalt und sah ein bisschen wie eine Turnierlanze aus der Zeit der Ritter aus, nur kürzer und dicker. Ganz vorn glitzerte eine scharfe Metallspitze in der Sonne. »Was ist das?«

»Eine Lanze, was sonst?«, antwortete Lovett. Sie nahm die Waffe aus der Halterung und klemmte sie sich unter den Arm. »Sie sind das Einzige, das die Haut eines Wyvern durchdringen kann. Und das auch nur, wenn man genügend Wucht in den Stoß legt.«

Fletcher erschauerte bei dem Gedanken, so weit über dem Erdboden kämpfen zu müssen – noch dazu auf dem Rücken eines Dämons, der mit den Klauen wild um sich schlug.

»Manchmal bekommt man unterwegs unerwünschte Gesellschaft«, sprach Lovett weiter. Sie legte die Lanze in die Halterung zurück und zog ein langes Messer aus ihrer Gürtelscheide. »Meist sind es kleinere Orkdämonen wie Würger, Strixe oder Vespen. Wenn sie zu nahe kommen, vertreibt man sie hiermit.«

Fletcher kannte die Waffe, es war ein Stoßdolch mit langer schmaler Klinge und je einer Parierstange am Anfang und Ende des Griffs, um die Hand zu schützen.

»Nicht zu vergessen natürlich all die Zauber, die einem gleichzeitig um die Ohren fliegen.« Lovett ließ den Dolch einmal um ihren Zeigefinger wirbeln, dann steckte sie ihn wieder weg. »In der Hitze des Gefechts zu zaubern ist schwierig genug. Das auch noch in der Luft zu tun setzt noch mal eins drauf.«

Fletcher erschauerte. Zum ersten Mal kam ihm der Gedanke, dass seine Ausbildung an der Akademie vielleicht doch ein wenig zu kurz gewesen war. Ein Jahr genügte bei Weitem nicht, um die Kunst des Beschwörens zu erlernen. Es reichte ja nicht einmal, um die wenigen Techniken zu verfeinern, die er *überhaupt* gelernt hatte.

Außerdem hatte man ihnen beigebracht, die Orkdämonen wären generell schwächer als ihre eigenen, aber jetzt fragte er sich, ob das wirklich stimmte oder nur Propaganda gewesen war. Immerhin gehörten Wyvern zu den mächtigsten Dämonen überhaupt. Vielleicht schickten die Orks auch nur ihre schwächeren an die Front und hielten die anderen zurück. Bis jetzt zumindest.

»Wir folgen dem Flusslauf und setzen euch dann in einem Sumpf in der Nähe der Quelle ab«, rief Lovett über den brüllenden Wind hinweg. »Dauert nicht mehr lange!«

Wie auf ein Zeichen hin hielt Ophelia, die an der Spitze der Formation flog, plötzlich an und spähte nach unten. Kurz darauf feuerte sie drei Wyrrlichter in den Himmel.

Auf das Signal hin legte Lysander die Flügel an, dann tauchten sie wie ein Pfeil in die Wolkendecke ein. Fletcher spürte, wie der immer stärker werdende Wind an seinem

Gesicht zerrte. Er sah noch kurz etwas Grünes unter sich aufblitzen, da schlugen ihm auch schon die Blätter gegen Beine und Arme.

Lysander sprang von Ast zu Ast, jeder davon bog sich unter seinem Gewicht, bis er beinahe abbrach, und bremste damit den Sturz. Dann sprang der Greif zum nächsten weiter. Als Fletcher schon glaubte, es würde niemals enden, gruben sich die Klauen des Greifs in den Dschungelboden, und sie kamen nur wenige Meter vor einem Dornengestrüpp rutschend zum Stehen.

»Na, das nenne ich eine gekonnte Landung!«, jubelte Lovett und ballte die Faust.

Sylva ließ sich langsam von Lysanders Rücken gleiten und plumpste einfach aus dem Sattel.

»Es war grässlich«, keuchte sie und krallte sich am Boden fest.

»Ich dachte, du wärst vom Großen Wald her die Höhe gewöhnt«, erwiderte Fletcher, dessen Herz so heftig schlug, dass er seinen Puls beinahe hören konnte. Dann sprang er aus dem Sattel und brach direkt neben Sylva zusammen. Seine Beine waren vollkommen taub, nachdem er sie so lange an Lysanders Flanken gepresst hatte.

Sylva schlug ihm spielerisch auf die Brust. »Ich meine nicht die Höhe, sondern den Landeanflug.«

So lagen sie eine Weile nebeneinander und beobachteten, wie die anderen mit weit geringerem Tempo durch das Blätterdach brachen.

»Idioten«, murmelte Lovett, während zwei Greife eine der Kisten zu Boden ließen. »Je mehr Zeit sie sich lassen, desto größer wird die Gefahr, dass die Orks uns entdecken.«

Athena kam herbeigeflattert und landete auf Fletchers Brust. Mit blinzelnden Augen betastete sie seinen Bauch und die Beine, um sicherzugehen, dass er noch in einem Stück war.

Fletcher streichelte sie grinsend und genoss eine Weile, wie wunderbar weich sich Fell und Gefieder der Greifeule anfühlten. Schließlich setzte er sich auf und sah sich um. Der Dschungel war viel dichter als der Große Wald mit den weiten Moosflächen zwischen den mächtigen Baumstämmen. Die Bäume hier waren knorrig und standen viel enger, der dunkle Boden war so dicht von Blättern, dornigen Zweigen, weit ausladenden Pflanzen und herabhängenden Ranken bedeckt, dass Fletcher ihn nur an wenigen Stellen überhaupt sehen konnte. Ein angenehmer Duft schwebte in der Luft, lediglich die schwarzen Pfützen, in denen herabgefallenes Blätterwerk im Brackwasser verrottete, stanken erbärmlich.

»Nie, *nie* wieder«, hörte Fletcher Kress fluchen. Sie lag mit dem Gesicht nach unten und klammerte sich verzweifelt am Boden fest. Othello erging es ein wenig besser. Er kniete mit einem erleichterten Lächeln gleich neben Arcturus' Alicorn.

»Da gehe ich doch lieber zu Fuß«, schimpfte Kress weiter. »Ihr und Euer fliegender Zirkus, ihr könnt mir gestohlen bleiben, Arcturus. Schlaft lieber aus, statt uns nach dem Einsatz wieder auszufliegen.«

Arcturus lachte, dann zog er sich die Lederhaube vom Kopf und schüttelte sein ungezähmtes schwarzes Haar aus.

Fletcher sah, wie Lovett den Hauptmann kurz ansah und dann errötend den Kopf wegdrehte. Er setzte ein vielsagendes Lächeln auf, doch Lovetts strenger Blick ließ ihn gleich wieder ernst werden.

»Aufstehen, alle«, tönte Ophelias Stimme über den Landeplatz. »Wir müssen los.«

Fletcher beobachtete, wie Sacharissa, Hannibal und Caliban aus ihren Transportkisten geführt wurden. Arcturus hob Lovett von Lysanders Rücken und trug sie auf den Armen zu Bukephalos hinüber. Fletcher hatte ganz vergessen, dass sie nicht mehr gehen konnte, und bekam sofort ein schlechtes Gewissen, weil seine Gruppe ihr Lysander wegnahm.

Ophelia ging unterdessen ungeduldig auf und ab. Sie konnte es kaum erwarten, in die Sicherheit hinter der Front zurückzukehren.

»Vergesst nicht, dass euch die ganze Welt durch die Augen der Dämonen sehen kann«, sagte sie mit strenger Miene. »Also benehmt euch, wie es sich für Absolventen der Dämonenakademie geziemt, und erfüllt eure Pflicht.«

Ihre Enkelin Belena hob die Hand, ließ sie aber auf einen wütenden Blick von Ophelia hin gleich wieder sinken. Arcturus brauchte noch einen Moment, um Lovetts Sattel auf Bukephalos zu befestigen, dann war das Himmelskorps zum Abflug bereit.

»Kümmert euch gut um Lysander!«, rief Lovett über die Abschiedsgrüße der anderen Reiter hinweg.

»Und um Sacha auch«, fügte Arcturus hinzu.

Dann hoben sie ab und überließen die jungen Beschwörer ihrem Schicksal. Die vier Gruppen blickten ihnen schweigend hinterher, bis sie außer Sichtweite waren.

»Schön«, sagte Seraph fröhlich. »Und was jetzt?«

25

DIE VIER TRUPPFÜHRER saßen in der Hocke um Seraphs Karte herum, um sich auf dem sumpfigen Boden nicht den Hintern nass zu machen. Die Route, die seine Gruppe nehmen wollte, war bereits eingezeichnet.

Der gewundene Fluss stellte beinahe den einzigen Orientierungspunkt in diesem Meer aus Grün dar. An einer seiner zahlreichen Windungen markierte ein rotes Kreuz die Stelle, wo sich die Orkhöhlen befanden, gleich daneben war eine krakelige Pyramide eingezeichnet. Ganz am Rand befand sich ein Plan der Orksiedlung, den Manhard aus der Erinnerung gezeichnet hatte. Das Tunnelnetz unter der Pyramide war sehr detailliert abgebildet – dort befanden sich die Gnomeier.

»Wir bleiben am Westufer des Flusses und werden ihn erst überqueren, wenn wir auf Höhe der Pyramide sind«, erklärte Malik und fuhr mit dem Finger den eingezeichneten Weg entlang. »Unter Manhards Führung sollte es nicht allzu schwierig werden, möglichen Patrouillen aus dem Weg zu gehen.«

Seraph schüttelte den Kopf und legte den Finger auf die Karte. »Wir werden den Weg am Ostufer nehmen und den Fluss in der Nacht überschreiten. Das Westufer ist zu nahe an der Orksiedlung. Nasse Füße sind mir lieber als ein Speer im Rücken.«

Er nickte ihrem Führer zu, einem grimmigen Veteranen mit einer großen Armbrust auf dem Rücken. »Feldwebel Musker wurde letztes Jahr im Dschungel zurückgelassen. Man hielt ihn für tot. Zwanzig Tage lang hat er sich vor den Orks versteckt und sich ausschließlich von Früchten ernährt. Die Sterne am Nachthimmel wiesen ihm den Weg zurück. Er wird uns …«

»Ihr liegt beide falsch«, schnitt ihm Isadora das Wort ab. Sie schlug Seraphs Hand beiseite und beschrieb mit dem Zeigefinger einen Bogen, der noch weiter westlich verlief. »*Wir* werden den Fluss an der gleichen Stelle überschreiten wie Malik und dann weit nach Westen ausgreifen. Der Fluss liefert Nahrung und Trinkwasser, entsprechend zahlreich werden sich die Orks an seinem Ufer tummeln. Unser Weg ist zwar weiter, aber sicherer.«

Fletcher fühlte sich immer unbehaglicher. Isadoras Vater Zacharias hatte alles darangesetzt, ihn und Othello hinrichten zu lassen, und dann hatte es da noch den Hinterhalt gegeben, in den Isadora und Tarquin Sylva in Corcillum gelockt hatten. Und doch waren sie nun alle gemeinsam hier, um gegen die Orks zu kämpfen.

Seraph stupste ihn mit dem Ellbogen an. »Fletcher?«

Er blickte auf und sah die erwartungsvollen Blicke der anderen Truppführer auf sich ruhen. »Ich glaube auch, dass das Ufer zu gefährlich ist«, sagte er knapp.

»Wir werden uns ebenfalls davon fernhalten, aber auf dieser Seite des Flusses, und ihn wie Seraph bei Nacht überschrei…«

»Blaues Blut auf der einen Seite, niederes auf der anderen«, höhnte Isadora mit einem zufriedenen Nicken. »Wir werden ja sehen, wer als Erster am Ziel ist.«

Seraph runzelte verärgert die Stirn und rollte seine Karte ein.

»Umso besser, wenn wir uns aufteilen«, warf Malik ein, ohne auf Isadoras Bemerkung einzugehen. »Wenn eine Gruppe gefangen genommen wird, bleiben immer noch drei, um den Auftrag auszuführen. Allerdings gibt es auch Risiken.«

»Und die wären?«, fragte Fletcher.

»Es könnte schwierig werden, gleichzeitig bei der Pyramide einzutreffen, wie Raubler verlangt hat. Falls es fehlschlägt, muss die Gruppe, die als erste dort ankommt, allein in die Tunnel vordringen. Die anderen sind dann immer noch irgendwo im Dschungel verteilt, wenn die Orks Alarm schlagen. Das Himmelskorps wird sich mächtig anstrengen müssen, alle rechtzeitig auszufliegen.«

»Da hat er recht«, gab Isadora murrend zu. »Wir müssen einfach unser Bestes geben. Die Gruppe, die als Erstes ankommt, soll in der Pyramide auf die anderen warten. Manhard sagt, die Orks betreten sie nur an religiösen Festtagen, also dürfte es drinnen einigermaßen sicher sein. Wer zu spät kommt … muss selbst sehen, wo er bleibt.«

»Einverstanden«, sagte Fletcher. Malik und Seraph nickten.

»Wir marschieren gemeinsam durch den Sumpf bis zum Fluss«, erklärte Malik und stand auf. »Dort teilen wir uns auf und treffen uns dann bei der Pyramide wieder.«

Während die vier Anführer zu ihren Gruppen zurückkehrten, wurde der Kobold in Fletchers Rucksack immer unruhiger. Das kleine Geschöpf schien den Dschungel zu riechen und wollte endlich freigelassen werden. Fletcher musste sich etwas ausdenken, um die anderen abzulenken.

»Ich habe eine Idee«, rief er. »Jeder unserer vier Führer weiß etwas, das die anderen nicht wissen. Jesper beispielsweise kennt Zauber, die gerade erst entdeckt wurden, außerdem ist er Experte für die Pflanzen, die hier wachsen. Das sind Dinge, die uns allen nützen würden. Feldwebel Musker, der Führer von Seraphs Trupp, weiß, wie man sich im Dschungel versteckt und sich an den Sternen orientiert. Und Manhard …« Fletcher schaute den jungen Soldaten fragend an, aber der war gerade damit beschäftigt, einen Berg Dschungelfrüchte zu verschlingen. »Nun ja, von ihm können wir bestimmt auch was lernen.«

»Und was ist mit mir?«, knurrte jemand aus Isadoras Trupp.

Während der hektischen Vorbereitungen hatte Fletcher gar nicht mitbekommen, wer die Forsys-Zwillinge führte. Als der bullige Kerl vortrat, stockte ihm der Atem: Es war Grindel.

Grindel war ein hässlicher Mann mit dem Gesicht einer Bulldogge. Er war sogar noch dicker als Atlas, der direkt neben ihm stand. Wie alle in Isadoras Gruppe trug er die schwarze Uniform der Forsys-Furien.

»Ich diene den Forsys schon seit Jahren«, sagte Grindel und kam mit schweren Schritten auf Fletcher zu. »Du weißt schon, ich muss mir die Hände schmutzig machen, damit der Herzog es nicht zu tun braucht. Ich kann seine Kinder doch nicht alleine in den Dschungel lassen, jemand muss sie schließlich beschützen.« Er verstummte und zwinkerte Sylva zu.

Sylva wurde leichenblass. Vor knapp zwei Jahren hatte Grindel versucht, ihr mit genau dem Knüppel, den er auch jetzt dabeihatte, den Schädel zu zertrümmern. Hätten Othello und Fletcher nicht eingegriffen, wäre sie jetzt tot, und Hominum befände sich mitten in einem Krieg mit den Elfen.

Sylva legte einen Pfeil auf die Sehne ihres Bogens, doch Othello nahm ihn ihr weg, noch bevor sie zielen konnte.

»Die ganze Welt sieht uns«, flüsterte er und deutete auf Hannibal, der Sylva mit seinen schwarzen Augen aufmerksam beobachtete.

»Warum willst du ihm auch noch mit Informationen weiterhelfen?«, fuhr Sylva ihn an.

»Vielleicht besprechen wir uns ausschließlich mit Seraphs Gruppe«, erwiderte Fletcher beschwichtigend. »Scheint doch, als hätten die Zwillinge bereits alle Hilfe, die sie brauchen.«

»Was können uns ein dahergelaufener Diener und ein Soldat, der so dumm ist, im Dschungel den Anschluss an sein Regiment zu verlieren, schon beibringen?«, fragte Tarquin, während er den Blick auf seine Fingernägel richtete. »Steckt die Köpfe zusammen und helft euch, so viel ihr wollt. Wir brechen jetzt auf.«

Isadora grinste höhnisch und zischte Hannibal einen Befehl zu. Der Wendigo rannte sofort los und schlug mit seinen langen Armen eine breite Schneise für seine Gruppe.

»Bis später, Fletchy!«, rief Didric, eine Hand auf das Rapier an seinem Gürtel gelegt. »Wir sehen uns bestimmt *sehr* bald wieder.«

Dann schlenderten sie davon, nur noch das Knacken der Äste unter ihren Stiefeln war zu hören.

»Lasst sie reden«, sagte Belena unbekümmert und trat vor. »*Wir* würden jedenfalls sehr gerne die Köpfe mit euch zusammenstecken. Manhard kann euch zeigen, wie man Spuren liest und selbst keine hinterlässt. Hätte diesen Trotteln bestimmt auch gutgetan.« Sie deutete mit dem Daumen über die Schulter auf die abgebrochenen Zweige und den aufgewühlten Boden, den die Forsys hinterlassen hatten. »Was meint ihr?«

Malik blieb stumm, da versetzte ihm Belena einen Tritt, und er nickte pflichtschuldig.

»Du bist eine Faverham«, platzte Fletcher heraus, noch bevor er wusste, was er tat. Dann wurde er rot. Normalerweise behandelte er andere nicht derart grob.

»Und du bist ein *Rale*«, erwiderte Belena sarkastisch. »Ich weiß, mein Vater ist vor Gericht als Ankläger gegen dich aufgetreten, aber das ist nun mal sein Beruf. Ich zumindest versuche, die Menschen nicht nach ihrem Familiennamen zu beurteilen. Du vielleicht?«

Fletcher zögerte. Wenn Belena ihn so verschmitzt anlächelte wie jetzt, war sie unfassbar attraktiv. Die Zunge klebte ihm am Gaumen, und der missbilligende Blick, den Sylva ihm zuwarf, machte die Situation keineswegs leichter.

Zum Glück sprang Seraph ein, bevor sich das Schweigen zu sehr in die Länge zog.

»Ich finde, das ist eine gute Idee«, sagte er und plusterte sich auf wie ein Gockel, so wie er es immer tat, wenn ein hübsches Mädchen in der Nähe war. »Es ist sowieso schon Nachmittag, also schlage ich vor, wir bleiben die erste Nacht hier und bringen uns in der Zwischenzeit gegenseitig alles bei, was wir wissen. Wir hätten das schon vor unserem Aufbruch tun sollen, aber dafür ist es wohl zu spät.«

Fletcher schaute zu Othello hinüber. Der Zwerg überlegte kurz, dann nickte er.

Ein weiteres, noch lauteres Rascheln in Fletchers Rucksack machte die Entscheidung endgültig.

»In Ordnung«, sagte er und wandte sich in Richtung der Bäume. »Wenn ihr mich jetzt kurz entschuldigen würdet, ich muss mal.«

26

KNALLROT IM GESICHT RANNTE FLETCHER in den Dschungel. Pinkeln müssen? Eine *noch* dümmere Ausrede war ihm wohl nicht eingefallen?

Als er sich durch das dichte Geäst kämpfte, streifte er ein Spinnennetz, seine Haut juckte sofort. Fliegen und Moskitos schwirrten ihm summend um den Kopf. Trotz der üppigen Luftfeuchtigkeit schienen seine Augen und Lippen die Viecher geradezu magisch anzuziehen; er blinzelte und spuckte und rannte weiter, bis er endlich außer Sichtweite war.

So ganz allein fühlte er sich umso verwundbarer, also rief er Ignatius und Athena herbei. Die Greifeule flatterte sofort zum nächsten Baum hinauf und hielt Ausschau nach Gefahren; Ignatius begnügte sich damit, auf Fletchers Schulter zu klettern und ihm einen Klaps mit dem Schwanz zu versetzen, weil der ihn schon so lange nicht mehr freigelassen hatte.

Fletcher warf einen letzten Blick über die Schulter, dann kniete er sich hin und öffnete vorsichtig den Rucksack.

Blau starrte ihn mit großen, ängstlichen Augen an und fuchtelte Fletcher mit einem Angelhaken vor der Nase herum. Der Angelhaken gehörte zu den vielen nützlichen Dingen, die Uhtred und Briss ihnen in die Rucksäcke gepackt hatten. Als Waffe war er zwar denkbar schlecht geeignet, aber immer noch besser als nichts.

Besänftigend hob Fletcher die Hände und trat einen Schritt zurück.

Ganz langsam kletterte der Kobold aus dem Rucksack und kauerte sich auf den Boden. Seine schmale Brust zitterte bei jedem Atemzug.

»Das war keine gute Idee«, flüsterte Fletcher von plötzlichen Zweifeln befallen. Was, wenn Blau auf direktem Weg zu den Orks lief und sie verriet? Um ihn aufzuhalten, war es zu spät, denn der Kobold sauste bereits los. Eine Bewegung hoch oben in den Bäumen sagte Fletcher, dass Athena seinen Schreck bemerkt und sich in die Luft erhoben hatte, um den Flüchtigen zu packen.

Da blieb Blau plötzlich stehen. »Danke«, trällerte er und ließ den Angelhaken fallen.

Der Kobold konnte sprechen! Fletcher blickte ihm verwundert hinterher, während Blau im Dickicht verschwand.

Einen Wimpernschlag später gruben sich Athenas Krallen genau an der Stelle in den Boden, an der Blau eben noch gestanden hatte. Sie stieß ein zorniges Schuhuu aus, da sprang Ignatius von Fletchers Schulter und nahm sogleich Witterung auf.

»Lasst ihn laufen«, murmelte Fletcher. »Er wird uns nicht verraten.«

Hoffte er zumindest.

Ein paar Stunden später war Fletcher froh über all die wertvollen Kenntnisse, die sie von Maliks Führer bekommen hatten. Manhard hatte ihnen gezeigt, wie sie möglichst wenig Spuren hinterließen, indem sie dicht an den Baumstämmen gingen, wo der Boden trockener und fester war. Er wies sie darauf hin, dass Raubkatzen beim Gehen die Krallen einzogen, was Hyänen, häufige Begleiter der Orks, nicht taten. Er erklärte ihnen, dass Wind oder Regen binnen weniger Stunden eine frische Fährte verwischen konnten und der Geruch von wildem Knoblauch Moskitos abhielt. Außerdem zeigte er ihnen Trampelpfade, die die Tiere des Dschungels im Lauf der Jahre hinterlassen hatten.

Manches davon wusste Fletcher bereits aus der Zeit, als er selbst noch in den Bärenzahnbergen jagen gegangen war. Dennoch war es gut, alles, was er sich in seinen Jugendtagen selbst zusammengereimt hatte, aus dem Mund eines anderen bestätigt zu hören.

Während Manhard vor den verbliebenen drei Gruppen sprach, durchstreifte Jesper die Umgebung und sammelte Pflanzen. Als er mit seinem Vortrag an der Reihe war, fand Fletcher die Informationen über die Pflanzenwelt weit nützlicher als die wenigen neuen Zauber, die er ihnen am Ende zeigte.

»Hier, die Wasserrebe.« Jesper deutete auf eine unscheinbare Liane, die steif und trocken von einem Baum herabhing. Dann schnitt er das Ende mit seinem Messer ab und hielt es sich über den Mund: Klares Wasser floss heraus, beinahe wie aus einem Hahn.

»Frisch wie ein Gebirgsbach«, sagte Jesper grinsend und wischte sich die Lippen trocken. »Wenn es kein

Regenwasser oder Kokosnüsse gibt, ist das die beste Alternative.«

Er ging weiter zu einer jungen Palme, sägte den Stamm auf, schälte das weiße Mark heraus und kaute es genüsslich. »Palmenherzen«, nuschelte er. »Schmecken wie Sellerie, sind aber sehr nahrhaft!«

Den Rest davon verteilte er. Außer einem Hauch von Nussaroma, das er recht angenehm fand, schmeckte Fletcher nicht viel.

Nicht weit vom Lager entfernt blieb Jesper vor einer Blüte mit weißen und violetten Blättern stehen und grub sie aus. Fletcher hatte die Pflanze für eine ungenießbare Blume gehalten, aber er täuschte sich, denn am Ende des Stängels baumelte eine dicke, orangefarbene Wurzelknolle. »Süßkartoffeln«, sagte Jesper zufrieden und steckte die Knolle ein.

Eine ganze Stunde lang führte er sie kaum einen Steinwurf vom Lager entfernt durch den Dschungel. Sie entdeckten Papayas, Guaven, Kokosnüsse und Maracujas in den Bäumen, die Malachi und Azura – Rori und Genevieves Kerfe – mit ihren scharfen Kauwerkzeugen von den Ästen schnitten, sodass sie klatschend zu Boden fielen. Schließlich rief auch Belena ihren Dämon herbei, eine schillernde Drachenfliege, die doppelt so groß war wie die beiden anderen Kerfe. Neben den scharfen Beißzangen verfügte die Drachenfliege außerdem über einen langen Stachel, der das hübsche Insekt gar nicht mehr so harmlos aussehen ließ. Für eine Adlige war es dennoch ein schwacher Dämon, weshalb Fletcher vermutete, dass es nicht ihr einziger war.

Schließlich führte Jesper sie zu einem Baum mit herzförmigen Blättern. Bis auf die durchsichtigen, leuchtend rosafarbenen Beeren, die in dicken Trauben an den Ästen hingen, schien nichts Besonderes daran zu sein.

»Das hier ist ein Brennnesselbaum. Seht ihr die feinen Härchen auf den Beeren und Blättern?«, fragte er und streckte gleichzeitig den Arm aus, damit niemand zu nahe herantrat, während er eines der Blätter mit seinem Messer anhob.

»Diese Härchen enthalten ein starkes Nervengift, das entsetzliche Schmerzen verursacht. Noch schlimmer ist, dass es monatelang wirkt, manche behaupten sogar mehrere Jahre. Haltet die Augen offen und nehmt euch vor ihnen in Acht. Feldwebel Musker, Ihr kennt sie wahrscheinlich.«

Der grauhaarige Veteran, der Seraphs Gruppe als Führer diente, schüttelte traurig den Kopf. »Ein junger Kerl, gerade erst siebzehn, der musste mal, als wir nachts auf Patrouille waren. Also verzog er sich in die Büsche und streifte dabei eins von den Dingern. Sein Geschrei hätte selbst einen Toten geweckt. Die Orks haben's auf jeden Fall gehört. Wir mussten schnell verschwinden und brachten den Unglücksraben sofort zu unserem Arzt. Sogar ein Beschwörer hat versucht, ihm zu helfen – aber keine Chance, der Kerl brüllte immer weiter. Zwei Wochen später hat er sich erschossen.«

Alle schauten erschrocken drein, auch Fletcher erschauerte. Nicht weit von dem Brennnesselbaum entfernt hatte er Blau freigelassen. Dieser Dschungel war Paradies und Todesfalle zugleich.

Nach einer kurzen Pause führte Jesper sie weiter, diesmal zu einem etwas größeren Baum, der ansonsten aber so unscheinbar war wie alle anderen.

»Ein Manchinelbaum«, begann er und deutete auf die dicken Äste. »Der Rauch macht blind, nehmt ihn also nicht als Feuerholz. Stellt man sich im Regen darunter, brennt einem schon ein einziger Tropfen ein Loch in die Haut. Die Orks schmieren die Spitzen ihrer Speere mit seinem Harz ein, damit sich die Wunde entzündet. Entflohene Kobolde fesseln sie an den Stamm – das ist ein langsamer und grausamer Tod, schlimmer noch als bei lebendigem Leib zu verbrennen, heißt es.« Er deutete auf die grünen Beeren an den Zweigen. »Die Früchte werden Todesapfel genannt. Was passiert, wenn man sie isst, könnt ihr euch wahrscheinlich denken.«

Jesper brachte ihnen noch einiges mehr bei an diesem Nachmittag. Er zeigte ihnen, welches Holz beim Verbrennen am wenigsten Rauch entwickelte, außerdem Schwertgras, das den Dornen auf dem Rücken von Seraphs Rindling verblüffend ähnlich sah und dabei so scharf war, dass man sich damit rasieren konnte, und schließlich eine Lianenart, die sich als Säge verwenden ließ, so spitz und hart waren die Dornen, die daran wuchsen.

Zum Abschluss zeigte er ihnen noch drei neue Glyphen. Die erste war ein Wachstumszauber, der wie ein Blatt aussah und einen Samen binnen Minuten zu einer ausgewachsenen Pflanze keimen ließ, was sie allerdings nicht ausprobierten, da der Zauber sehr viel Mana verbrauchte.

Die zweite war lediglich ein gezackter Strich. Jesper nannte sie den Knotenzauber. Mit ihm ließ sich jeder beliebige Knoten knüpfen und mit dem Gegensymbol wieder lösen. Man mochte ihn nicht oft brauchen, aber Fletcher probierte ihn sehr zur Erheiterung der anderen an Seraphs Schnürsenkeln aus, als der gerade nicht hinschaute. Viel wichtiger war ihm, dass Genevieve und Rori ihn wieder ganz normal behandelten – als hätten sie ihm endlich verziehen, was letztes Jahr zwischen ihnen vorgefallen war.

Die letzte Glyphe war die interessanteste, der sogenannte Eiszauber. Electra hatte das Symbol im Kadaver eines Polarions entdeckt. Es sah wie die vereinfachte Darstellung einer Schneeflocke aus und verströmte eine so mächtige Kälte, dass alles in unmittelbarer Nähe augenblicklich gefror.

»In dieser Hitze ist das ein echter Segen«, sagte Malik und testete die Glyphe an einem kleinen Tümpel. Die gesamte Oberfläche gefror mit einem lauten Knacken, und die Luftfeuchtigkeit darüber rieselte in kleinen Eiskristallen zu Boden.

»Nur leider zu stark, um sich lediglich ein bisschen Abkühlung zu verschaffen«, seufzte er enttäuscht. »Aber für Eiswürfel in der Kokosnussmilch ist es bestimmt gut zu gebrauchen.«

Nachdem sich alle an dem Eiszauber versucht hatten, war Feldwebel Musker an der Reihe, sie an seinem Wissen teilhaben zu lassen. Das war auch gut so, denn inzwischen war es dunkel geworden, am Himmel glitzerten die ersten Sterne, und in der feuchten Luft wurde ihnen kalt.

Sie kauerten sich in einem engen Kreis zusammen, während Musker ihnen die Sternbilder beschrieb und erklärte, wie sie sich daran orientieren konnten. Der Elfenpfeil, beispielsweise, zeigte genau nach Norden, während Corwins Zepter den Weg nach Osten wies.

Eingekuschelt zwischen seinen Freunden lauschte Fletcher der sonoren Stimme des Feldwebels, bis ihm die Augen zufielen. Dann träumte er.

27

ATHENA KITZELTE DAS BABY AN DEN FÜSSEN und achtete darauf, nicht versehentlich ihre Krallen auszufahren. Das Neugeborene gluckste und schaute die Greifeule mit seinen großen dunklen Augen an.

»Athena! Was habe ich dir gesagt? Der Kleine kann ja noch nicht mal aufrecht sitzen. Lass ihn in Ruhe«, kam eine sanfte, helle Stimme.

Lange blonde Locken fielen ihm ins Gesicht, dann wurde das Baby aus seiner Wiege gehoben. Athena, die immer noch auf dem Kissen saß, musterte die Adlige aufmerksam. Die Frau lächelte ihr mit einem leicht verärgerten Stirnrunzeln zu.

»Edmund!«, rief sie. »Würdest du bitte die Greifeule von unserem Kind fernhalten?«

»Tut mir leid, Alice, ich bin kurz abgelenkt gewesen. In Ralsheim brennt ein Haus. Man kann die Flammen hier vom Fenster aus sehen.«

Eilige Schritte, ein Mann kam ins Blickfeld und bedeutete Alice, ihm zu folgen. Wie seine Frau war er nur mit einem halb zugeknöpften Nachthemd bekleidet. Sein

Haar war pechschwarz, dichte Stoppeln bedeckten das Kinn.

Athena kletterte aus der Wiege und flog zu ihrer Sitzstange, während die beiden vom Kinderzimmerfenster aus den Brand beobachteten.

Alice kniff die Augen zusammen. »Ist das die Bäckerei oder die Schmiede?«

»Keines von beiden, die liegen auf der Ostseite des Dorfes. Warte … was war das?«

Athena spürte, wie ihr Herr erschrak. Ein Schrei war in der Ferne zu hören und brach genauso abrupt wieder ab, wie er begonnen hatte.

Die Greifeule flog auf und setzte sich auf Edmunds Schulter. Der Rasen jenseits des Fensters sah gut gepflegt aus, am Rand flackerten Laternen. Die Flammen über dem Dorf wurden unterdessen immer höher. Dann tauchte plötzlich eine graue Wand am Horizont auf. Wie eine Flutwelle brandete sie heran.

»Der Himmel steh uns bei«, flüsterte Edmund.

Wie ein Rudel Wölfe fegten sie lautlos in der Dunkelheit heran: unzählige muskulöse Riesen mit bulligen Schultern und dicken Augenwülsten, die in der Kälte der Nacht riesige Atemwolken ausstießen. Die kurzen Hauer, die aus ihren Unterkiefern ragten, schimmerten im Licht der Laternen, während sie ihre Äxte und Knüppel wild in der Luft schwangen. Athenas feine Ohren nahmen das Donnern ihrer Schritte wahr, doch die Orks selbst blieben stumm, um die Hausbewohner nicht zu warnen.

Alice klammerte sich an Edmunds Arm fest. »Alle Wachen sind beim Gebirgspass«, flüsterte sie. »Wäre der

Angriff von dort gekommen, hätten sie Alarm geschlagen. Wir … wir wurden verraten!«

»Ja«, sagte Edmund nur und lief zur Tür. »Jemand hat ihnen den geheimen Tunnel gezeigt.«

»Ruf die Dienerschaft zusammen und gib ihnen Waffen«, erwiderte Alice, dann legte sie das Baby mit einem Kuss zurück in die Wiege. »Ich stelle mich ihnen am Haupteingang entgegen.«

Die Orks hatten jetzt die Kiesfläche vor dem Haus erreicht. Von der Eingangstür ertönte das Krachen von Keulen und klauenbewehrten Füßen, die auf das Holz einschlugen.

Edmund stürmte aus dem Zimmer, gleichzeitig spürte Athena, wie er sie anwies hierzubleiben und die Wiege zu bewachen.

»Pass auf ihn auf, Athena«, sagte Alice noch, dann war auch sie verschwunden.

Athena musste tatenlos zusehen, wie immer mehr Orks mit blutverschmierten Waffen vom Dorf aus in Richtung Haus gestürmt kamen. Die Eingangstür gab mit einem lauten Knall nach, und schon im nächsten Moment barst das Kinderzimmerfenster. Ein Speer flog pfeifend hindurch, so nahe, dass Athena den Luftzug spürte. Sie spähte durch das geborstene Glas nach unten und sah, wie eine Explosion die Orks zurück auf die Wiese schleuderte. Die Übrigen wurden von Feuerbällen niedergestreckt, die wie Meteoriten glühten und sie erbarmungslos von den Beinen rissen.

Doch für jeden toten Ork kamen zwei lebendige nach.

»Haltet stand, die Wachen werden jeden Moment hier sein. Sie müssen!«, schallte Edmunds Stimme über das wütende Gebell der Orks hinweg. Blitze flammten auf und schmetterten weitere Angreifer zu Boden, wo sie zuckend liegen blieben.

Athena spürte, wie Edmund ihren Manavorrat zusehends aufbrauchte. Nicht mehr lange, dann wäre er erschöpft.

Ein Speer jagte zwischen den geborstenen Flügeln der Eingangstür hindurch, ein stechender Schmerz fuhr in Athenas Bewusstsein. Edmund war getroffen worden, doch sie spürte, dass es nur eine Fleischwunde war.

Ein Orkbulle, der noch größer war als seine Artgenossen, preschte ins Haus. Blut spritzte, als ihm ein Telekinesezauber den Kopf von den Schultern riss und ihn zurück nach draußen schleuderte. Doch die Orks hinter ihm kamen durch.

Noch mehr Schreie ertönten. Edmunds Canid, Gelert, stürzte sich knurrend auf die Angreifer. Alices Vulpid, Reynard, schien ihm beizustehen, denn Athena konnte deutlich sein durchdringendes Heulen hören. Ork um Ork taumelte blutverschmiert und verbrannt zurück auf den Kies, doch dann waren es einfach zu viele. Das Schlachtenglück wendete sich.

Wieder spürte Athena Schmerz, diesmal einen stärkeren. Ein zerschmetterter Arm. Dann sandte ihr Edmund Bilder aus seiner Erinnerung. Sie enthielten eine Anweisung.

Ein Elf auf einem großen Baum. Bring unseren Sohn dorthin. Halte unter keinen Umständen an.

Athena fasste die Arme des Babys mit den Krallen und breitete die Flügel aus. Die Last war so schwer und das Ziel so weit. Aber sie musste es versuchen.

Von draußen kam ein wütendes Brüllen, das sogar den grässlichen Schlachtenlärm übertönte. Fechtmeister Caulder stolperte blutend auf die Wiese vor dem Haus. Er war die ganze Strecke in voller Rüstung gelaufen und konnte sich kaum auf den Beinen halten. Der erste Ork, der ihn angriff, ging unter einem Schwertstreich zu Boden, dann brach ihm Caulder mit einem Tritt in den Hals das Genick. Der Nächste, der sich dem Fechtmeister entgegenstellte, wurde von einem Pfeil niedergestreckt, dann stürmten Caulders Soldaten mit ihren Bogen aus der Dunkelheit.

Doch es waren viel zu viele Orks gegen gerade einmal ein Dutzend Männer. Einer nach dem anderen wurden sie von Speeren und Wurfäxten getroffen, aber Caulder kämpfte weiter, selbst dann noch, als ihm ein Keulenhieb den Arm zerschmetterte. Schlaff hing er von seiner Schulter herab, während Caulder zustach und die Orks bitter bezahlen ließ – für jeden Schritt, den sie vorrückten.

Dann trennte ihm ein Streich von hinten ein Bein ab. Caulder strauchelte und blieb, die Augen zum Himmel gerichtet, reglos liegen.

Athena erhob sich hinaus in die Nacht, da hörte sie eine Explosion unter sich. Geborstenes Mauerwerk flog durch die Luft und mähte zahllose Orks nieder, und dann brach die Verbindung zu Edmund ab. Athena spürte den Zug des Äthers, der versuchte, sie zurückzuholen. Das

Baby in ihren Krallen schrie, die Luft wurde immer kälter, während sie höher und höher stieg.

Dunkelheit. Flügelschläge. Sterne hoch am Himmel, die Lichter von Siedlungen weit unterhalb. Der Ruf des Äthers, der immer stärker wird.

Stunden vergehen.

Schneebedeckte Berggipfel, die aufragen wie Reißzähne.

Ein Körper, der schwindet. Die Wildheit des Äthers, der sich holt, was ihm gehört.

Weit unten ein Dorf.

Keine Zeit.

Keine Wahl.

28

»FLETCHER, WACH AUF!« Othellos Augen blickten auf ihn herunter, genauso grün wie das Blätterdach über ihm. »Maliks Gruppe ist ohne uns aufgebrochen.«

Fletcher setzte sich auf. In Gedanken war er immer noch in Athenas Erinnerungen gefangen. »Warum das?«, murmelte er.

»Sie haben eine Nachricht hinterlassen, dass sie das Tageslicht nutzen und früh aufbrechen, uns aber nicht wecken wollten.«

Sylva streckte gähnend die Arme. »Ich habe nichts dagegen. Wenn unterwegs irgendwelche Gefahren lauern, laufen sie vor uns hinein.«

Seraphs Gruppe packte bereits, alle hatten ihre Dämonen gerufen. Fletcher sah erleichtert, dass Rori nun einen weiteren Kerf hatte. Er war etwas kleiner als Malachi und hatte einen gelben Rücken. Was ihn aber weit mehr überraschte, war der Dämon, der auf Atillas Schulter saß: weiß wie eine Taube und mit langen Schwanzfedern. Das musste ein Caladrius sein, Beschwörungsstufe sieben. Er konnte Wunden heilen, indem er einfach seine Federn auf sie legte.

Der Caladrius war einer von vier seltenen Vogeldämonen, zu denen auch der rote, aus Feuer geborene Phönix gehörte, außerdem der eisblaue Polarion und der gelb gefiederte Halcyon. Fletcher beschlich der Verdacht, dass König Harold nicht nur Arcturus einen neuen Dämon geschenkt hatte – bestimmt galt das als Wiedergutmachung an die Thorsagers, nämlich für all die Ungerechtigkeiten, die Othello widerfahren waren. Er fragte sich, was für einen Dämon Atilla zuvor wohl besessen hatte – und ob er ihn immer noch hatte.

»Wir sollten uns ein Beispiel an ihnen nehmen!«, rief Seraph und riss Fletcher aus seinen Gedanken. »Wir brechen auf, ob mit oder ohne euch.«

Eifrig beschnupperte Sacharissa den Boden, als könnte sie es kaum erwarten, ihre Gruppe zum Fluss zu führen. Sie schaute Fletcher winselnd an. Anscheinend wollte Arcturus, dass sie zusammenblieben.

Fletchers Gruppe brauchte nicht lange, um sich fertig zu machen. Nur Kress sträubte sich noch ein wenig.

»Kannst du mich nicht von Solomon tragen lassen, Othello?«, stöhnte sie und hievte sich den schweren Rucksack auf die Schultern.

»Solomon soll dich tragen?«, fragte Fletcher lachend. »Du meinst wohl … eher umgekehrt!«

»Aber nein, stark genug ist er«, widersprach Othello stolz und holte sogleich sein Beschwörungsleder hervor. Kurz darauf materialisierte sich der Golem in einem violetten Blitz.

Solomon war beträchtlich gewachsen. Er war jetzt genauso groß wie Othello, aber noch breiter und kräftiger.

Als er Fletcher entdeckte, strahlte er freudig und lief mit ausgebreiteten Armen auf ihn zu. Fletcher konnte sich gerade noch mit einem Rückwärtssprung vor der steinernen Umarmung des Golems in Sicherheit bringen.

»Solomon, nein! Du brichst ihm noch alle Knochen«, schimpfte Othello und verdrehte die Augen, als der Dämon traurig den Kopf hängen ließ.

»Unglaublich, wie viel sich im letzten Jahr verändert hat«, staunte Fletcher. »Nicht mehr lange, dann ist er so groß wie ich.«

»Worauf du dich verlassen kannst. Aber trödeln wir nicht mehr länger herum, die anderen brechen schon auf.« Othello deutete auf Seraphs Gruppe, die bereits zwischen den Bäumen verschwand.

»Wenn wir nicht aufpassen, hält man uns noch für Faulpelze«, sagte Sylva und deutete auf Lysander, der taktvoll woanders hinschaute. »Vergesst nicht, das ist kein gewöhnlicher Einsatz. Alle können uns sehen.«

Othello und Sylva marschierten voraus, Kress trottete mit Fletcher hinterdrein. Lysander ging neben ihnen und brachte es irgendwie fertig, sich mit seinen langen Klauen nicht im Unterholz zu verhaken. Unterdessen hüpfte Athena von Ast zu Ast. Bei jeder Landung regneten Blätter und Insekten auf Fletcher herab, aber er nahm es Athena nicht übel, denn er spürte, wie sehr sie den Äther vermisste. Immerhin hatte sie die letzten siebzehn Jahre dort verbracht.

Fletchers Gedanken kehrten zu seinen Eltern zurück. So viele Jahre hatte er in Pelz nach ihnen Ausschau gehalten und sich gefragt, wie sie ausgesehen haben mochten.

Jetzt, nachdem er Athenas Erinnerungen gesehen hatte, wusste er es endlich. Das dichte schwarze Haar und die haselnussbraunen Augen hatte er von seinem Vater, die helle Haut und die gerade Nase von seiner Mutter. Sie hatten ihn geliebt. Fletcher hatte es in seinem Traum gespürt, so deutlich, dass sein Herz vor Freude Purzelbäume schlug. Und dann war ihm diese Liebe genommen worden.

Schon bald wurde der Dschungel um sie herum dichter. Die Blätter standen jetzt so eng beieinander, dass selbst das Sonnenlicht grün wirkte. Der Weg, den Maliks Gruppe genommen hatte, war so gut ausgetreten, dass sie schnell vorankamen. Unterdessen versuchte Fletcher, sich die Gesichter seiner Eltern einzuprägen, doch die Erinnerung an sie verschwamm bereits. Alles war viel zu schnell gegangen.

»Hast du je zuvor eine Zwergin gesehen?«, fragte Kress plötzlich in die Stille hinein. »So richtig, meine ich.«

»Ich kenne Othellos Mutter«, antwortete Fletcher zögernd. Er wusste nicht, was er sonst noch sagen sollte. Seine Gedanken kreisten nach wie vor um den Traum.

»Sind wir hübsch?«, bohrte Kress weiter und grinste zufrieden, als Fletcher rot anlief.

»So hübsch wie alle anderen Mädchen«, erwiderte er und hob den Blick. Das stimmte sogar. Je mehr Zeit er mit Kress verbrachte, desto mehr mochte er sie. Sie erinnerte ihn ein bisschen an Seraph – immer geradeheraus, manchmal vielleicht ein bisschen zu sehr, aber auf ihre Art äußerst charmant.

»Zwergenjungs finden das auch«, erwiderte sie und überlegte kurz. »Manchmal brennen sie aber auch mit einer

Menschenfrau durch. Ich wette, Atilla hat Angst, ich könnte genau das tun«, fügte sie mit einem Zwinkern hinzu.

Das schalkhafte Glitzern in ihren Augen hellte Fletchers gedrückte Stimmung gleich ein wenig auf. Außerdem merkte er, dass er so gut wie gar nichts über Romanzen zwischen ihren beiden Völkern wusste. »Wäre das so schlimm?«, fragte er schließlich.

»Na ja, es ist verboten, vollkommen ausgeschlossen – und das auf beiden Seiten«, antwortete Kress kopfschüttelnd. »Es gehört sich nicht, heißt es, und trotzdem passiert es. Am stärksten leiden allerdings die Kinder. Manche gehen eine Zeit lang als besonders kleinwüchsige Menschen durch, aber irgendwann kommt es immer heraus, vor allem wenn sie nach unserer Tradition leben. Beide Völker verachten sie als ›Mischlinge‹, deshalb gehen die Eltern früher oder später in die Akhad-Wüste oder wandern über das Vesania-Meer nach Swazulu aus.«

»Von Halbelfen habe ich schon gehört, aber noch nie von Halbzwergen«, murmelte Fletcher.

»Halbelfen sind noch schlimmer dran, aber von denen gibt es nur sehr wenige. Die Elfen mögen es gar nicht, wenn sich ihr Volk mit einem anderen vermischt. Selbst Verbindungen zwischen Wald- und Hochelfen sind verpönt. Die Ohren von Halbelfen sind kürzer als Sylvas, aber genauso spitz.«

»Du weißt eine Menge über diese Dinge«, erwiderte Fletcher. »Ich habe mir bisher noch nicht einmal Gedanken darüber gemacht, und dafür schäme ich mich jetzt.«

»Das musst du nicht. Bei mir liegt das Interesse in der Familiengeschichte begründet. Mein Bruder …« Sie verstummte kurz und schaute weg. »Er hat uns wegen einer Menschenfrau verlassen. Ich bin die Einzige, die überhaupt noch mit ihm redet.«

Sylva und Othello hatten das Tempo mittlerweile so sehr angezogen, dass sie sich kaum noch unterhalten konnten und keuchend versuchten, nicht den Anschluss zu verlieren. Das neuerliche Schweigen zwischen ihnen war zwar nicht mehr unangenehm, die Luft allerdings schon. Die Nacht im Sumpf war heiß gewesen, aber erträglich. Doch hier im Dschungel rann ihnen der Schweiß aus allen Poren, Wollkleidung hin oder her. Auch die Geräusche waren ganz andere. Ständig kreisten Insektenschwärme um ihre Köpfe, und aus den Bäumen drangen die lauten Balzschreie der Vögel zu ihnen herunter.

»Wie wär's, wenn wir unseren Dämonen ein wenig Auslauf gönnten?«, schlug Kress vor und holte ihren Rucksack nach vorn. »Dann könnte ich auch den Zauberhandschuh ausprobieren, den Athol für mich gemacht hat.«

»Zauberhandschuh?«, wiederholte Fletcher interessiert.

Kress wühlte in ihrem Rucksack und zog einen ledernen Streithandschuh hervor. Der Handrücken war bis übers Gelenk mit Stahlplatten gepanzert, aber das wirklich Außergewöhnliche waren die Symbole auf den Fingerkuppen und der Handinnenseite. Es waren die gleichen, die sich Fletcher von Athol hatte tätowieren lassen.

»Ich mag keine Nadeln, deshalb kam Tätowieren nicht infrage«, erläuterte Kress schmunzelnd. »Es wundert mich, dass nicht längst alle Beschwörer so einen haben. Ich finde, sie pochen ein bisschen zu sehr auf die Tradition.«

Sie legte den Handschuh an und richtete das Pentagramm auf den Boden ein Stückchen vor ihnen aus. Staunend beobachtete Fletcher, wie sich in violettem Licht ein Dämon materialisierte. Er sah wie eine Kreuzung aus Waschbär und Eichhörnchen aus, hatte dunkelblaues Fell mit grünen Tupfen und aufmerksame gelbe Augen, die Fletcher sogleich fixierten. Fletcher musste sich eingestehen, dass er trotz seiner Studien nicht die geringste Ahnung hatte, um was für eine Art es sich handelte.

»Das ist ein Raiju«, beantwortete Kress Fletchers unausgesprochene Frage, während der Dämon mit einem eleganten Satz auf ihren Handschuh sprang. »Beinahe genauso selten wie dein Salamander, habe ich gehört.«

Fletcher blickte sie verwundert an, und Kress lachte. »Beschwörungsebene fünf. Ich nenne ihn Tosk. Mit seinem Schwanz verschießt er Blitze, du solltest ihn also besser nicht anfassen. Man kann einen ganz schönen Schlag bekommen.«

»Das ist ja irre! Wie bist du an einen so seltenen Dämon gekommen?«, fragte er, während Tosk ihm blinzelnd den Kopf zudrehte, als wollte er mit Fletcher flirten.

»König Harold hat ihn mir gegeben. Er ist ein sehr mächtiger Beschwörer und ein leidenschaftlicher Dämonensammler. Als er erfuhr, dass ich und Atilla an die Akademie kommen, hat er uns gleich seinen Caladrius und diesen Raiju angeboten. Ich glaube, er steht wirklich auf unserer Seite.«

Bevor Fletcher die nächste Frage stellen konnte, ertönte ein Jubelschrei von vorn, und die gesamte Gruppe machte halt. Der Dschungel schien hier plötzlich aufzuhören, von weit unten war das Poltern von Wasser zu hören. Als Fletcher näher herankam, sah er auch den Grund dafür: Ein Wasserfall, gespeist aus dem Sumpf und zahllosen Bächen, ergoss sich vor ihnen in die Tiefe. Die Gischt war so dicht, dass der Fluss in dem Tal unter ihnen über mehrere Kilometer davon verdeckt wurde. In weiter Entfernung und gerade noch am Horizont zu erkennen, erhob sich ein ockerfarbenes Dreieck aus dem Grün des Dschungels: die Pyramide.

»Und wie kommen wir da runter?«, überlegte Othello laut.

Das Gelände fiel links und rechts des Wasserfalls steil ab. Fletcher war froh, dass sie den Fluss hier nicht überqueren mussten, denn zwischen den unzähligen Zuläufen konnte er kaum festen Boden entdecken, und selbst der schien ihm nicht gerade trocken und griffig.

»Schade. Wie es scheint, haben Malik und Isadora den Fluss schon überschritten«, sagte Seraph enttäuscht. »Ich hätte zu gerne gesehen, wie sie sich abmühen.«

»Hoffen wir nur, dass uns die Überschreitung genauso schnell und reibungslos gelingt wie ihnen«, erwiderte Fletcher.

Als sie die Umgebung erkundeten, merkten sie schnell, dass es nur zwei Routen nach unten gab. Die eine war felsig und lief direkt am Rand des Wasserfalls entlang, bei der anderen handelte es sich um einen schmalen Trampelpfad, der sich in östlicher Richtung immer weiter nach unten schlängelte.

»Tja«, sagte Fletcher und legte Seraph eine Hand auf die Schulter. »Hier trennen sich unsere Wege.«

29

FLETCHER HIELT SICH EINE HAND über die Augen und blickte durch die dichten Zweige in den Sonnenuntergang. Er war froh, dass sie beschlossen hatten, ihr Lager noch vor Einbruch der Nacht aufzuschlagen. Der Mond war kaum mehr als eine Sichel am Firmament, und Wyrrlichter zu entzünden wäre zu gefährlich gewesen.

Seit es dunkel wurde, hallten die Schreie der Brüllaffen von den Bäumen zu ihnen herunter. Die Gruppe bereitete sich auf ihre erste Nacht allein auf feindlichem Gebiet vor. Sie hatten sich eine kleine Lichtung gesucht, die in sicherer Entfernung von dem Pfad lag.

Während Ignatius gähnend auf seine Schulter kletterte und es sich dort bequem machte, dachte Fletcher über den bisherigen Verlauf ihres Einsatzes nach. Von ihrem Pfad hatten mehrere Abzweigungen in die Richtung des Flusses geführt, aber sie waren ihnen nicht gefolgt und hatten sich vom Wasser ferngehalten. Trotz des starken Gefälles waren sie gut vorangekommen. Fletcher war zuversichtlich, dass sie den Treffpunkt rechtzeitig erreichen würden.

Sariel und Lysander hatten während des gesamten Tages nach möglichen Hinterhalten Ausschau gehalten, während Athena immer wieder über das Blätterdach hinausgeflogen war, damit Fletcher mit seinem Hellsehkristall überprüfen konnte, ob sie auch in der richtigen Richtung unterwegs waren. Ignatius und Tosk hatten sich lautlos durchs Unterholz links und rechts bewegt und die Flankensicherung übernommen. Nur Solomon, der zu schwerfällig und ungeschickt war, war bei der Gruppe geblieben und hatte ihnen als Packesel die schweren Lasten abgenommen.

»Jetzt, da wir nur noch zu viert sind, fühlt es sich irgendwie echter an«, sagte Sylva und stocherte mit einem Stock in dem aufgeschichteten Feuerholz herum. »Als wir noch alle zusammen waren, glaubte ich fast, wir könnten es mit einem ganzen Heer aufnehmen. Jetzt bin ich mir da nicht mehr so sicher.«

»Ich weiß nicht«, erwiderte Fletcher und hob Ignatius von seiner Schulter. »Ich glaube, wir sind eine schlagkräftige Truppe. Wir haben zwei Turniergewinner und zwei Zweitplatzierte. Wenn wir einer Orkpatrouille begegnen, hätten wir gute Chancen.«

Ignatius winselte ungehalten, weil Fletcher ihn geweckt hatte, aber nach ein bisschen Zögern und Zaudern spuckte er endlich eine Flamme, um das Holz zu entzünden.

Sylva schirmte ihr Gesicht mit den Händen vor dem Funkenflug ab. »Ich habe auch keine Angst, dass wir unterliegen könnten«, entgegnete sie. »Sondern dass ein Ork entwischt und Alarm schlägt. Dann wäre unser Einsatz vorbei.«

»Sariel und Lysander könnten ihn zur Strecke bringen«, warf Othello ein, während er sich stöhnend die Stiefel auszog. »Der große Kerl hier wird das jedenfalls nicht schaffen«, fügte er hinzu und tätschelte liebevoll Solomons Kopf.

Der Golem gurrte zufrieden. Genau wie damals in der Scheune am Rand von Corcillum hielt er Othellos durchnässte Socken zum Trocknen übers Feuer. Zum ersten Mal seit Jahren, so kam es ihm vor, war Fletcher mit sich und der Welt zufrieden.

»Wie geht es euch so?«, fragte er in die Runde, holte ein Stück getrocknetes Wildfleisch aus seinem Rucksack, spießte das Fleisch auf einen Ast und hielt es in die Flammen.

»Ungefähr genauso gut, wie ich rieche«, antwortete Othello naserümpfend. »Also nicht besonders. Die Hitze hier bekommt mir nicht, und euch übrigens auch nicht.«

»Das kannst du laut sagen«, bestätigte Kress. »Die Orks können uns wahrscheinlich über Kilometer hinweg riechen.« Sie wühlte in ihrem Rucksack nach etwas Essbarem und hielt plötzlich inne. »Hey! Mehrere von meinen Armbrustbolzen fehlen.«

Mit einem Stirnrunzeln zeigte sie den anderen den ehemals prall gefüllten Köcher, in dem die Schäfte jetzt klappernd gegeneinanderschlugen.

»Mir auch!«, rief Sylva. Ihre Pfeile waren Meisterwerke der Handwerkskunst, die Spitzen noch dünner und schärfer, als Fletcher sie selbst zu seiner besten Zeit in Berdons Schmiede hinbekommen hatte.

»Vielleicht sind welche rausgefallen?« Fletcher zählte seine Pfeile, die genauso wie die der anderen blau befiedert waren. Bei ihm schien keiner zu fehlen.

Kress zuckte die Achseln und stellte ihren Köcher wieder ab. »Es sind immer noch genug übrig, aber wir sollten auf der Hut sein. Die Orks benutzen zwar keine Pfeile, aber wenn sie einen von unseren finden, wissen sie, dass wir hier sind.«

Sariel und Lysander kehrten von ihrer Patrouille um den Lagerplatz zurück und streckten sich neben dem Feuer aus. Ihr breiter Rücken gab ein bequemes Kissen für die Beschwörer ab, nur der viel kleinere Tosk rollte sich auf Kress' Bauch zusammen wie ein Hund. Damit waren alle Dämonen wieder im Lager – bis auf einen.

Fletcher setzte sich das Gestell mit dem Hellsehstein auf, um zu sehen, wo Athena steckte. Durch den Kristall bekam seine Sicht den charakteristischen Rosastich, und dann merkte er, dass die Greifeule hoch über ihnen auf einem Ast saß und Wache hielt. Für ihre Eulenaugen war selbst die Nacht taghell. Wie ein ausgebildeter Wachposten drehte sie den Kopf ständig in eine andere Richtung. Fletcher wollte ihr in Gedanken befehlen, zu ihnen herunterzukommen, spürte aber, dass sie lieber blieb, wo sie war.

»Hm, es scheint, wir könnten uns die Nachtwache sparen«, sagte er laut zu den anderen. »Athena sitzt oben im Baum und hält die Augen für uns offen.«

»Schön«, meinte Sylva gähnend. »Mir fallen sowieso schon die Lider zu.«

Schweigend lagen sie da, genossen die Stille und ließen sich die schmerzenden Muskeln vom Feuer wärmen.

Grillen zirpten, ab und zu ertönte der Ruf eines Nachtvogels. Seltsamerweise fand Fletcher die nächtlichen Geräusche des Dschungels beruhigend. Sie erinnerten ihn an den Wald um sein Heimatdörfchen Pelz.

Da meldete sich Jesper, der den ganzen Tag über nichts gesagt hatte, plötzlich zu Wort.

»Ich weiß nicht, was ich hier soll«, schluchzte er mit vor Angst bebender Stimme. »Ich habe nur das Kurzschwert, das Uhtred mir gegeben hat, und kann sowieso nicht kämpfen. Meine Stärke ist die Dämonen- und Pflanzenkunde, bloß werden wir hier kaum tote Dämonen finden. Und wenn der Kampf beginnt, dürfte mir der Sinn erst recht nicht danach stehen, einen von ihnen zu sezieren.«

»Du bist mir trotzdem um Längen lieber als die Führer der anderen Gruppen«, munterte Sylva ihn auf. »Du hast unterwegs so viel Essbares gesammelt, dass keiner von uns hungrig ist, die Lianen geben genug Trinkwasser, und die große Pyramide ist Wegweiser genug, dass wir keinen Pfadfinder brauchen. Außerdem haben wir eine Karte. Wenn wir Orks begegnen, halt dich einfach raus. Wir kümmern uns schon um sie.«

»Danke«, murmelte Jesper halbherzig und rollte sich auf die Seite. Fletcher glaubte, eine Träne auf seiner Wange zu sehen, die im Feuerschein schimmerte. Erst als er das Schimmern ein zweites Mal sah, merkte er, dass das Bild von seinem Hellsehkristall kam.

»Was zum Teufel ist das?«, stammelte Fletcher.

Kaum hundert Meter weit entfernt hatte noch jemand ein Feuer entzündet, und zwar mitten auf dem Pfad. Im ersten Moment hatte Fletcher geglaubt, es wäre ihr eigenes, so kurz war die Entfernung. Er nahm seinen Kristall ab und zeigte es den anderen.

»Orks?«, fragte Jesper zitternd.

»Ich schicke Athena näher heran«, erwiderte Fletcher und erteilte ihr sogleich den entsprechenden Gedankenbefehl.

Kurz darauf sahen sie, wie das Blätterdach unter der Greifeule vorbeijagte. Es dauerte ein paar Momente, bis sie die Stelle erreichte und beinahe lautlos auf einem Ast landete. Fletcher hörte dennoch, wie die Blätter ganz leicht unter ihrem Gewicht raschelten, und zuckte erschrocken zusammen. Aber die Gestalten unten am Feuer schienen nichts gemerkt zu haben.

Sie waren zu weit entfernt, um die Gesichter zu erkennen, doch der riesige Kerl, der am Rand des Lagerplatzes Wache hielt, schien Hinweis genug: Isadoras Gruppe war ihnen gefolgt.

»Was haben die da zu suchen?«, zischte Sylva. »Sie sollten doch längst auf der anderen Seite des Flusses sein!«

»Keine Ahnung, aber sie dürften nichts Gutes im Schilde führen«, flüsterte Othello. »Allerdings können sie nichts tun, solange Lysander zusieht. Es sei denn sie greifen in der Dunkelheit an …«

Sie schwiegen eine Weile und überlegten.

»Vielleicht haben sie sich verirrt oder ihren Plan geändert«, sagte Kress schließlich.

»Du kennst sie nicht«, widersprach Fletcher. »Sie wollen uns sabotieren und beweisen, dass eine Zusammenarbeit zwischen Menschen, Elfen und Zwergen nicht gelingen kann. Wenn sie uns im Dunkeln mit Zaubern töten, wird es so aussehen, als wären wir von Orkschamanen überfallen worden.«

»Würde ihnen ähnlich sehen«, knurrte Sylva.

Fletcher hob den Kopf und blickte sich um. »Wir müssen beim ersten Tageslicht aufbrechen und so viel Abstand zwischen sie und uns bringen wie möglich. Athena behält sie inzwischen im Auge.«

Missmutig ätzte er den Eiszauber in die Luft und lud ihn mit Mana auf. Eiskristalle regneten auf das brennende Feuer nieder, dann saßen sie wieder im Dunkeln.

»Ruht euch aus«, seufzte Fletcher und kuschelte sich an Lysanders weichen Bauch. »Es könnte für eine ganze Zeit die letzte Gelegenheit sein.«

Während alle anderen ihre Decken aus den Rucksäcken holten, presste sich Othello direkt neben ihn. »Du glaubst doch nicht, dass du Lysander ganz allein als Kissen benutzen kannst«, flüsterte er. »Mach gefälligst Platz.«

Fletcher rückte zur Seite, und Othello streckte sich neben ihm aus. Es war tröstlich, seinen Freund so nahe zu haben.

»Moment«, sagte Othello plötzlich. »Wo ist eigentlich der Kobold geblieben?«

»Ich … ähm … ich habe ihn laufen lassen.«

Othello stöhnte. »Ich wusste es … glaubst du, das war richtig?«

Fletcher wurde unbehaglich zumute. Im Zuge der Ereignisse hatte er Blau ganz vergessen. »Ich bin ziemlich sicher, dass er uns nicht verraten wird. Und, ja, es war gewiss richtig«, antwortete er, ohne recht zu wissen, ob er damit Othello überzeugen wollte oder eher sich selbst.

»Ich hoffe nur, du hast recht«, murmelte der Zwerg und drehte sich auf die andere Seite. »Um unser aller willen.«

Fletcher nahm einen tiefen Atemzug und versuchte, seine Zweifel abzuschütteln. Er hatte schon genug Sorgen und wollte sich nicht auch noch wegen des Kobolds den Kopf zerbrechen.

»Du bist den ganzen Tag sehr nachdenklich gewesen«, sagte Othello so leise, dass die anderen ihn nicht hören konnten. »Beschäftigt dich irgendwas?«

Fletcher überlegte. Eigentlich sollte er jetzt schlafen, aber Athenas Erinnerungen würden ihn so oder so die ganze Nacht wach halten. Vielleicht half es ihm, wenn er mit jemandem darüber sprach.

»Ich habe gesehen, wie meine Eltern gestorben sind«, raunte er schließlich.

»Du kannst dich daran *erinnern*?«, fragte Othello erstaunt.

»Nein, ich habe es in Athenas Erinnerungen gesehen. Sie waren so glücklich, und dann … das war grässlich.«

»Oh …«, sagte Othello. »Das tut mir leid.«

Der Zwerg schwieg eine Weile, dann sagte er mit fester Stimme: »Weißt du eigentlich, dass ich noch eine Schwester hatte?«

Fletcher runzelte die Stirn. »Nein. Aber was meinst du mit *hatte*?«

»Essie wurde geboren, als ich und Atilla drei Jahre alt waren, also zwei Jahre bevor Harold die Bevölkerungsgesetze lockerte und meine Mutter mit Thaissa schwanger wurde. Wir mussten sie geheim halten. Damals durften Zwerge nur ein einziges Kind haben. Unser Glück war, dass Atilla mein Zwillingsbruder ist und die Pinkertons uns nicht auseinanderhalten konnten. Aber Essie musste sich unter den Bodendielen verstecken, wenn sie zur Inspektion kamen. Als sie eins war, wurde sie so schwer krank, dass wir sie zu einem Arzt bringen mussten. Zu einem Menschen.«

Othello hielt inne, und Fletcher sah die Tränen in den Augen seines Freundes.

»Er hat die Pinkertons gerufen, stell dir das vor, Fletcher, und die haben uns Essie weggenommen. Wir wussten nicht, wohin sie gebracht wurde, und ein paar Wochen später erhielten wir die Nachricht, sie sei ihrer Krankheit erlegen. Einfach so war sie fort. Für immer. Sie haben uns nicht einmal den Leichnam ausgehändigt.«

Fletcher legte ihm eine Hand auf die Schulter. »Das tut mir entsetzlich leid. Für dich, für deine Schwester und für deine ganze Familie. Ich kann mir gar nicht vorstellen, wie sich das anfühlen muss.«

Othello wischte sich mit dem Ärmel die Augen trocken. »Wir sprechen nie darüber. Thaissa weiß es nicht einmal. Wenn ich nur in Erfahrung bringen könnte, was wirklich geschehen ist, und noch einmal ihr Lachen hören dürfte … ich würde alles dafür geben.«

Fletcher wusste, was er meinte. Die Gesichter seiner Eltern wenigstens einmal gesehen und ihre Stimmen gehört zu haben war ein Segen. Was mit ihnen geschehen war, war schlimm. Ihren Tod zu bezeugen war entsetzlich gewesen … aber wichtig.

Lysander drehte den Kopf und sah Fletcher in die feuchten Augen. Ganz sanft hob er eine Klaue an Fletchers Wange, dann breitete er eine Schwinge über ihn und deckte ihn zu. Die Geste wirkte so menschlich, dass sie unmöglich nur von dem Dämon kommen konnte. Lovett beschützte sie, das wusste Fletcher jetzt.

»Danke, dass du mir das anvertraut hast, Othello«, flüsterte er. »Ich werde es dir nicht vergessen.«

30

ES WAR NOCH FRÜH AM MORGEN, die Gruppe marschierte mit strammem Tempo, außerdem achteten sie jetzt noch sorgfältiger darauf, keine Spuren zu hinterlassen. Glücklicherweise wurde der Pfad häufig von Dschungeltieren benutzt, die mit ihren Huf- und Krallenabdrücken den Boden ohnehin ständig aufwühlten.

Beunruhigend war allerdings, dass sie zwischen den Spuren auch die plattfüßigen Abdrücke von Orks entdeckt hatten. Sie sahen ganz ähnlich aus wie die eines Menschen, nur größer, und die Klauen an den Zehen hinterließen tiefe Furchen. Wie alt die Spuren sein mochten, war schwer zu sagen. Fletcher war umso froher, dass Athena von oben Ausschau hielt und er die Umgebung mithilfe seines Hellsehkristalls ständig im Auge behalten konnte.

»Können … wir … nicht … ein bisschen … langsamer machen?«, keuchte Othello und zog die Gurte seines Rucksacks fester. Er hatte Solomon in sich aufnehmen müssen, da der Golem ihrem Tempo nicht folgen konnte und außerdem viel zu deutliche Fußabdrücke hinterließ.

Seitdem mussten alle ihr Gepäck wieder selbst tragen, was das Marschieren um einiges anstrengender machte.

Jesper schnaufte schwer durch ein mit Kräutern gefülltes Tuch, das er sich vors Gesicht gebunden hatte, und Kress musste wegen ihrer kurzen Beine immer wieder Zwischenspurts einlegen, ebenso wie Othello.

»Fünf Minuten Pause«, sagte Fletcher. Sein Herz pochte wie wild, der Schweiß lief ihm in Sturzbächen den Rücken hinab. Nach einem ganzen Jahr im Kerker, in dem er für seine Ausdauer nicht mehr hatte tun können, als ein paar Liegestütze zu machen, hatte auch er Schwierigkeiten. Sylva war die Einzige, der das Laufen nichts auszumachen schien.

Sie machten halt, ließen sich auf den Boden fallen und lehnten sich mit den Rucksäcken gegen die Bäume links und rechts des Pfades. Eine Weile tranken sie schweigend aus ihren Feldflaschen, aßen die gesammelten Früchte oder kauten auf Wurzeln herum. Schließlich deutete Sylva mit einem Seufzen auf den Weg, den sie gerade gekommen waren. »Isadoras Gruppe wird uns so oder so bis zum Einbruch der Dunkelheit wieder einholen. Wir sind einfach zu langsam.«

»Wir müssen es zumindest versuchen«, stöhnte Othello, den Kopf an Fletchers Schulter gelehnt. »Morgen Abend sollten wir die Pyramide erreichen. Wenn wir sie so lange noch auf Abstand halten können, ist alles in Ordnung.«

Fünf Minuten später machte immer noch niemand Anstalten, wieder aufzustehen, aber Fletcher gönnte sich und den anderen die Pause. Den Großteil der letzten Nacht hatte er damit verbracht, Isadoras Gruppe zu beobachten, immer in der Hoffnung, etwas von ihren Gesprächen aufzuschnappen. Leider hatte Hannibal ständig um das Lager patrouilliert, weshalb Athena auf Abstand bleiben musste, bis Fletcher irgendwann doch vom Schlaf übermannt worden war.

Plötzlich brach Ignatius aus dem Unterholz. Fletcher spürte Angst, und zwar ging sie von seinen *beiden* Dämonen aus. In dem Kristall sah er, dass sich etwas in ihre Richtung bewegte.

»Geht in Deckung!«, zischte er und verschwand mit Sylva zwischen den Bäumen, während Othello, Kress und Jesper sich auf der anderen Seite des Pfades in die Büsche schlugen. Lysander und Sariel waren bei ihnen. Die großen Dämonen duckten sich zwischen die Blätter, so gut es ging, und das gerade noch rechtzeitig, denn die Neuankömmlinge hatten ihren Rastplatz mittlerweile erreicht.

Drei Rhinozerosse pflügten mit ihren langen Hörnern durch das Unterholz. Ihre dicke, ledrige Haut war genauso grau wie die ihrer riesenhaften Reiter. Die Orkbullen, die auf ihnen saßen, waren voll ausgewachsen und mindestens zwei Meter groß. Hauer, so dick wie Fletchers Arme, ragten aus ihren Unterkiefern, außerdem trugen sie rot-gelbe Kriegsbemalung. Über ihren Schultern hingen Macanas, eine Art Schlagstock mit einer Schneide aus rasiermesserscharfen Obsidiansplittern. Bestimmt konnten sie damit ein Pferd mit einem einzigen Schlag enthaupten, dachte Fletcher schaudernd. James Baker hatte Macanas in seinem Tagebuch als ein Mittelding aus Keule und Schwert beschrieben, das Rüstungen durchschlug und das Fleisch darunter gleich mit zerteilte.

Auf die Orks folgte ein Trupp Gnome. Einige trugen Speere mit Steinspitzen über der Schulter, die anderen aus Wurzeln oder Ästen geschnitzte Knüppel. Ebenso wie das Exemplar, das Harold ihnen während der Ratsbesprechung gezeigt hatte, waren sie einen Kopf kleiner als Fletcher, hatten drahtige Körper, lange Nasen und Schlappohren.

Sie ritten auf Kasuaren, straußenähnlichen Vögeln mit schwarzem Gefieder, das beinahe so dicht war wie Fell. Die langen nackten Hälse waren leuchtend blau, unterm Kinn baumelten rote Kehlsäcke. Am sonderbarsten sahen allerdings die Hornkämme auf ihrer Stirn aus und die langen scharfen Klauen an den Füßen.

Wenigstens konnten die Biester nicht fliegen, sagte sich Fletcher erleichtert. Aus Bakers Tagebuch wusste er, dass Kasuare normalerweise nur jungen Orks als Reittiere dienten, da sie deren Gewicht gerade noch tragen konnten.

»Mein Gott, sind das viele«, flüsterte Sylva und presste sich ganz dicht an Fletcher heran. Nach ihrem überhasteten Sprung zwischen die Bäume lagen sie mehr oder weniger aufeinander.

Insgesamt mussten es mindestens fünfzig Gnome sein, die mit ihren hervortretenden Augen den Dschungel absuchten. Die Nachhut übernahmen Tüpfelhyänen, die immer wieder am Tross entlang nach vorn liefen und den Boden beschnupperten. Eine besonders kräftige blieb mit bebenden Nasenflügeln genau neben Fletcher und Sylva stehen. Mucksmäuschenstill beobachteten sie, wie das gedrungene Biest immer näher kam. Dann begann die Hyäne zu knurren.

Sylva klammerte sich erschrocken an Fletcher fest, da bellte ein Ork einen kehligen Befehl, und die Hyäne trottete wieder davon.

Anscheinend folgte der Tross gar nicht der Fährte, die sie auf dem Pfad hinterlassen hatten. Witterten die Hyänen vielleicht den Wendigo?

Nach weniger als einer Minute war der Tross außer Sichtweite, dennoch dauerte es eine gefühlte Ewigkeit, bis Fletcher den Mut fand, sich wieder hinaus auf den Pfad zu wagen. Er war kaum aus seinem Versteck getreten, da kam Athena von den Bäumen heruntergeflattert und setzte sich auf seine Schulter. Ignatius sprang auf seine Arme und barg den Kopf an Fletchers Brust. Das war knapp gewesen.

»Gut, ich schlage vor, wir halten uns ab jetzt vom Pfad fern«, sagte Fletcher mit einem nervösen Zittern in der Stimme.

»Einverstanden«, erwiderte Othello, der gerade auf der anderen Seite aus seinem Gebüsch gekrochen kam. »Sobald sie merken, dass sie in die falsche Richtung laufen, werden sie kehrtmachen.«

»Diese Vögel haben ausgesehen wie Dämonen«, stammelte Kress mit immer noch geweiteten Augen. »So etwas habe ich nie zuvor gesehen.«

»Glaub mir, das sind ganz gewöhnliche Tiere«, widersprach Jesper. »Sie können unglaublich schnell laufen und treten wie ein Maultier. Du solltest ihre Eier sehen, riesige grüne Dinger. Man könnte sie glatt für Gnomeier halten. Versuch mal, eines zum Frühstück zu verspei…«

»Euch ist klar, dass sie genau auf Isadoras Gruppe zulaufen?«, schnitt Kress ihm das Wort ab.

»Umso besser«, erwiderte Sylva. »Vielleicht bringen sie sich gegenseitig um.«

Lysander blickte den Orks besorgt hinterher, und Fletcher überlegte. Herzog Forsys hatte einen von Lysanders Hellsehkristallen, also wusste er über die Situation Bescheid und konnte Isadora über Hannibal eine Warnung zukommen lassen. Andererseits würden die Hyänen den Wendigo wahrscheinlich in jedem Fall entdecken. Mehr als einmal hatte sich Fletcher in seiner einsamen Kerkerzelle ausgemalt, wie Didric oder die Forsys-Zwillinge in einen Orkhinterhalt gerieten. Es war eine verlockende Vorstellung. Da spürte er, wie Athena ihn in Gedanken tadelte. Eigentlich hatte die Greifeule recht. Fletcher wendete sich seufzend seinen Freunden zu.

»Warum sind wir hier?«, fragte er und schaute seinen Begleitern fest in die Augen – einem nach dem anderen.

»Um die Gnomeier zu zerstören und Rufus' Mutter zu befreien«, antwortete Sylva, die ihren Rucksack schon wieder geschultert hatte.

»Nein. Warum sind *wir* hier?«, wiederholte Fletcher.

Alle blickten ihn verwundert an.

»Unsere Gruppe soll als leuchtendes Beispiel für eine Zusammenarbeit zwischen den Völkern Hominums dienen. Wir wollen beweisen, dass Zwerge und Elfen den Respekt der Menschen verdienen. Ich wünsche den anderen den Tod genauso sehr wie ihr. Ich würde sie sogar selbst töten, wenn ich die Gelegenheit dazu hätte, aber wie stehen wir da, wenn wir Isadoras Gruppe einfach den Orks überlassen?«

Othello und Sylva wussten, das Fletcher recht hatte, und trotzdem wichen sie seinem Blick aus.

»Sie jagen uns«, flüsterte Sylva. »Das ist *die* Chance.«

»Das wissen wir nicht«, widersprach Kress entschieden. »Vielleicht haben sie nur beschlossen, den Fluss doch noch nicht zu überqueren.«

»Wenn sie getötet werden, haben wir vier Leute weniger, um unseren Auftrag zu erfüllen. Gelingt ihnen die Flucht, werden die Orks Alarm schlagen«, gab Othello zu bedenken, wenn auch murrend.

»Wir sprechen hier von Didric, Tarquin, Isadora und *Grindel*! Alle vier haben bereits versucht, uns zu töten. Du bist zu blauäugig, Kress. Die Welt wäre besser dran ohne sie«, fauchte Sylva.

Fletcher konnte ihr nicht widersprechen. Wollte er wirklich die Leute retten, die versucht hatten, ihn in einem gelenkten Verfahren zum Tode verurteilen zu lassen? Er zögerte immer noch, da ergriff Kress wieder das Wort.

»Was ist mit Atlas? Hat *er* den Tod verdient, nur weil er sich in unseren Augen mit den falschen Leuten abgibt?«, fragte sie leise. »Wenn wir sie einfach sterben lassen, stellen wir unsere eigenen Ziele über die Sicherheit Hominums. Damit wären wir kein bisschen besser als sie!«

Sylva schnaubte verärgert, dann nahm sie ihren Bogen vom Rücken und wandte sich in die Richtung, in die der Orktross weitergezogen war.

»Bringen wir's hinter uns«, knurrte sie.

31

SIE FOLGTEN DER ORKPATROUILLE eine halbe Stunde lang. Von oben half ihnen Athenas Blick, gerade außer Sichtweite zu bleiben, und der Wind stand glücklicherweise genau so, dass die Hyänen ihre Witterung nicht aufnehmen konnten.

»Stopp«, flüsterte Fletcher und hob die Faust. »Sie haben angehalten.«

Die drei Rhinozerosse an der Spitze des Trosses waren stehen geblieben. Ein Stück weiter voraus kläfften die Hyänen hechelnd eine Baumgruppe an.

»Keine Feuerwaffen. Nur Pfeile«, flüsterte Fletcher. »Schießt auf mein Zeichen.«

Die Gruppe teilte sich links und rechts des Pfades auf und schlich durchs Unterholz weiter. Das letzte Mal, dass Fletcher mit einem Bogen geschossen hatte, war lange her, aber als er ihn jetzt zur Hand nahm, kam alles im Nu zurück. Der Zug der Sehne und das Gefühl, die Nocke des blau gefiederten Pfeils zwischen den Fingern zu halten, alles war ihm sofort wieder vertraut. Neben ihm legte Kress ächzend den Spannmechanismus ihrer Armbrust um. Ihre Hände waren nass von Schweiß.

»Jesper, du hältst dich im Hintergrund und deckst uns den Rücken. Wenn eine zweite Patrouille auftaucht, will ich das sofort wissen.« Fletcher hob seinen Bogen, spannte die Sehne aber noch nicht. Aus Erfahrung wusste er, dass er besser traf, wenn er in einer einzigen flüssigen Bewegung zielte und schoss. Er konzentrierte sich und beobachtete durch den Hellsehkristall, wie einer der Orks abstieg und zu den hechelnden Hyänen ging.

Eine Feuerkugel traf den Ork mitten in der Brust und schleuderte ihn zwischen die Bäume. Weitere Kugeln folgten, wie ein Meteoritenschauer schlugen sie eine breite Schneise in die Orks – Isadoras Gruppe hatte der Patrouille einen Hinterhalt gelegt.

»Jetzt!«, rief Fletcher, als sich die Gnome am Ende der Kolonne zur Flucht wandten. Zwei Pfeile und ein Armbrustbolzen surrten durch die Luft. Sie trafen ihre Ziele mit tödlicher Genauigkeit, und die Gnome wurden von ihren Reittieren gerissen.

»Noch mal«, befahl Fletcher, da ging die nächste Salve auf Gnome und Kasuare nieder. Gleichzeitig brach der Wendigo aus der Deckung und schlug mit seinen Klauen auf die Orks ein, während weitere Feuerkugeln, Blitze und Telekinesezauber wild in alle Richtungen zuckten.

Wie durch ein Wunder gelang es einem der Gnome, das Sperrfeuer zu durchbrechen. Mit voller Geschwindigkeit kam sein Kasuar in ihre Richtung geprescht.

»Lasst ihn nicht entwi…!«, schrie Fletcher, da trennte eine Wurfaxt dem Vogel ein Bein ab. Der Kasuar schlug der Länge nach hin, dann kam Othello aus dem Unterholz gesprungen und machte sowohl dem Tier als auch dem Reiter mit zwei schnellen Hieben seiner Streitaxt ein Ende.

Die anderen Gnome stürzten sich mit einem wütenden Brüllen auf Othello, da ließ ein markerschütterndes Kreischen von oben sie plötzlich innehalten. Lysander kam im Sturzflug zwischen den Ästen hindurch und pflügte mit Krallen- und Klauenschlägen durch die Kasuarreiter. Die Gnome stürzten zu Boden, während die Kasuare mit Beinen und Schnäbeln nach ihrem Angreifer schlugen und der Greif vor Schmerz aufschrie.

»Auf sie!«, befahl Fletcher und rannte mit gezogenem Chepesch los. Das Pochen seines Herzens war beinahe genauso laut wie das Trommeln seiner Füße auf dem Boden.

Einer der Gnome griff, immer noch benommen vom Sturz, mit seiner Keule an. Fletcher parierte den Schlag und bohrte ihm die Spitze seines Chepesch in die Brust. Ein zweiter Gnom fiel Kress' Torq zum Opfer, während Sylva einen kreischenden Kasuar mit ihrem Falx köpfte und Othellos Wurfäxte nur knapp an Fletcher vorbeisausten. Sie strecken Gnom um Gnom nieder, alles, was versuchte, an ihn heranzukommen.

Der aus vielen Wunden blutende Lysander nutzte die Gelegenheit, sich wieder in die Luft zu erheben. Dennoch blieb keine Zeit, den Greif zu versorgen, denn die erste Angriffswelle war kaum zu Boden gegangen, da kam schon die zweite heulend auf sie zu.

»Zurück«, keuchte Fletcher, als ein Keulenschlag seinen Ellbogen streifte. Ein stechender Schmerz raste bis hinab in seine Finger und raubte ihm jedes Gefühl in der tätowierten Hand. Im selben Augenblick sprang ihm Kress zur Seite, um die linke Flanke zu decken, während Othello mit Sylva die rechte übernahm.

Die Kasuarreiter schwärmten unterdessen zu beiden Seiten in den Dschungel aus, um sie in die Zange zu nehmen. Da schoss eine Flamme aus dem Unterholz und scheuchte die eine Gruppe sogleich wieder zurück auf den Pfad. Einer der Reiter hielt sich schreiend das von Ignatius' Krallen entsetzlich zugerichtete Gesicht. Ignatius schlug noch ein letztes Mal zu, dann sprang er zurück in die Büsche. Hoffentlich hielt diese Lektion die Gnome davon ab, das gleiche Manöver noch einmal zu versuchen.

In Fletchers Rücken flammten Blitze auf, und mehrere Gnome brachen zuckend zusammen – Tosk, Kress' Dämon, hatte nun ebenfalls in den Kampf eingegriffen.

»Wo bleiben Sariel und Solomon?«, brüllte Fletcher. Er ließ seinen Chepesch in einem weiten Bogen durch die Luft fahren, und einer der Gnome taumelte mit einer klaffenden Schnittwunde auf der Brust zurück.

In diesem Augenblick hörte er ein lautes Krachen. Ein ausgerissener Baumstamm sauste wie ein Hammer herab und zermalmte mehrere Gnome. Dazu ertönte ein Schrei wie eine Felslawine. Damit war zumindest geklärt, wo der Golem geblieben war.

Einen Wimpernschlag später brach Sariel aus den Büschen, riss einen Kasuar von den Beinen und zerrte ihn hinter sich her in den Dschungel. Sylva keuchte vor Schmerz auf, als die beiden Geschöpfe aufeinander einschlagend hinter den dichten Blättern verschwanden.

»Schlachtzauber!«, rief Fletcher, als er seine tätowierte Hand wieder spürte. »Achtet darauf, euer Mana nicht zu schnell zu verbrauchen.«

Sylva ätzte so schnell, dass ihr Feuerball schon den ersten Gnom niederstreckte, bevor Fletcher überhaupt zu Ende gesprochen hatte. Kress und Othello schleuderten weitere hinterher, während Fletcher die übrigen Kasuare mit einem Telekinesezauber von den Beinen holte.

Doch unvermindert griffen die Gnome weiter an. Ihre knorrigen Keulen wehrten Fletchers Chepesch mit solcher Wucht ab, dass er die Erschütterung bis hinauf in die Schulter spürte. Ein Speer rauschte vorbei und schlitzte ihm die Wange auf. Brennender Schmerz durchzuckte ihn, als sein Schweiß in die Schnittwunde floss und sich mit dem Blut vermischte. Fletcher schüttelte sich kurz und erwischte den Gnom, der den Speer geschleudert hatte, mit seinem Konter mitten im Gesicht.

Kress bekam einen Kasuartritt ab und stürzte, aber die Krallen drangen zum Glück nicht durch ihr Lederwams. Im Gegenzug feuerte sie einen Blitz ab, der dem Vogel glatt den Kopf vom langen Hals riss.

Ignatius rannte feuerspuckend zwischen die anbrandenden Gnome und blendete sie, Tosk steuerte einen blauen Blitz bei, der die vorderste Reihe mit solcher Wucht gegen die zweite schleuderte, dass sie in einem Knäuel aus Armen, Beinen und Keulen einen Moment lang am Boden liegen blieben.

Fletcher nutzte die kurze Verschnaufpause, um sich mit seinem Hellsehkristall einen Überblick über den Schlachtverlauf zu verschaffen.

Der Wendigo war vollauf damit beschäftigt, sich zwei Orks vom Leib zu halten, während sich der Rest von Isadoras Gruppe in den Büschen versteckt hielt und die Gnome scheinbar wahllos mit Schlachtzaubern überschüttete. Ihre Manareserven würden nicht mehr lange vorhalten, aber die Taktik schien aufzugehen: Dutzende Angreifer lagen tot am Boden, der Rest verschanzte sich hinter den ebenfalls toten Rhinozerossen. Von den ursprünglich fünfzig Gnomen war nur noch eine Handvoll übrig. Selbst die Hyänen lagen, alle viere von sich gestreckt, in ewigem Schlaf am Boden.

Dann geschah es. Einer der überlebenden Orks löste sich aus dem Rudel und verschwand zwischen den Bäumen. Der verletzte Lysander konnte nicht mehr eingreifen, und Sariel kämpfte irgendwo im Dschungel selbst ums nackte Überleben. Fletcher blieb keine Wahl, er musste sich von seiner Gruppe trennen.

»Lasst keinen entkommen!«, rief er noch über die Schulter zurück, dann heftete er sich dem Ork an die Fersen.

Eine Weile folgte er den schweren Schritten vor ihm, dann wurde es plötzlich still. Kurz darauf verfehlte ein Orkzauber knapp seinen Kopf. Fletcher spürte, dass Ignatius zwar schon auf dem Weg war, aber er konnte jetzt nicht auf ihn warten. Stattdessen wies er Athena in Gedanken an, nach weiteren Flüchtigen Ausschau zu halten.

In der überraschend eingetretenen Kampfpause ging sein Adrenalinspiegel sofort zurück. Die Wunde auf seiner Wange brannte stärker denn je, er war vollkommen erschöpft, und seine Lunge schmerzte. Trotzdem schleppte sich Fletcher weiter und ignorierte die Fliegen, die sich gierig auf den Schweiß und das Blut in seinem Gesicht stürzten.

Das Krachen der von dem Ork niedergetrampelten Zweige war nun wieder deutlich zu hören, und Fletcher überlegte fieberhaft, was er tun sollte. Gerade erst hatte er gesehen, wie zwei Orks dem Wendigo Hannibal heftig zugesetzt hatten. Wie sollte Fletcher es da ganz allein mit einem aufnehmen?

Schon im nächsten Moment zerteilte ein Keulenschlag das Buschwerk vor ihm, dann kam der Ork mit hoch erhobener Macana auf ihn zugesprungen. Das Vieh war doppelt so groß wie er selbst und dabei so breit wie Berdon und Jakov zusammen.

Dennoch zögerte Fletcher nicht. Den Griff seiner Waffe mit beiden Händen umklammernd sprang er zur Seite, wirbelte herum und rammte dem Ork den Chepesch in den Rücken. Der Stoß ging knapp an der Wirbelsäule vorbei, und die Klinge kam mit viel weniger Widerstand, als Fletcher erwartet hatte, an der Vorderseite wieder heraus.

Wie erstarrt blieb der Ork stehen. Fletcher stieß einen Triumphschrei aus, während hellrotes Blut aus der Wunde auf die grünen Blätter ringsum spritzte. Dann spürte er einen gewaltigen Schlag auf seinen Schädel und stürzte rücklings zu Boden – der Ork hatte ihn mit einem Rückhandschlag von den Beinen geholt. Fletchers Chepesch steckte immer noch in seinem Rücken, aber die Wunde schien das Biest nicht zu kümmern.

Er konnte sich gerade noch seitlich wegrollen, als der Ork versuchte, ihm mit einem Stampftritt den Schädel zu zermalmen. Mit einem Telekinesezauber katapultierte er sich wieder auf die Beine und sprang hastig zur Seite, um der in einem großen Bogen auf ihn niederfahrenden Macana auszuweichen.

Leider endete sein Sprung mitten in einem Dornengestrüpp, wo er hoffnungslos verhakt liegen blieb.

Der Ork stieß nun seinerseits einen Triumphschrei aus, rote Blasen quollen aus seinem Mund, während das Blut munter weiter aus seiner Brustwunde floss. Er grinste und hob Fletchers Kinn mit der flachen Seite seiner Macana an. Die Obsidiansplitter schlitzten die weiche Haut an Fletchers Hals auf, während sich der Ork ganz langsam über ihn beugte. Offensichtlich hatte er nicht vor, Fletcher einen schnellen Tod zu bereiten.

Da hatte Ignatius sie endlich eingeholt und sprang dem Ork in einen Feuerball gehüllt mitten ins Gesicht. Gleichzeitig schlug er mit seinem Schwanz zu wie ein Skorpion, zielte auf Augen, Nase und Mund, während es Fletcher endlich gelang, sich aus dem Gestrüpp zu befreien. Es war keinen Augenblick zu früh, denn der Ork schlug nun blindwütig um sich. Ein letzter Keulenhieb trennte einen Knopf von Fletchers Ärmel, dann sank der Ork endlich auf die Knie und fiel um. Der Blutstrom aus seiner Brust wurde zu einem Tröpfeln und hörte schließlich ganz auf.

Ignatius sprang Fletcher auf die Arme und leckte winselnd über seinen Hals. Dann standen sie eine Weile einfach nur da, unendlich erleichtert, noch am Leben zu sein. Die Zunge des Salamanders brannte höllisch in Fletchers Wunde, danach schlug das Gefühl plötzlich um und wurde sogar angenehm. Schließlich fasste er sich an die Stelle und merkte, dass die Schnitte sich geschlossen hatten.

»Ich fasse es nicht!«, rief er und hob den Dämon ganz nah vor sein Gesicht. Ignatius quiekte zufrieden und leckte ihm über die Nase.

Fletcher lachte. »Irgendwo auf deiner Zunge muss ein Heilsymbol sein«, sagte er und streichelte glücklich Ignatius' Kopf. »Nach all der Zeit steckst du immer noch voller Überraschungen, mein Kleiner. Aber kein Wort zu Jesper, sonst möchte er noch deine Zunge haben und sie in seinem Labor untersuchen.«

Ignatius wand sich erschrocken, also setzte ihn Fletcher auf dem Boden ab. Da sah er den toten Ork und zuckte zusammen. Das Gesicht war vollständig vom Schädel gebrannt, die graue Haut auf Armen, Beinen und Oberkörper war über und über mit Blut bespritzt. Im Rücken des Biests steckte noch immer der Chepesch.

Fletcher überwand seine Abscheu und bückte sich, um ihn herauszuziehen, da flog ein Armbrustbolzen nur knapp über seinen Scheitel hinweg und bohrte sich zitternd in einen Baum. Fletcher warf sich zu Boden und ging hinter der Leiche in Deckung, während ein zweiter Bolzen die Schulter des Orks beinahe durchschlug. Erst einen Fingerbreit vor Fletchers staunendem Gesicht blieb die Spitze stehen. Er hatte noch nie jemanden so schnell zweimal hintereinander mit einer Armbrust schießen sehen, geschweige denn so genau.

Er lud seinen Zeigefinger auf, um zum Gegenangriff überzugehen, da zog sich der Attentäter aber auch schon mit lautem Krachen durchs Unterholz zurück. Der Schädel des toten Orks schien Fletcher höhnisch anzugrinsen, während er angewidert aufstand und wieder zu Atem zu kommen versuchte. Hätte er sich nicht nach seinem Chepesch gebückt, wäre er jetzt mausetot.

Er ging zu dem Baum und zog den Bolzen heraus. Die Befiederung war blau. Ebenso wie die der Bolzen in Kress' Köcher.

Als Fletcher die anderen erreichte, war die Schlacht vorüber. Solomon hob auf einer Lichtung mit bloßen Händen eine große Grube aus, denn so viele Leichen würden unweigerlich Aasfresser anziehen. Die kreisenden Geier wären dann kilometerweit zu sehen. Jesper untersuchte ein Stück weiter weg einen toten Gnom und machte sich Notizen. Seine Hände zitterten dabei so sehr, dass die Schrift kaum zu lesen war. Unterdessen heilte Othello Lysanders Verletzungen. Fletcher sah gerade noch die letzten Fäden weißen Lichts auf der Flanke des Greifs verblassen. Von Kress gab es keine Spur.

»Wo ist Isadora mit ihrer Gruppe?«, rief Fletcher.

Sylva, die sich gerade um Sariels Wunden kümmerte, blickte auf. »Weggerannt«, antwortete sie erschöpft. »Ohne auch nur ein Dankeschön.«

»Einer von ihnen hat mich umzubringen versucht«, erwiderte Fletcher und zeigte ihr den Bolzen. »Damit.«

»Gehört der nicht Kress?«

»Nein. Mittlerweile glaube ich nicht mehr, dass sie sie bloß verloren hat. Sie wurden gestohlen.«

»Das ist nicht dein Ernst«, brummte Othello und rollte sein Beschwörungsleder aus, um den vollkommen entkräfteten Solomon in sich aufzunehmen.

»Schön wär's«, widersprach Fletcher und überlegte. Der Attentäter hätte es genauso gut mit einem Zauber versuchen können oder mit einem seiner eigenen Pfeile. Hatte er aber nicht und stattdessen eine Waffe verwendet, die den Verdacht unweigerlich auf Kress lenken musste. Um die Tat ihr in die Schuhe zu schieben.

Othello schien das Gleiche zu denken. »Wenn wir dich mit diesem Ding da im Rücken tot im Dschungel gefunden hätten, wäre ganz Hominum überzeugt gewesen, dass Kress dich getötet hat«, sagte er und nahm Fletcher den Bolzen aus der Hand. »Die Leute könnten sogar glauben, sie wäre eine von den Ambossen.«

»Ich weiß nicht …«, murmelte Sylva. »Möglich wäre es. Wir kennen sie schließlich kaum. Vielleicht gehört sie *tatsächlich* zu den Ambossen.«

»Bestimmt, und ich bin nur ein verkleideter Gnom«, blaffte Othello. »Wäre sie eine Verräterin, so wüsste ich es. Unsere Gemeinschaft ist sehr klein, es sind ja kaum noch tausend von uns übrig. Ich kenne die Fanatiker in unseren Reihen alle mit Namen.«

Fletcher sah sich um. »Da wir gerade davon sprechen, wo steckt Kress eigentlich?«

»Hier«, kam eine Stimme von hinten.

Kress trat mit Tosk auf der Schulter aus dem Dickicht. Ihr Gesicht glänzte vor Schweiß, die Hand mit der Armbrust baumelte schlaff herab, als könnte sie die Waffe kaum noch halten.

»Ich bin so froh, dass du den Ork erledigen konntest«, sagte sie röchelnd. »Gut gemacht, Fletcher. Ich wollte dir zu Hilfe eilen, dann habe ich unterwegs die Orientierung verlo…« Kress sah den Bolzen in Othellos Hand und brach mitten im Satz ab. »Wo kommt der denn auf einmal her?«

»Sag du es mir«, erwiderte Sylva barsch und baute sich vor der Zwergin auf. »Jemand hat versucht, Fletcher damit umzubringen.«

Kress blieb stumm und starrte blinzelnd die blauen Federn an.

Sylva deutete mit dem Kinn in Richtung Dschungel. »Es passierte genau in der Richtung, aus der du gerade gekommen bist.«

»Ich … ich habe ihn verloren«, stammelte Kress mit einem Blick über die Schulter. »Wer immer das gewesen ist, er muss ihn mir in der Nacht gestohlen haben.«

»Das sagst du.« Sylva verschränkte die Arme vor der Brust. »Eine bequeme Ausrede, mehr nicht.«

»Dir wurden doch auch Pfeile gestohlen«, gab Kress zurück.

Fletcher spürte einen Stich am Hals und schlug nach dem lästigen Insekt. »Es war jemand aus Isadoras Gruppe, da bin ich ganz sicher«, sagte er und legte Kress einen Arm um die Schulter. Er fühlte sich mit einem Mal so schwach, dass er ein bisschen Halt gut gebrauchen konnte. »Genau das wollten sie damit erreichen: dass wir aufeinander losgehen. Jetzt wissen wir wenigstens, warum sie uns folgen.«

Sylva funkelte ihn an, dann machte sie einen kleinen Satz in die Luft und schlug sich auf den Oberschenkel.

»Verfluchte Mücken«, brummte sie und zupfte etwas von ihrem Bein. Was sie nun in den Fingern hielt, war allerdings keine erschlagene Mücke, sondern ein kleiner Pfeil.

Fletcher schaute das Geschoss ungläubig an, da gaben seine Knie plötzlich nach. Der Boden kam ihm mit rasender Geschwindigkeit entgegen.

32

IHR GEFÄNGNIS BESTAND AUS DICHT miteinander verwobenen Zweigen, die eine Art Kugel bildeten, und schwankte im Wind hin und her, als wäre es weit oben in einem Baum aufgehängt.

»Das war's dann wohl«, wimmerte Jesper und spähte durch einen schmalen Spalt nach draußen.

Etwa vor einer Stunde waren sie aufgewacht. Ihre Kleider waren mit Dreck beschmiert, als wären sie bewusstlos quer durch den Dschungel geschleift worden. Othello hatte zuvor einen Arm zwischen den Zweigen hindurchgequetscht und versucht, ein Loch in ihr Gefängnis zu reißen, war dann aber sogleich mit einem weiteren Pfeil in der Hand schnarchend wieder eingeschlafen. Seither hatten sie keinen Fluchtversuch mehr unternommen. Sie konnten zwar versuchen, sich mit Schilden zu schützen, aber ihre Manareserven waren von der Schlacht so gut wie verbraucht, und die Waffen hatte man ihnen natürlich weggenommen. Der Sturz, der sie erwartete, falls sie den Kugelkäfig aufsprengten, war auch nicht zu verachten.

»Was siehst du?«, fragte Fletcher. Er lag zwischen Sariel und Lysander eingequetscht; die beiden erdrückten ihn beinahe mit ihrem Gewicht. Athena schien die Lage weit gelassener zu nehmen als alle anderen und nutzte die Gelegenheit zu einem Nickerchen auf dem Schnabel des Greifs.

»Nur Kobolde, bis jetzt keine Orks«, flüsterte Jesper.

Fletcher drehte sich herum, so gut es ging, und sah durch das Loch, das Othello zuvor gemacht hatte. Der Baum, an dem sie hingen, stand am Rand einer großen Lichtung. Der Dschungel ringsum war beinahe genauso dicht wie das Zweiggeflecht unmittelbar vor seiner Nase. Im Boden klafften zahllose Löcher, einem Fuchsbau nicht ganz unähnlich, und am Rand der Lichtung patrouillierten Kobolde mit Blasrohren, die doppelt so lang waren wie sie selbst.

»Sie sehen wie kleine Gnome aus«, sagte Kress, die sich neben ihn gequetscht hatte. »Nur die Nasen und die Ohren sind länger.«

Fletcher nickte knapp. Er hörte Kress kaum zu, denn der Anblick der Kobolde verwirrte ihn. Alles, was er über sie wusste, war, dass die Orks sie als Sklaven hielten und Kobolde nichts anderes als blinden Gehorsam kannten. Diese hier kamen ihm äußerst selbstständig vor – und aggressiv. Mehrere standen in kleinen Trauben zusammen und deuteten immer wieder auf den Käfig.

»Was dagegen, wenn ich ein bisschen näher komme?«, fragte Kress.

Sylva hustete missbilligend.

Während die Zwergin durch das Loch spähte, fragte sich Fletcher, wie Sylva auf die Idee kommen konnte, der Mordanschlag könnte auf Kress' Konto gehen. Das war vollkommen ausgeschlossen.

Da ertönte ein schriller Pfiff von unten, die Patrouillen blieben stehen und richteten ihre Blasrohre auf den Käfig.

»Oh verflucht«, flüsterte Kress noch, dann schlugen überall die Pfeile ein.

Viele prallten an dem Zweiggeflecht ab und fielen zu Boden, allerdings nur um sofort wieder aufgesammelt und erneut abgefeuert zu werden. Es dauerte nicht lange, da waren sie alle erneut getroffen worden. Fletcher konnte gerade noch einen der Pfeile untersuchen, bevor das Gift wirkte. Er hatte gelbe Federn wie ein Kanarienvogel, die Spitze bestand aus einem simplen Dorn.

Allerdings verlor er diesmal nicht das Bewusstsein. Stattdessen breitete sich eine Taubheit in ihm aus, ganz ähnlich wie nach Rubens' Stich im Kerker, nur dass die Wirkung weniger stark war. Fletcher konnte zumindest seine Hände noch bewegen, wenn auch nur langsam. Noch ein paar Treffer mehr, und er wäre wahrscheinlich vollständig gelähmt gewesen, aber Lysander und Sariel hatten ihn mit ihren großen Körpern abgeschirmt. Vielleicht konnte er einen Zauber versuchen. Doch selbst wenn, was würde es ihnen schon nützen?

Ignatius hatte eine Menge Mana verbraucht, aber Athenas Reserven waren fast unangetastet. Fletchers Mana hatte sich fast verdoppelt, seit er zwei Dämonen besaß. Genug, um sie noch eine Weile am Leben zu erhalten, falls die Kobolde beschließen sollten, sie zu töten.

Plötzlich spürte Fletcher, wie sich sein Magen hob, da stürzte ihr Gefängnis krachend zu Boden. Der Aufprall schüttelte die Gruppe mächtig durch, alle stöhnten vor Schmerz, dann griffen knochige Finger zwischen den Zweigen hindurch und begannen, den Käfig mit Sägemessern zu zerteilen. Die Messer sahen aus wie mit Haifischzähnen besetzte Holzdolche, den Macanas der Orks nicht unähnlich. Kurze Zeit später platzte der Käfig wie eine Eierschale auf, und die Gefangenen purzelten blinzelnd ins grelle Tageslicht.

Die Kobolde starrten sie mit ihren großen Froschaugen an, die Blasrohre waren wie Kanonenmündungen drohend auf sie gerichtet, während sie zirpend miteinander stritten. Es war die gleiche Sprache, die Blau damals in der Rattengrube gesprochen hatte.

Fletcher hob die Hand und verfluchte sich sogleich dafür, denn jetzt wussten ihre Häscher, dass er nicht gelähmt war.

»Ruhig, du!«, zwitscherte der Kobold direkt vor Fletcher und versetzte ihm einen Tritt in die Brust.

Der Tritt war nicht schmerzhaft, aber Fletcher wagte kaum zu atmen. Erst jetzt merkte er, dass der zwischen ihm und Kress eingekeilte Ignatius nicht einen einzigen Treffer abbekommen hatte. Sollte er einen Ausbruchversuch unternehmen?

Noch während er überlegte, schob sich ein Kobold durch die Menge. Er war etwas größer als die anderen, eines seiner Ohren war nur noch halb vorhanden.

»Warum ihr hier?«, krähte er und presste Fletcher mit blitzenden Augen einen Dolch an die Kehle. Seine Stimme klang beinahe wie die eines Papageis.

»Wir … töten … Orks«, röchelte er, während sich der Dolch langsam in seine Haut schnitt. Fletchers Zunge war von dem Gift schwerfällig geworden, was das Sprechen noch schwieriger machte, als es in seiner Situation ohnehin schon war.

»Menschen töten *Kobold*!«, zischte Halbohr. Seine Artgenossen nickten eifrig. »Menschen töten viel mehr Kobold als Orks.«

Leider musste Fletcher zugeben, dass er recht hatte. Wenn Soldaten in den Dschungel einfielen und keine Orks fanden, massakrierten sie in ihrem Frust oft Kobolde, um wenigstens irgendetwas zu töten.

»Ich habe einem Kobold das Leben gerettet«, krächzte Fletcher, als der Druck der Klinge an seinem Hals noch stärker wurde. »Einem blauen Kobold.«

In dem verblüfften Schweigen, das daraufhin folgte, beschloss Ignatius zu handeln. Mit einem langen Satz kam er zwischen all den ineinander verknoteten Körpern hervorgesprungen und stieß Halbohr rücklings ins Gras. Dann krallte er sich auf seinem Brustkorb fest und ließ den Schwanzstachel genau über dem linken Auge des Anführers schweben.

Fletcher setzte sich mühsam auf und lehnte sich gegen Lysanders Rücken. Der kluge Greif hielt die Augen fest geschlossen, oder Hauptfrau Lovett sorgte dafür, dass er es tat, denn falls sie gleich sterben mussten, sollte die Welt nicht auch noch dabei zusehen.

Am Rand der Koboldtraube brach ein kleiner Tumult aus. Eines der Wesen drängte sich nach vorn und blieb keuchend vor Fletcher stehen.

Der Kobold hinkte leicht und war mit einer Harpune bewaffnet, aber das war es nicht, was Fletchers Aufmerksamkeit in seinen Bann schlug. Es war die Farbe auf dem Rücken des Geschöpfs, etwas verblasst zwar, aber immer noch zu erkennen.

Es war Blau.

33

BLAU SAGTE KEIN WORT ZU IHNEN. Stattdessen kniete er sich neben den Anführer und flüsterte in dessen noch verbliebenes Ohr. Die beiden stritten eine Weile miteinander, doch Ignatius blieb, wo er war, und behielt die anderen Kobolde wachsam im Auge.

Nach einer halben Ewigkeit schien Halbohr seine Niederlage einzugestehen. Erst machte er einen tiefen Seufzer, dann bellte er ein paar Befehle. Zögernd ließen die umstehenden Krieger ihre Blasrohre sinken.

Im Gegenzug wies Fletcher Ignatius an, von Halbohrs Brust herunterzuklettern, ihn aber weiterhin mit seinem Schwanzstachel in Schach zu halten. Sie waren dem Koboldhäuptling immer noch ausgeliefert. Fletcher wollte seine einzige Trumpfkarte nicht so einfach aufgeben.

»Danke«, sagte er mit einer Verneigung vor Blau.

Blau ging jedoch nicht auf die Geste ein und verschwand wortlos im Dschungel. Die anderen Kobolde folgten ihm, bis nur noch Halbohr übrig war, der Fletcher mit hasserfüllten Augen anstarrte.

Fletcher versuchte, sich davon nicht beeindrucken zu lassen, und trotzdem spürte er, wie ihm der Schweiß den Rücken hinunterlief. Die Sonne berührte schon fast den Horizont, und er fragte sich, wie lange sie wohl bewusstlos gewesen waren. Wenn es sich nur um ein paar Stunden handelte, war es nicht so schlimm. War es jedoch ein ganzer Tag gewesen, würden sie es kaum rechtzeitig zum Treffpunkt schaffen.

»Schön … und was tun wir jetzt?«, murmelte Sylva direkt hinter ihm. Sie erholte sich langsam von dem Gift und legte den Kopf auf seine Schulter. Ob sie es wegen der immer noch nicht ganz abgeklungenen Lähmung tat, vor Erschöpfung oder aus einem anderen Grund, konnte Fletcher nicht sagen, aber das kümmerte ihn auch nicht. Er war schon lange niemandem mehr so nahe gewesen, und es fühlte sich gut an.

»Nichts«, flüsterte er.

Dann lehnte er den Kopf gegen ihren, sie saßen gemeinsam da und beobachteten, wie die Sonne hinter den Bäumen verschwand. Trotz ihrer verzweifelten Lage wurde Fletcher mit einem Mal ganz ruhig. Einzig und allein Halbohrs finsterer Blick trübte den wunderschönen Moment.

»Du blutest ja an der Wange«, sagte Sylva plötzlich und berührte die Stelle sanft mit den Fingern. Es war die, an der der Speer ihn gestreift hatte. Der Schnitt war tief, tat aber seltsamerweise nicht weh. Eine Nebenwirkung der Lähmung vielleicht.

»Lass mich mal.« Sylva ätzte eine Herzglyphe in die Luft, dann spürte Fletcher ein Kribbeln, als ihr Mana unter seine Haut strömte. Das Kribbeln wurde zu einem kühlenden Pulsieren, und die Wunde schloss sich.

»Danke«, flüsterte er.

Sylvas Gesicht war ihm jetzt ganz nahe, ihr Mund stand vor Konzentration leicht offen. Sie schauten einander in die Augen, und Fletcher überkam das Bedürfnis, sich noch näher heranzubeugen, da hörte er Kress laut stöhnen.

Die Zwergin versuchte, sich hochzustemmen, doch ihre Ellbogen gaben immer nach, und dann brach sie zusammen. Ihr Gesicht kam genau auf Othellos Hinterteil zu liegen. »Warum hilft mir denn keiner?«, murmelte sie.

Fletchers Augenblick mit Sylva war zwar zerstört, trotzdem musste er lachen, als er Kress an der Jacke packte und sie von Othello herunterzog.

»Endlich«, keuchte die Zwergin und sog gierig die Luft ein. »Ich hatte schon geglaubt, ich müsste den schlimmsten Erstickungstod sterben, den man sich nur vorstellen kann.«

Othello hatte von all dem gar nichts mitbekommen und schnarchte in tiefer Bewusstlosigkeit nur noch lauter.

»Was hat es eigentlich mit diesem blauen Kobold auf sich?«, fragte Sylva plötzlich. Ihr Blick war jetzt wieder hart. »Verschweigst du uns etwas?«

»Ich … nun ja, ich habe die Front besucht und dort einen Kobold gerettet …«, gestand Fletcher, ohne sie anzusehen. Die Mauer, die Sylva wieder zwischen ihnen errichtet hatte, tat ihm weh.

»Du hast *was*?«, rief Kress so laut, dass ein Kobold prompt den Kopf aus seinem Erdloch steckte. Kress verscheuchte ihn mit einem Steinwurf.

»Was soll das heißen, du hast ihn gerettet?«, bohrte Sylva nach.

»Ich habe ihn mitgenommen und im Dschungel freigelassen«, stammelte er und merkte, wie er vor Scham und Schuldgefühlen errötete.

Kress setzte sich ruckartig auf. »Das ist ein Witz, oder? Hast du den Verstand verloren?«

Sylva wurde sogar noch wütender. »Wir schleichen uns zwei Tage lang durch den Dschungel und versuchen, bloß nicht erwischt zu werden, und du schickst unseren Feinden auch noch einen Boten?«, schnaubte sie.

»Ich würde sagen, dieser Bote hat uns gerade das Leben gerettet«, gab Fletcher mit vor der Brust verschränkten Armen zurück.

»Seine Artgenossen konnten uns doch nur schnappen, weil du ihn hast entwischen lassen«, fauchte Sylva zornig. »Wahrscheinlich sind sie uns schon die ganze Zeit gefolgt!«

Fletcher verkniff sich eine Erwiderung. Natürlich war er ein viel zu hohes Risiko eingegangen, aber das Geschöpf hatte in einer hoffnungslosen Lage ums nackte Überleben gekämpft. Er hatte ihn einfach nicht sterben lassen können. Gleichzeitig fragte er sich, ob er genauso gehandelt hätte, wenn er damals gewusst hätte, dass Kobolde sprechen können.

»Was passiert ist, ist nun einmal passiert und lässt sich nicht mehr ändern«, sagte er schließlich. »Jetzt müssen wir uns überlegen, wie wir …« Fletcher sah, wie Halbohr kaum merklich den Kopf hob, und senkte die Stimme. »Wie wir am besten von hier verschwinden.«

Die Antwort kam aus dem Erdloch gleich hinter ihm.

»Das nicht notwendig«, trällerte eine mittlerweile vertraute Koboldstimme. Ein eigenartiges Reittier kam aus dem Loch hervor, Blau saß auf seinem Rücken. Das Geschöpf sah aus wie ein Schneehase, hatte aber etwas kürzere Ohren, dafür eine längere Schnauze und noch viel längere, kräftige Hinterbeine. Wie eine Kreuzung aus Antilope und Wüstenkänguru, dachte Fletcher.

»Ein Mara!«, japste Jesper. »So einen habe ich noch nie gesehen!«

»Ist das ein Dämon?«, fragte Kress staunend.

»Nein, ein Tier«, korrigiert Jesper. »Aber ein sehr seltenes.«

Blau zupfte seinen Mara am Fell gleich hinter den Ohren und brachte ihn direkt vor Fletcher zum Stehen.

»Wo hast du unsere Sprache gelernt?«, fragte Sylva barsch.

Blau stieg ab und kauerte sich mit einem traurigen Kopfschütteln neben Halbohr. »Viele Kobolds sie lernen, wenn in Gefangenschaft. Viele Kobolds fliehen aus Grube, wie mein Freund hier. Er sich stellen tot, nachdem mit Hund gekämpft. Danach wurde geworfen in Erdloch, zusammen mit den anderen Leichen. Jetzt ihr verstehen, warum er euch töten wollen, obwohl ihr gefährliche Dämonen dabei.«

»Du hast unsere Sprache von dem Glatzkopf in dem Zelt gelernt?«, fragte Fletcher skeptisch.

»Nein. Von adliger Frau in Käfig. Menschensklaven nicht dürfen sprechen mit ihr, deshalb sie bringen mir Sprache heimlich bei. Meine Aufgabe, Frau Essen und Wasser bringen und ihr Stroh wechseln.«

»Du kennst die Dame Kavendisch?!«, rief Sylva.

»Ich nicht wissen, wie sie heißen. Sie mir nicht genug vertrauen, um mir zu verraten. Aber sie mir von eurer Heimat erzählen, und dass ihr Orks genauso hassen wie wir. Ich nicht glauben, dass ihr uns töten wie Ungeziefer, wie andere Kobolds behaupten.«

Blau verstummte, sein Blick wurde traurig. »Nach ein paar Jahren, sie den Verstand verloren. Ich fliehen und hierherkommen, dann gefangen werden, als im Dschungel auf Jagd. Böse Menschen mich werfen in Grube, dann du mich retten.«

Fletcher hatte mit offen stehendem Mund zugehört. Er musste eine Menge Neues verarbeiten, aber eine Frage konnte nicht länger warten.

»Wo zum Teufel sind wir hier?«

34

BLAU ERWIDERTE NICHTS, sondern erteilte in einer schnellen Abfolge von Klick- und Pfeiflauten seine Befehle.

Im Nu war die Gruppe wieder von Kobolden umzingelt, die wie aus dem Nichts auftauchten. Viele hatten sich den Körper zur Tarnung mit Grün- und Brauntönen bemalt, manche ritten auf einem Mara, aber alle hielten ihre Blasrohre auf Fletcher und seine Begleiter gerichtet. Auf dem Rücken trugen sie aus Knochen geschnitzte Lanzen, als wären sie Krieger, und jeder hatte eines dieser grässlichen gezackten Messer, das Fletcher bereits an seiner Kehle gespürt hatte.

»Ihr mitkommen in die Stollen und Anführer treffen«, zwitscherte Blau, während die ersten Kobolde schon in den Erdlöchern verschwanden. »Doch ich euch warnen: Unsere Pfeile euch können schlafen lassen, aber auch lähmen oder töten. Diesmal wir nehmen die zum Töten. Ihr uns besser nicht machen nervös. Die anderen euch genauso hassen wie der hier.«

Blau stupste Halbohr mit seinem Blasrohr an, der den hasserfüllten Blick immer noch auf Fletcher gerichtet hatte und schnaubend aufstand. Dann breitete der Kobold die leeren Hände aus und zog sich langsam zurück.

Fletcher konnte ihm seine Feindseligkeit nicht verübeln. Nach dem grausamen Schauspiel, das er in dem Zelt an der Front gesehen hatte, wäre er an Halbohrs Stelle auch nicht gut auf Menschen zu sprechen.

Othello schlief immer noch, also ließen sie ihn und Solomon zurück, während Athena von den Bäumen aus über sie wachte. Lysander hatte die Augen nach wie vor geschlossen, und Sariel war ohnehin zu groß für die Tunneleingänge.

Blau ritt zu dem Erdloch zurück, aus dem er gekommen war, und verschwand darin. Es war das größte von allen, wie ein dunkler Schlund gähnte es in der Erde, doch ein Stückchen hinter dem Eingang schimmerten Leuchtpilze, wie Fletcher sie auch im Großen Wald gesehen hatte.

So groß der Tunnel auch sein mochte, Fletcher und die anderen mussten dennoch auf Händen und Knien kriechen, als sie eintraten. Ignatius lief mit Tosk voraus, um nach Hinterhalten Ausschau zu halten. Zu ihrer großen Erleichterung erreichten sie nach kurzer Zeit eine Höhle, in der sie immerhin aufrecht stehen konnten, wenn auch mit eingezogenen Köpfen. Die Leuchtpilze wuchsen hier noch dichter und tauchten den Raum in ein eigentümlich grünliches Licht.

»Ob das wirklich eine so gute Idee war?«, flüsterte Sylva.

»Wenn sie vorhätten, uns zu töten, wären wir längst unter der Erde«, erwiderte Kress mit einem Blick nach oben. »Das sind wir jetzt zwar auch, aber ihr wisst schon, was ich meine.«

»Die Zwergin sagen die Wahrheit. Wir euch nur Schaden zufügen, wenn ihr uns geben Grund dazu«, bestätigte Blau und dirigierte seinen Mara in den nächsten Tunnel, der noch steiler nach unten führte als der erste. »Hier lang. Mutter warten schon.«

Sie krabbelten weiter, ihre ohnehin schon verdreckten Uniformen wurden von der dunklen, feuchten Erde immer noch dreckiger, und je tiefer sie kamen, desto wärmer wurde es. Links und rechts sah Fletcher weitere Höhlen, in denen Maras ihre Jungen säugten. Die putzigen Pelzknäuel waren noch so klein, dass sie nicht einmal die Augen öffnen konnten. Neben ihnen lagen Haufen von Obst, Wurzelknollen und frisch geschnittenem Gras.

Eine andere Höhle war voller kugelrunder, grapefruitgroßer grüner Eier. Die Koboldinnen warfen sich sofort schützend über sie, als sie die Eindringlinge sahen, und zischten Fletcher drohend an.

»Koboldeier«, flüsterte er Sylva zu und kroch eilig weiter.

Kurz darauf spähte er in eine weitere Kammer, aus der ein lautes Schaben ertönte. Das Geräusch kam von unzähligen Grillen, Heuschrecken und Mehlwürmern, die über Decken und Wände hüpften, krabbelten und krochen. In der Mitte sah er einen Berg Obstschalen. Mit ihren langen spitzen Fingern pflückten die Kobolde die dicksten Maden von dem Haufen und legten sie vorsichtig in die Körbe, die an ihren Hüften befestigt waren. Erst als ein Kobold den Mund öffnete und eines der Insekten genüsslich verspeiste, verstand Fletcher den Zweck der Höhle, und erschauerte. Ignatius hingegen leckte sich hungrig übers Maul. Fletcher musste ihn am Schwanz mit sich ziehen.

»Sie leben in Bauen wie Kaninchen«, erläuterte Jesper vom Ende der Schlange her. »Hier unten sind ihre Eier vor Raubtieren sicher, und diese Insekten sind so etwas wie lebendige Speisekammern. Die Maras dienen ihnen als Nutztiere. Seht ihr, ihre Lendenschurze sind aus Marafell angefertigt, und sie reiten auf ihnen wie wir auf Pferden. Im Gegenzug werden die Maras von ihnen gepflegt und mit Obst und Gras gefüttert.«

So fasziniert Fletcher auch war, die Enge des Tunnels machte ihm doch zu schaffen. Er kam sich vor, als wäre er wieder in seiner Kerkerzelle. Eine grausige Erinnerung. Ignatius winselte mitfühlend und rieb seinen Rücken an Fletchers Arm, um ihn zu trösten.

»Danke, mein Kleiner«, flüsterte Fletcher.

Immer tiefer drangen sie vor, bis die Kammern links und rechts aufhörten und der Tunnel so steil abfiel, dass sie mehr rutschten als krabbelten. Die Luft, ja selbst die Erde um sie herum wurde immer heißer, bis Fletcher der brennende Schweiß in die Augen lief. Zu allem Überfluss wurden die Leuchtpilze nun weniger, bis sich Fletcher so vorkam, als klettere er in den schwarzen Schlund eines Ungeheuers.

Irgendwann kündigte ein orangefarbenes Schimmern das Ende des Tunnels an. Blau wartete im Durchgang und schob sie einen nach dem anderen in die dahinterliegende Höhle.

»Mutter hier«, sagte er ehrfürchtig. »Ihr jetzt lernen Mutter kennen.«

Fletcher blinzelte gegen die beinahe unerträgliche Hitze an, die ihm ins Gesicht schlug. Aus einem Riss in der Wand gegenüber troff eine zähe Flüssigkeit, die wie geschmolzenes Metall leuchtete – Lava. In einem tiefen, gewundenen Kanal wälzte sie sich in einen weiteren Tunnel, wo der Schimmer irgendwo in der Ferne verblasste. Immer wieder zerplatzten Blasen und spuckten rotglühende Tropfen in alle Richtungen. Fletcher spürte, wie Ignatius magisch von der Lava angezogen wurde, und befahl ihm in Gedanken, bei ihm zu bleiben. Für Erkundungen war jetzt keine Zeit.

Viele der von der Decke hängenden Tropfsteine reichten bis zum Boden, sodass sie wie Säulen aussahen, auf denen die Höhlendecke ruhte. Fletcher kam sich beinahe wie in einer großen Kathedrale vor.

»Die wilden Kobolde haben ihre Stollen wegen der Lava hier gegraben«, hallte plötzlich eine tiefe Stimme irgendwo aus der Dunkelheit vor ihnen. »Sie hält ihr Zuhause schön warm.«

Die Worte klangen kehlig und trotzdem irgendwie weiblich, aber auch genuschelt, als hätte die Sprecherin den Mund voller Kiesel. Der Rauigkeit nach musste sie schon sehr alt sein. Nur eines wusste Fletcher mit Sicherheit: Sie war kein Kobold.

»Sie benötigen die Hitze für ihre Eier«, fuhr die Stimme fort und wurde beständig lauter. »Genauso wie die Gnome sie brauchen. So nennt ihr sie doch, oder? Meine Spione haben gehört, wie ihr das Wort benutzt habt.«

Fletcher hörte das leise Klacken eines Gehstocks und sah, wie sich allmählich eine Silhouette im Zwielicht abzeichnete. Er kniff die Augen zusammen, konnte aber kein Gesicht erkennen, nur einen schattenhaften Umriss.

»Zeig dich!«, rief Sylva und stellte sich neben Fletcher.

»Gebt mir euer Wort, dass ihr Frieden haltet«, erwiderte der Schatten. »Ich wünsche nicht, noch mehr Tote an diesem Tag zu sehen.«

»Ich schwöre es«, sagte Sylva. Die anderen Gruppenmitglieder nickten. »Und meine Freunde ebenfalls.«

»Gut.«

Die Gestalt trat ins Licht. Sie hielt einen langen, knorrigen Holzstab in der Hand und stand vornübergebeugt wie ein Geier – wahrscheinlich beschwerte die Last des Alters ihre Schultern. Über den nackten Oberkörper hing zottiges schwarzes Haar bis hinab zur Hüfte. Darunter trug sie lediglich einen Lendenschurz aus Vogelfedern und eine schwere Halskette aus Tierknochen. Auf Körper und Gesicht war ein weißes Skelett gemalt, was ihre dunklen Augen umso stärker hervortreten ließ. Das Auffälligste waren jedoch die zwei spitzen Hauer in ihrem Unterkiefer: Mutter war ein Ork.

35

MUTTER STAND STUMM DA UND schaute sie mit leeren Augen an. Sylva klappte den Mund auf und zu wie ein Fisch an Land, Fletcher brachte nur ein unverständliches Stottern heraus. Trotz ihrer Größe empfand er die Orkfrau nicht als Bedrohung. Sie wirkte genauso zerbrechlich wie der knorrige Gehstock in ihrer Hand

»Wer bist du?«, fragte Kress voller Respekt. Auch sie hatte keine Angst, sondern spürte Achtung vor dem hohen Alter der Kobold-Anführerin. Nur Jesper versuchte erfolglos, sich hinter den anderen zu verstecken.

Die Greisin lächelte und ließ ihre Reißzähne sehen. »Ihr dürft mich Mutter nennen«, krächzte sie und kam näher. »Seit einem halben Jahrhundert heiße ich so. Genauso lange, wie ich das Tageslicht nicht mehr mit meinen eigenen Augen gesehen habe.«

Sylva griff nach dem Falx auf ihrer Schulter, der jedoch immer noch bei den Kobolden war. Mutter sah es und schnalzte tadelnd mit der Zunge.

»Mit deinen eigenen Augen?«, wiederholte Fletcher, da flatterte ein grünbrauner Kerf aus dem Haar der Greisin und setzte sich auf ihren Gehstock. Er war erstaunlich klein für einen Kerf, kaum größer als ein gewöhnlicher Käfer, und musterte Fletcher aufmerksam. Erst jetzt fiel ihm auf, wie weiß Mutters Augen waren – sie war blind.

»Meine Kerfe, Apophis und Ra, übernehmen das Sehen und Hören für mich. Und sie sehen alles. Ich habe jetzt bessere Augen denn je.«

»Dann bist du eine Schamanin«, sagte Sylva, nachdem sie ihre Stimme wiedergefunden hatte.

»Eine Beschwörerin. Genau wie ihr.«

Der Kerf erhob sich von dem Stock und flog an ihren Gesichtern entlang. Also konnte Mutter ebenso wie Hauptfrau Lovett auch ohne Kristall hellsehen.

»Kümmert euch nicht um Apophis«, sagte sie mit einem rollenden Lachen. »Er folgt euch schon, seit ich von eurer Ankunft erfuhr. Ihr solltet wachsamer sein.«

Sylva stieß Fletcher mit dem Ellbogen an. »Hab ich's dir nicht gesagt?«

Er ging nicht darauf ein. Die dunklen Wände ringsum brachten unangenehme Erinnerungen zurück, sein Herz schlug immer schneller. Genug war genug.

»Wo sind wir hier?«, knurrte er. »Warum spielst du mit uns?«

Als Mutter daraufhin die Zähne fletschte, brauchte Fletcher eine Weile, bis er merkte, dass sie in Wahrheit lächelte.

»Folgt mir«, erwiderte sie und zog sich mit schlurfenden Schritten in die Dunkelheit zurück. Wyrrlichter erschienen über ihrem Kopf, sie sausten zwischen den Tropfsteinsäulen hindurch und ließen gespenstische Schatten über den Boden tanzen.

Fletcher und seine Gruppe folgten zögernd, während die Kobolde mit ihren Maras vorauseilten. Nur Blau ritt unmittelbar neben ihnen. Sein Kopf hüpfte in Höhe von Fletchers Hüfte auf und ab.

Im Schein der Wyrrlichter sahen sie, wie enorm groß die Höhle war. Das Licht erreichte nicht einmal die Decke, ihre Schritte hallten, vermischt mit dem Blubbern der Lava und dem Tropfen der Stalaktiten, von weit her zu ihnen zurück. Außerdem war die Höhle bewohnt: Hier und da lagen Strohmatten auf dem Boden, in einer Ecke standen mit sonderbaren Pulvern gefüllte Schalen, Mischbecher und Mörser. Gleich daneben köchelte eine türkisfarbene Flüssigkeit in einem Kessel. Anscheinend war Mutter auch Alchemistin, vielleicht sogar eine Heilerin.

»Kommt, es bleibt nicht mehr viel Zeit«, sagte sie über die Schulter. »Ihr habt länger geschlafen, als ich erwartet hatte.«

»Wozu die Eile?«, murrte Jesper, als er über einen herumliegenden Knochen stolperte.

Mutter blieb stehen und ließ die Wyrrlichter ausschwärmen. Sie hatten beinahe das Ende der Höhle erreicht, und der Anblick war atemberaubend: Überall wuchsen Kristalle aus dem Fels, wie farbige Eiszapfen ragten sie in alle möglichen Richtungen. Manche waren lang und spitz wie Dornen, andere fächerten sich wie Blütenkelche auf und glitzerten im Schein der Wyrrlichter rubinrot oder smaragdgrün. Doch die greise Orkfrau ging mit traumwandlerischer Sicherheit durch das Labyrinth aus Spitzen und Zacken.

Fletcher hatte nur Augen für den einen großen Kristall, der sich ganz am Ende der Höhle befand. Er sah wie ein ovaler Spiegel aus und erinnerte ihn an den Oculus in der Dämonenakademie, nur dass dieser hier dreimal so groß war. Das Bild darauf war glasklar und zeigte ein Baumblatt, das in der Brise des Dschungels leicht wackelte. Einen so großen Hellsehstein hatte er noch nie zuvor gesehen.

Mutter deutete auf den riesigen Kristall. »Hier habe ich die jungen Kobolde unterricht und ihnen den Dschungel gezeigt. Genauso wie ich jetzt euch unterrichten werde. Bitte setzt euch.«

Der Felsboden war von Generationen von Koboldhintern spiegelblank poliert. Als Fletcher es bemerkte, fragte er sich, wie alt die Orkin wohl schon war.

Alle setzten sich, nur Ignatius und Tosk blieben zurück, um die Koboldkrieger im Auge zu behalten. Ignatius, der seine Aufgabe besonders ernst nahm, lief mit einem leisen Fauchen auf und ab.

Inzwischen wackelte nicht nur das Blatt in dem Hellsehkristall, sondern das gesamte Bild – Ra, Mutters anderer Kerf, hatte sich in die Luft erhoben. Kurz darauf sahen sie in bestechender Schärfe den umliegenden Dschungel. Die Bäume hier waren alt und knorrig, sie wuchsen so dicht, dass sie den Boden darunter vollkommen verdeckten.

»Vor langer Zeit war ich eine Orkfrau, so wie jede andere. Unsere kleine Sippe lebte weit unten im Süden, wir wussten nicht einmal, dass es euch Menschen überhaupt gab.«

Ra wechselte die Flugrichtung, und das Bild in dem Kristall veränderte sich: Fletcher sah ein Dorf aus strohgedeckten Lehmhütten auf einer sonnenbeschienenen Lichtung, in der Mitte stieg von einem Lagerfeuer dünner Rauch auf. Um das Feuer herum saßen mehrere Gestalten, einige schaukelten rhythmisch mit dem Oberkörper vor und zurück, andere saßen still im Schneidersitz.

Es waren Orks, zwei Dutzend vielleicht, aber sie waren ganz anders, als Fletcher sie sich vorgestellt hatte. Manche der Frauen richteten sich mit Kämmen aus Schildpatt das Haar, andere trugen ihre Kinder in Tüchern, die um die Brust gewickelt waren, und stillten sie. Vom Alter gezeichnete Orks saugten an ihren langen Pfeifen, die sie mit Tabak und Kräutern aus einer Schüssel befüllten. Die meisten hatten kaum noch Zähne, die Hauer fehlten entweder ganz oder waren zu Stümpfen abgebrochen. In der ganzen Gruppe befanden sich nur zwei Männer.

Zum Dünsten lag um das Feuer herum in Bananenblätter gewickeltes Fleisch. Die Orks, die noch Zähne hatten, kauten es für die anderen und spuckten es in Schüsseln, aus denen die Greise genussvoll aßen. Der Anblick hatte nichts Ekliges für Fletcher, im Gegenteil: Diese Orks sorgten füreinander, wie er es niemals erwartet hätte. Ihr Leben schien so unschuldig, geradezu idyllisch.

Ein paar junge Orks hielten sich an den Händen, hüpften im Kreis um das Feuer und machten dabei ständig die Münder auf und zu – sie sangen! Fletcher wünschte, er könnte den Gesang hören, so faszinierend war der Anblick ihres Tanzes.

»Ich wuchs in einem Dorf wie diesem auf«, flüsterte Mutter. »Einst, vor Tausenden von Jahren, lebten wir alle so. Das war, bevor *sie* kamen.«

Etwas stimmte nicht. Einer der älteren Orks schien etwas entdeckt zu haben. Er schrie, dann sprang er auf und fuchtelte wild mit den Armen. Die jungen Orks stoben panisch auseinander, die Frauen kauerten sich verängstigt zusammen und hielten schützend die Hände über den Kopf.

Mutter drehte das Haupt, und Ra folgte der Bewegung. Von Orkkriegern gerittene Rhinozerosse brachen aus dem Dickicht und preschten auf die Lichtung. Die Krieger schwangen Netze und Lassos in der Luft, mit denen sie die Flüchtenden einfingen und dann brutal hinter sich herzogen.

Einer der Greise kam mit einer Keule in der Hand aus seiner Hütte gehumpelt. Kaum hatte er sie gehoben, da bohrte sich auch schon ein Speer in seine Brust. Dann wurden die Dörfler zusammengetrieben. Kein einziger war entwischt, nicht einmal die jungen. Alles hatte weniger als eine Minute gedauert, so gut war der Überfall organisiert. Die Reiter mussten viel Übung darin haben.

»So wie diese Familie waren wir alle einmal. Jetzt sind wir so wie ihre Schlächter«, sagte Mutter mit einem kehligen Knurren.

Die Mütter und die Alten kauerten wimmernd um das Feuer herum, während die jungen männlichen Orks weggeführt wurden. Die Plünderer legten ihnen an langen Holzstangen befestigte Schlingen um den Hals, dann banden sie die Holzstangen zwischen je zwei Rhinozerossen fest. Die Stangen befanden sich so hoch über dem Boden, dass sich einer der kleineren Orks, dessen Hauer noch kaum mehr als kurze Stummel waren, auf die Zehenspitzen stellen musste, um nicht erwürgt zu werden. Seine Häscher kümmerte das nicht. Ohne ein Wort verließen sie die Lichtung und verschwanden mit ihren Gefangenen im Dunkel des Dschungels.

»Warum?«, fragte Sylva. Nicht einmal sie konnte das Mitleid in ihrer Stimme verbergen.

»Sie machen Soldaten aus ihnen, entführen sie, wenn sie noch ganz jung sind, und schlagen sie so lange, bis ihr Geist daran zerbricht. Dann bringen sie ihnen das Töten bei und füllen ihre jungen Seelen mit Hass. Etwas anderes kennen sie nicht.« Mutter war jetzt kaum noch zu verstehen, erst nachdem sie ein paarmal geschluckt hatte, konnte sie weitersprechen.

»Mit Kobolden fängt es an. Sie müssen Jagd auf sie machen. Die meisten werden getötet, nur so zum Spaß, der Rest wird versklavt. Dann zwingen sie die Jungen, gegeneinander zu kämpfen, bis nur noch die stärksten übrig sind. Die, die überleben, kennen bloß noch Gewalt und Unterdrückung. Von ihrer Seele ist nichts mehr übrig, ihre Unschuld ist für immer verloren.«

Mutter hielt sich zitternd an ihrem Gehstock fest und verstummte. Apophis setzte sich auf ihre Wange und wischte ihr mit den Vorderbeinen eine Träne weg. Der Strich, den die Träne in der weißen Farbe auf ihrem Gesicht hinterlassen hatte, ließ den aufgemalten Totenschädel aussehen, als hätte er einen Riss bekommen.

»Und … wie ging deine Geschichte weiter?«, fragte Fletcher und rang die Hände.

»Als unser Dorf überfallen wurde, bin ich den Kriegern heimlich gefolgt. Nein … ich bin *ihm* gefolgt, meiner Liebe.« Ihre Worte klangen so abgehackt, als würde sie jeden Moment in Schluchzen ausbrechen. Schließlich blinzelte sie und nahm einen tiefen Atemzug. Als sie weitersprach, lag keine Verzweiflung mehr in ihrer Stimme, sondern nur noch Wut. »Ich wurde zur Dienerin eines Schamanen und hoffte, eines Tages über ihn an die Krieger heranzukommen. Ich stahl ihm eines seiner Beschwörungsleder und lernte heimlich die Kunst, Dämonen zu bändigen. Mithilfe meiner Kerfe wollte ich meinen Liebsten wiederfinden.« Sie streichelte zärtlich über Apophis' Rückenpanzer.

»Als ich meinem Geliebten ein Jahr später tatsächlich begegnete, erkannte ich ihn nicht wieder. Aus ihm war ein brutaler Schlächter geworden. Dass ich mitten in sein Feldlager marschiert kam und vor den Augen der anderen Krieger versuchte, ihn zurückzuholen, bedeutete eine entsetzliche Schande für ihn. Er schlug mich halb tot und ließ mich dann liegen. Nachdem sie weitergezogen waren, fanden mich die Kobolde und brachten mich hierher.«

Allmählich fügte sich das Bild zusammen. Die blindwütige Raserei der Orks und ihre Mitleidlosigkeit, alles ergab nun einen Sinn. Nicht einmal in Bakers Tagebuch hatte etwas darüber gestanden, wie brutal die Orks ihr eigenes Volk unterdrückten.

Dennoch fragte sich Fletcher, was Mutter hier in diesen Stollen tat. Und was waren das für eigenartige Kobolde?

Soweit er wusste, lebten sie ausschließlich als Sklaven bei den Orks. Ohne zu fragen, bekam er die Antwort.

»Was ihr seht, sind wilde Kobolde, die nie versklavt wurden. Trotzdem leben sie in ständiger Furcht vor den Orks. Es gibt noch weitere Stollen, aber dieser hier ist der größte. Meine Hoffnung ist, eines Tages alle Kobolde zu befreien und den endlosen Kreislauf des Hasses, in dem mein Volk lebt, für immer zu durchbrechen.«

»Ich verstehe es trotzdem nicht«, flüsterte Kress ganz leise.

»Was denn?«, fragte Mutter. Offensichtlich hatte sie ein hervorragendes Gehör.

»Wozu das alles? Die Soldaten, die Überfälle. Warum wollt ihr Hominum zerstören?«, platzte die Zwergin heraus.

»*Ich* will gar nichts zerstören. Aber mein Volk folgt einer Prophezeiung, die in die Wände der großen Pyramide gemeißelt ist. Sie besagt, dass alle tausend Jahre ein weißer Ork zur Welt kommt, der sie zur Herrschaft über alle anderen Völker führen wird. Mehr weiß ich nicht. Nur die Schamanen kennen die ganze Prophezeiung, denn sie sind die Einzigen, die die Pyramide betreten dürfen.«

Sylva hob die Augenbrauen. »Und die Gnome«, fügte sie hinzu. »Schließlich befinden sich ihre Eier in den Tunneln unter der Pyramide.«

Mutter seufzte. »Auch über die Gnome weiß ich nur sehr wenig.« Sie streckte einen Finger aus und ließ Apophis darauf landen. »Es heißt, die Pyramide wird von Dämonen bewacht. Deshalb wage ich nicht, meine Kerfe dorthin zu schicken.«

»Na, wir werden es ja sehen, wenn wir dort sind«, warf Jesper ein, dann senkte er unsicher den Blick. »Falls wir es tatsächlich schaffen.«

»Apophis hat euch belauscht, ich kenne euren Auftrag und werde euch dabei helfen. Die adlige Menschenfrau war gut zu meinem Freund hier, genau wie einer von euch.« Mutter deutete auf Blau, der feierlich nickte. »Er hat mir die Grundzüge eurer Sprache beigebracht, den Rest habe ich gelernt, indem ich mit meinen Kerfen eure Soldaten belauschte. Das hat mir ermöglicht, zahllosen Kobolden das Leben zu retten, und dafür bin ich dankbar.«

»Und die Gnome?«, hakte Sylva nach. »Was ist mit denen?«

»Sie sind eine Abscheulichkeit und müssen vom Antlitz der Welt getilgt werden«, knurrte die Greisin, dann beugte sie sich, von einem plötzlichen Hustenanfall gepackt, röchelnd vornüber.

Mit einem Mal wirkte Mutter viel kleiner, verschrumpelt und vom Alter gezeichnet. Die weiße Farbe verbarg die tiefen Falten in ihrem Gesicht, doch jetzt, da Fletcher sie aus der Nähe sah, kam sie ihm ausgemergelt, ja beinahe durchschimmernd vor.

»Ich bin müde«, keuchte sie, kaum lauter als ein Flüstern. »Vergesst nicht, was ihr gesehen habt. Nicht alle Orks sind Ungeheuer. Und jetzt geht mit meinem Segen. Meine Kobolde werden euch den Weg zeigen. Es bleiben nur noch ein paar Stunden.«

36

NACHDEM SIE DEN KOBOLDSTOLLEN wieder verlassen hatten, ließ sich Fletcher vollkommen erschöpft zu Boden fallen und genoss die frische Luft und den Anblick des freien Himmels über sich. Die Sonne ging bereits unter und tauchte die Lichtung in warmes, orangefarbenes Licht. Fletcher hatte keine Ahnung, wie weit es noch bis zur Pyramide sein mochte; er wusste nur, dass sie bald aufbrechen mussten. Dabei hatte er zurzeit nicht einmal die Kraft, sich aufzusetzen.

Nur Blau war mit nach draußen gekommen, die anderen Kobolde spähten misstrauisch aus ihren Erdlöchern, die großen Augen gerade so oberhalb der Grasnarbe. Sogar Kinder waren dabei. Ein besonders neugieriges krabbelte unerschrocken ins Freie, wurde aber sogleich von der schimpfenden Mutter wieder in den Bau gezogen. Fletcher hörte, wie der Kleine für seine Unverfrorenheit eine Tracht Prügel bekam.

Er hob den Kopf ein Stück und musterte den immer noch schlafenden Othello. Der Zwerg schmatzte genüsslich und drehte sich auf die Seite. Lysanders Klauen benutzte er als Kissen.

»Das könnte ihm so passen«, knurrte Kress, die gerade aus dem Stollen kam und sich die feuchte Erde von der Uniform klopfte. »Die Zeit für Nickerchen ist vorbei.« Mit wenigen Schritten war sie bei Othello und setzte sich rittlings auf ihn. Dann zog sie ihn herzhaft am Bart.

»Was?«, stammelte Othello und schlug nach Kress' Händen.

»Aufgewacht, du Faulpelz. Dein Schönheitsschlaf hat lange genug gedauert.«

Othello schob Kress von sich herunter und blickte sich blinzelnd um. »Mein Kopf fühlt sich an, als hätte mir jemand einen Stein übergezogen. Äh, was ist eigentlich passiert?«, stammelte er, als er all die Koboldaugen bemerkte, die ihn neugierig aus den umliegenden Erdlöchern beobachteten.

Kress packte Othello an den Armen und zog ihn auf die Beine. »Komm jetzt. Ich erklär's dir unterwegs.«

»Unterwegs?«, fragte Fletcher. Der Boden unter ihm fühlte sich so wunderbar weich und kühl an. Er hatte keine Lust, jetzt schon weiterzumarschieren.

Sylva tippte ihm auf die Schulter. »Zeit zum Aufbruch«, sagte sie und deutete auf Blau, der mit seinem Mara bereits zwischen den Bäumen verschwand.

»Na schön«, stöhnte Fletcher und stand auf. »Nehmt eure Rucksäcke und folgt ihm.«

Der Marsch durch den Dschungel war eine einzige Tortur. Überall schwirrten Insekten und krabbelten über

Fletchers Haut. Zweige, Blätter, Dornen und Spinnennetze verfingen sich in seinem Haar oder blieben an seiner Uniform kleben. Der schmale Pfad, dem sie folgten, war nur für Kobolde gedacht. Alles, was auch nur ein Stück größer war, passte kaum hindurch. Fletcher griff nach seinem Chepesch, um sich einen Weg freizuschlagen, doch die Scheide an seinem Gürtel war nach wie vor leer.

»He, wann bekommen wir unsere Waffen zurück?«, rief er nach vorn.

Blau legte ein ordentliches Tempo vor. Wäre da nicht die verblassende Farbe auf seinem Rücken gewesen, die im Rhythmus der Hoppelschritte seines Mara auf und ab hüpfte, hätte Fletcher ihn leicht übersehen, so groß war der Abstand.

»Ihr sie kriegen am Fluss«, drang die Singsangstimme des Kobolds durch das Blätterwerk. »Geduld.«

Fletcher hatte alle Mühe, überhaupt vorwärtszukommen, während Lysander und Athena ein Stück oberhalb, wo die Äste weniger dicht waren, einfach von Baum zu Baum hüpften. Sariel robbte mühelos auf dem Bauch, und Ignatius lief mit Tosk voraus, um nach Gefahren Ausschau zu halten. Die beiden waren ein gutes Team. Immer wieder huschten sie über den Pfad und deckten mit diesem Zickzackkurs eine breite Fläche ab.

Da kam Fletcher eine Idee. »Solomon, geh du vorweg!«, rief er.

Die Dornen machten dem Golem nicht das Geringste aus, er gehorchte sofort und brach mit seinen Steinschultern eine breite Schneise in den Dschungel, sodass sie

Blau folgen konnten, ohne sich bei jedem Schritt ducken zu müssen.

Fletchers Arme und Hände waren dennoch hoffnungslos zerkratzt, als der Pfad abrupt endete. Ignatius kam herbeigelaufen und leckte mit der Zunge über die feinen Schnitte, um sie zu schließen, doch Fletcher beachtete ihn kaum, denn endlich hatten sie den Fluss erreicht.

Er war genauso breit wie der Graben um die Dämonenakademie und floss so langsam, dass die Strömung mit bloßem Auge kaum zu erkennen war, wäre nicht ab und zu ein Blatt an ihnen vorbeigetrieben.

Da kam überraschend ein halbes Dutzend Kobolde aus dem Wasser geklettert. Über der einen Schulter trugen sie silbrig glänzende Fische, die sie mit einer Schnur an den Kiemen zusammengebunden hatten, über der anderen primitive Harpunengewehre. Die Waffen hatten Ähnlichkeit mit Kress' Armbrust, bestanden aber nur aus einem Stock mit einer Längsrille in der Mitte sowie einem elastischen Band, das von Hand gespannt werden musste. Die Schusskraft war gewiss nicht besonders groß, dafür wirkten die Waffen unverwüstlich und funktionierten offensichtlich auch unter Wasser.

»Blau, was sind das für Bänder an den Harpunengewehren?«, fragte Jesper, während die Fischer mit gesenktem Blick an ihnen vorbeieilten. »Ein faszinierendes Material. Stellt ihr sie aus dem Saft des Gummibaums her?«

»Blau?«, wiederholte der Kobold und verschränkte die Arme vor der Brust.

»Entschuldigung … Fletcher nennt dich immer so«, erwiderte Jesper beschämt.

»Wie ist eigentlich dein richtiger Name?«, fragte Fletcher eilig.

Der Kobold überlegte kurz, dann grinste er und stieß eine komplizierte Abfolge von Zwitscher-, Klick- und Keuchlauten aus.

»Ich … bin mir nicht sicher, ob ich das aussprechen kann«, sagte Jesper verlegen.

»Blau sein auch in Ordnung«, erwiderte der Kobold lachend und stieg ab. Dann schickte er seinen Mara mit einem Klaps auf die Flanke nach Hause und hob schnuppernd die Nase. Kurz darauf öffnete er den Mund und ließ ein langgezogenes Trällern hören.

Für Fletcher klang es wie eine Mischung aus dem Schrei eines Adlers und dem Morgenlied eines Singvogels. Gerade fragte er sich, was Blau damit bezwecken wollte, da regnete es plötzlich Kobolde aus den Bäumen. Überall um sie herum landeten die mit Harpunengewehren, Blasrohren und Messern bewaffneten Geschöpfe. Es war die gleiche Gruppe, die sie zuvor gefangen genommen hatte; nicht einmal Sariel hatte sie bemerkt.

Blau deutete auf den Fluss. »Wir euch jetzt zur Pyramide bringen. Wenn ihr reingehen, wir Orks überfallen und Kobolde befreien.«

»Wow«, keuchte Fletcher. »Das ist … sehr freundlich von euch.«

»Hilft uns allen«, erwiderte Blau trocken. »Orks abgelenkt, sobald euch entdecken. Dann wir zuschlagen.«

Fletcher wusste nicht, ob die Kobolde aus reinem Eigennutz handelten oder ob sie ihnen tatsächlich so etwas wie ein Bündnis anboten, aber es war auch nicht wichtig, denn als ortskundige Führer waren sie Gold wert.

»In Ordnung«, sagte er und streckte Blau die Hand hin. Die Finger des Kobolds fühlten sich so dünn und knorrig wie Zweige an, doch sein Händedruck war warm und kräftig.

»Ihr jetzt nehmen Waffen«, sagte einer der Kobolde. Es war Halbohr. Er deutete auf einen großen Korb, den seine Krieger auf dem Boden abgestellt hatten.

Die Gruppe stürzte sich sofort darauf. Vor allem Sylva konnte es kaum erwarten, ihr Falx wiederzubekommen. Als sie in den Korb griff, bekam sie stattdessen Kress' Armbrust zu fassen.

Die Zwergin streckte sogleich den Arm danach aus, doch Sylva zögerte. Einen Moment lang knisterte die Luft zwischen den beiden vor Anspannung, dann reichte die Elfin die Armbrust endlich weiter.

Fletcher war froh, das Gewicht seines Chepesch wieder am Gürtel zu spüren. Erst jetzt wurde ihm bewusst, wie nackt er sich ohne gefühlt hatte.

Kaum hatten sie wieder alles an sich genommen, da drängten die Kobolde schon zum Aufbruch.

»Wir fahren mit Boot«, sagte Blau und deutete hinaus aufs Wasser.

Fletcher folgte seiner Blickrichtung und merkte, dass das, was er für große Seerosen gehalten hatte, in Wirklichkeit kleine, kreisrunde Boote waren. Die Kobolde sprangen bereits hinein, je vier in ein Boot.

»Können die Dinger unser Gewicht auch tragen?«, fragte Othello skeptisch. »Wir Zwerge sind nicht gerade die besten Schwimmer.«

Kress nickte stumm und stupste eines der »Boote« missmutig mit dem Stiefel an.

»Natürlich können sie«, antwortete Jesper und kletterte sogleich in das Gefährt, das dem Ufer am nächsten war. Es kippte abenteuerlich zur Seite, Wasser schwappte über den Rand, und dann drehte es sich auch noch.

Kichernd beobachteten die Kobolde, wie Jesper versuchte, das Boot mit dem kleinen, an der Seite befestigten Ruder wieder unter Kontrolle zu bekommen. Als er es geschafft hatte, setzte er sich zufrieden in die Pfütze, die sich in der Mitte gebildet hatte.

»Das sind Fellboote«, ließ Jesper sie wissen und klopfte auf den Rumpf. »Die Flussleute in Westhominum benutzen sie zum Fischen. Sie werden aus Weidenzweigen geflochten, mit Fell überzogen und dann geteert, um sie wasserdicht zu machen. Der flache Boden macht kaum Wellen, die die Fische verjagen würden. Manchmal sind die einfachsten Ideen eben die besten.«

»Solange sie uns schnell genug ans Ziel bringen, soll's mir recht sein«, murmelte Fletcher und kletterte in das nächste. Es war erstaunlich bequem, fand er.

Die anderen folgten, nur Lysander und Athena hielten sich lieber weiter an die Bäume. Sariel hingegen hüpfte sogleich freudig auf ein Boot zu, in dem die Kobolde dem Geruch nach wohl ihren Fang transportierten. Ihr schien das nichts auszumachen, im Gegenteil: Nachdem sie unter viel Herumgespritze hineingesprungen war, beschnupperte sie neugierig den Boden und leckte alle Reste auf, bis ihre Zunge vor silbrigen Fischschuppen nur so glitzerte.

Lachend schüttelte Sylva den Kopf. »Ihr würdet nicht glauben, wie sehr sie Fisch mag«, sagte sie und kraulte die Canidin hinterm Ohr. »Wahrscheinlich sollte ich sie bergen, damit sie sich ausruhen kann, aber im Augenblick ist sie viel zu glücklich hier draußen …«

Lysander und Athena erhoben sich in die Luft, dann paddelten sie vom Ufer weg, bis die Strömung in der Mitte sie erfasste. Das Wasser war um einiges schneller, als es vom Ufer ausgesehen hatte. Sie brauchten kaum zu rudern und mussten lediglich dafür sorgen, dass die Boote sich nicht drehten.

»Geht das nicht ein bisschen schneller?«, rief Fletcher den Kobolden zu. »Wir müssen noch vor Mitternacht bei der Pyramide sein! Schaffen wir das bei dem Tempo?«

»Haben genug Zeit«, antwortete Blau. »Ihr keine Sorgen machen.«

Fletcher stöhnte und versuchte, sich zu beruhigen. Er hasste es, dass das Gelingen ihrer Mission nun ausgerechnet in den Händen eines Kobolds liegen sollte. Dann warf er einen Blick zu Sylva hinüber und sah, dass sie einen Pfeil eingelegt hatte. Offensichtlich vertraute sie Blau noch weit weniger als er.

Schließlich zuckte er die Achseln und lehnte sich gegen die angenehm gebogene Schiffswand. Die Kobolde zwitscherten untereinander, während der Rest der Gruppe mit halb geschlossenen Augen das Ufer beobachtete. Sie hatten einen langen Tag hinter sich, die sanften Wellen und der Sonnenuntergang taten ein Übriges, um sie langsam, aber sicher in den Schlaf zu wiegen.

Da spürte Fletcher, wie Ignatius ihn mit den Krallen am Oberschenkel stupste. Der Salamander hing halb über der Bordwand und starrte wie gebannt in das glasklare Wasser unter ihnen. Fletcher beugte sich über den Rand. Er sah das Seegras am Grund, das sanft in der Strömung hin und her wogte, dann glitt ein Rochen an ihnen vorbei. Das Tier war genauso groß wie ihr Boot und überholte sie mühelos.

»Gutes Fleisch!«, rief Blau ihm zu und fuhr mit dem Finger über seine Harpune. Fletcher fiel auf, dass die Spitze genauso aussah wie der Stachel am Schwanz des Rochens, der sie eben überholt hatte. »Und Schwanz gut zu gebrauchen.«

Immer mehr Rochen tauchten unter ihnen auf, außerdem ein Schwarm grüner Fische mit breiten Flossen, die unvermittelt auseinanderstoben, weil etwas Großes einen der Fische schnappte.

Fletcher sah Luftblasen aufsteigen, dann einen eleganten Schatten, der mit erstaunlicher Geschwindigkeit über das Seegras huschte, und da erkannte er das Tier: Es war ein Flussdelfin, so rosa wie eine Dahlie. Mit seinem langen, schnabelartigen Maul verschlang er den erbeuteten Fisch in einem Stück, dann katapultierte er sich mit einem kräftigen Schlag seiner Schwanzflosse nach oben und schoss senkrecht aus dem Wasser.

Immer mehr Delfine folgten. Begleitet von dem freudigen Klatschen der Kobolde sprangen sie schnatternd in die Höhe. Einige Kobolde warfen ihnen sogar Leckerbissen zu, die sie in Beuteln am Gürtel trugen, und beinahe alle erwiderten das Schnattern, als sängen sie mit den Delfinen im Chor.

»Die Weisen des Flusses unsere Reise segnen!«, rief Blau und streckte eine Hand ins Wasser. »Das gutes Omen!«

Ein Delfin kam herangeschwommen und rieb seine Brustflosse an Blaus Fingern, als wollte er ihm die Hand schütteln, dann jagten die Tiere wie auf ein geheimes Zeichen hin flussaufwärts davon.

»Das war unglaublich«, keuchte Sylva mit leuchtenden Augen. »Könnt ihr etwa mit ihnen sprechen?«

»Wir viele Worte, sie nur wenige«, antwortete Blau stolz. »Manche sagen, wir vor langer Zeit das Sprechen von ihnen gelernt. Jetzt alles sehr anders, aber wir sie immer noch verstehen.« Kaum hatte er aufgehört zu sprechen, da verfinsterte sich seine Miene plötzlich.

Fletcher folgte seiner Blickrichtung und sah eine umgestürzte Statue am Ufer liegen. Sie war so groß, dass die untergehende Sonne beinahe hinter ihr verschwand. Moos und Ranken wuchsen darauf, der Kopf war teilweise von Wasser überspült, aber die geborstenen Hauer und die dicken Augenwülste ließen keinen Zweifel, was die Statue darstellte. Sie befanden sich jetzt im Herzen des Orkgebiets.

37

DIE NACHT KAM SCHNELL, und die schmale Mondsichel spendete kaum Licht. Der Fluss hatte sich zu einem breiten Delta aufgefächert. Ein Poltern in der Ferne kündigte den Hauptstrom an, den sie nun überqueren mussten, und ein schwarzes Dreieck am Horizont verdunkelte die Sterne. Das musste die Pyramide sein. Sie wirkte sogar noch mächtiger als die Bärenzahnberge und war mindestens zehnmal so groß, wie Fletcher erwartet hatte. Er konnte sich gerade noch beherrschen, nicht laut nach Luft zu schnappen.

Blau band die Boote mit Angelschnüren zusammen, damit niemand abgetrieben wurde, während Lysander mit Athena ein Stück vorausflog und das Ufer erkundete. Sylva hatte ihre Canidin Sariel mittlerweile in sich aufgenommen, da ihr Boot sonst mit den vier Kobolden, die ihr beim Steuern halfen, zu tief im Wasser lag.

»Ihr jetzt stark und schnell rudern müsst«, flüsterte Blau. »Wenn Strömung euch erfassen, wir euch nicht helfen können und das Seil durchschneiden müssen.«

Fletcher hörte, wie die immer höher werdenden Wellen gegen den Bootsrumpf schlugen. Als ihm dann auch noch Gischt ins Gesicht spritzte, wusste er, dass sie die Stromschnellen erreicht hatten. Das Boot schwankte heftig, dann tauchte er sein Paddel ins Wasser und ruderte, was er konnte. Schon bald stöhnten alle nur so vor Anstrengung, um nicht von den anderen getrennt zu werden. Ihre Welt bestand jetzt nur noch aus Ausholen, Einstechen, Durchziehen. Ausholen, Einstechen, Durchziehen …

In der Dunkelheit konnte er außer der schwarz aufragenden Pyramide nicht das Geringste erkennen. Irgendwo unter diesem Ungetüm lagen Tausende von Gnomeiern, die sie zerstören mussten, und eine gequälte Seele wartete sehnlichst auf Rettung. All das war jetzt so nahe, dass er es beinahe greifen konnte.

Mit zusammengebissenen Zähnen ruderte Fletcher immer weiter, während die Strömung sie unaufhaltsam flussabwärts trug. Seine Arme brannten wie Feuer, aber er durfte jetzt nicht nachlassen. Selbst Ignatius half mit und spuckte das Wasser, das über die Bordwand spritzte, unaufhörlich wieder zurück in den Fluss.

Dann spürte Fletcher plötzlich Sand unter dem Boden seines Bootes. Blau streckte ihm aus der Dunkelheit die knorrigen Finger entgegen und zog ihn ans Ufer. Von dort liefen sie sofort bis zum Rand des Dschungels weiter, wo der Kobold die Angelschnur durchschnitt. Dann drückte er Fletchers Hände auf den Boden.

»Graben«, befahl Blau. »Wir Boote verstecken müssen.«

Fletcher gehorchte und war überrascht, wie schnell er trotz seiner Erschöpfung vorankam. Der Untergrund war trocken und locker, außerdem halfen Athena und Ignatius mit, sodass das Loch bald groß genug für das Fellboot war. Sie legten es mit der Oberseite nach unten hinein, um es – falls nötig – möglichst schnell wieder herauszubekommen.

»Jetzt alles fertig«, sagte Blau, als auch die anderen ihre Boote verscharrt hatten. Dann drückte er Fletcher das Ende eines Seils in die Hand. »Ihr uns folgen. Unsere Augen besser.«

Fletcher umklammerte das Seil und trottete los. Das Wasser schmatzte in seinen durchnässten Stiefeln, immer wieder spürte er ein Zupfen an dem Seil und musste die Richtung ändern. Zweimal stürzte er und schlug sich die Knie am steinigen Ufer auf – womit er allerdings nicht allein war, wie ihm die leisen Flüche der anderen verrieten.

Fletcher wünschte, er hätte rechtzeitig an das Gestell mit seinem Hellsehkristall gedacht, immerhin sahen Athena und Ignatius nachts um einiges besser als er. Aber das Gestell war tief in seinem Rucksack verstaut, um es unterwegs ja nicht zu verlieren, und jetzt war keine Zeit, danach zu suchen. Der Katzenaugenzauber aus Bakers Buch kam auch nicht infrage, denn das gelbe Leuchten würde sie nur verraten.

Trotz der Schmerzen in seinen Knien war Fletcher heilfroh, dass die Kobolde so halfen. Wie die anderen Gruppen den Fluss überqueren wollten, ohne kilometerweit abgetrieben zu werden, bevor sie das andere Ufer erreichten, konnte er sich beim besten Willen nicht vorstellen. Er hoffte nur, dass alle es rechtzeitig zum Treffpunkt schafften.

»Halt!«, zischte Blau plötzlich.

Sie standen am Rand einer großen gerodeten Fläche. In der Mitte ragte wie ein schlafender Riese die Pyramide auf. Mit Ausnahme eines gähnenden Loches, bei dem es sich wohl um den Eingang handelte, waren die Wände vollkommen glatt. Der Anblick erfüllte Fletcher mit Furcht, aber zum Kneifen war es jetzt zu spät.

»Hier wir uns trennen«, sagte Blau mit gepresster Stimme. »Wir bei unseren Verwandten verstecken und morgen früh angreifen.«

»Viel Glück«, flüsterte Fletcher.

»Ihr wohl eher welches brauchen«, erwiderte Blau. »Der Weg zu unseren Verwandten nicht weit.« Dann verstummte er und gab Fletcher die Hand. »Mögen unsere Wege bald wieder kreuzen, Fletcher.«

Fletcher spürte, wie das Seil seinem Griff entglitt, dann hörte er leise Schritte, die sich schnell entfernten. Seine Gruppe konnte sich wirklich glücklich schätzen, die Kobolde als Verbündete gewonnen zu haben.

Schließlich rief er Athena zu sich und holte seinen Hellsehstein aus dem Rucksack. Mit dem Gestell berührte er ihre Schwingen, um die Verbindung herzustellen, dann setzte er es auf und sah sich um.

Der Rest der Gruppe kauerte mit furchtsam geweiteten Augen am Boden. Auch sie konnten nicht das Geringste sehen, selbst Lysander wirkte angespannt und scharrte ungeduldig mit den Klauen.

»Ich kann kaum glauben, dass wir es rechtzeitig geschafft haben«, sagte Fletcher schließlich und blickte zum Himmel hinauf. »Dem Stand des Mondes nach zu urteilen, muss es bald Mitternacht sein. Mal sehen, wer außer uns noch hier ist.«

»Wir sind bestimmt nicht die Einzigen«, erwiderte Kress leise.

Fletcher duckte sich und lief auf die Pyramide zu. Ignatius eilte voraus, die Nase dicht am Boden, während Athena von oben Ausschau hielt. Endlich konnte Fletcher das riesige Bauwerk genauer in Augenschein nehmen. Etwas so Großes wie diese Pyramide hatte er noch nie gesehen, selbst die Akademie wirkte im Vergleich dazu beinahe winzig. Sie war von einem stumpfen Gelb, in den Ritzen zwischen den unzähligen Quadern wucherten Ranken und andere Kletterpflanzen.

Dann erreichten sie den Fuß der Pyramide

»Bist du das, Fletcher?«, kam eine Stimme aus der Dunkelheit, begleitet vom Klicken eines Pistolenabzugs. Das musste Seraph sein.

»Steck das Ding weg«, zischte Malik und schlug ihm die Pistole aus der Hand.

Fletcher schaute in die Richtung des Eingangs und sah die beiden Truppführer am Boden kauern. Das Haar klebte ihnen im verschwitzten Gesicht, ihre Kleider waren vollkommen durchnässt. Sie wirkten erschöpft und schienen fürchterliche Angst zu haben.

»Wir sind's. Kein Grund zu schießen«, flüsterte Othello, hob die Pistole auf und gab sie Seraph zurück. »Das Ding wäre ohnehin nicht losgegangen, so nass wie das Schießpulver ist.«

»So was passiert schon mal, wenn man fast im Fluss ertrinkt«, stöhnte Seraph und wrang sich das Haar aus.

»Die anderen sind in der Vorkammer gleich hinterm Eingang. Sie haben ein Feuer gemacht, um ihre Sachen zu trocknen. Keine Sorge, von draußen ist das Feuer nicht zu sehen.«

»Und wenn die Pyramide von Dämonen bewacht wird?«, warf Kress ein und spähte misstrauisch den dunklen Korridor entlang, der ins Innere der Pyramide führte.

Fletcher bemerkte ein Glimmen ganz am Ende, machte sich aber keine allzu großen Sorgen deshalb. Falls es hier Dämonenwächter gab, dann wahrscheinlich tiefer im Inneren. Seraph sah trotzdem aus, als würden ihn keine zehn Pferde in die Pyramide bekommen.

»Warum seid ihr so nass?«, fragte Fletcher an Malik gewandt. Eigentlich hatte seine Gruppe den Fluss ja schon vor zwei Tagen überqueren wollen.

»Wir haben uns kurzfristig umentschieden«, antwortete Malik. »Als Isadoras Trupp doch nicht ans andere Ufer übergesetzt ist, dachten wir, sie wüssten vielleicht etwas, was wir nicht wissen, und sind ihnen gefolgt.«

Fletcher erstarrte. Malik hatte sich also die ganze Zeit über auf der gleichen Uferseite aufgehalten wie sie. War es vielleicht jemand aus seiner Gruppe gewesen, der versucht hatte, ihn zu töten?

»Da wir gerade davon sprechen, habt ihr Isadora irgendwo gesehen?«, mischte sich Seraph ein und riss Fletcher aus seinen Gedanken. »In nur acht Stunden müssen wir unseren Auftrag erfüllt haben.«

»Sie ist noch nicht hier?«, fragte Kress bestürzt. »Aber wir brauchen sie und ihre Leute doch!«

»Was machen wir jetzt?«, fragte Fletcher nervös. Er hatte nicht damit gerechnet, dass eine der anderen Gruppen sogar noch später ankommen könnte als sie selbst.

»Ich würde warten«, antwortete Malik gähnend. »Wenn wir ohne sie reingehen, sind sie hier draußen ganz allein und schutzlos.«

Sylva schnaubte. »Nicht auszudenken, wenn ihnen etwas zustieße«, flüsterte sie sarkastisch.

»Ich sage, wir warten in der Vorkammer, bis sie auftauchen«, fuhr Malik unbeirrt fort und machte sich auf den Weg nach drinnen. »Die Orks rechnen nicht mit uns.«

Seraph schaute sorgenvoll zum Mond hinauf. »Aber das fliegende Korps ist bereits hier. Jede Minute, die wir verlieren, ist der Himmel über Hominum ungeschützt.«

Malik winkte ab. »Wir sind alle am Ende unserer Kräfte, ein paar Stunden Erholung können da nicht schaden.«

Da hatte er nicht ganz unrecht. Fletcher war selbst hundemüde. Andererseits blieben ihnen nur noch acht Stunden, keine Minute länger. Niemand wusste, wie lange sie brauchen würden, um sich in dem Tunnellabyrinth unter der Pyramide zurechtzufinden, die Gnomeier zu zerstören und die Dame Kavendisch zu retten.

»Vielleicht sollten wir lieber gleich los«, sagte er schließlich. »Wollen wir uns wirklich schlafen legen, während das Himmelskorps am Boden auf uns wartet – fernab von Hominums Grenzen, die es eigentlich verteidigen sollte?«

Da bekam Malik von unerwarteter Seite Unterstützung. Seraph hatte seine Meinung geändert. »Tatsache ist, dass wir im Augenblick ein Team weniger sind«, begann er. »Ich weiß, euer Verhältnis zu Isadora und ihrem Haufen ist angespannt – Teufel, meines ist es ja auch –, aber ob es euch gefällt oder nicht, unsere Chancen stehen besser, wenn wir alle gemeinsam kämpfen. Maliks Trupp hat bei der Flussüberquerung eine Menge Mana verbraucht, genauso wie meiner. Wir mussten sogar Telekinese anwenden, um die Stromschnellen zu überstehen. Jetzt brauchen wir dringend eine Verschnaufpause.«

Dann ergriff Malik wieder das Wort. »Wir können nun reingehen, halb tot und am Ende unserer Kräfte, oder wir warten ein paar Stunden und machen es richtig. Vergesst nicht, wir haben nur einen Versuch.«

»Du hast leicht reden«, kam Rufus' Stimme aus der Pyramide. »Wer weiß, ob meine Mutter noch eine weitere Nacht übersteht.«

Malik zuckte kurz zusammen, ging aber nicht auf den Kommentar ein. Stattdessen winkte er Fletchers Gruppe ungeduldig heran. »Die Pyramide wird nur bei religiösen Festen betreten. Manhard sagt, dass sowieso nur die Schamanen hineindürfen, also sollten wir im Inneren einigermaßen sicher sein.«

Als sie die Vorkammer erreicht hatten und die anderen einander leise begrüßten, musterte Fletcher seine Kameraden. Alle waren nass und von der Flussüberquerung erschöpft. Seit ihrer Begegnung mit Isadoras Trupp hatten sie – abgesehen von ein paar Stunden Bewusstlosigkeit, die das Pfeilgift ihnen beschert hatte – kaum geschlafen. Othello und Atilla saßen aneinandergelehnt in einer Ecke und dösten bereits. Ein paar Stunden Erholung würde ihnen allen guttun, aber war dies der richtige Moment? Hunderte, vielleicht sogar Tausende würden sterben, falls die Wyvernreiter heute Nacht in Hominum einfielen.

»Na schön«, sagte er schließlich und ließ sich seufzend zu Boden fallen. »Gönnen wir uns ein bisschen Schlaf. Ich habe das Gefühl, wir werden ihn brauchen.«

38

FLETCHER WURDE VON LAUTEN Trommelschlägen geweckt. Mit einem tiefen Dröhnen hallten sie durch die Pyramide und wollten einfach nicht aufhören.

Manhard, der entflohene Menschensklave, war ebenfalls wach. Er beobachtete Fletcher hinter halb geschlossenen Lidern, sagte aber nichts. Stattdessen stieß er Malik so lange mit dem Fuß an, bis der sich stöhnend aufsetzte.

In der Mitte der kahlen Kammer lag die Asche des niedergebrannten Feuers, durch den Korridor drang fahles Tageslicht herein – sie hatten die gesamte Nacht verschlafen. Als Malik eine Taschenuhr aus seinem Rucksack zog, sah Fletcher, dass ihnen nur noch zwei Stunden blieben …

Ob die genügten?

»Was ist das für ein verfluchter Lärm?«, murmelte Jesper.

Allmählich wachten auch die anderen auf. Lysander, Sacharissa und Caliban hatten ohnehin die ganze Nacht Wache gehalten, um sie zu wecken, sobald Isadoras Gruppe eintraf. Anscheinend war das nicht passiert.

»Wir müssen nachsehen, was los ist«, sagte Sylva, streckte vorsichtig den Kopf um die Ecke und zog ihn sofort wieder zurück. »Orks sind da draußen«, flüsterte sie entsetzt. »Sie holen Wasser vom Fluss. Wir *können* jetzt nicht raus.«

»Hatten wir ohnehin nicht vor«, beschwichtigte Malik. »Hier ist der sicherste Ort im ganzen Orkreich. Aber du hast recht, wir müssen herausfinden, was diese Trommeln zu bedeuten haben. Vielleicht findet heute eine Zeremonie statt, nur hoffentlich nicht in der Pyramide.«

»Spielt keine Rolle, was die Trommeln bedeuten«, widersprach Fletcher. »Wir haben schon viel zu lange gewartet und müssen los. Jetzt gleich.«

»Ich weiß, was das ist«, meldete sich endlich auch Manhard zu Wort. Seine Hände zitterten leicht. »Die jungen Orks haben ihre Ausbildung beendet«, begann er mit bebender Stimme. »Heute wird die Spreu vom Weizen getrennt. Das machen sie jedes Jahr. Denkbar schlechter Zeitpunkt für uns, denn da draußen wird es gleich nur so wimmeln von Orks.«

»Kommen sie auch in die Pyramide?«, fragte Fletcher.

Manhard schloss die Augen. »Könnte sein. Die Schamanen unterziehen die Novizen einer Prüfung, ebenso wie die Inquisitoren bei uns in Hominum. Die, denen es gelingt, einen Dämon zu beschwören, werden in die Pyramide gebracht. Sie betreten sie durch den Hintereingang hier und kommen später vorne wieder heraus. Mehr weiß ich nicht.«

»Und mehr werden wir auch nicht erfahren, wenn wir nicht rausgehen und nachsehen.«

Es war Belena, die gesprochen hatte. Sie saß im Schneidersitz in einer Ecke und sah ihrem Skarabäus dabei zu, wie er über ihre Hand krabbelte. Er war schwarz und beinahe genauso klein wie Apophis. »Niemand wird Melanox bemerken, wenn sie ein bisschen draußen herumfliegt.«

Belena drehte sich um und holte einen flachen, rechteckigen Kristall aus ihrem Rucksack. Er war in etwa so groß wie ein Schneidebrett, die Ränder wurden von einem Metallband geschützt, und dennoch hatten sich an einer Ecke bereits kleine Risse gebildet.

»Ein Geschenk meiner Großmutter«, erklärte sie und ließ Melanox auf dem Kristallbrett landen.

Fletcher staunte, wie scharf das Bild war, das der Kristall zeigte. Nicht einmal der Oculus an der Akademie war so klar gewesen.

»Endlich kann ich das Ding verwenden, statt es nur als nutzlosen Ballast mit mir herumzuschleppen«, fuhr Belena fort. Dann warf sie das Haar zurück und strahlte Fletcher mit ihren großen braunen Augen an. »Ich hätte lieber so ein Gestell wie du.«

Fletcher freute sich über das Kompliment, und Sylva verdrehte die Augen, da flog Melanox auf und berührte Fletchers Hellsehstein mit einem Fühler. Da der kleine Kerf ständig die Flugrichtung änderte, wackelte das Bild viel stärker, als Fletcher es von Athena gewohnt war. Vom Hinsehen wurde ihm beinahe schwindlig.

»Irgendwelche Einwände?«, fragte Belena.

»Nein«, erwiderte Malik mit bewunderndem Blick. Seraph, Othello und Atilla schliefen immer noch, also wandte er sich lediglich an Fletcher. »Was meinst du?«

Fletcher kratzte sich am Kopf. »Wenn wir nur wüssten, was diese Trommeln zu bedeuten haben«, überlegte er laut. »Falls die Orks doch in die Pyramide kommen sollten, sind wir hier drinnen leichte Beute. Kann nicht schaden, sich draußen ein bisschen umzusehen.«

Er hatte noch nicht zu Ende gesprochen, da sauste Melanox schon durch den Korridor und hinaus ins Freie. Das Bild auf seinem Kristall schwankte abenteuerlich hin und her, während der Kerf immer höher stieg, bis Fletcher nur noch blauen Himmel und die gleißend weiße Morgensonne sah. Malik und Manhard wurden allmählich unruhig, da blickte Melanox endlich nach unten.

Jenseits der Pyramide erstreckte sich eine ganze Stadt, die aus gemauerten Gebäuden bestand – und nicht aus primitiven Grashütten, wie Fletcher immer gedacht hatte. In der Mitte befand sich ein großer Platz mit Stufentürmen, Obelisken und mehreren Freiflächen, darum herum erhoben sich mächtige Sandsteingebäude, die die Pyramide wie ein Hufeisen umschlossen. Lediglich der schmale Streifen zwischen der Rückseite der Pyramide und dem Fluss, den sie in der letzten Nacht überquert hatten, war unbebaut.

»Ich fasse es nicht«, stammelte Kress. »Seht euch mal an, wie viele das sind!«

Auf dem Platz tummelten sich Tausende von Orks, sie schwenkten Wimpel und Fahnen aus Stoffen, Tierhäuten und Federn. Die bunte Körperbemalung machte von oben den Eindruck eines Flickenteppichs, und genauso unterschiedlich war auch ihre Haartracht: Manche hatten sich die Schläfen rasiert, andere den ganzen Kopf, einige trugen Duttfrisuren, andere lange Zöpfe.

Neben jeder dieser Gruppen drängten sich jüngere Orks zusammen, alle waren sie wie Feldochsen an ein Joch gefesselt. Sie schienen von Kopf bis Fuß mit Farbe bemalt und hinterließen bei jedem Schritt blaue Abdrücke auf dem Pflaster des Platzes.

»Die Blauen wurden unter den Gefangenen des letzten Jahres ausgewählt«, erklärte Manhard. »Sie nehmen an den Spielen teil, um sich einen Platz in der Kriegerkaste zu erkämpfen.«

Eine breite Treppe mit einem Schlangengeländer führte von der Pyramide hinunter bis zu dem Platz, in dessen Mitte sich eine ummauerte, abgesenkte Freifläche befand.

Manhard beugte sich mit zusammengekniffenen Augen näher an Belenas Hellsehstein und deutete nach rechts. »Da«, sagte er. »Lenk deinen Kerf in diese Richtung.«

Das Bild schwankte erneut und wurde immer größer, während Melanox von heftigem Wind gebeutelt näher heranflog. Schließlich setzte sie sich auf einen der beiden großen Obelisken vor der Pyramide.

»Das Pitz-Spiel«, murmelte Jesper. »Davon habe ich schon gehört.«

Fletcher ebenso. James Baker hatte es ausführlich in seinem Tagebuch beschrieben: Zwischen zwei Tribünen erstreckte sich ein länglicher Sandplatz, auf dem zwei Mannschaften versuchen mussten, einen Ball durch einen steinernen Ring zu werfen, der sich fast vier Meter über dem Boden befand. Baker hatte viele Zeichnungen angefertigt, aber leider kein Wort über die Spielregeln verloren, ganz zu schweigen von dem Detail, dass über fünfzig Spieler erbittert um den Sieg kämpften.

Am meisten faszinierte Fletcher allerdings der Ball: Er war aus Gummi – ebenso wie die Sehnen an den Harpunengewehren der Kobolde – und schien erstaunlich schwer zu sein. Die beiden Mannschaften spielten ihn sich mit hölzernen Schlägern zu, mit denen sie außerdem erbarmungslos auf ihre Gegner eindroschen. Der Sand war schon ganz rot von ihrem Blut. An vielen Stellen vermischte es sich mit dem Blau der Fußabdrücke zu dem tiefen Violett eines schweren Blutergusses.

»Wie brutal«, flüsterte Sylva, als einem Spieler ein Hauer aus dem Unterkiefer geschlagen wurde – was eine rote Fontäne verursachte. Die Zuschauer auf den Tribünen sprangen jubelnd auf und brüllten so laut, dass es bis in die Kammer zu hören war.

»Das ist noch gar nichts«, widersprach Manhard und deutete auf das nächste Spielfeld. »Es gibt viel Schlimmeres. Die Venatio zum Beispiel.«

Melanox wandte sich der nächsten abgesenkten Fläche zu. Auf den Tribünen dort drängten sich sogar noch mehr Zuschauer. Der Sand unterhalb war fast ausschließlich rot, dabei standen nur drei Orks auf dem Spielfeld. Sie waren an den Fußgelenken aneinandergefesselt und mussten sich gegen ein Rudel Hyänen verteidigen. Ein vierter lag bereits tot am Boden, während die anderen versuchten, sich die gierigen Bestien mit einfachen Holzspießen vom Leib zu halten.

Die Leichen wurden achtlos in einer Ecke aufgestapelt und für die Geier liegen gelassen. Nicht nur tote Orks und Hyänen lagen jedoch auf dem Haufen, sondern auch Wildhunde, Jaguare, Tiger und Löwen. Fletcher glaubte sogar, die Kadaver von Krokodilen und Pavianen zu sehen.

»Das Pitz-Spiel wird zu Ehren des Windgottes veranstaltet, die Venatio zu Ehren des Tiergottes«, erklärte Manhard und deutete auf das nächste Feld. »Aber es gibt auch noch das Hautziehen für den Gott des Feuers und des Lichts.«

Mindestens hundert blaue Orks tummelten sich dort, doch Fletcher sah kein Blut. Das Spielfeld wurde in der Mitte von einem Feuergraben unterteilt, darüber spannte sich ein Seil aus Tierhäuten, an dem die Mannschaften zu beiden Seiten des Grabens wie beim Tauziehen nach Leibeskräften zerrten.

»Die werden doch nicht …«, stammelte Jesper gerade, da fiel der vorderste Ork in der schwächeren der beiden Mannschaften schon über die Kante.

»Ein Opfer für ihre Götter«, sagte Manhard matt und schloss die Augen, während Ork um Ork in die lodernden Flammen stürzte, bis die siegreiche Mannschaft auf der anderen Seite des Grabens nur noch ein verkohltes Seil aus Tierhäuten in den Händen hielt.

Sie sahen noch andere Felder, auf denen weitere Wettkämpfe stattfanden. Das vorderste war ein mit Wasser gefülltes Becken, in dem die Orks von ihren Kanus aus mit Knochenpaddeln aufeinander einschlugen. An ihren Füßen hingen Steingewichte, sodass jeder, der über Bord fiel, unweigerlich ertrank. Als ob das nicht schon schlimm genug wäre, wimmelte es in dem Becken nur so von schwarzen Krokodilen. Zwischen ihnen trieb ein gekentertes Kanu führerlos im roten Wasser.

»Das ist die Naumachie. Zu Ehren des Wassergottes«, flüsterte Manhard.

»Warum kämpfen wir überhaupt noch gegen die Orks?«, fragte Sylva mit einem angewiderten Kopfschütteln. »Sie bringen sich ja alle gegenseitig um.«

Ein Jubelschrei drang von draußen in die Kammer, und Melanox' Blick sprang zurück zu dem Pitz-Spiel. Eine der Mannschaften hatte gewonnen, die Sieger sanken erleichtert auf die Knie. Manche fielen einander in die Arme, andere blieben einfach schnaufend auf dem Rücken liegen, während ihnen die Glückstränen übers Gesicht liefen.

Die Verlierer wurden von den Zuschauern zusammengetrieben und hinaus auf den Platz geführt. Dort wurden sie von kläffenden Hyänen in Empfang genommen, die sich bei dem Versuch, näher heranzukommen, in ihren Halsbändern beinahe selbst erwürgten.

»So verzweifelt, wie die aussehen, könnte man meinen, sie hätten mehr verloren als nur ein Spiel«, kommentierte Belena, als sie das haltlose Schluchzen der Verlierer sah, die nun in Richtung der Pyramide gescheucht wurden. »So tapfer sind die Orks dann wohl doch nicht.«

»Sie *haben* mehr verloren. Ihr werdet's gleich sehen«, murmelte Manhard mit leerem Blick. »Dann wissen wir auch, ob es in diesem Jahr neue Novizen gibt. Hoffen wir nur, dass …«

Die Trommeln hörten schlagartig auf, und Manhard verstummte. Die Menge stand einen Moment lang mucksmäuschenstill da, dann teilte sie sich vor einem Tross, der sich von dem Stufenturm genau gegenüber der Pyramide näherte.

»Da kommen sie«, sagte Manhard düster.

Eine Herde schnaubender Rhinozerosse trug eine riesige, rundum vergoldete Sänfte heran. Sie hatte die Form eines Orkschädels und glänzte so grell in der Sonne, dass der Anblick kaum zu ertragen war. Wer oder was sich darin befand, war wegen des Gegenlichts nicht zu erkennen.

Orks, die sogar noch größer waren als alle, die Fletcher bisher gesehen hatte, bildeten die Eskorte. Sie waren mit roter Kriegsfarbe bemalt, auf Brust und Gesicht prangten gelbe Streifen. Jeder hatte eine Macana über der Schulter und einen Köcher voller Speere auf dem Rücken. Brustkorb, Ellbogen und Knie waren mit Platten aus Jade gepanzert, die grün in der Sonne schimmerte.

»Bestimmt sitzt der Albino-Ork in der Sänfte«, flüsterte er. »Das hier muss seine Leibwache sein.«

Kress umklammerte Fletchers Arm. »Lovett könnte Lysander auf ihn hetzen …«

»Vergiss es«, fiel ihr Manhard ins Wort. »Wenn dir die Leibwache als Abschreckung noch nicht reicht, dann sieh dir mal an, wer hinter ihnen kommt.«

Am Ende des Trosses marschierte eine weitere Gruppe. Jeder dieser Orks trug einen grellbunten Federschmuck auf dem Kopf, sonst aber waren sie lediglich mit einem

Gürtel aus Menschenschädeln bekleidet. Die meisten hatten Ziernarben auf Körper und Gesicht, viele trugen große Nasen- und Ohrringe. Aber das furchterregende Äußere war noch nicht einmal das Schlimmste, sondern …

»Das sind Schamanen!«, keuchte Sylva.

Neben den Orks schritten beeindruckend große Dämonen einher, von denen Fletcher manche nicht einmal identifizieren konnte: Felide, Lykaner und Minotauren kannte er, von den anderen hatte er nur im Dämonologie-Unterricht gehört oder sogar bloß eine Zeichnung in Bakers Tagebuch gesehen.

Am gefährlichsten sahen die Nanauen aus. Wie die Felide liefen sie auf kräftigen Hinterbeinen, aber da endete die Ähnlichkeit auch schon. Wenn ein Minotaurus ein aufrecht gehender Stier war, dann waren die Nanauen zu Landbewohnern mutierte Haie. In ihrem riesigen Maul standen mehrere Zahnreihen hintereinander, aus ihrem Rücken wuchs eine spitze Flosse, und der lange Schwanz zuckte bei jedem Schritt wie eine Peitsche von links nach rechts.

»Beschwörungsebene neun«, sagte Jesper beeindruckt und legte die Finger auf Belenas Hellsehstein. »So einen würde ich gerne mal sezieren.«

Drei Onis gehörten ebenfalls dazu. Um ein Haar hätte Fletcher sie für Orks gehalten, wären da nicht die langen Hörner auf der Stirn gewesen und der stark vornübergebeugte Gang. Ihre Haut war von einem tiefen Scharlachrot, außerdem schnappten sie ständig mit ihren riesigen Fangzähnen nach den Zuschauern. Aber so gefährlich sie auch sein mochten, schlau waren sie nicht.

Schon ein durchschnittlicher Kerf übertraf sie an Intelligenz.

Der Größte in der ganzen Dämonenschar war ein drei Meter hoch aufragender Phantaur, ein zweibeiniger Elefantendämon mit langem Rüssel, muskulösen Armen und gezackten Stoßzähnen. Um ihn herum tummelten sich noch allerlei andere Wesen, die Fletcher aus dieser Entfernung nicht genau erkennen konnte.

»Es ist noch nie gelungen, einen Phantaur zu fangen, aber ich nehme an, das Biest hat mindestens Beschwörungsebene zwanzig«, überlegte Jesper laut.

Rori erschauerte und hielt Malachi ganz nahe an den Kristall, damit sein Kerf auch etwas sehen konnte. »So viel dazu, dass Orkdämonen generell schwächer sind als unsere. Sieht mir eher so aus, als würden sie die starken zurückhalten und nur die schwachen gegen uns an die Front schicken. Überlegt mal, halb Hominum kann diese Parade sehen. Ab jetzt wird sich bestimmt keiner mehr freiwillig zum Militärdienst melden …«

»Da wir gerade davon sprechen, wir sollten schleunigst von hier verschwinden, bevor sie die Pyramide betreten«, zischte Manhard. Dann stand er auf und lugte vorsichtig um die Ecke. »Im Augenblick ist die Luft noch rein.«

»Hol Melanox zurück, bevor einer der Schamanen sie entdeckt«, sagte Malik an Belena gewandt und schulterte seinen Rucksack. »Wir müssen uns irgendwo tiefer im Inneren der Pyramide verstecken. In dieser Kammer sind wir genauso schutzlos wie im Dschungel.«

»Richtig«, sagte Fletcher, dann rüttelte er Othello und Atilla wach. »Trotzdem sollte Melanox lieber draußen bleiben, damit wir weiterhin sehen, was da geschieht.«

Gähnend setzte sich Othello auf und erstarrte sofort, als er die Orkparade auf Belenas Hellsehkristall sah.

»Donnerwetter, da hab ich ja was verpasst«, stöhnte er.

39

SIE SCHULTERTEN IHRE RUCKSÄCKE und stiegen in die Dunkelheit hinab. Ihre Schritte hallten leise von den Wänden zurück, während das wenige Licht in ihrem Rücken immer noch weniger wurde und sie immer tiefer ins Innere der Pyramide vordrangen. Ignatius lief mit Tosk voraus, Athena saß auf Fletchers Schulter, Caliban, Lysander und Sacharissa übernahmen die Nachhut und behielten den Hintereingang im Auge.

Da hörten sie einen leisen Aufprall unmittelbar vor ihnen, gefolgt von einem Stöhnen.

»Aua.« Es war Seraph, den Fletcher ein paar Meter weiter vorn auf dem Boden liegen sah. »Da ist eine Mauer.«

Ignatius leckte ihm mitfühlend übers Gesicht, was Seraph nur ein weiteres Stöhnen entlockte.

»Scheiß drauf«, flüsterte Belena und rief ein Wyrrlicht herbei. »Wenn dieser Ort von Dämonen bewacht wird, hören sie uns so oder so, ob wir nun im Dunkeln gehen oder nicht. So sehen wir sie wenigstens kommen.«

Sogleich folgten weitere Wyrrlichter, die Dunkelheit verschwand, dann sahen alle die Mauer, gegen die Seraph geprallt war. Der Tunnel endete hier, links und rechts zweigte je ein kleinerer ab, finster und staubig.

»Wir müssen uns aufteilen«, sagte Malik und schickte zwei Wyrrlichter voraus. Die beiden Gänge bogen nach einer Weile ab und führten weiter zur Mitte der Pyramide. »Belena, Manhard und ich nehmen mit Fletchers Gruppe den linken. Penelope und Rufus gehen mit Seraphs Gruppe nach rechts.«

»Seit wann erteilst du hier die Befehle?«, murrte Atilla und legte Othello einen Arm um die Schulter. »Ich sage, wir bleiben zusammen.«

»Ich fürchte, wir werden dort drinnen kaum ein Versteck finden, das groß genug für uns alle ist«, entgegnete Malik und breitete entschuldigend die Hände aus. »Es wird uns gar nichts anderes übrig bleiben, als uns aufzuteilen.«

»Er hat recht«, stimmte Fletcher zu. »Laut Karte muss hier irgendwo der Zugang zu den Höhlen sein. Weißt du, wo genau, Manhard?«

Manhard kratzte sich am Kopf. »Ich habe von dem Zugang nur gehört, war aber nie dort, nur in den Höhlen selbst. Da habe ich zwar einen Tunnel gesehen, aber ich weiß nicht, wohin der führt.«

»Unsere Chancen, es herauszufinden, stehen weit besser, wenn wir uns aufteilen«, meldete sich nun auch Seraph zu Wort. Dann schob er Atilla in den Gang, der nach rechts abzweigte. »Vergesst nicht, unser Ziel ist nicht die Pyramide, sondern wir wollen in die Höhlen darunter.«

Genevieve schickte Azura los, um den Weg auszukundschaften. »Wir sehen uns dann unten. Gehen wir, Rori.«

Sacharissa winselte leise, weil sie mit Seraph gehen musste und sich offensichtlich nicht von Fletcher trennen wollte.

»Wir sehen uns drinnen, Arcturus«, sagte Fletcher mit einem Zwinkern, woraufhin ihn Sacharissa kurz an die Brust stupste und dann ihrer Gruppe hinterhereilte.

Fletcher wollte gerade mit Penelope nach links abbiegen, da hielt ihn Rufus am Arm fest. »Fletcher«, sagte er leise, »wenn ihr die Höhlen vor uns erreicht, rettet als Erstes meine Mutter. Bitte.«

»Ich werde tun, was ich kann«, erwiderte Fletcher, ohne ihn anzusehen. Natürlich wollte er die Dame Kavendisch befreien, aber seiner Einschätzung nach waren die Gnomeier nun mal wichtiger. Jedes zerstörte Ei bedeutete einen Gnomsoldaten weniger.

»Danke. Das werde ich dir nie vergessen«, flüsterte Rufus, dann lief er seiner Gruppe hinterher.

Fletcher machte einen zweiten Versuch, den Tunnel zu betreten, da stieß ihn jemand unsanft zur Seite. Es war Caliban, der die Nachhut der beiden anderen Gruppen übernahm.

»Ein kleiner Abschiedsgruß von Raubler, wie mir scheint«, kommentierte Othello schmunzelnd.

Dieser Tunnel war genauso lang wie der erste, endete aber nicht so abrupt. Stattdessen öffnete er sich nach ein paar Minuten zu einer riesigen Kammer, die genauso groß war wie die Vorhalle an der Dämonenakademie. Die eigentliche Überraschung aber waren die Säcke, die hier überall herumstanden. Einige davon waren aufgeplatzt, um sie herum lag verstreut eine Anzahl frisch gepflückter, gelber Blütenblätter. In der dicken Staubschicht, die den Boden bedeckte, zeichneten sich nur ganz am Rand ein paar Fußspuren ab, wahrscheinlich stammten sie von den Orks, die die Säcke hereingebracht hatten.

»Wo sind wir hier?« Othello kratzte sich am Kopf und entsandte mehrere Wyrrlichter, bis die ganze Kammer hell erleuchtet war. Da sahen sie die in die Wände gemeißelten Hieroglyphen und Abbildungen. Sie waren einmal bunt gewesen, aber die Farben waren seit Langem verblasst.

»Kannst du sie lesen?«, fragte Fletcher an Jesper gewandt, der bereits eifrig in sein Notizbuch zeichnete.

»Nein«, nuschelte er nur und betastete eines der Symbole mit den Fingern. »Sie müssen uralt sein, mehrere Tausend Jahre wahrscheinlich. Ich bezweifle, dass die Orks sie überhaupt lesen können.«

»Soll das heißen, jemand anders hat diese Pyramide gebaut?«, warf Belena ein.

»Schwer zu sagen«, antwortete Jesper, ohne von seiner Zeichnung aufzublicken. »Auf den Bildern sind Orks zu erkennen, das spricht dafür, dass sie die Architekten waren, aber die Hieroglyphen sind nicht in ihrer Sprache verfasst. Die Kultur der Baumeister muss vor langer Zeit verschwunden sein. Das würde auch erklären, warum die Stufentürme um den Hauptplatz herum so anders aussehen als die Pyramide. Kein Wunder, dass die Orks diesen Ort verehren. Wahrscheinlich glauben sie, ihre Götter hätten sie gebaut.«

Fletcher nahm die Hieroglyphen näher in Augenschein. Sie stellten Pflanzen und Tiere aus dem Dschungel dar und hatten tatsächlich keinerlei Ähnlichkeit mit den Runen auf Ignatius' Beschwörungsleder, die lediglich aus Punkten und gezackten Linien bestanden. Eine Art Natur-Alphabet, überlegte er, konnte sie aber genauso wenig lesen wie Jesper, also wandte er seine Aufmerksamkeit den Blütenblättern zu seinen Füßen zu. Wegen Jespers Warnung wagte er nicht, eines davon aufzuheben, aber ihren Geruch nahm er deutlich wahr: Tabak und Alkohol, eine seltsame Mischung. Von welcher Pflanze sie stammen mochten und was die Blätter hier zu suchen hatten, konnte er sich beim besten Willen nicht erklären.

»O nein, seht euch das an!«, keuchte Belena mit vor Schreck geweiteten Augen. »Sie haben den Eingang erreicht.«

Sofort versammelten sich alle um Belenas Hellsehstein herum. Die Rhinozerosse, die die vergoldete Sänfte trugen, hatten vor der breiten Treppe haltgemacht. Auch die Trommeln setzten nun wieder ein. Der Rhythmus drang bis an ihre Ohren, als verfügte die Pyramide über einen eigenen Herzschlag.

Dann sahen sie den Albino-Ork. Mit einem eleganten Satz sprang er von seiner Totenschädelsänfte geradewegs auf die Treppe. Die versammelten Orks jubelten und trampelten so laut, dass der Boden unter Fletchers Füßen erzitterte.

Der Albino musste gut und gerne drei Meter groß sein, so weit überragte er die anderen. Er trug lediglich einen Lendenschurz, seine Haut war mit einem glänzenden Öl beschmiert. Im Gegensatz zu den anderen Orks war sein Schädel unrasiert, das weiße Haar war so lang und dick wie Sylvas und hing ihm offen bis zu den Schultern. Er war zwar muskulös, aber nicht so bullig wie seine Artgenossen – es schien, als wäre Schnelligkeit seine Stärke, nicht rohe Kraft.

Der Albino hob die Arme und empfing den Jubel seiner Untertanen, dann drehte er sich um und ging mit den eleganten Schritten eines Tänzers die Stufen hinauf. Zwei Schamanen begleiteten ihn, während ihre Nanauen ruhelos die Treppe auf und ab liefen.

Kurz bevor sie die oberste Stufe erreichten, stimmte die Menge zum Takt der Trommelschläge einen Gesang an. Er bestand aus nur einer einzigen Silbe, die sie endlos wiederholten.

»Verstehst du, was sie singen, Belena?«, fragte Fletcher.

Belena schloss die Augen und konzentrierte sich. »Khan«, antwortete sie schließlich. »Es hört sich an wie Khan.«

»Das ist sein Name«, erklärte Manhard mit einem Schaudern.

Inzwischen hatten die drei die Spitze der Pyramide erreicht. Fletcher sah, wie Khan einen gezackten Dolch aus glänzendem Obsidian in die Höhe hielt.

Die Menge brüllte vor Begeisterung, nur die blau bemalten Orks, die das Pitz-Spiel verloren hatten, knieten stumm am Fuß der Treppe. Dann standen sie auf und gingen einer nach dem anderen langsam nach oben.

»Wozu soll das gut sein?«, murmelte Kress mit einem Kopfschütteln. »Da oben ist doch nichts. Was wollen sie da?«

»Du wirst es gleich merken«, antwortete Manhard düster und drehte sich zur Seite. »Ihr könnt ja zusehen, wenn ihr wollt. Ich schaue inzwischen lieber weg.«

Der erste blaue Ork erreichte die abgeflachte Spitze der Pyramide. Obwohl Melanox weit über ihm war, sah Fletcher, dass seine Hände zitterten. Im nächsten Moment wurde er von Khan gepackt und auf den Altar gelegt, dann hob der Albino seinen Dolch.

Fletcher sah gerade noch rechtzeitig weg. Belena würgte und drückte Sylva ihren Kristall in die Hand, dann rannte sie in eine Ecke, während die anderen entsetzt zusahen. Nur Jesper, der immer noch in den Anblick der Hieroglyphen versunken war, bekam nichts von der schaurigen Szene mit.

»Ein Opfer für die alten, längst vergessenen Götter«, murmelte Manhard. »Die Orks haben fürchterliche Angst vor ihnen und glauben, dass sie in dieser Pyramide hausen. Deshalb opfern sie ihnen auch das meiste Blut, viel mehr als ihren anderen Göttern.«

Der verblutete Ork wurde einfach die Treppe hinabgestoßen. Stufe um Stufe fiel die Leiche hinunter und blieb zwischen den anderen Verlierern liegen. Die Zuschauer hoben den Leichnam jubelnd hoch und reichten ihn nach hinten weiter, während schon das nächste Opfer mit angstverzerrtem Gesicht auf dem Altar lag.

Khan ließ den Dolch erneut niederfahren, dann hob er den Oberkörper des Toten an und ließ das hellrote

Blut aus der klaffenden Brustwunde über den Altar spritzen.

Wie gebannt schauten alle zu, bis Jesper sie aus ihrer Schreckstarre riss.

»Leute, das müsst ihr sehen!«

40

SIE STARRTEN DIE STELLE AN, auf die Jesper deutete, und trauten ihren Augen nicht. Malik löschte die Wyrrlichter unmittelbar vor der Wandmalerei und ersetzte sie durch einen Feuerball, damit die verblassten Farben besser herauskamen.

Ein Ork, der Khan zum Verwechseln ähnlich sah, war dort abgebildet. Hinter ihm standen Krieger, die genauso bemalt waren wie Kahns Leibwache. Noch unglaublicher war allerdings, dass in dieser Szene auch Menschen dargestellt waren. Die Zeichnung war nicht besonders detailliert, aber die Gesichter und die Körperhaltung ließen keinen Zweifel. Einer stand an der Spitze der Gruppe, als wäre er ihr Anführer.

»Alle eintausend Jahre«, murmelte Fletcher. »Ich wette, das haben diese Hieroglyphen zu bedeuten. Ein Erlöser, der alle tausend Jahre kommt, um die Menschen zu besiegen. Zumindest hat das ein Soldat behauptet, den ich einmal kannte.«

»Ich würde eher sagen, der Albinismus ist eine Laune der Natur, wie sie bei jeder Spezies vorkommt«, widersprach Malik leise. »Möglich, dass die Albino-Orks größer sind als ihre Artgenossen und eine höhere Beschwörungsstufe erreichen, was sie zu geborenen Anführern macht. Aber der Rest ist nichts als Aberglaube.«

»Vielleicht hast du recht, aber das wirklich Verwirrende sind die Menschen auf dem Bild«, warf Sylva ein, als wäre sie die Einzige, die es bemerkte. »Eigentlich dürften sie gar nicht da sein.«

»Warum denn nicht?«, fragte Kress.

»Weil es sie erst seit zweitausend Jahren gibt, nachdem ihre Vorfahren die Akhad-Wüste durchquert hatten«, antwortete Sylva. »Die Pyramide wurde gebaut, lange bevor die ersten Menschen auch nur einen Fuß in den Dschungel setzten. Einige unserer Texte, in denen die Pyramide erwähnt wird, sind fünftausend Jahre alt.«

»Da ist noch etwas«, sagte Jesper und wischte den Staub auf dem Gemälde mit seinem Ärmel weg. Die Farbe war längst verschwunden, aber bei dem Wesen, das zwischen den beiden Gruppen dargestellt war, handelte es sich ohne Zweifel um einen Dämon.

»Ein Salamander!«, keuchte Fletcher.

Ignatius zirpte und kratzte aufgeregt an der Wand.

Direkt über dem Salamander waren zwei weitere Szenen dargestellt, wie sie gegensätzlicher nicht sein konnten: In der einen thronten die Orks über einem Berg menschlicher Leichen, in der anderen verhielt es sich genau umgekehrt, dort waren die Menschen die Sieger.

Fletcher dachte an den Traum, den er gehabt hatte, als er Ignatius das erste Mal in sich aufgenommen hatte. Dort hatte er gesehen, dass Ignatius eigentlich für einen

Albino-Ork bestimmt gewesen war, vor tausend oder noch mehr Jahren. Vielleicht stellte das Gemälde genau diese Prophezeiung dar. Und selbst wenn nicht, sowohl das Gemälde als auch Fletchers Traum deuteten darauf hin, dass in den Prophezeiungen der Orks ein Salamander-Dämon über Sieg und Untergang entschied.

»Wir sollten das unbedingt abschreiben«, sagte er. »Vielleicht lässt es sich übersetzen.«

»Schon passiert«, erwiderte Jesper und zeigte ihm sein Notizbuch.

»Seht mal!« Sylva deutete auf Belenas Hellsehkristall. »Wir müssen jetzt los. Die Opferzeremonie ist vorbei, Khan ist mit seinen Schamanen auf dem Weg zum Hintereingang der Pyramide. Ein paar jüngere Orks sind auch dabei. Das müssen die Novizen sein.«

»Verflucht«, brummte Malik. »Hoffentlich finden wir rechtzeitig ein Versteck. Folgt mir!« Er löschte die Feuerkugel und lief weiter zum nächsten Durchgang auf der anderen Seite der Kammer. Fletcher und der Rest folgten ihm wortlos.

»Sieht so aus, als hätten wir lange genug gewartet«, flüsterte Othello mit kaum verhohlener Freude in der Stimme. »Isadoras Gruppe hat es nicht rechtzeitig geschafft.«

Im Laufschritt trabten sie den Tunnel entlang, bis er sich erneut teilte. Für die Überlegung, welche der Abzweigungen sie nehmen sollten, blieb keine Zeit. Fletcher entschloss sich einfach für die rechte, Othello, Sylva und Lysander folgten ihm. Kurz darauf ging es steil nach oben, als führe der Weg genau ins Zentrum der Pyramide.

»Hey«, keuchte Fletcher, während ihre Schritte durch den Tunnel hallten. »Wir haben Kress und Jesper verloren.«

»Wir werden sie schon wiederfinden«, rief Sylva, die mit einem Wyrrlicht auf der Fingerkuppe vorauslief, über die Schulter. »Hier drinnen wird es jeden Moment nur so vor Orks wim…«

Sylva verstummte. Das Ende des Tunnels war erreicht, sie standen im Eingang zu einer riesigen Kammer. Dicke Träger aus rostigem Metall stützten eine Kuppeldecke hoch über ihren Köpfen, von der mehrere Rohrleitungen nach unten führten. Unmittelbar vor ihnen ragte eine Säule mit einer Plattform am oberen Ende auf, in die ein Pentagramm gemeißelt war. In der Mitte des Pentagramms gähnte ein Loch – doch wie tief es sein mochte, war in dem spärlichen Licht nicht zu erkennen.

Leider gähnte zwischen ihnen und der Säule ein tiefer Abgrund. Von allen vier Seiten der rechteckigen Kammer führte jeweils eine schmale Steinbrücke hinüber.

Othello sah sich mit zusammengekniffenen Augen um. »Wo zum Teufel sollen wir uns hier bloß verstecken?«

»Da drüben!«, rief Sylva und deutete auf die Säule. Um die Säule herum verlief eine Wendeltreppe. Die Stufen waren so hell, als wären sie erst vor kurzer Zeit hineingehauen worden.

Fletcher sandte ein Wyrrlicht in den Abgrund zu ihren Füßen. Es sah verflucht tief aus, aber er konnte erkennen, dass sich am Boden ein weiterer Tunneleingang befand. Weit bemerkenswerter schienen allerdings die mehreren Hundert Eier zu sein, die in einer Art Graben um den

Fuß der Säule verteilt lagen. Sie waren grasgrün und kugelrund, fast wie unreife Orangen. Da fiel ihm ein, dass er solche Eier auch schon in den Stollen gesehen hatte.

»Das sind Koboldeier«, sagte er. »Gnomeier müssen viel größer sein, wenn die Gnome bereits voll ausgewachsen aus ihnen schlüpfen, wie Manhard sagt.«

»Ich möchte lieber gar nicht wissen, was die Koboldeier hier zu suchen haben«, kommentierte Othello. »Aber wir werden es so oder so gleich herausfinden, denn der Tunnel dort unten ist die einzige Möglichkeit, uns zu verstecken. Mit ein bisschen Glück führt er sogar zu den Gnomhöhlen.«

»Wer weiß«, erwiderte Fletcher, den Blick immer noch nach unten gerichtet. »Ich wette, genau dorthin ist auch Khan mit seinen Schamanen unterwegs. Wenn der Tunnel eine Sackgasse ist, sitzen wir in der Falle und müssen gegen … wie viele Orks kämpfen?«

»Zehn«, antwortete Sylva, nachdem sie die Schamanen und Novizen mithilfe von Belenas Hellsehstein gezählt hatte. »Wenigstens haben sie ihre Dämonen mittlerweile in sich aufgenommen. Trotzdem beeilen wir uns lieber, denn sie kommen gerade durch den Hintereingang.«

Fletcher überlegte fieberhaft. Sollten sie zur Plattform laufen und einen der anderen drei Ausgänge nehmen? Aber was, wenn sie dort den Schamanen in die Arme liefen? Einfach in den Abgrund springen konnten sie allerdings auch nicht … Da kam ihm eine Idee.

»Lysander, kannst du uns zu den Metallträgern an der Decke fliegen? Sie sind dick genug, damit wir uns dahinter verstecken können.«

Der Greif nickte krächzend. Als er dann auch noch zwinkerte, wusste Fletcher, dass Hauptfrau Lovett nun wieder die Kontrolle übernommen hatte.

»Bist du sicher?«, fragte Othello skeptisch. »Die Dinger sehen so verrostet aus wie ein Fischeimer.«

»Entweder diese Träger oder der Tunnel unten bei den Eiern«, erwiderte Fletcher und kletterte auf Lysanders Rücken. Othello und Sylva setzten sich sogleich hinter ihn. Fletcher umklammerte Lysanders Hals, während Sylva ihm von hinten die Arme um die Hüfte schlang. Ohne Sattel kam ihm das seidige Gefieder auf dem muskulösen Rücken des Greifs bedenklich rutschig vor.

Gerade wollte er den Befehl zum Start geben, da erhob sich Lysander schon mit einem mächtigen Flügelschlag in die Luft. Einen Sekundenbruchteil lang stürzten sie ins Leere, dann schoss der Greif mit atemberaubender Geschwindigkeit nach oben zwischen die Träger, schwenkte erneut herum und landete schließlich. Seine Klauen rutschten kreischend über das rostige Metall, dann kamen sie schlitternd zum Stehen.

Fletchers Magen hatte inzwischen mehrere Saltos geschlagen. Er brauchte einen Moment, um wieder zu Atem zu kommen, während die anderen bereits abstiegen. Fletcher folgte ihnen schließlich und achtete darauf, dem Rand des Trägers bloß nicht zu nahe zu kommen.

Von hier oben waren die Eier am Fuß der Säule deutlich zu erkennen. Eine dicke Rohrleitung führte direkt über Fletchers Kopf vorbei, er hörte eine Flüssigkeit darin hin und her schwappen. Mit einem Schaudern löschte er die Wyrrlichter, dann versank die Kammer um sie herum in der Dunkelheit – und das keine Sekunde zu früh, denn genau an der Stelle, wo sie eben noch gestanden hatten, näherte sich ein Lichtschein.

Es war Khan, der mit einer Fackel in der Hand vor seinen Schamanen ging. Fletcher hatte ihn noch nie aus solcher Nähe gesehen. Er wirkte sogar noch größer als zuvor auf dem Kristall. Seine Augenwülste waren weniger ausgeprägt und die Hauer kürzer als bei den meisten ausgewachsenen Orkbullen. Aber das wirklich Bemerkenswerte war etwas ganz anderes: Ein Dämon saß auf der Schulter des Albinos und sah sich mit seinen bernsteinfarbenen Augen um.

Es war ein Salamander.

41

DER PECHSCHWARZE DÄMON WAR doppelt so groß wie Ignatius, und aus seinem Rücken wuchsen zwei Stummelflügel, dennoch war es eindeutig ein Salamander mit Schwanzstachel und spitzer, zahnloser Schnauze.

Ignatius erkannte ihn ebenfalls als Artgenossen und zirpte leise, doch Fletcher beruhigte ihn mit einem Gedankenbefehl, damit er sie nicht verriet, während Kahn die Schamanen und deren Novizen über die Brücke führte. Einer aus dem Tross hatte einen Sack voller Blütenblätter aus der Vorkammer dabei.

Sie verfügten weder über Dämonen noch über ein Beschwörungsleder, aber selbst von hier oben konnte Fletcher die Tätowierungen auf ihren Händen sehen. Es waren Pentagramme und andere Symbole, genau wie bei ihm. Sogar die Novizen hatten welche, doch hielten sie ihre Hände wie unter Schmerzen verkrümmt, als wären die Symbole gerade erst gestochen worden. Die Novizen waren kleiner als die anderen Orks, ihre Hauer ragten kaum über die Unterlippe hinaus. Um die Hüfte trugen sie einen Schurz aus Gras, ihre Haut war weiß gepudert. Wahrscheinlich, damit sie dem Albino ähnlicher sahen.

Ein Schrei aus Kahns Kehle ließ Fletcher zusammenzucken. Der Albino deutete auf die fünf Spitzen des Pentagramms auf der Plattform und bellte Befehle. Die Schamanen nahmen die ihnen zugewiesenen Positionen ein, während die Novizen auf die Knie sanken und aufmerksam zusahen. Nach weiteren Anweisungen stimmten die Schamanen einen Gesang an und ätzten ein kompliziertes, in sich selbst verschlungenes Muster in die Luft.

Es war ein faszinierender Anblick. Bisher hatte Fletcher immer geglaubt, Orks beherrschten gerade einmal die Grundzüge der Dämonenbeschwörung und könnten höchstens einen Wichtel kontrollieren. Da fiel ihm wieder ein, dass sie diese Kunst schon weit länger beherrschten als die Menschen – vielleicht sogar länger als die Elfen. Aber zu Sylva sagte er davon lieber nichts.

Khan brüllte einen letzten Befehl, und die Schamanen hielten inne. Eine Art Doppelspirale schwebte jetzt über dem Pentagramm. Dann begannen die Hände der Schamanen zu leuchten, während sie das Gebilde mit Mana aufluden. Die Spirale erstrahlte in einem gleißend blauen Licht und fing an, sich – von tosendem Lärm begleitet – immer schneller zu drehen, bis Fletchers Augen der Bewegung nicht mehr folgen konnten.

Ihr Gesang wurde nun immer inbrünstiger. Als er den Höhepunkt erreichte, kauerte sich Khan auf den Boden und drückte auf eine kleine, in die Plattform eingelassene Erhebung. Der Knopf versank, dann hörte Fletcher ein Rumpeln über seinem Kopf. Es schien durch die ganze Pyramide zu gehen, gefolgt von einem Mahlen und Klappern, das von Mühlrädern zu stammen schien. Khan legte den Kopf in den Nacken und schaute in die Richtung, aus der das Geräusch kam.

Fletcher duckte sich erschrocken hinter seinen Träger. Das Herz schlug ihm bis zum Hals. Erst als er eine Flüssigkeit durch die Rohre ringsum rauschen hörte, riskierte er wieder einen Blick.

Sofort wünschte er, er hätte es nicht getan, denn der Anblick war entsetzlich: Aus den Rohren ergoss sich frisches Blut in die Mitte des Pentagramms. Auf dem Weg durch die sich drehende Spirale begann es zu schäumen und zu zischen, wurde immer dickflüssiger und schließlich so dunkel, dass es beinahe schwarz wirkte. Dann rauschte es in der Mitte der Säule nach unten, um an ihrem Fuß aus Wasserspeiern wieder ausgespuckt zu werden und über den Koboldeiern zu gerinnen. Die Eier wölbten sich und wurden immer größer, bis sie sich wie eine Flut über den Rand des Grabens am Fuß der Säule ergossen.

Ein leiser Fluch in der Dunkelheit sagte Fletcher, dass er nicht der Einzige war, der das Schauspiel beobachtet hatte. Kurz darauf schrumpfte der Blutstrom auf ein bloßes Tröpfeln zusammen, die Spirale flackerte und verschwand, die Schamanen sanken erschöpft in sich zusammen. Fletchers Hände waren klatschnass von Schweiß. Jetzt wusste er, welchem Zweck das Opferritual auf der Spitze der Pyramide gedient hatte.

Khan griff mit einem zufriedenen Grunzen in einen Beutel an seiner Hüfte und warf seinem Salamander einen

Leckerbissen zu. Gierig stürzte sich der Dämon darauf und verschlang ihn genussvoll, dann knurrte der Albino den nächsten Befehl.

Die Novizen stellten sich in einer Reihe vor ihm auf und nahmen eine Handvoll Blütenblätter aus dem Sack, den er ihnen hinhielt. Khan stopfte sich ebenfalls einige in den Mund, dann kauten alle eine Weile schweigend. Die Novizen verzogen angewidert das Gesicht wegen des Geschmacks, einer würgte sogar und musste den Brei mit einem Schluck aus seiner Feldflasche hinunterspülen.

Fletcher fragte sich, ob es sich um eine Droge oder gar um Gift handelte, das ihre Sinne benebelte oder vielleicht die Nerven lähmte. Auf jeden Fall begannen sie merklich zu schwanken – ob vor Angst oder wegen der Wirkung der Blütenblätter, das konnte Fletcher nicht sagen.

Nach einer kurzen Stille befahl Khan den Novizen, sich um das Pentagramm zu verteilen und niederzuknien. Die jungen Orks senkten ehrerbietig das Haupt, dann legten sie eine Hand auf das blutgefüllte Symbol zu ihren Füßen und die andere in die Mitte des fünfzackigen Sterns.

»Sieh dir die Symbole an«, sagte Sylva so leise, dass Fletcher sie beinahe nicht gehört hätte.

Er folgte ihrer Blickrichtung und musste sich die Hände vor den Mund schlagen, um nicht laut aufzukeuchen. Erst jetzt, da die Symbole mit Blut gefüllt waren, sah er, was sie darstellten: Es waren die Koordinaten des Ätherbereichs, der den Orks zukam. Ihr bestgehütetes Geheimnis lag offen vor Fletchers Augen.

Er winkte Lysander hektisch heran und deutete nach unten. Der Greif streckte den Kopf aus seinem Versteck, bis auch er die Symbole sah – und mit ihm ganz Hominum. Selbst wenn ihre Mission misslang, war sie nicht umsonst gewesen, denn sie hatten etwas geschafft, das die Menschen längst aufgegeben hatten: den Zugang zum Orkteil des Äthers zu finden.

Die neuen Koordinaten bedeuteten nicht nur neue Pflanzen, sondern auch bisher unbekannte Dämonen für Hominums Beschwörer. Diese Entdeckung konnte den Krieg endgültig zu ihren Gunsten entscheiden, und es war Fletchers Gruppe, die das ermöglicht hatte.

Die Symbole waren nun vollständig mit Mana aufgeladen. Das Blut darin begann zu kochen und leuchtete genauso blau wie das Pentagramm in der Mitte, dann erschien eine gleißende Kugel darüber, die sich langsam um die eigene Achse drehte. Bei jeder Umdrehung hallte ein dumpfes Dröhnen durch den Raum – es war ein Portal zum Äther, größer als alle, die Fletcher bisher gesehen hatte.

Khan hob seine Fackel und trat auf die Kugel zu. Er drehte sich noch einmal um, der Blick seiner roten Augen sprang von einem Novizen zum nächsten, dann drang er ohne Zögern durch das Portal.

Sylva hielt den Atem an, während die jungen Orks – einer nach dem anderen – ihrem Herrn folgten und verschwanden, als hätten sie niemals existiert. Nur die immer noch singenden Schamanen blieben zurück und versorgten das Pentagramm weiterhin mit einem Strom blauen Lichts.

Minuten vergingen. Fletcher sah von oben ungläubig zu. An der Akademie hatten sie gelernt, dass die Luft des Äthers giftig war. Sie führte zu Lähmungen, nicht selten sogar zum Tod, weshalb jeder Beschwörer einen Schutzanzug tragen musste. Das Visier von Hauptfrau Lovetts Helm hatte nach dem Zwischenfall vor beinahe zwei Jahren lediglich einen Sprung gehabt, und trotzdem waren ihre Beine jetzt gelähmt.

Beinahe eine Ewigkeit lang passierte gar nichts, außer dass die Schamanen vor Anstrengung immer stärker schwitzten. Fletchers Gruppe blieb nichts anderes übrig, als auf den Trägern unter der Decke auszuharren und bloß kein Geräusch zu machen.

Irgendwann bemerkte Fletcher, wie Sylva ein Niesen unterdrücken musste. Ihre Schultern hoben und senkten sich bebend, während sie sich mit wässrigen Augen die Nase zuhielt und Fletchers Herz vor Angst beinahe stehen blieb.

Eine gute halbe Stunde später trat der Albino-Ork mit seinem Salamander auf der Schulter wieder aus dem Portal. Die Novizen folgten kurz darauf. Einige hatten es verdammt eilig, und Khan lachte schallend, als sie sich zitternd hinter ihren Lehrern verkrochen.

Sobald der letzte hindurch war, schlossen die Schamanen das Portal, und der Raum versank wieder in Dunkelheit. Khans Fackel war jetzt die einzige Lichtquelle. Er bellte einen Befehl, dann ging er über die Brücke und verschwand im gegenüberliegenden Durchgang. Die erschöpften Schamanen folgten ihm mit ihren Schülern im Schlepptau.

Sogar als die Kammer stockfinster war, wagten Fletcher und die anderen nicht, sich auch nur zu bewegen, denn die Orks konnten jeden Augenblick zurückkehren. Erst als lauter Jubel vom Vorplatz an ihre Ohren drang, wussten sie, dass sie es überstanden hatten.

Othello rutschte näher an Fletcher und Sylva heran. »Was war das?«, knurrte er. »Sind die Orks etwa immun gegen Äthervergiftung?«

»Sieht ganz so aus«, flüsterte Sylva und entzündete ein Wyrrlicht. »Aber jetzt haben wir ihre Koordinaten. *Wir* haben das vollbracht, zwei Zwerge, ein Mensch und eine Elfin.« Sie strahlte nur so vor Stolz.

Fletcher hatte das Gefühl, ihr Lächeln lasse den Raum gleich ein bisschen heller werden, und gestattete sich für einen Moment, ihren Triumph zu genießen. Diese Koordinaten zu entdecken war so unmöglich erschienen, dass es nicht einmal Teil ihres Auftrags gewesen war. Sie hatten ihr Ziel bei Weitem übertroffen.

Dann flog Lysander sie einen nach dem anderen hinunter zu der Plattform mit dem Pentagramm.

»Sieh dir die Symbole gut an«, sagte Fletcher zu dem Greif, dann beugte er sich über den Rand und entsandte ein Wyrrlicht zum Fuß der Säule. Die Eier befanden sich immer noch in dem Graben, jedes davon war jetzt so groß wie ein kleines Bierfass. Ihre von grünlichem Schleim überzogenen Schalen pulsierten, als wären sie lebendig.

Othello kniete sich hin und inspizierte die schwarze Kruste, die das verdampfte Blut in dem Pentagramm hinterlassen hatte. Schließlich stand er mit einem Naserümpfen wieder auf, da ertönte ein Plätschern aus einem der

Rohre über ihm, und der Zwerg blickte auf. Ein roter Schwall traf ihn mitten im Gesicht.

»Das gibt's doch wohl nicht!«, schimpfte er, sprang zur Seite und wischte sich wie von Sinnen das Blut ab.

»Organisches Material, ebenso wie unsere Beschwörungsleder und Fletchers Tätowierungen«, überlegte Sylva laut, während sich das Pentagramm erneut mit Blut füllte. »Wahrscheinlich führen die Rohre dort oben direkt zum Opferaltar.«

»Was du nicht sagst«, blaffte der Zwerg und wusch sich das Gesicht mit Wasser aus seiner Flasche ab. Fletcher konnte sich ein kleines Grinsen nicht verkneifen.

»Was war das? Ein Initiationsritus für die Novizen?«, fragte Sylva und ging mit langen Schritten um das Pentagramm herum. »Ihr erster Ausflug in den Äther vielleicht?«

Der Raum fühlte sich jetzt anders an. Sie hatten Unglaubliches entdeckt, und doch blieben nach wie vor so viele Fragen unbeantwortet.

»Gut möglich«, antwortete Othello seufzend. »Zumindest wissen wir jetzt, wo die Gnomeier herkommen.«

»Richtig. Irgendein abscheulicher Zauber, der das Orkblut mit den Koboldeiern vermischt«, schnaubte Fletcher und setzte vorsichtig einen Fuß auf die erste Stufe der Wendeltreppe, die hinunter in den Graben führte. Allein von der Höhe wurde ihm schwindlig. »Da wir gerade davon sprechen … gehen wir doch nach unten und sehen uns an, womit wir es zu tun haben.« Der Stein fühlte sich fest an, also wagte er die nächsten Schritte, bis sein Kopf auf Höhe der Plattform war.

»Sollten wir nicht zuerst nach den anderen sehen?«, fragte Othello und beäugte die Treppe misstrauisch.

»Wenn es einen Eingang zu den Gnomhöhlen gibt, dann hier unten«, widersprach Fletcher. »Durch Lysanders Hellsehkristall haben die anderen gesehen, wo wir sind und dass die Luft wieder rein ist. Sie werden bestimmt bald eintreffen.«

Er ging weiter und tastete sich mit den Fingern an dem grob behauenen Stein entlang, als könnte er sich daran festhalten, falls die Treppe wegbrechen sollte. Die Wände ringsum schienen immer näher zu kommen. Fletcher musste an die Wendeltreppe denken, über die Didric ihn aus dem Kerker hinaus und zum neuen Gerichtsgebäude geführt hatte. Kalter Schweiß trat ihm auf die Stirn. Sie waren hier vollkommen ausgesetzt, konnten nirgendwo in Deckung gehen, falls jemand sie jetzt von der Plattform aus angriff … oder von unten aus der Grube.

Einzig und allein Ignatius' Körperwärme in seinem Nacken gab Fletcher die Kraft, tiefer in die Höhle des Löwen hinabzusteigen.

Der Graben am Fuß der Säule war randvoll mit Eiern, dazwischen schwamm halb geronnenes Blut. Fletcher blieb nichts anderes übrig, als mitten hindurchzuwaten. Als er endlich den Rand erreichte, waren seine Kniehosen vollkommen durchtränkt.

Sylva und Othello waren schlau genug, gleich von der Wendeltreppe aus auf den Rand des Grabens zu springen. Als Fletcher dann auch noch sah, wie Lysander mühelos heruntergeschwebt kam, ohrfeigte er sich innerlich, dass er nicht einfach auf seinem Rücken geflogen war.

Diesmal war es Othello, der grinsend zusah, wie sich Fletcher den widerlichen Schleim mit seinem Chepesch von der Hose wischte.

»Sieht so aus, als würden sie während eines jeden Ritus mehrere Hundert neue Eier machen«, sagte Sylva. »Mich wundert, dass wir erst dieses Jahr von den Gnomen erfahren haben. Es ist beinahe, als würden die Orks im Geheimen ein ganzes Heer züchten.« Sie zog ihr Falx und bohrte die Spitze in eines der Eier. Ein Schwall trüber Flüssigkeit spritzte heraus, gefolgt von grünlichem Dotter. Es stank erbärmlich, wie eine Mischung aus Fäulnis und Brackwasser.

»Vielen Dank dafür!«, schimpfte Othello. »Jetzt müssen wir auch noch in diesem Mief auf die anderen warten.«

Sylva verdrehte die Augen. »Wie hätte ich denn sonst …«

Ein Armbrustbolzen schoss pfeifend herab und bohrte sich in Fletchers Schulter. Die blaue Befiederung schaute gerade noch heraus, so tief war er eingedrungen. Ein zweiter traf ihn am Oberschenkel, dann sank Fletcher auf die Knie. Er spürte keinen Schmerz, nur ein Taubheitsgefühl, das sich seinen Arm entlang ausbreitete, bis ihm der Chepesch aus der Hand fiel.

Sylva stieß einen markerschütternden Schrei aus und feuerte einen Blitz auf die Plattform ab, von der der Angriff gekommen war. Der Blitz zerbarst in einer Wolke aus Staub und Mauerwerk an der Decke.

Othello schwang sich auf Lysanders Rücken, der mit mächtigen Flügelschlägen auf die Plattform zujagte, doch das Geräusch fliehender Schritte sagte Fletcher, dass es zu spät war. Der Attentäter war schon wieder fort.

»Nein, o nein«, flüsterte Sylva und fing Fletcher mit den Armen auf, als er zu Boden sank.

Dann kam der Schmerz. Es fühlte sich an, als würde sein Oberkörper in zwei Stücke gerissen. Der erste Bolzen hatte sich von schräg hinten in seine Schulter gebohrt, die Spitze war unterhalb der Brust wieder ausgetreten. Jeder Atemzug tat so weh, dass er kaum Luft bekam.

»Zieh ihn raus«, krächzte Fletcher, als er schon das Blut in seinem Mund schmeckte. Der Bolzen hatte seine Lunge getroffen. »Wir müssen einen Heilzau…«

Sylva brach die Spitze ab und zog den Schaft mit einer schnellen Bewegung aus seinem Rücken, dann tat sie das Gleiche an seinem Oberschenkel. Dort musste sie den Bolzen allerdings erst noch ein Stück hineindrücken, bevor sie die Spitze abbrechen konnte.

Inzwischen füllte sich Fletchers Lunge mit Blut. Mit flachen, gurgelnden Atemzügen beobachtete er, wie Sylva eine Heilglyphe ätzte und weißes Licht in seine Wunden strömte. Ignatius sprang hinzu und versuchte, mit seiner Zunge den Blutfluss zu stoppen.

Doch es ging zu langsam. Der Boden unter Fletcher färbte sich zusehends rot. Der Schuss hatte eine Schlagader getroffen.

Fletcher konnte nur in grimmigem Schweigen zusehen. Er wollte nicht in dieser stinkenden Grube sterben, während die ganze Welt zusah. Man würde ihn für einen Versager halten – schlimmer noch, er würde zum Symbol der Zerrissenheit Hominums werden.

Da fiel ihm etwas ein, das er ganz vergessen hatte: Electras Tränke an seinem Brustgurt!

Wortlos zog er eines der Fläschchen heraus und entkorkte es mit dem Daumen. Dann leerte er den Inhalt mit einem einzigen Schluck. Das Zeug schmeckte genauso metallisch wie das Blut in seinem Mund, und eine Weile lang spürte er gar nichts, außer dass das Leben allmählich aus seinem Körper floss. Dann …

»Das ist doch … nicht möglich«, keuchte Sylva und ließ die Heilglyphe verschwinden.

Fletcher spürte, wie eine lindernde Kälte seinen Körper durchzuckte, dann war der Schmerz verschwunden. Als er an sich hinunterblickte, war von der Oberschenkelwunde nur noch ein kleines verkrustetes Loch zu sehen, ebenso wie unterhalb seiner Brust.

Ignatius sprang freudig auf seine Schulter und wickelte sich um Fletchers Hals. Das Herz des kleinen Salamanders flatterte wie ein Kolibri.

»Ruhig, Kleiner«, flüsterte er. »Ich lass dich schon nicht im Stich.«

Sylva presste ihre Stirn an die seine. »Ich hatte schon geglaubt, ich würde dich verlieren«, hauchte sie, dann streiften ihre Lippen seinen Mund, so flüchtig, dass Fletcher nicht sicher war, ob er es sich nicht nur eingebildet hatte.

Othello warf sich neben ihm auf die Knie und schlang ihm die Arme um den Hals, so fest, dass Fletcher glaubte, seine Rippen knacken zu hören.

»Tu das *nie* wieder«, schluchzte der Zwerg.

42

IM TUNNELEINGANG GINGEN SIE IN DECKUNG, außerhalb der Schusslinie. Nur Lysander versteckte sich oben zwischen den Trägern – für den Fall, dass der Attentäter zurückkehrte.

»Entweder sind Isadora und ihre Gruppe doch hier, oder es war Kress«, erklärte Sylva mit vor der Brust verschränkten Armen. »Ist es nicht seltsam, dass sie beide Male, als auf Fletcher geschossen wurde, nicht bei uns gewesen ist?«

»Nein, das kann ich nicht glauben«, widersprach Othello unbeirrt. »Das würde sie niemals tun. Und schon gar nicht, wenn es um Fletcher geht. Um ehrlich zu sein, ich glaube, sie hat ein Auge auf ihn geworfen.«

Sylva wurde rot, sah aber nicht weg. »Vielleicht gehört sie zu den Fanatikern. Vielleicht möchte sie einen Krieg und tut nur so, als würde sie den Gesichtsschleier ablehnen. Ihr wisst schon, zur Tarnung. Vielleicht ist sie genau so, wie Atilla früher war.« Ihr Blick wirkte verzweifelt. »Um ein Haar hätte ich … hätten *wir* Fletcher verloren!«

Dies war nicht mehr die Elfin, die Fletcher von früher kannte. Sie stand so dicht neben ihm, dass er sich unwillkürlich fragte, ob sich in dem kurzen Moment vorhin etwas zwischen ihnen verändert hatte.

Sylva hatte sogar Sariel herbeigerufen, damit er das dunkle Ende des Tunnels im Auge behielt. Sie streichelte ihm gedankenverloren übers Fell, und der Canid winselte traurig.

Fletcher lehnte sich mit dem Rücken gegen die Wand. »Lysander hat gesehen, wie ich angeschossen wurde«, flüsterte er. »Wenn sich Kress nicht in Calibans oder Sacharissas Blickfeld befand, als es passierte … Die blaue Befiederung wird ganz Hominum glauben lassen, dass sie es war.«

»Und wahrscheinlich war sie es auch!«, rief Sylva gereizt. »Wie oft muss ich euch noch sagen, dass wir ihr nicht trauen können?«

»Verstehst du nicht, worauf ich hinauswill? Es ist mir ganz gleich, ob sie es war oder nicht«, entgegnete Fletcher leise. »Alles, was wir mit der Entdeckung der Orksymbole erreicht haben, ist dahin.«

»Lysander hat kaum etwas gesehen«, wandte Othello ein. »Ich bin praktisch sofort mit ihm zur Plattform hinauf geflogen. Die Farbe der Befiederung war aus seinem Blickwinkel gewiss nicht zu erkennen.«

»Mag sein …«, murmelte Fletcher niedergeschlagen. »Trotzdem wäre der Attentatsversuch einer Zwergin auf einen Menschen eine Katastrophe für Hominum.«

»Nicht nur auf einen Menschen, sondern auf einen Adligen«, gab Othello zu bedenken, dann wandte er sich wieder an Sylva. »Wir wissen nicht, wer es gewesen ist. Maliks Gruppe befand sich die ganze Zeit über auf der gleichen Flussseite wie wir. Gut möglich, dass Malik immer noch einen Groll gegen Fletcher hegt, weil er ihn im Turnier geschlagen hat. Und dann wäre da noch Belena. Wer weiß, ob sie nicht für das Dreigestirn arbeitet – immerhin gehört ihre Großmutter dazu.«

»Das glaubst du doch nicht im Ernst?« Fletcher versuchte sich vorzustellen, wie Belenas große unschuldige Augen ihn ins Visier nahmen. Ausgeschlossen.

»Und warum nicht? Ist sie vielleicht zu hübsch dazu?«, fauchte Sylva.

»Es könnte Rori gewesen sein, sogar Genevieve, weil sie immer noch wütend auf Fletcher ist, nachdem er Malachi letztes Jahr beinahe getötet hat«, sprach Othello weiter. »Vergessen wir nicht, dass Seraphs Gruppe ebenfalls ganz in der Nähe ist.«

Fletcher staunte, wie viele Feinde er sich inzwischen gemacht hatte. Es schien beinahe, als hätte die halbe Akademie einen Grund, ihn zu töten.

Sylva schüttelte den Kopf. »Wenn ihr zu blind seid, um das Offensichtliche zu erkennen, bringt uns dieses Streiten auch nicht weiter«, knurrte sie. »Ich werde den Mund halten, wenn Kress wieder auftaucht, aber ich behalte sie im Auge.«

Ein gereiztes Schweigen senkte sich über die Gruppe, da hörten sie ein Krächzen von oben. Alle waren sofort bereit: Fletcher und Sylva spannten ihre Bögen und zielten auf die Plattform, Othello ätzte eine Feuerglyphe, dann hielten sie den Atem an und warteten.

Didric streckte den Kopf über den Rand der Plattform. »Ich hab dir doch gesagt, dass es hier stinkt, Tarquin!«, rief er belustigt. »Jetzt weiß ich, wo der Gestank herkommt.«

»Da hast du's«, flüsterte Othello aus dem Mundwinkel.

Sylva runzelte nur die Stirn und nahm Didrics Kopf ins Visier.

Jetzt gesellte sich auch noch Tarquin dazu. »Sieh mal einer an«, sagte er mit gespielter Überraschung. »Ihr habt es also doch geschafft. Na ja, das haben wir uns wohl selbst zuzuschreiben, da wir euch vor der Orkpatrouille gerettet haben.«

»*Ihr* habt *uns* gerettet?«, rief Othello. »Wenn wir euch nicht zu Hilfe geeilt wären, wäre nur noch ein braunes Häufchen in einer Orklatrine von euch übrig!«

»Papperlapapp, was für ein Unsinn«, mischte sich Isadora ein. »Grindel, Schatz, sei so gut und trage Atlas nach unten. Er sieht so blass aus.«

Fletcher sah einen großen Schatten hoch oben auf den Stufen. Es war der Wendigo Hannibal. Er ging seiner Gruppe voraus und hatte auf der schmalen Treppe größere Schwierigkeiten. Hinter ihm kam der grinsende Grindel mit Atlas über der Schulter, dann folgte Isadora, die mit leichten Schritten die Stufen hinunterhüpfte. Ihre schwarze Uniform war noch genauso sauber wie am ersten Tag.

Hannibal schaute Fletcher und die anderen von der Treppe aus unverwandt an, also mussten sie ihre Waffen sinken lassen, ob es ihnen nun gefiel oder nicht. Tarquin und Didric gingen als Letzte. Als sie die letzten Stufen erreicht hatten, sprangen sie hinter Grindel gleich von dort aus zum Rand der Grube, wie es zuvor auch Othello und Sylva getan hatten. Nur Hannibal kletterte bis ganz hinunter und watete mit Isadora auf den Armen durch die stinkende Brühe.

Ein echter Kavalier, dachte Fletcher. »Was ist mit Atlas passiert?«, fragte er schließlich, als er den halb bewusstlosen Jungen sah.

»Nachdem wir gestern den Fluss überquert hatten, hat er irgendeine Beere gegessen. Ist ihm anscheinend nicht bekommen«, antwortete Isadora und inspizierte ihre Fingernägel. »Unterwegs hat der Fettsack alles verschlungen, was ihm vor die Nase kam. Ich glaube nicht, dass er es schaffen wird. Wir hätten ihn gleich zurücklassen sollen, aber Tarquin meinte, das würde nicht gut aussehen.«

Fletcher kniete sich neben Atlas auf den Boden. Er hatte kaum noch Farbe im Gesicht, sein Atem war flach und ungleichmäßig.

»Wie lange seid ihr schon hier?«, fragte Fletcher und zog ein weiteres Fläschchen aus seinem Brustgurt. »Wir haben wie vereinbart beim Hintereingang auf euch gewartet.«

»Eben erst angekommen«, krächzte Didric und stieß eines der Eier mit seinem Rapier an. »Wir haben eine halbe Ewigkeit gebraucht, weil wir diesen Idioten den größten Teil der Strecke tragen mussten. Ein Glück, dass die meisten Orks auf dem Vorplatz der Pyramide sind.«

»Wir haben auf euch *gewartet*«, wiederholte Othello grimmig. »Ihr könntet euch wenigstens bedanken.«

Tarquin zuckte die Achseln. »Ich kann mich nicht erinnern, euch darum gebeten zu haben.«

Fletcher ignorierte den Streit und betrachtete das Fläschchen in seiner Hand. Er hatte nur noch zwei von den roten übrig. Das dritte hatte ihm eben das Leben gerettet. Sollte er wirklich eines davon für diesen Verräter opfern? Eigentlich nein, entschied er, da ließ ihn ein protestierender Blick von Lysander zusammenzucken.

Die Welt sah zu.

Fletcher zog den Korken heraus und träufelte das Elixier in Atlas' Mund.

Atlas leckte sich über die trockenen Lippen und schluckte.

»Reine Zeitverschwendung«, murrte Grindel. »Wir haben schon einen Heilzauber versucht, da ist alles umsonst. Der ist hinüber.« Mit einem Zwinkern wandte er sich an Sylva. »Schön, dass die Elfin es auch geschafft hat. Wäre eine Schande, wenn mir ein Ork das Vergnügen geraubt hätte, ihr selbst den Garaus zu machen.«

Sylva legte eine Hand auf den Griff ihres Falx und drückte so fest zu, dass die Klinge zitterte. Nur ihre Stimme und ihr Blick blieben vollkommen kühl. »Versuch's nur«, sagte sie. »Das Vergnügen wäre ganz auf meiner Seite.«

Als das Fläschchen leer war, kehrte die Farbe zurück in Atlas' Gesicht. Er setzte sich hustend auf und sah sich mit trüben Augen um.

»Der Heilzauber hat nichts bewirkt«, kommentierte Isadora ungläubig. »Wir haben eine Menge Mana dafür verbraucht.«

»Anscheinend wirkt der rote Trank auch gegen Gift«, murmelte Fletcher beeindruckt und betrachtete seinen Gurt. Jetzt war nur noch eines von den roten Fläschchen übrig, aber es gab noch drei blaue, um sein Mana zu regenerieren. Die konnte er gut gebrauchen, wenn es daran ging, die Gnomeier zu zerstören.

Atlas schaute Fletcher verwirrt an und wollte gerade etwas sagen, da räusperte sich Tarquin. Eine kurze Pause entstand. Schließlich klappte Atlas den Mund wieder zu, stand mühsam auf und schlurfte betreten zu seiner Gruppe zurück.

»Gern geschehen«, sagte Fletcher sarkastisch.

Ein Krächzen aus Lysanders Kehle ließ Fletcher aufblicken. Kress kam gerade die Stufen herunter. Einen Moment lang überlegte er, ob Sylva vielleicht doch recht hatte, aber das Strahlen auf dem Gesicht der Zwergin räumte jeden Zweifel aus. Kress war unschuldig. Fletcher verbannte jeden Verdacht aus seinen Gedanken und wandte sich dem dunklen Tunnel in ihrem Rücken zu. Heiße, abgestandene Luft schlug ihm entgegen und wurde wieder zurückgesaugt – wie der Atem eines schlafenden Riesen. Es war so weit. All die Gefahren, die sie auf sich genommen hatten, verdichteten sich zu diesem einen Moment. Sie hatten die Gnomeier gefunden und noch genau eine halbe Stunde Zeit.

43

DIE VIER GRUPPEN KAUERTEN im Tunneleingang und betrachteten die Karte, die Manhard angefertigt hatte. Ihre Dämonen waren ein Stück vorausgegangen und hielten Wache.

»Diesen Tunnel hier kenne ich noch nicht, aber ich werde mich schon zurechtfinden, wenn wir erst drinnen sind«, sagte Manhard und deutete mit seinem Schwert auf eine große Kammer in der Mitte der Karte. »Das ist die Haupthöhle. Ich bin nur einmal drin gewesen, aber ich weiß, dass die Gnomeier dorthin gebracht werden. In der Höhle gibt es einen Lavasee, er hält die Eier warm. Soweit ich beobachten konnte, schlüpfen die Gnome immer dann, wenn gerade neue Eier entstehen. Wir müssen also aufpassen.«

Er warf einen kurzen Blick in den Tunnel, dann drehte er sich zu den frischen Eiern in dem Graben um. »Könnte sein, dass bald Gnome auftauchen, um sie zu holen. Wir sollten uns lieber beeilen.«

»Was ist mit den Gefangenen?«, warf Kress ein. »Wo sind sie?«

Sylva hatte die Hand immer noch auf dem Griff ihres Falx und beobachtete jede Bewegung der Zwergin genau.

Manhard deutete auf die Karte. Ein langer, schmaler Tunnel führte von dem Lavasee zu einer weiteren Höhle, die über den nächsten Tunnel mit der Oberfläche verbunden war. »Hier. In dieser Kammer werden die Gefangenen untergebracht. Ich weiß allerdings nicht, ob meine Kameraden um diese Tageszeit dort sind.«

»Und meine Mutter, ist sie auch da?«, fragte Rufus angespannt.

»Ja. Sie haben sie in einem Käfig gehalten und nicht einmal mit uns sprechen lassen«, antwortete Manhard kopfschüttelnd. »Wegen den vielen Gnomen um uns herum konnte ich nicht mal mit meinen Kumpels sprechen, wenn wir in der Höhle waren. Meistens schlafen sie dort, vor allem an Festtagen wie heute. Inzwischen dürften sie sich halb um den Verstand getrunken haben. Trotzdem wird es verflucht schwer sein, die Gefangenen da unentdeckt rauszuholen.«

Manhard hatte kaum zu Ende gesprochen, da zog Rufus sein Schwert und ging ein Stück in den Tunnel hinein zu seinem Otter. Fletcher wusste, wie Rufus sich jetzt fühlte. Auch er hätte alles gegeben, um seine Mutter noch einmal zu sehen.

Da klatschte Isadora plötzlich in die Hände, und alle zuckten zusammen.

»Fein«, sagte sie und deutete den Tunnel entlang. »Wir machen es so: Als Erstes zerstören wir die Eier in der Haupthöhle, und zwar möglichst leise, bis jemand uns entdeckt und Alarm schlägt. Wenn das passiert ist, feuern wir aus allen Rohren: Pistolen, Feuerkugeln, Blitze. Es spielt keine Rolle, wie viel Lärm wir dabei machen, Hauptsache wir vernichten die Eier und kommen lebendig wieder raus. Hat irgendjemand ein Problem damit?«

Niemand widersprach, nur Fletcher schüttelte betreten den Kopf. So wenig er Isadora mochte, sie hatte doch recht. Er würde es genauso machen.

Isadora sprach unbekümmert weiter. »Sobald das Himmelskorps sieht, dass wir die Eier gefunden haben, machen sie sich auf den Weg zum Treffpunkt auf der Rückseite der Pyramide. Uns bleiben dann noch genau zwanzig Minuten, um unseren Auftrag zu erfüllen. Kurz bevor sie eintreffen, werden ihre Dämonen es uns wissen lassen. Dann müssen wir von hier verschwinden und es innerhalb von zehn Minuten zum Hinterausgang schaffen. Wer nicht rechtzeitig dort eintrifft, ist auf sich selbst gestellt.«

»Wie soll das gehen, wenn draußen das halbe Orkreich bis an die Zähne bewaffnet auf uns lauert?«, warf Belena ein und hielt ihren Hellsehkristall hoch. Das Bild darauf zeigte Tausende von Zuschauern, die nach wie vor die Spiele verfolgten.

»Wie viele es sind, spielt keine Rolle«, widersprach Manhard mit einem Blick auf den Kristall. »Sie sind auf dem Vorplatz, und da bleiben sie auch. Fürs Erste bekommen wir es nur mit Gnomen, den Schamanen und ihren Dämonen zu tun. Sobald sie Alarm schlagen, müssen wir allerdings schnell machen, denn dann wird es hier drinnen bald nur so von Orks wimmeln.«

Fletcher lockerte die Pistolen in seinen Holstern. »Gut. Falls es keine weiteren Fragen mehr gibt, schlage ich vor, wir gehen sofort los.«

»Du hast es aber eilig heute, was?«, spöttelte Didric. »Hast du die Eier in dem Graben gleich neben uns schon vergessen? Ich schlage vor, *ihr* bleibt hier und zerstört sie, während *wir* die eigentliche Aufgabe erledigen.«

Fletcher ging nicht auf Didrics Stichelei ein, aber sie brachte ihn auf eine Idee. Er wandte sich an Jesper, der missmutig sein Kurzschwert musterte, als könnte es ihn jeden Augenblick beißen.

»Jesper, das übernimmst du«, sagte er und deutete auf die glibbrigen Eier. »Jemand muss es tun, es ist vergleichsweise ungefährlich, und du kannst uns warnen, falls die Schamanen zurückkommen. Schaffst du das?«

Dankbar nickte Jesper. »Ich würde euch ohnehin nur aufhalten. Außerdem kann ich mir die Eier dann genauer ansehen. Vielleicht finde ich ja etwas Nützliches heraus.«

Er schlug sogleich auf das nächstbeste Ei ein. Der Gestank wurde noch unerträglicher, und alle stöhnten.

»Idiot«, schimpfte Didric. »Verschwinden wir von hier.«

Dann marschierten sie los. Die heiße Phase hatte begonnen.

Sie schickten ein einzelnes Wyrrlicht voraus und ließen ihre Dämonen die Vorhut übernehmen. Die Tunnelwände bestanden aus nackter Erde und Schiefergestein, überall ragten Wurzeln hervor. Kaum ein vertrauenerweckender Anblick, fand Fletcher. Schon die von ihren Schritten verursachte Erschütterung genügte, um ihnen immer wieder Erde auf die Köpfe rieseln zu lassen.

»Hier«, sagte Fletcher und reichte die drei blauen Fläschchen an Kress, Sylva und Othello weiter. Für sich selbst behielt er nur das rote. Nach den zwei Mordanschlägen wollte er kein Risiko eingehen.

Sylva misstraute der Zwergin nach wie vor und verzog das Gesicht, als Fletcher ihr das Fläschchen gab, aber er kümmerte sich nicht weiter darum. Ihre Aufgabe war, Hominum zu beschützen, und nichts durfte sie davon ablenken. So verschlagen seine Feinde auch sein mochten, solange die Dämonen ihrer Gönner zusahen, konnten sie keinen weiteren Anschlag riskieren.

Mit all diesen Dämonen standen ihre Erfolgschancen ohnehin nicht schlecht. Insgesamt hatten sie nun über ein Dutzend, von Roris gelbem Kerf bis hin zu Tarquins Hydra Trebius.

Auch Belena hatte mittlerweile ihren Hauptdämon herbeigerufen, und das beruhigte ihn. Es war ein Federfuchs. Wie seine Verwandten, die Vulpide, hatte er einen Fuchskopf, war aber etwas kleiner. Sein Brustkorb war so schmal wie der eines Windhundes, die Vorderbeine mit den fürchterlich scharfen Klauen daran erinnerten Fletcher an einen Adler, die langen Hinterläufe an einen Wolf. Das braune Gefieder an den Beinen ging an der Brust in rotes Fell über, das auf dem Rücken schließlich grau wurde. Insgesamt war das ein besonders eleganter Dämon – ebenso wie seine Bändigerin, fand Fletcher.

Da sah er ein orangefarbenes Glimmen am Ende des Tunnels, das ihn an Mutters Höhle in den Koboldstollen erinnerte.

Manhard, der unmittelbar hinter den Dämonen ging, hob die Hand. Der gesamte Tross kam zum Stehen, dann schlich Manhard gebückt auf das Leuchten zu. Nachdem er sich kurz in der Höhle umgesehen hatte, kehrte er mit blitzenden Augen zurück.

»Volltreffer«, flüsterte er. »Mehrere Tausend, die ganze Kammer ist voll davon.«

»Irgendwelche Gnome in der Nähe?«, fragte Tarquin.

»Nicht ein einziger«, antwortete Manhard grinsend. »Es wird ein paar Minuten dauern, bis sie uns bemerken. Bis dahin ist es erst mal ein Kinderspiel.«

»Dann fangen wir doch gleich an«, knurrte Othello und wog die Schlachtaxt in seiner Hand. »Das Fliegende Korps dürfte mittlerweile unterwegs sein. Uns bleiben zwanzig Minuten.«

Dann stürmten die vier Gruppen auf den Lavaschimmer zu.

44

DIE HÖHLE WAR RIESIG, sogar noch größer als die Vorhalle in der Akademie. In der Mitte blubberte ein Lavasee. Vier Ströme aus geschmolzenem Gestein ergossen sich daraus und unterteilten die Kammer in gleich große Inseln, die durch bröckelige Steinbrücken miteinander verbunden waren. Zu jeder der Inseln führte ein eigener Tunnel.

Und dann waren da noch die Eier, Abertausende davon. An manchen Stellen lagen sie so hoch aufgestapelt, dass sie fast bis zur Decke reichten. Die hinteren Reihen waren von Spinnweben bedeckt, die vorderen schienen neuer zu sein. Zwischen ihnen lagen die vertrockneten Überreste aufgeplatzter Schalen. Das waren fast genauso viele wie Eier.

»Sieht aus, als hätten die Orks mittlerweile ein ganzes Gnomheer gezüchtet«, murmelte Fletcher und stocherte mit seinem Chepesch in einem der aufgeplatzten Eier herum. »Vielleicht kommen wir zu spät.«

»Ich bin das letzte Mal vor drei Jahren hier gewesen. Damals waren es nicht mal halb so viele«, fügte Manhard erschüttert hinzu.

»Darüber können wir uns jetzt nicht den Kopf zerbrechen«, warf Isadora ein und rammte ihr Schwert in eines der Eier. »Nehmt euch zuerst die einzelnen vor. Den großen Stapel verbrennen wir am Schluss, damit der Rauch keine unnötige Aufmerksamkeit erregt.«

Tamil, ihr Felid, legte sofort los und zerschmetterte mit seinen Klauen Ei um Ei. Die anderen Dämonen fielen mit ein, bis der eklige Dotter nur so spritzte. Nur die Kerfe, die zu klein waren, um die Schalen zu zertrümmern, flogen zu den Tunneleingängen und hielten Ausschau nach Gnomen.

»Dann mal los«, sagte Fletcher und hob seinen Chepesch. Binnen weniger Sekunden erfüllte ein beißender Verwesungsgestank die Höhle. Da spürte er plötzlich ein tiefes Glücksgefühl, das er sich beim besten Willen nicht erklären konnte. Erst nach einer Weile merkte er, dass es von Ignatius kam.

Der Salamander war in den Lavasee gesprungen und schwamm schnurstracks auf die Mitte zu, wo es am heißesten war. Er spürte keinerlei Schmerz, nur eine tiefe Erfüllung, ja fast Sehnsucht. Fletcher fragte sich, ob die Lava den Salamander an seine Heimat im Äther erinnerte, wo auch immer das sein mochte.

»Was zum Teufel macht Ignatius da?«, bellte Othello und trat zwei Eier in den See, die zischend versanken.

»Keine Ahnung«, antwortete Fletcher.

Als Ignatius die Mitte des Sees erreichte, spürte Fletcher plötzlich eine starke Energieentladung. Etwas geschah mit seinem Salamander, er wusste nur nicht, was.

Sekunden vergingen, Fletcher hackte weiter auf die Eier ein und versuchte gleichzeitig, Ignatius im Auge zu behalten, der stur seine Kreise in der Lava zog. Ohne ersichtlichen Grund strömte immer mehr Mana aus dem Körper des Salamanders. Ignatius war wie ein leckgeschlagenes Fass. Fletcher wünschte, er hätte eines von den blauen Manafläschchen für sich behalten.

Ganz offensichtlich hatte es etwas mit der Lava zu tun. Schließlich versuchte er, Ignatius zurückzurufen, aber der gehorchte nicht. Es war beinahe, als spürte Ignatius ihn nicht mehr, als hätte Fletcher die Kontrolle über ihn verloren. Schließlich ließ er es bleiben und konzentrierte sich aufs Eierzerstören. Er konnte nur hoffen, dass Ignatius, wenn sie aus der Lavakammer fliehen mussten, seinem Ruf folgen würde.

Nach fünf Minuten ununterbrochener Arbeit hatten sie kaum mehr als ein paar Hundert Eier zerstört. In manchen hatten sie halb ausgewachsene Gnome gefunden, denen sie mit einem gezielten Schlag den Gnadenstoß versetzen mussten.

Als Fletcher aufblickte, merkte er, dass sie nicht einmal das Viertel geschafft hatten, auf dem sie standen. Ganz zu schweigen von dem großen Stapel, den sie noch verbrennen mussten.

»Was ist nun mit den Gefangenen?«, fragte Rufus keuchend. »Wann holen wir endlich meine Mutter?« Beschwörend blickte er Malik an.

»Zuerst müssen wir das hier erledigen«, antwortete dieser und zerteilte das nächste Ei mit seinem Säbel.

»Mach gefälligst weiter«, schnaubte Didric und schubste Rufus auf ein Ei zu. »Wir müssen zusammenarbeiten, wenn wir rechtzeitig fertig werden wollen.«

Rufus stolperte und drehte sich wutentbrannt um. Ein Glimmen stand in seinen Augen, das Fletcher noch nie an ihm gesehen hatte. Da war keine Spur mehr von dem schüchternen Jungen mit den mausbraunen Haaren, der er einmal gewesen war.

»Ich gehe jetzt meine Mutter holen. Ein Emporkömmling wie du hat mir gar nichts zu sagen«, fauchte Rufus und spuckte dem völlig verdatterten Didric vor die Füße. Fletcher konnte sich ein Grinsen nicht verkneifen.

Noch bevor ihn jemand aufhalten konnte, rannte Rufus über die Brücke und auf den nächstbesten Tunnel zu. Fletcher heftete sich an seine Fersen, dicht gefolgt von Manhard.

»Rufus, bleib stehen!«, rief Manhard, so laut er es wagte. »Du wirst uns alle verraten!«

Aber Rufus war schnell, und er hatte einen Vorsprung. Als Fletcher den Tunneleingang erreichte, war der junge Adlige schon darin verschwunden.

Manhard blieb keuchend neben ihm stehen. »Wenigstens hat der Trottel den richtigen Eingang erwischt«, stöhnte er. »Alle anderen führen zurück an die Oberfläche.«

»Wir sollten ihm folgen. Allein wird er es nicht schaffen.«

Manhard betrachtete sein Schwert. Es war ein großes, breitschneidiges Falchion. Mit der schweren Armbrust auf seinem Rücken sah der von seiner langen Gefangenschaft immer noch abgemagerte Jüngling aus, als könnte er es kaum anheben. Doch dann war sein Griff um das Schwert fest und geschickt. Nicht umsonst hatte er einmal zu den berüchtigten Forsys-Furien gehört.

»Na gut, dann los«, sagte er schließlich und ging voraus.

Fletcher wog ein letztes Mal ab. Er wusste, was es bedeutete, einen Elternteil zu verlieren, und fühlte mit Rufus. Aber taten sie auch wirklich das Richtige? Sie mussten noch mehrere Tausend Eier zerstören. Was nützte es Hominum im Krieg gegen die Orks, wenn sie eine alte Frau befreiten, die nicht einmal mehr bei Verstand war? Trotzdem konnte er Rufus nicht blindlings in seinen eigenen Tod rennen lassen. Umso weniger, wenn er dabei auch noch die Orks alarmierte.

Immer noch hin- und hergerissen erteilte er Athena den Befehl, sich weiter um die Eier zu kümmern, dann rannte er los. Im Laufen steckte er seinen Chepesch zurück in die Scheide, nahm den Bogen vom Rücken und legte einen Pfeil auf die Sehne, falls im Tunnel eine unangenehme Überraschung auf sie wartete.

»Fünfzehn Minuten«, sagte er sich. »In fünfzehn Minuten kehren wir um, mit oder ohne Rufus und die Dame Kavendisch.«

Der Weg wurde immer steiler, bis Fletcher vollkommen außer Puste war. In dem wenigen Licht, das durch das Ende des Tunnels hereinfiel, konnte er Manhard gerade noch sehen. Er ging geduckt darauf zu und versuchte, sich im Dunkeln zu halten. Doch das Licht hier war anders, als käme es von draußen. Sie mussten ganz in der Nähe der Oberfläche sein.

Fletcher legte die letzten Meter zurück, dann endete der Tunnel an einem scharfen Abriss. Was dahinter lag, konnte er von seinem Standpunkt aus nicht erkennen.

Manhard robbte vorsichtig an den Rand, und Fletcher folgte ihm, Kopf und Bauch flach auf den Boden gepresst. Als er die Kante erreichte, war die Vorderseite seiner Jacke von der feuchten Erde vollkommen durchnässt, doch was er dann sah, ließ ihn alles andere vergessen.

»Bei den Göttern«, keuchte Fletcher.

45

ES WAREN MEHR, als Fletcher zählen konnte. Wie Spielzeugpuppen in einem unaufgeräumten Kinderzimmer lagen die Gnome zu Tausenden in der Höhle verstreut und schliefen, Arme und Beine ineinander verknotet, als wären sie an Ort und Stelle bewusstlos umgefallen.

Von der Decke fiel helles Sonnenlicht herein, wie Eiszapfen schnitt es durch die Dunkelheit. Es schien keine Wachen zu geben, und das war gut so, denn Rufus hatte die Höhle bereits betreten.

»Verfluchter Narr«, murmelte Manhard und beobachtete, wie sich der junge Adlige zwischen den schlafenden Gnomen hindurchschlich. »Ein Glück, dass sie sich an den Festtagen immer mit fermentierter Kokosnussmilch besinnungslos saufen.«

Fletcher schaute in Rufus' Richtung. Er hielt auf einen Bambuskäfig zu, der einsam am Rand der Höhle stand. Ganz in der Ecke kauerte eine verwahrloste Gestalt. Und noch etwas fiel ihm auf: Auf der gegenüberliegenden Seite der Höhle döste ein Dutzend junger Männer. Wie die Kobolde gleich neben ihnen waren sie lediglich mit

Lendenschurzen bekleidet und mit Lederriemen aneinandergefesselt.

»Sind das deine Freunde?«, fragte er.

Manhard wurde blass, als er die Gruppe sah. »Drei Jahre bin ich hier drinnen gefangen gewesen«, sagte er mit bebender Stimme, dann nahm er seine Armbrust und den Köcher vom Rücken. Seine Hände zitterten.

»Ich hole sie«, flüsterte er und stand auf. Sein Atem ging röchelnd, als stünde er kurz vor einem Panikanfall.

»Lass mal, ich mach das«, widersprach Fletcher eilig. Falls Manhard nämlich die Nerven verlor, wäre das hier ihr Ende.

»Gut, ich gebe dir Deckung«, erwiderte Manhard mit unverhohlener Erleichterung.

Fletcher legte seine Waffen ab und nahm nur den Chepesch mit, um die Gefangenen damit loszuschneiden.

Unterdessen kam Rufus nur langsam voran. Ein besonders großer Haufen schlafender Gnome versperrte ihm den Weg. Schließlich machte er kehrt und probierte eine andere Route aus.

Fletcher wollte nicht den gleichen Fehler begehen und legte sich den besten Weg zurecht, bevor er losging. Dann war er mitten unter ihnen. Den Chepesch eng am Körper manövrierte er seine Füße behutsam zwischen all den kantigen Knien und Ellbogen hindurch.

Ein Gnom gleich neben ihm schnaubte im Schlaf, so nahe, dass Fletcher den Luftzug an seinem Knöchel spürte. Fletcher erstarrte und hielt den Atem an. Die Nase des Gnoms war jetzt gegen seine nackte Haut gepresst. Sie fühlte sich feucht und kalt an – wie ein toter Fisch. Fletcher spürte, dass ihm der Rotz aus der Nase des Gnoms übers Schienbein lief. Nach einer gefühlten Ewigkeit schluckte der Gnom und drehte sich auf die andere Seite. Ohne es zu merken, streifte er dabei mit dem Ellbogen Fletchers Bein und wälzte sich direkt auf einen seiner Artgenossen, doch keiner der beiden nahm davon Notiz. Sie wirkten wie tot.

Frischen Mutes beschleunigte Fletcher sein Tempo und sprang mit schnellen, vorsichtigen Schritten von einem freien Fleckchen zum nächsten. Er wusste, sobald einer der Gnome auch nur ein Auge öffnete, würde um ihn herum die Hölle losbrechen. Je schneller er sein Ziel erreichte, desto besser.

Fletcher blickte auf, um zu überprüfen, wie weit es noch war, da sah er, dass einer von Manhards Kameraden aufgewacht war. Er war bis auf die Knochen abgemagert. Seine Haut war genauso dunkel wie Electras, die pechschwarzen Locken auf seinem Kopf wirkten hoffnungslos verfilzt. Mit halb geschlossenen Lidern beobachtete er regungslos, wie Fletcher näher kam. Vielleicht glaubte er, er träume. Oder er war einfach zu schwach, um sich zu bewegen. Erst als Fletcher seine Fesseln durchschnitt, reagierte er und blinzelte ihn ehrfürchtig an.

»W-wer …?«, war alles, was er herausbrachte.

Fletcher presste sich einen Finger auf die Lippen und ging weiter zum nächsten Gefangenen. Bald hatte er alle losgeschnitten. Einige krabbelten entsetzt von ihm weg, als hielten sie Fletcher für einen Geist.

Unterdessen hatten sich die Kobolde kaum bewegt und schauten ihn nur mit leeren Augen an. Viele hatten von schief zusammengewachsenen Knochenbrüchen verkrümmte Arme und Beine. Fletcher hob einen der Kobolde auf und drückte ihn dem schwarzen Jungen in die Arme, dann bedeutete er den anderen Gefangenen, auch die restlichen Kobolde mitzunehmen.

Da hörte er ein Schaben, das von der anderen Seite der Höhle herüberklang. Es war Rufus, der mit seinem Kurzschwert den Bambuskäfig aufsägte. Erst jetzt sah Fletcher, dass der Käfig nicht einmal eine Tür hatte – die Dame Kavendisch hatte ihn seit dem Tag ihrer Gefangennahme nie mehr verlassen.

Manhard winkte seine Kameraden zu sich, nur Fletcher blieb und beobachtete gebannt, wie Rufus zwei Stangen aus dem Käfig brach. Das Loch war gerade groß genug, dass seine Mutter hindurchkriechen konnte, aber sie rührte sich nicht von der Stelle.

Fletcher biss die Zähne zusammen und machte sich auf den Weg zum Käfig. Draußen dämmerte es bereits, das Licht in der Höhle wurde allmählich schwächer. Fletcher verlor hier kostbare Sekunden, die er lieber damit verbracht hätte, Gnomeier zu zerstören. Melanox flog unterdessen ständig vor der Pyramide auf und ab, sodass das Bild in Fletchers Hellsehkristall fürchterlich wackelte. Jeder einzelne Schritt kostete ihn unglaubliche Konzentration. Dass er gleichzeitig spürte, wie immer mehr Mana aus Ignatius herausströmte, machte die Aufgabe nicht einfacher.

Dann regte sich plötzlich einer der Gnome. Beide Hände auf den Bauch gepresst stand er auf und schleppte sich in Richtung Ausgang.

Fletcher blieb wie angewurzelt stehen und wartete mit angehaltenem Atem, bis der Gnom ins Freie gewankt war. Dann ging er in kalten Schweiß gebadet weiter, so schnell er es wagte, und erreichte endlich den Käfig.

Rufus kniete davor und redete leise auf die Dame Kavendisch ein. »Mutter, ich bin's. Nimm meine Hand«, flüsterte er und streckte verzweifelt den Arm zwischen den Stäben hindurch. »Nimm doch … endlich meine Hand, verflucht!«

Tränen strömten ihm übers Gesicht, seine Schultern bebten bei jedem Atemzug, aber seine Mutter schien durch ihn hindurch zu starren, als wäre er gar nicht da. Blau hatte also nicht gelogen, als er sagte, sie hätte den Verstand verloren.

Fletcher legte Rufus eine Hand auf die Schulter. »Ich hole sie da raus. Lauf du inzwischen zurück. So aufgeregt, wie du bist, kannst du ihr ohnehin nicht helfen.«

Der junge Adlige trat schluckend zur Seite, doch als Fletcher ihn sanft in die Richtung des Tunnels schieben wollte, schüttelte er energisch den Kopf. Zum Streiten hatten sie jetzt keine Zeit, also quetschte sich Fletcher wortlos zwischen den scharfkantigen Bambusstümpfen hindurch in den Käfig.

Von drinnen wirkte das Gefängnis der Dame Kavendisch sogar noch enger. Es war nicht einmal halb so groß wie Fletchers Kerkerzelle. Im Liegen hätte er nur schräg hineingepasst, und selbst dann hätten Kopf und Füße noch die Ecken berührt.

Während die Dame Kavendisch ihn weiter regungslos beobachtete, entdeckte Fletcher Hinweise auf die Zeit, als sie noch bei Verstand gewesen war: Kerben in einem der Gitterstäbe, einen Kamm aus Schildpatt, den sie mit den Händen umklammert hielt, sogar ihre zerschlissenen Kleider waren an einigen Stellen ausgebessert worden. In einer Ecke lagen spitze Knochen, Sehnen und Stücke getrockneter Tierhaut, die sie als Nadel, Faden und Flicken benutzt hatte.

Das getrocknete Blut in ihren Mundwinkeln, ein Haufen abgenagter Knochen und ein einfaches Bodenbrett mit einem Loch in der Mitte bestätigen Fletchers schlimmste Befürchtungen: Die Orks hatten der Frau nichts als rohe Fleischreste zu essen gegeben. Selbst ihre Notdurft hatte sie hier drinnen verrichten müssen. Dabei war der faulige Gestank so stark, dass er sich einen Ärmel über die Nase halten musste, damit sein Magen nicht vor Mitleid und Ekel rebellierte.

Der zerschlissene Stoff ihrer Uniform mochte einmal weiß gewesen sein, aber jetzt hatte er eine gelblich-braune Farbe. Die Haare waren verknotet und das Gesicht so verschmutzt, dass es kaum zu erkennen war. Das einzig Weiße darin waren ihre Augen, die Fletcher plötzlich unverwandt ansahen.

Fletcher musste einen Aufschrei unterdrücken. Die Dame Kavendisch streckte ihm die Handfläche entgegen, als bettle sie um Almosen. Ganz sanft umschloss er ihre Finger und gab acht, die zarten Knochen nicht zu zerbrechen. Und dann stand sie auf. Der Käfig war so niedrig, dass sie den Kopf einziehen musste. Fletcher sah gerade noch rechtzeitig, wie ihre Knie nachgaben, und fing sie auf. Sie war leicht wie ein Skelett.

»Gib sie mir«, rief Rufus viel zu laut. Den Punkt, an dem er noch zur Vorsicht in der Lage gewesen wäre, hatte er längst überschritten.

Fletcher streckte die Arme aus und reichte die Dame durch das Loch. Ihr Kopf lag auf seiner Schulter wie der einer leblosen Puppe.

Rufus entriss sie ihm regelrecht und rannte ohne ein weiteres Wort los. Er hielt seine Mutter an die Brust gepresst wie einen zu groß geratenen Säugling und schaute nicht einmal nach unten, während er mit langen Schritten zwischen den schlafenden Gnomen in die Richtung des Tunnels hastete. Dass davon keiner aufwachte, war das reinste Wunder.

Die anderen Gefangenen hatten die Höhle bereits verlassen, allein Manhard war noch hier und behielt die Gnome im Auge. Rufus würdigte ihn kaum eines Blickes, als er mit seiner Mutter auf den Armen in den Tunnel gestolpert kam.

Dann rannte auch Fletcher los. Sein Herz pochte wie wild, während er sich vorsichtig zwischen den Gnomen hindurchschlängelte. Nichts rührte sich, er hatte schon die Hälfte des Weges geschafft, da sah er es: Manhard hatte seine Armbrust in Anschlag genommen und zielte genau auf seinen – Fletchers – Kopf.

Wie vom Donner gerührt blieb er stehen und riss die Hände hoch, um einen Schild aufzuspannen, doch nichts geschah. Das Blut stockte ihm in den Adern, als er begriff, dass seine Manareserven erschöpft waren. Ignatius hatte alles verbraucht.

Manhard biss sich auf die Zunge und peilte mit zusammengekniffenen Augen am Schaft der Armbrust entlang, und Fletcher konnte nichts anderes tun, als stumm dazustehen und auf das Ende zu warten. Den Einsatz zu gefährden, indem er zur Seite sprang, kam nicht infrage – und wenn es seinen eigenen Tod bedeutete. Es war so unendlich dumm von ihm gewesen, dem Kerl zu vertrauen. Einmal eine Forsys-Furie, immer eine Forsys-Furie.

Die Sehne schnalzte, und schon jagte der Bolzen haarscharf an Fletchers Ohr vorbei. Dann hörte er ein Quieken hinter sich und wirbelte herum. Der Pfeil hatte einen Gnom genau im Hals erwischt. Ein leises Gurgeln kam aus seinem Mund, dann fiel er hintenüber zwischen seine schlafenden Artgenossen.

Manhard winkte hektisch. »Los jetzt, bevor der nächste aufwacht!«

46

ALS SIE DIE HAUPTKAMMER ERREICHTEN, war ein Streit in vollem Gange. Der dunkelhäutige Sklave, den Fletcher eben befreit hatte, lag auf dem Boden, den Kobold immer noch in den Armen. Didric stand über ihn gebeugt und presste ihm die Spitze seines Rapiers auf die Brust. Die anderen schauten gebannt zu, keiner kümmerte sich mehr um die Eier. Sie hatten gerade einmal die Hälfte zerstört.

»Wir haben keinen Platz für euch!«, fauchte Didric.

Rubens rannte zwischen Didrics Beinen herum und drehte sogleich den Kopf in Fletchers Richtung. Er hatte den am Boden Liegenden mit einem Spinnenfaden an den Fußgelenken gefesselt.

Fletcher zögerte keinen Augenblick und durchtrennte die Fußfessel mit seinem Chepesch, dann zog er den Gefangenen auf die Beine.

»Was tust du da?«, fuhr er Didric an. »Sie gehören zu uns!«

»Ich fasse es nicht, du Idiot!«, rief Didric kopfschüttelnd. »Jetzt haben wir auch noch einen Haufen befreite

Sklaven am Hals. Wie, glaubst du, soll das Himmelskorps so viele Leute hier rausholen?«

Fletcher schluckte. Vielleicht hatte Didric sogar recht. Arcturus und die anderen waren bereits unterwegs. Um Verstärkung anzufordern, war es zu spät.

Didric schob den Sklaven in den gegenüberliegenden Tunneleingang, wo Rufus mit seiner Mutter auf dem Boden kauerte. Die anderen Sklaven folgten und passten auf, sich nicht von Didrics wütenden Tritten treffen zu lassen.

»Wir haben genug Dämonen, um sie alle zu tragen«, widersprach Fletcher mit mehr Hoffnung als Überzeugung in der Stimme.

»Drei pro Dämon!«, knurrte Didric. »Wie sollen sie mit dieser Riesenlast auf dem Rücken den Wyvern entkommen?« Er deutete auf die verängstigten Sklaven im Tunneleingang. »Ich werde jedenfalls *keinen* von ihnen mitnehmen.«

»Darum kümmern wir uns später«, schritt Malik endlich ein. »Wir haben noch fünf Minuten. Zurück an die Arbeit.«

»Ich mache mich erst dann wieder an die Arbeit, wenn es mir …«, begann Didric und verstummte abrupt. Sein Blick sprang zu einem der Eier.

Fletcher wandte den Kopf auch dorthin und sah, wie sich ein Gnom aus dem Ei schälte. Er zerriss gerade den durchsichtigen Hautsack, da kippte das Ei gleich daneben um. Eine Faust brach durch die Schale und tastete über den Boden.

Der frisch geschlüpfte Gnom schaute sie mit seinen hellen Augen an und stieß ein markerschütterndes Kreischen aus, das bis in die Tunnel hallte. Kress erledigte ihn mit einem Kopfschuss, da brachen auch schon die nächsten Eier auf. Es waren Hunderte. Im gleichen Augenblick ertönte der Antwortschrei. Das schrille Gebrüll war kaum zu ertragen – die schlafenden Gnome waren aufgewacht.

»Verbrennt sie, alle!«, brüllte Othello und übergoss einen Eierstapel mit Feuer. Der Stapel ging in Flammen auf wie Reispapier und schrumpelte in sich zusammen, bis nur noch ein kleines schwarzes Häufchen übrig war.

Die anderen folgten Othellos Beispiel. Blitze zuckten durch die Höhle, links und rechts von Fletcher explodierten Eier, Fleischfetzen flogen durch die Luft.

»Sylva, gib mir dein Fläschchen, ich habe kein Mana mehr!«, rief Fletcher, als der erste Gnom mit einer Keule in der Hand aus dem Tunnel gestürmt kam.

Sylva warf ihm das Fläschchen zu, Fletcher fing es mit einer Hand auf, während er mit seinem Chepesch den Keulenschlag des Gnoms abfing.

Im Sturzflug stieß Athena herab und grub dem Angreifer die Krallen in den Kopf. Der Gnom stürzte brüllend zu Boden, und Fletcher leerte das Fläschchen.

Der Trank schmeckte unglaublich süß, nach Lavendelwasser mit Honig. Wie weißes Licht breitete sich das Mana in seinem Körper aus und strömte von dort aus weiter zu Athena und Ignatius.

Fletcher gab dem Gnom mit einer weißen Feuerkugel den Rest und spürte, wie das frische Mana beinahe augenblicklich wieder durch Ignatius abfloss. Da hatte er endgültig genug von seinem unfolgsamen Salamander.

»Das reicht! Du kommst jetzt raus da.« Fletcher wob ein Lasso aus Lichtfäden und schleuderte es nach Ignatius. Der Salamander flog in hohem Bogen durch die Luft, landete dampfend vor Fletchers Füßen und schüttelte den Kopf, als wollte er einen ungebetenen Gedanken verscheuchen. Er schien größer geworden zu sein, aber um genauer nachzusehen, hatte Fletcher keine Zeit.

Die nächste Welle Gnome kam mit lautem Geheul aus dem Tunnel, hinter ihnen ertönte das kehlige Gebrüll der Orkschamanen.

»Wir müssen zurück in die Pyramide!« Fletcher streckte die erste Reihe der Angreifer mit einem Blitz nieder und wandte sich dann in Richtung Tunnel, da ergriff ein frisch geschlüpfter Gnom seinen Knöchel und brachte ihn zu Fall.

Ignatius schlug mit seinen Krallen nach dem Gesicht des Gnoms, der Angreifer ließ kreischend von Fletcher ab, dann rannten sie los.

Die anderen waren bereits im Tunnel, Othello übernahm mit Sylva die Nachhut. Ein Telekinesezauber jagte über Fletchers Schulter hinweg und holte einen Gnom von den Beinen, der ihm bereits gefährlich nahe gekommen war. Othello feuerte noch einen zweiten ab, der mit entsetzlicher Wucht unmittelbar hinter Fletcher explodierte. Er riskierte einen Blick über die Schulter und sah, wie Dutzende Angreifer zurück in den Lavasee geschleudert wurden.

»Weiter!«, rief Sylva, während sie zu dritt durch den Tunnel rasten, Ignatius und Athena knapp hinter ihnen. Sariel und Solomon warteten am Fuß der Säule auf sie, während der Rest des Einsatzkommandos bereits die Wendeltreppe hinaufhastete. Jesper war ebenfalls dabei.

»Nach oben, nach oben!«, brüllte Fletcher. Es konnte nicht lange dauern, bis die nächste Welle Gnome über sie herfiel.

Solomon, der mit seinen kurzen Beinchen der Langsamste von allen war, ging voraus. Fletcher und Sylva hielten den anderen den Rücken frei, während Othello seine Donnerbüchse in Anschlag brachte und auf den Tunnelausgang zielte.

»Kannst du erkennen, ob uns draußen eine unangenehme Überraschung erwartet?«, keuchte Sylva.

Fletcher warf einen Blick auf den Kristall über seiner Stirn, der immer noch Melanox' Sicht zeigte. »Die Orks scheinen sich nicht in die Pyramide zu trauen, genau wie Manhard gesagt hat, und die Schamanen sind zu weit weg«, antwortete er erleichtert.

»Gut, mit den Gnomen haben wir auch genug zu tun«, erwiderte Sylva, da drang neues Geheul aus dem Tunnel. »Aufgepasst, da kommen sie schon!«

Die Gnome stürmten mit Wurfspießen, Speeren und Keulen bewaffnet in den Graben am Fuß der Säule. Als einer der Spieße Fletcher um Haaresbreite verfehlte, spannte er hastig einen Schild auf, und das keinen Sekundenbruchteil zu früh, denn gleich darauf prasselte ein ganzes Dutzend davon auf ihn herab.

Die vordersten Gnome hatten jetzt die Stufen erreicht und rannten sich in ihrem Rachedurst gegenseitig über den Haufen. Ein wütender Veteran mit einer vernarbten Schusswunde an der Schulter führte den Angriff.

Ignatius schleuderte ihn mit einem gezielten Flammenstoß gegen die Artgenossen in seinem Rücken.

Fletcher musste den Schild aufrechterhalten und konnte seinen Chepesch nur mit einer Hand führen, doch Sylva stand ihm mit ihrem Falx zur Seite. Gnom um Gnom stürzte unter ihren mächtigen Schlägen in den Graben hinunter.

»Feuer«, bellte Othello, und Fletcher ging in Deckung.

Ein Donnerschlag hallte durch den Raum, begleitet von beißendem Schwefelrauch, dann riss die Schrotladung eine breite Schneise in die anbrandende Horde.

»Nachladen«, rief Othello, während die nächste Welle Gnome aus dem Tunnel kam.

Ein Armbrustbolzen mit blauer Befiederung traf einen der auf der Treppe verbliebenen Angreifer in die Schulter. Er ruderte mit den Armen und stürzte über den Rand, da holte ein weiterer Bolzen schon den nächsten von den Beinen.

»Ihr habt es gleich geschafft!«, schrie Kress zu ihnen herunter. »Ich gebe euch Deckung.«

Fletcher nutzte die kurze Feuerpause und sah sich um. Othello lud mit zitternden Händen nach, während Kress von der Brücke aus mit tödlicher Präzision ihre Bolzen verschoss. Lysander war bei ihr, griff aber nicht ein. Er war einfach zu groß, um den Speeren auszuweichen, die ihnen von unten unvermindert entgegenflogen.

»Vorsicht!«, rief Sylva.

Fletcher wirbelte gerade noch rechtzeitig herum. Ein Speer stieß nach seinem Bauch. Er wehrte die Spitze mit der Klinge ab und schlug dem Angreifer den Griff seines

Chepesch gegen den Kopf. Der Gnom taumelte benommen, da stieß Athena auch schon kreischend auf ihn herab und riss ihn von den Stufen.

Ein brennender Schmerz am Bauch sagte Fletcher, dass ihn die Spitze trotzdem erwischt hatte. Prompt griffen die Gnome mit neuem Mut an.

»Feuer!«, rief Othello erneut. Diesmal zielte er auf die Treppe, und die Wirkung war verheerend. Der Rauch aus der Mündung seiner Donnerbüchse schlug Sylva und Fletcher mitten ins Gesicht, dann mähte das Schrot durch die Angreifer. Sie wurden regelrecht zersiebt.

Die Überlebenden ergriffen schreiend die Flucht und prallten noch auf den Stufen mit der nächsten Welle zusammen. Beim Anblick der herumliegenden Fleischklumpen wurde selbst Fletcher schlecht. Kurz darauf erreichte er endlich die Plattform.

»Das nützt doch nichts«, sagte Kress plötzlich und schnallte ihre Armbrust auf den Rücken. Sie nahm ihr Manafläschchen, leerte es in einem Zug und richtete ihren Kampfhandschuh auf die Treppe. Ein Feuerschwall ergoss sich in einer Spirale nach unten und walzte über die erneut anbrandenden Gnome hinweg. Wie von einer Flutwelle wurden sie weggespült und stürzten schreiend in den Graben. Sie brüllten so laut, dass Fletcher sich die Ohren zuhalten musste. Dann senkte sich Stille über den Kampfplatz, lediglich unterbrochen vom Knistern der brennenden Leichen.

»Mein Mana ist vollständig aufgebraucht«, keuchte Kress und schaute kurz nach unten, drehte den Kopf aber gleich wieder weg. »Zum Glück wissen die Gnome das nicht.«

»Meines auch«, fügte Sylva hinzu und wischte das Blut von ihrem Falx. »Ich habe schon keines mehr, seit wir die Eier verbrannt haben.«

Fletcher hatte kaum noch Reserven, lediglich das bisschen, das in seinen Körper zurückströmte, als er den Schild in seine linke Hand zurücksaugte.

»Ich habe mein Fläschchen noch«, warf Othello ein und lud hastig nach. »Meine eigenen Reserven sind auch noch nicht verbraucht. Solomons Manastufe ist beträchtlich gewachsen.«

Der Golem stieß ein zufriedenes Rumpeln aus, als er seinen Namen hörte, und dann, gerade als die ersten Gnome sich wieder auf die Treppe wagten, hörte Fletcher ein Heulen. Es kam aus dem Tunnel auf der gegenüberliegenden Seite der Plattform. Ein Blick auf seinen Hellsehkristall zeigte ein Dutzend Kreaturen, die vom Vorplatz in die Pyramide stürmten. Fletchers Augen weiteten sich vor Entsetzen.

»Dämonen«, keuchte er.

47

SIE ZOGEN SICH IN DEN TUNNEL ZURÜCK, während die Schreie der Dämonen hinter ihnen immer lauter wurden.

»Unsere Retter sind hier«, sagte Fletcher mit einem Blick auf seinen Hellsehkristall. »Sie warten am Hintereingang.«

Zahllose Orks griffen das Himmelskorps an, viele lagen bereits tot zwischen der Pyramide und dem Flussufer. Nur Arcturus hielt mit ein paar Reitern noch die Stellung, während die anderen Dämonen bereits mit den Geretteten am Himmel verschwanden. Fletcher sah Feuerkugeln und Rauch, dann wendete Melanox und folgte ihrer Herrin zurück in die Zivilisation.

Fletchers Gruppe hatte den Tunnel halb durchquert, die Vorkammer mit den Hieroglyphen war nicht mehr weit. Zum Gebrüll der Dämonen gesellten sich nun auch wieder die Schreie der Gnome. Fletcher schaute über die Schulter und sah sie direkt hinter sich. Er schoss einen Feuerball ab und holte den vordersten von den Beinen, aber die nachfolgenden trampelten einfach über ihn hinweg.

Lysander erreichte die Vorkammer als Erster, dicht gefolgt von Solomon und dem Rest der Gruppe. Eine Fackel an der Wand war die einzige Lichtquelle. Rufus lag mit beiden Händen auf den Bauch gepresst am Boden. Unter ihm breitete sich eine Blutlache aus. Sein Otter lag mit halb abgetrenntem Kopf gleich daneben. Jesper hielt den schwer verletzten Jungen verzweifelt in den Armen, während Rufus' Mutter mit dem Oberkörper vor und zurück schaukelnd in einer Ecke kauerte.

»Helft mir!«, rief Jesper. Seine Arme waren bis zu den Ellbogen voller Blut.

Othello kniete sich neben ihn. »Zu spät«, sagte er leise. »Wir können nichts mehr für ihn tun.«

Da stieß Lysander plötzlich ein Stöhnen aus und brach zusammen.

»Was zum Teufel ...?«, rief Kress und eilte zu dem Dämon. Sie konnte keine Verletzungen sehen, dennoch lag der Greif mit geöffnetem Schnabel bewusstlos am Boden.

»Solomon, trag ihn«, befahl Othello. »Ich nehme die Dame Kavendisch.«

»Vorsicht, wir bekommen Gesellschaft«, schrie Sylva und schoss einen Pfeil in den Tunnel, da preschten schon die ersten Gnome in die Kammer.

»Nimm Bess«, rief Othello und warf Fletcher seine Donnerbüchse zu.

Fletcher fing sie mit einer Hand auf und drückte sofort ab. Der Rückstoß des halben Pfundes Schrot hätte ihn beinahe auf den Rücken geworfen, und die Zerstörungswirkung war beeindruckend. Die Gnome gingen zu Boden wie Gras unter einer Sense. Der Rest machte auf dem Absatz kehrt und rannte in den Tunnel zurück.

Doch sie waren nicht allein gekommen. Hinter ihnen jagten zwei Nanauen heran. Als ihnen die flüchtenden Gnome entgegenkamen, sprangen sie einfach an die Decke und rannten dort mühelos weiter.

Fletcher kämpfte den Impuls nieder, sein verbliebenes Mana auf sie abzufeuern, denn Dämonen waren immun gegen Zauber. Stattdessen zog er Flamme und richtete ihren langen Lauf zitternd auf den linken Nanau aus. Gerade als er sein Ziel anvisiert hatte, bohrte sich einer von Sylvas Pfeilen in die Schulter des Biests und ließ den Dämon krachend zu Boden stürzen.

Fletcher nahm den anderen ins Visier und drückte ab. Er sah die Kugel noch in der Brust des Viehs einschlagen, dann nahm ihm der Rauch aus der Mündung die Sicht. Das Geschöpf fiel von der Decke, überschlug sich mehrere Male und kam erst zum Stehen, als es gegen Fletchers Schienbeine prallte. Er konnte nur hoffen, dass es auch wirklich tot war.

Unterdessen riss sich der andere Nanau mit dem Maul den Pfeil aus der Schulter und griff brüllend an. Er war noch zehn Schritte entfernt. Fünf.

Fletcher zog Brise und feuerte beide Läufe kurz hintereinander ab. Die erste Kugel erwischte einen Vorderlauf, doch der Nanau rannte einfach weiter. Die zweite verfehlte ihr Ziel vollständig, lediglich ein paar Splitter flogen aus dem Steinboden, da wurde Fletcher schon von den Beinen gerissen. Die Pistolen entglitten seinem Griff, und er schlug mit den leeren Händen wild um sich, traf aber nichts. Sein Gegner war nicht mehr da.

Fletcher setzte sich keuchend auf, da sah er, dass Sylva sich auf den Nanau gestürzt hatte. Das Monster hatte ihr die Zähne in den Brustkorb geschlagen, und sie brüllte vor Schmerz, während Solomon mit seinen steinernen Fäusten auf den Dämon einschlug.

Fletcher suchte verzweifelt nach irgendeiner Waffe, da sah er Kress bewusstlos am Boden liegen. Tosk lag gleich neben ihr, nur der zuckende Schwanz verriet, dass er noch am Leben war.

Wie aus dem Nichts kam Sariel angesprungen, schlug dem Nanau seine Klauen zwischen die Kiefer und stemmte das Maul auf. Sylva fiel zu Boden, dann schleuderte Sariel den Orkdämon in den Tunnel zurück und stürzte knurrend hinterher.

Während die beiden miteinander kämpften, eilte Othello Sylva mit einem Heilzauber zu Hilfe. Fletcher sah, wie sich die zahllosen Bisswunden auf ihrer Brust langsam schlossen, und fügte sein eigenes Mana hinzu. Er gab alles, was er hatte.

Sylva wand sich vor Schmerzen. »Sie hat sich zwischen dich und den Nanau geworfen«, sagte Othello mit gepresster Stimme. Ihre Wunden waren schon halb verheilt, da verlosch der Zauber plötzlich.

»Etwas stimmt nicht …«, stammelte Othello noch, dann fiel er vornüber.

»Solomon, ich brauche dich!«, rief Fletcher und stand mit Sylva auf den Armen auf. »Du musst Kress hier rausbringen.«

Verzweifelt versuchte der Golem, die bewusstlose Zwergin mit seinen groben Steinhänden aufzuheben, während Ignatius und Athena Othello an der Jacke hinter sich herzerrten. Jesper kauerte unterdessen mit der Dame Kavendisch in einer Ecke und rührte sich nicht vom Fleck.

»Raus hier!«, rief Fletcher ihm zu, da deutete Sylva mit zitterndem Finger auf den Tunnel. Weitere Dämonen stürmten heran. Sie waren nur im Schattenriss zu erkennen, denn hinter ihnen kam ein Wesen aus purem Feuer gelaufen. Ein Ifrit!, dachte Fletcher entsetzt.

Sariel hob den Kopf und blickte in ihre Richtung. Blut tropfte aus ihrem Maul. Der Nanau war zwar tot, aber Sariel hatte für ihren Sieg teuer bezahlt. Am Hinterlauf klaffte eine tiefe Wunde, die bis auf den Knochen ging. Ihre Augen waren feucht von Tränen. Ignatius rannte sogleich zu ihr und leckte über die Wunden, aber Sariel schob ihn sanft zur Seite.

»Nein«, schluchzte Sylva. Sie spürte, was Sariel vorhatte.

Sariel drehte sich um und humpelte den Orkdämonen entgegen, dann stürzte sie sich heulend auf sie. Sariel opferte ihr Leben, um ihrer Herrin etwas mehr Zeit zu erkaufen.

Der Ifrit packte Sariel am Hals und schleuderte sie zur Seite, da feuerte Fletcher einen Telekinesezauber in die Tunneldecke direkt vor dem Feuerwesen. Der Fels zerbarst in einem Schauer aus scharfkantigen Splittern, und dann stürzte der Tunnel ein.

Da spürte er etwas. Ein Impuls entsetzlicher Angst, der von Ignatius und Athena herrührte. Fletcher wirbelte herum und sah sie reglos auf dem Boden liegen. Beide hatten einen kleinen Giftpfeil im Rücken. Sylva schrie auf, als sie ebenfalls getroffen wurde, dann sank ihr der Kopf auf die Brust.

Noch während Fletcher verzweifelt nach dem Schützen Ausschau hielt, spürte er selbst auch einen Stich in der Schulter. Er zog den Pfeil sofort heraus, doch das Gift verteilte sich bereits in seinem Körper. Gerade konnte er noch das rote Fläschchen von seinem Gürtel reißen, da wurden seine Hände schon taub. Fletcher schaffte es nicht einmal mehr, das Elixier auf Sylvas Lippen zu träufeln. An Armen und Beinen gelähmt lag er da und hörte, wie auch noch Solomon bewusstlos zu Boden schlug. Auf der Suche nach dem unsichtbaren Feind sprang sein Blick von links nach rechts. Er musste nicht lange warten.

Jesper stand lachend auf. »Ich kann dir gar nicht sagen, wie lange ich schon auf diesen Moment warte.« Er vergewisserte sich, dass Lysander die Augen nach wie vor geschlossen hatte, dann ging er neben Fletcher in die Hocke und hielt ihm ein kleines Blasrohr vor die Nase.

»Praktisch, dieses Curare-Gift. Blau hat es mir gegeben, und das Blasrohr übrigens auch. Nett von ihm. Ihr beide seid einfach viel zu vertrauensselig.«

»Warum?«, war alles, was Fletcher noch sagen konnte. Die Lähmung hatte mittlerweile seine Brust erfasst, er bekam kaum noch Luft.

»Ich bin Patriot, Fletcher. So einfach ist das. Ich liebe mein Land und die Menschen darin über alles. Sieh dir doch an, was mit Hominum passiert: Elfen und Zwerge laufen frei herum. Sie vermischen sich mit uns und verunreinigen unsere Spezies. Dann erklärt der König sie auch noch zu Ebenbürtigen und lässt sie sogar zum Militärdienst zu. Es macht mich krank – bis ins Mark«, fauchte er und spuckte den bewusstlosen Othello an.

Der ehemals ängstliche Diener ließ seine Maske jetzt vollständig fallen. »Als du dich mit diesem Zwerg angefreundet hast, wusste ich sofort, dass du gefährlich werden würdest. Eine Schande, denn eigentlich hatte unsere Freundschaft so gut angefangen. Hast du dich denn nie gefragt, warum ich dir plötzlich aus dem Weg gegangen bin? Oder hattest du mich schon vergessen?«

Fletcher hatte Jesper nach seiner ersten Woche an der Akademie tatsächlich kaum mehr gesehen und auch nicht mehr an ihn gedacht; er hatte einfach zu viel um die Ohren gehabt. Er sah zu Sylva hinüber und sah erleichtert, dass ihre Wunden beinahe verheilt waren. Sie würde überleben. Fürs Erste zumindest.

Jesper nahm Fletchers Gesicht zwischen die Hände und drehte es in seine Richtung. »Es war nicht leicht, das kann ich dir sagen. Den Ambossen beitreten, mich mit Zwergen abgeben und ihr widerliches Bier trinken … Ohne die Forsys hätte ich das nie geschafft, aber es war ja auch ihre Idee. Wir arbeiten schon zusammen, seit ich ihnen von dem bevorstehenden Kriegsrat der Zwerge erzählt habe. Hat es dich nicht gewundert, dass sie so genau wussten, wo und wann er stattfinden würde?«

Fletcher erwiderte nichts und konzentrierte sich ganz auf seine Atmung. Seine Zunge war ohnehin gelähmt. Er versuchte einen Zauber, aber sein Mana reagierte nicht.

Das Gift wirkte sich also nicht nur auf die Muskeln aus. Über seine Beine und die Schwerthand hatte er überhaupt keine Kontrolle mehr – aber er spürte das Fläschchen in seiner anderen Hand, und das brachte ihn auf eine Idee. Er musste nur Geduld haben …

»Es macht Spaß, den Zwergen eins auszuwischen«, sprach Jesper lächelnd weiter. »Es ist so leicht, weil sie ohnehin schon jeder hasst. Die Menschen brauchen nur einen Anlass, und den gebe ich ihnen gerne. Du würdest staunen, wie einfach es ist, eine Bombe zu bauen. Niemand schöpft Verdacht, nur weil ein Fass am Straßenrand steht. Die Anführer der Ambosse zu entführen war nicht schwer, obwohl die Inquisition natürlich ein bisschen mitgeholfen hat. Sie war es auch, die die Bombe bei der Gerichtsverhandlung des jungen Zwergs hochgehen ließ. Wenn es um die niederen Rassen geht, ziehen König Alfric und das Dreigestirn an einem Strang.«

Die Orkfront zu besuchen war Jespers Idee gewesen, ja selbst das Zelt zu betreten. Bestimmt hatte er auch Electra bedrängt, damit sie ihn mit auf den Einsatz ließ. Und dann hatte er sich die ganze Zeit aus allem rausgehalten und auf seine Gelegenheit gewartet. Wie hatte Fletcher das nur übersehen können?

»Und dann hättest du um ein Haar alles kaputtgemacht«, schnaubte Jesper verächtlich. »Läufst einfach zurück ins Zelt, während ich mir draußen die Seele aus dem Leib kotze und die Zündschnur schon brennt. Dabei durftest du noch nicht sterben, mein kleines Opferlamm. Die ganze Welt sollte dich mit einem von Kress' Armbrustbolzen im Bauch sehen, meinetwegen auch mit einem von

Sylvas Pfeilen. Selbst Atillas Beil in Seraphs Rücken wäre eine Möglichkeit gewesen.«

An dieser Stelle lachte er laut auf, während Fletcher vor Wut nur so schäumte.

»Ich bin die ganze Zeit so sicher gewesen, dass ich dich kriegen würde, aber die naive Electra musste dir ja unbedingt ihre Tränke mitgeben. Na gut, jetzt ist es endlich so weit: Die Gemeinschaft aus Menschen, Elfen und Zwergen scheitert tragisch an der letzten Hürde. Jetzt kann alle Welt sehen, dass jedes Volk besser für sich bleibt.«

Fletcher wollte Jesper anspucken, doch es reichte nur für ein klägliches Tröpfchen, das ihm aus dem Mundwinkel rann.

Jesper wischte es ihm mit ironischer Fürsorglichkeit von der Wange. »Und du hast dir um den armen, kranken Jesper solche Sorgen gemacht. Dabei ist es ganz leicht, eine Armbrust abzuschießen und sie in seinem Rucksack zu verstecken. Ich kann immer noch nicht glauben, dass du Isadora im Verdacht hattest. Ein solches Risiko würde sie nie eingehen, wenn ganz Hominum zusieht. Nein, diese Verantwortung habe ich ganz allein geschultert.«

Er schaute zu Rufus' Leiche hinüber und schüttelte traurig den Kopf. »Eine Schande, dass er sterben musste, aber nur so konnte ich euch ablenken. Außerdem hat er noch einen älteren Bruder, der den Familiennamen weiterführen wird. Ist also alles halb so wild.«

Während Jesper nicht hinsah, öffnete Fletcher mit dem Daumen das letzte Fläschchen und zuckte zusammen, als der Korken zu Boden fiel.

Jesper schien es nicht gemerkt zu haben. »Ich gehe dann mal, so ist es besser«, sagte er, als der Kampflärm vom Hintereingang der Pyramide immer lauter wurde. »Sehr viel länger werden sie nicht mehr auf mich warten.«

Dann riss er in gespieltem Entsetzen die Augen auf. »Arcturus, ein schrecklicher Unfall!«, rief er und fuchtelte wild mit den Armen. »Der Tunnel ist eingestürzt! Alle sind tot, wir müssen sofort verschwinden!«

Wieder lachte er, dann beugte er sich herunter und schlug Fletcher mitten ins Gesicht. »Sollen doch die Orks zu Ende bringen, was ich angefangen habe«, höhnte er und lief los.

Der Moment war gekommen. Mit letzter Kraft hob Fletcher das Fläschchen und kippte sich den Inhalt über die Lippen. Nur wenige Tropfen schafften es bis in seinen Mund. Fletcher schluckte sofort, aber es reichte nicht. Die Lähmung ließ zwar etwas nach, doch er hatte nicht genug Kontrolle über die Finger seiner tätowierten Hand. Also streckte er die Zunge aus und leckte so viel von dem Elixier von seinen Lippen, wie er irgend konnte.

Die Lähmung wurde von Sekunde zu Sekunde schwächer. Fletcher biss die Zähne zusammen und richtete den Zeigefinger auf Jespers Rücken. Dieser Verräter hatte keinen besseren Tod verdient.

Ein Blitz traf Jesper direkt zwischen den Schulterblättern und schleuderte ihn gegen die Wand. Dort blieb er mit offenen Augen und weit aufgerissenem Mund liegen. Der Tod stand ihm nicht.

Fletcher setzte sich mühsam auf und ließ den Blick über seine gelähmten Freunde schweifen. Sie waren so nahe dran gewesen. Arcturus wartete buchstäblich hinter der nächsten Ecke auf sie.

Irgendwie schaffte er es dann, auf Knien in Richtung Ausgang zu krabbeln. Aber er kam nur langsam voran. Zu langsam.

Brüllend vor Wut stand er auf und machte ein paar Schritte, dann brach er wieder zusammen. Seine Beine wollten sein Gewicht einfach nicht tragen. Der rettende Tunnel war so nah vor ihm. Wenn er es nur bis zum Ausgang schaffte, würden Arcturus und die anderen Reiter den Rest seiner Gruppe holen.

Da hörte er wieder ein Heulen. Die Dämonen hatten einen anderen Weg durch die Pyramide gefunden. Den ersten konnte Fletcher bereits sehen, es war ein Oni mit schimmernder roter Haut. Er packte Jespers Leiche und schleuderte sie mühelos zur Seite. Gleich hinter ihm kam ein gefleckter Leopid angeprescht. Nie und nimmer würde Fletcher an ihnen vorbeikommen.

Es gab nur noch eine letzte, verzweifelte Möglichkeit. Er sammelte sein verbliebenes Mana und formte es zu einer Telekinesekugel. Die Kugel versteckte er hinter seinem Rücken und wartete, während immer weitere Dämonen in den Tunnel kamen. Sie ließen sich Zeit, denn Fletcher saß in der Falle. Vielleicht zögerten sie aber auch, weil sie an ihre Artgenossen dachten, die in dem anderen Tunnel verschüttet waren.

»Kommt schon!«, rief er und winkte sie heran.

Ein wieselähnlicher Kamaitachi mit gezackten Knochensicheln an den Vorderläufen fauchte prompt. Dahinter kläfften zwei gescheckte Canide einander zähnefletschend an. Jeder der beiden wollte Fletcher als Erster erreichen.

Schweiß trat ihm auf die Stirn. Jetzt nicht. Nur ein paar Meter noch.

Dann war es so weit: Der Ifrit drängte sich durch die Dämonenschar nach vorn. Der Schein seines Feuers fiel auf die anderen Kreaturen, es waren Dutzende – von Kerfen bis hin zu Monstern mit Fangarmen, die Fletcher noch nie zuvor gesehen hatte.

Jetzt.

Er legte jedes bisschen Mana in den Wurf, das er noch hatte, und schleuderte die Kugel gegen die Decke. Die Wucht der Explosion katapultierte Fletcher so hart mit dem Kopf gegen die Wand, dass er Sternchen sah.

Dort blieb er liegen und hustete gegen den Staub in seiner Lunge an. Wo eben noch ein Tunnel gewesen war, türmten sich nun Schutt und Felstrümmer auf. Die verschütteten Dämonen lagen winselnd darunter.

Fletcher lächelte grimmig, da merkte er, dass der Kampflärm vor der Pyramide verstummt war. Er warf einen Blick auf seinen Hellsehkristall, sah aber nichts. Belena hatte die Verbindung unterbrochen. Niemand war mehr da.

Als der Staub von der Explosion dann auch noch die Fackel erstickte, schlug Fletchers Entschlossenheit in Verzweiflung um. Seine Gruppe saß nun ganz allein in der Dunkelheit fest.

In der Falle.

48

ES WAR STOCKFINSTER. Fletcher spürte das Blut an seinem Hinterkopf und hörte, wie sich die Gnome bereits durch den Schutt gruben. Es war vorbei. Vielleicht waren sie bereits in wenigen Minuten bei ihm. Oder in ein paar Tagen.

Träge überlegte Fletcher, ob er nicht lieber verdurstete, als gefangen genommen zu werden. Nicht dass er in dieser Angelegenheit ein Mitspracherecht hatte. Er lauschte noch eine Weile, dann schloss er die Augen und wartete auf das Ende.

Stunden vergingen.

Othello bewegte sich als Erster. Er schaffte es gerade so, ein Wyrrlicht aus seinen steifen Fingern zu entsenden, dann ließ er es von einem Gruppenmitglied zum nächsten springen und überprüfte, ob alle unversehrt geblieben waren.

Kress kam ebenfalls allmählich wieder zu Bewusstsein. Sie stöhnte und versuchte, etwas zu sagen, doch es kam nur ein unverständliches Nuscheln aus ihrem Mund. Dann kehrte wieder Stille ein.

Die Zeit verging, und langsam, aber sicher ließ die Lähmung nach. Othello fand als Erster die Sprache wieder.

»Gute Arbeit«, sagte er. »In Anbetracht der Umstände hätte es viel schlimmer kommen können.«

»Noch schlimmer?«, murrte Kress mit schwerer Zunge. »Wir sind Hunderte Kilometer von der Grenze zu Hominum lebendig verschüttet, umzingelt von Tausenden Orks und Gnomen, und zu Hause glauben alle, wir wären tot. Unsere Chancen, hier wieder rauszukommen, stehen ungefähr so gut wie die eines Einbeinigen bei einem Arschtrittwettbewerb.«

Fletcher musste tatsächlich lachen, da hörte er Sylva schluchzen. »He, alles in Ordnung?«, fragte er und kroch zu ihr.

Im Schein seines Wyrrlichts sah er die halb verheilte Narbe, die der Nanaubiss auf ihrer Brust und Schulter hinterlassen hatte, und legte ihr eine Hand auf den Arm.

»Fass mich nicht an«, fauchte die Elfin.

»Sylva … das mit Sariel tut mir leid«, murmelte Fletcher.

»Du hast sie umgebracht«, stammelte Sylva mit feuchten Augen. »Ich habe dich gerettet, und dann hast du sie umgebracht. Ich konnte spüren, wie die herabstürzenden Felsen ihr das Rückgrat gebrochen haben. Ihr Todeskampf dauerte Stunden. Hast du das gewusst, Fletcher? Mit zerschmettertem Körper und kaum Luft zum Atmen lag sie allein in der Dunkelheit.«

»Sie hat sich geopfert, um dich zu retten«, erwiderte er, auch wenn Sylvas Schilderung bewirkte, dass ihm schlecht wurde. »Es war die einzige Möglichkeit.«

»Diese Entscheidung stand dir nicht zu!«, schrie Sylva und stieß ihn weg.

»Das stimmt. Sariel hat sie ja auch getroffen«, entgegnete Fletcher.

Sylva antwortete nicht. Sie rollte sich auf die Seite und schluchzte stumm vor sich hin, das Gesicht in den Händen vergraben.

Da fielen Fletcher Ignatius und Athena wieder ein. Wo waren sie? Verzweifelt blickte er sich um und sah den Salamander reglos auf dem Boden liegen. Zu seiner unendlichen Erleichterung bewegten sich wenigstens die Augen des Salamanders. Außerdem spürte Fletcher, dass er keine Schmerzen hatte. Athena ging es etwas besser, aber auch sie war nicht zu mehr in der Lage, als sich ungelenk vom Rücken auf den Bauch zu drehen.

Othello rappelte sich hoch und ging schwankend zu Kress hinüber, dann winkte er Fletcher heran.

Fletcher war noch zu benommen, um aufzustehen, und robbte los. Ein Sack voller gelber Blütenblätter versperrte ihm den Weg. Fletcher stieß ihn weg, und der Sack kippte um. Othello half ihm die letzten paar Meter weiter, dann lehnten sie sich erschöpft gegen Lysanders Bauch. Selbst aufrecht zu sitzen war zu anstrengend.

»Am besten lässt du Sylva eine Weile in Ruhe«, flüsterte Othello. »Hätte ich Solomon verloren, wäre ich genauso schlechter Stimmung wie sie.«

»Da hat er recht«, stimmte Kress zu. »Sie weiß, du hast nur getan, was getan werden musste. Im Moment braucht sie lediglich jemanden, dem sie die Schuld geben kann, und dieser Jemand bist du.«

Sie stupste ihren Raiju, Tosk, mit dem Handschuh an. Der Dämon war steif wie ein Eisblock. Nur Solomon konnte sich halbwegs bewegen und torkelte immerzu im Kreis durch die Kammer.

»Die Pfeile scheinen nicht so tief in seine dicke Haut eingedrungen zu sein«, überlegte Othello laut, während Kress den Raiju auf ihren Schoß zog. »Außerdem ist er größer als die anderen.«

»Aber kleiner als Lysander«, gab Fletcher zu bedenken und musterte den bewusstlosen Greif. Das einzige Zeichen, dass er überhaupt noch lebte, war der Staub unter seinem Schnabel, der bei jedem Atemzug aufgewirbelt wurde. Als Fletcher genug Kraft gesammelt hatte, tastete er Lysanders Flanke ab und zog die Pfeile heraus. An den Spitzen klebte noch der schwarze Giftbrei.

Fletcher hob eine Klaue des Dämons an. Als er losließ, fiel sie kraftlos zu Boden. »Lysander war als Erster hier und hat die größte Dosis von uns allen abbekommen. Wahrscheinlich kann Hauptfrau Lovett uns im Augenblick nicht einmal hören.«

Als der Dämon nicht reagierte, presste Fletcher ein Ohr auf seinen Brustkorb. Lysanders Puls war kaum wahrnehmbar. Schließlich suchte er Fell und Gefieder nach weiteren Pfeilen ab, fand aber keine mehr.

»Was machen wir jetzt mit ihr?«, fragte Othello und ließ sein Wyrrlicht zur Dame Kavendisch hinüberschweben, die immer noch schaukelnd in der Ecke saß.

Fletcher sah die Blutlache unter Rufus' Leiche und erschauerte.

»Als Erstes werde ich sie da wegholen«, sagte er und stand mühsam auf. Sorgfältig darauf bedacht, den Leichnam nicht anzusehen, hob er die Dame Kavendisch hoch. Überraschenderweise hörte sie auf zu schaukeln und legte Fletcher die Arme um den Hals. Dann setzte er sie neben Kress ab und sank wieder zu Boden.

»Die sieht ja zum Fürchten aus«, kommentierte die Zwergin, als sie den erbärmlichen Zustand der Adligen bemerkte. Sie kippte sich etwas Wasser aus ihrer Feldflasche auf den Ärmel und machte sich daran, das vollkommen verdreckte Gesicht zu säubern.

Dame Kavendisch schloss die Augen und ließ sie stumm gewähren.

Othello deutete mit dem Kinn auf den verschütteten Ausgang. »Wir sitzen ganz schön in der Klemme, was?«

Ein Rumpeln ertönte, dann hörten sie einen Gnom vor Schmerz aufschreien. Ein lauter Knall folgte, der die Kammer so stark erschütterte, dass Staub von der Decke rieselte – die Orks sprengten sich den Weg frei.

»Sobald sie durch sind, töten wir so viele von ihnen, wie wir können«, erwiderte Fletcher mit geschlossenen Augen. »Bis dahin dürften wir zumindest wieder etwas mehr Mana haben. Ein paar Feuerkugeln würde ich jetzt schon hinbekommen.«

»Ja, außerdem haben wir noch das letzte Fläschchen. Ein Schluck für jeden von uns.« Othello dehnte seine steifen Finger. »Hoffen wir nur, dass unsere Dämonen bis dahin auch wieder wach sind.«

Fletcher war zu erschöpft, um etwas zu erwidern. Er nickte nur stumm und fuhr gedankenverloren mit den Fingern über den Staub auf dem Boden. Er fühlte sich weich wie Seide an, doch etwas ließ Fletcher stutzen: Er glaubte, eine Kerbe in dem glatten Felsen gespürt zu haben. Fletcher säuberte die Stelle mit dem Ärmel und holte seine Wyrrlichter näher heran.

In den Boden war ein Pentagramm gemeißelt, ebenso wie bei der Plattform in der Hauptkammer. Es war kaum größer als ein Wagenrad und von jahrhundertealtem Blut verkrustet. In jede der fünf Spitzen war ein Symbol graviert. Mehr brauchten sie nicht.

»Ich glaub's nicht«, stammelte Othello, als Fletcher das Pentagramm freigelegt hatte. Gleich darüber ragte ein Rohrende aus der Decke. Othello rückte misstrauisch ein Stück zur Seite.

»Wenn wir Orks wären, könnten wir jetzt in den Äther verschwinden«, sagte Fletcher niedergeschlagen. »Auch wenn wir da nicht viel besser dran wären als hier.«

»Ich hätte nie geglaubt, dass du dir einmal wünschen würdest, du wärst ein Ork«, erwiderte Othello lachend. »Aber du hast nicht ganz unrecht. Besser, als hier drinnen zu sterben oder versklavt zu werden.«

Kress blickte auf. »Vielleicht sind die Orks gar nicht immun«, überlegte sie laut. »Vielleicht ist die Luft in ihrem Teil des Äthers gar nicht giftig.«

Vom Schmutz befreit sah Dame Kavendischs Gesicht sogar hübsch aus, allerdings schrecklich ausgezehrt. In ihren Augenwinkeln zeichneten sich schon die ersten Lachfalten ab. Sie musste etwa Mitte dreißig sein, in Arcturus' Alter also. Irgendetwas an ihrem Blick kam Fletcher vertraut vor, als hätte er dieses Gesicht vor nicht allzu langer Zeit schon einmal gesehen. Waren es die Augen, die ihn an Rufus erinnerten?

Kress schnippte mit den Fingern. »Hallo? Ich sagte gerade, dass die Luft in ihrem Teil des Äthers vielleicht gar nicht giftig ist.«

»Wenn du das Versuchskaninchen spielen möchtest, kannst du es gerne ausprobieren«, erwiderte Othello trocken. »Ich nehme lieber ein paar Orks mit, wenn ich schon sterben muss.«

Kress zuckte die Achseln und widmete sich den Knoten in Dame Kavendischs Haar, da wurde die Kammer von einem weiteren Knall erschüttert. Aus dem Schutthaufen vor dem Durchgang kullerte ein Brocken polternd zu Boden.

»Die können es ja kaum erwarten«, murmelte Fletcher.

»Ich frage mich, ob sie uns an einen Manchinelbaum binden werden«, überlegte Othello düster. »Das ist schlimmer als verbrennen, hat Jesper gesagt.«

»Dem Verräter würde ich kein Wort glauben«, tönte Sylvas Stimme aus der Ecke.

Fletcher war erleichtert, sie endlich etwas sagen zu hören. Die Elfin hatte sich mittlerweile aufgesetzt, ihr Blick war kalt und hasserfüllt. Wenigstens richtete sie ihren Hass jetzt gegen jemanden, der ihn verdient hatte.

»Vielleicht helfen die da gegen die Schmerzen.« Kress hob eines der aus dem Sack gefallenen Blütenblätter auf, staubte es ab und steckte es sich in den Mund. »Schmeckt gar nicht mal so übel«, sagte sie schmatzend. »Kribbelt auf der Zunge.«

»Bist du sicher, dass das eine gute Idee ist?«, fragte Othello. Er beschnupperte ein Blütenblatt und ließ es dann naserümpfend wieder fallen.

»Sterben werde ich so oder so«, antwortete Kress mit einem Achselzucken. Nach einer kurzen Pause hob sie überrascht die Augenbrauen. »Hmmm, *irgendeine* Wirkung hat das Zeug jedenfalls. Ich weiß nur nicht, welche.«

Fletcher runzelte die Stirn. Hatte Electra nicht genau das Gleiche gesagt? Die Blätter waren genauso gelb wie die Fläschchen in ihrem Labor. Da machte es plötzlich Klick in seinem Kopf.

»Die Blüten stammen aus dem Äther«, begann er und hielt eine davon ins Licht. »Ich würde hundert Goldtaler darauf wetten, dass das gelbe Elixier, von dem Electra nicht wusste, welche Wirkung es hat, aus ihnen gewonnen wird.«

»Und?«, fragte Kress. Sie kaute bereits auf dem nächsten Blatt herum; Othello warf ihr einen missbilligenden Blick zu. »Hab dich nicht so«, sagte sie grinsend. »Ich mag das Kribbeln.«

Die nächste Explosion ertönte. Sie war so heftig, dass der Boden unter ihnen erzitterte. Nun konnten sie sogar hören, wie die Orks ihre Befehle bellten.

»Wir kennen die Wirkung zwar nicht, aber immerhin haben die Orks das Zeug gegessen, bevor sie den Äther betraten«, sprach Fletcher weiter. »Wer weiß, vielleicht hilft es gegen Äthervergiftung – macht immun?«

Othello blinzelte ihn skeptisch an, dann sprang er plötzlich auf und packte Fletcher an den Schultern. »Du bist ein Genie!«, rief er. »Das muss es sein.«

»Ich glaube, Fletcher hat tatsächlich recht«, stimmte Sylva widerwillig zu. »Jetzt müssen wir das Pentagramm nur noch mit etwas Organischem füllen, damit wir es benutzen können. Irgendwelche Vorschläge? Die Orks da draußen werden uns kaum freiwillig ihr Blut zur Verfügung stellen.«

Fletcher sah sich um, da fiel sein Blick auf die Blutlache unter Rufus' Leiche. Schließlich schüttelte er den Kopf. Nein, das kam nicht infrage.

»Hat Khan auf der Plattform nicht eine Art Knopf gedrückt?«, warf Kress ein und begann, den Staub auf dem Boden beiseitezuwischen. Schließlich zeigte sie grinsend auf eine kleine Erhebung gleich neben ihr. »Ein Glück, dass ich nicht versehentlich draufgetreten bin, sonst hätte Othello gleich die nächste Dusche bekommen!«

»Gut, dann also runter damit«, befahl Fletcher und stopfte sich eine Handvoll Blätter in den Mund. Sie schmeckten leicht bitter, aber gar nicht mal so übel. Ein bisschen wie saurer Whisky.

Kress versuchte unterdessen, der Dame Kavendisch eines der Blätter zu verabreichen. Die Adlige war so ausgehungert, dass sie es sofort verschlang, ohne auch nur zu kauen.

»Gut gemacht, Kress«, sagte Fletcher lächelnd.

Dann kam die nächste Explosion, die noch stärker war als die vorangegangene. Weitere Steine wurden aus dem Schutthaufen vor dem Eingang gesprengt, und der Schein von Fackeln drang herein. Die Gnome kreischten aufgeregt, und die Orks bellten ihre Befehle so laut und deutlich, als wären sie bereits in der Kammer.

»Wir müssen uns beeilen!«, rief Fletcher und rückte mit Othello von dem Pentagramm weg. »Fang an, Kress.«

Die Zwergin drückte auf den Knopf und keuchte vor Anstrengung, bis er endlich im Boden verschwand. Doch nichts geschah. Dann, als alle schon kurz davor waren, in Panik auszubrechen, fiel der erste Tropfen Blut.

Aus dem Tropfen wurde ein stetiges Tröpfeln, das sich langsam über die Gravuren verteilte, bis das Pentagramm und alle Symbole dunkelrot schimmerten.

Fletcher streckte die Hand aus. »Gib mir dein Manafläschchen, Othello. Oder willst du es machen?«

»Bestimmt nicht«, erwiderte der Zwerg. »Deine Lähmung ist fast verschwunden. Wenn jemand das Zeug trinken sollte, dann du.«

Fletcher nickte knapp und würgte die blaue Flüssigkeit hinunter. Kurz darauf spürte er, wie sein Körper von frischem Mana durchflutet wurde.

»Ihr müsst mir jetzt genau zuhören.« Fletcher tauchte einen Finger in das Blut und erschauerte. Es war noch warm. »Sylva, du wirfst so viele von den Säcken mit den Blütenblättern durch das Portal, wie du nur kannst. Wer weiß, wie schnell die Wirkung nachlässt.«

Sylva schloss die Augen und nickte.

»Gut. Kress, du sammelst unsere Sachen ein: meine Pistolen, alle Rucksäcke, auch die von Rufus und Jesper, und außerdem alles, was wir irgendwie gebrauchen könnten. Danach kümmerst du dich um die Dame Kavendisch und nimmst sie mit durchs Portal. Sie scheint dir ja zu vertrauen. Solomon soll Lysander tragen, Othello nimmt Tosk, Ignatius und Athena.«

Da blickte die Dame Kavendisch plötzlich auf.

»Meine Dame?«, fragte Fletcher in der Hoffnung auf eine weitere Reaktion, aber es kam keine. Schließlich fuhr er seufzend fort. »Sobald ich meinen Finger von dem Pentagramm nehme, wird sich das Portal innerhalb weniger Sekunden schließen. Das heißt, ich gehe als Letzter. Und jetzt los!«

Fletcher lud das Pentagramm mit Mana auf. Die Gravuren erstrahlten in grellem Violett, dann erschien ein kleiner Leuchtpunkt darüber. Fletcher biss die Zähne zusammen und ließ das Portal auf die Größe eines Apfels anwachsen.

»Ich kann sie nicht alle tragen, aber ich glaube, Athena schafft es auch allein!«, rief Othello.

»Noch nicht«, keuchte Fletcher und pumpte noch mehr Mana in das Pentagramm. Das Portal wurde stetig größer und begann sich schon zu drehen, als ein dumpfes Dröhnen den Raum erfüllte.

»Athena«, sagte die Dame Kavendisch unvermittelt. Ihre Stimme war so leise, dass Fletcher nicht sicher war, ob er es sich nicht eingebildet hatte.

Sylva begann, einen Sack nach dem anderen durch das Portal zu werfen, Kress schleuderte das Gepäck hinterher. Rufus' Rucksack drehte sich wie ein Kreisel, Solomon taumelte mit Lysander auf den Armen hinterher und verschwand in einem gleißenden Lichtblitz.

Sylva folgte ihm, einen weiteren Blütensack unter jeden Arm geklemmt. »Ich hoffe nur, es gelingt auch«, murmelte sie und sprang, da kam die nächste Explosion. Splitter regneten auf sie herab, der Schutthaufen vor dem Eingang bröckelte.

»Jetzt du, Othello!«, schrie Fletcher.

Der Zwerg presste sich Ignatius und Tosk an die Brust, dann rannte er los. Athena flatterte benommen hinterher, da hob die Dame Kavendisch einen Arm, als versuche sie, die Greifeule zu berühren.

»Kress, jetzt du und Dame Kavendisch!«, brüllte Fletcher gegen das Donnern der nächsten Explosion an.

Ein Gnom streckte den Kopf durch ein Loch in dem Schutthaufen und versuchte, sich mit wildem Kreischen zu ihnen durchzuwühlen.

Kress nahm die Dame an der Hand, doch die wehrte sich plötzlich und riss sich los. »Athena«, krächzte sie. »Wo ist Athena? Mein Sohn!«

Die Erkenntnis traf Fletcher wie ein Schlag. Jetzt wusste er, an wen die Dame Kavendisch ihn erinnerte: an Ophelia Forsys, die er im Gerichtssaal gesehen hatte. Und an das Gesicht aus seinem Traum. Das Gesicht, das sich über seine Wiege gebeugt hatte.

»Ihr seid Alice Rale«, stammelte er mit pochendem Herzen. »Mutter …«

Er hatte den Namen kaum ausgesprochen, da hörte sie auf, sich gegen Kress zu wehren, und schaute Fletcher unverwandt an.

»Athena ist schon durch das Portal«, sagte Fletcher mit Tränen in den Augen. »Geh mit Kress, sie bringt dich zu ihr.«

Kress zerrte seine Mutter durch das Portal, und dann war Fletcher allein. Die nächste Explosion ließ einen regelrechten Hagelsturm aus Splittern über ihm niedergehen. Fletcher warf einen letzten Blick auf die Welt um sich herum.

Dann stürzte er sich in den Äther.

Fletchers Abenteuer gehen weiter in:

TARAN MATHARU

DIE DÄMONEN AKADEMIE

DIE PROPHEZEIUNG

DÄMONOLOGIE

DRACHENFLIEGE

Ein insektenähnlicher Dämon mit schillerndem Körper, ähnlich einer Libelle. Sie sind sehr schnell und wendig und können ruckartig die Flugrichtung ändern. Drachenfliegen sind enge Verwandte der Kerfe, aber ihr Stich ist dreimal so giftig. Sie sind im gesamten bekannten Äther weit verbreitet.

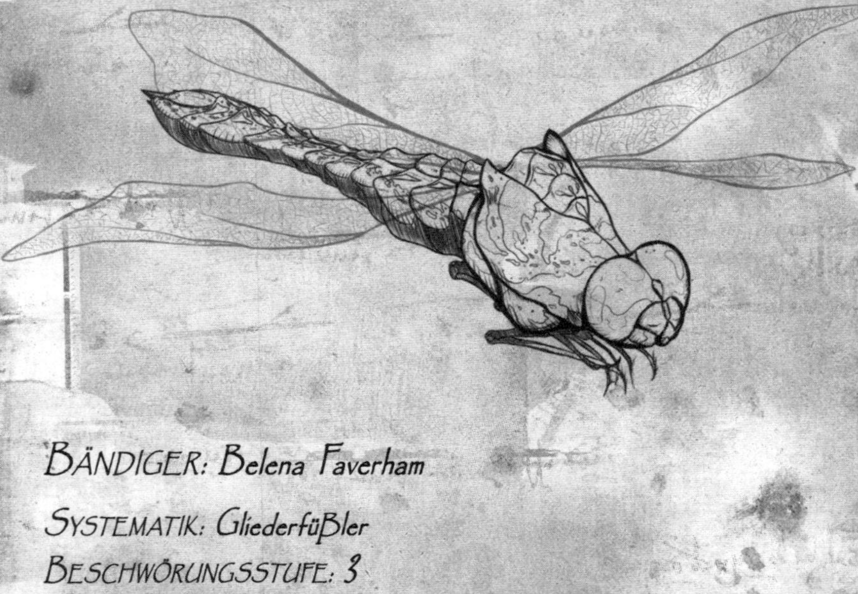

BÄNDIGER: Belena Faverham

SYSTEMATIK: Gliederfüßler
BESCHWÖRUNGSSTUFE: 3
BASIS-MANASTUFE: 21
MANAFÄHIGKEITEN: keine
ANGEBORENE FÄHIGKEITEN: fliegen, enorm wendig
HÄUFIGKEIT: sehr weit verbreitet
ERNÄHRUNG: Pflanzenfresser
ANGRIFF/VERTEIDIGUNG: lähmender Stich

Kamaitachi

Der Dämon sieht aus wie ein großes Wiesel mit langen Zähnen und Knochenklauen statt Vorderpfoten. Im Orkteil des Äthers ist er weit verbreitet und wird entsprechend oft an der Front gegen Hominum eingesetzt.

SYSTEMATIK: Nager
BESCHWÖRUNGSSTUFE: 3
BASIS-MANASTUFE: 20
MANAFÄHIGKEITEN: keine
ANGEBORENE FÄHIGKEITEN: klettern
HÄUFIGKEIT: weit verbreitet
ERNÄHRUNG: Allesfresser
ANGRIFF/VERTEIDIGUNG: Knochenklauen, Biss

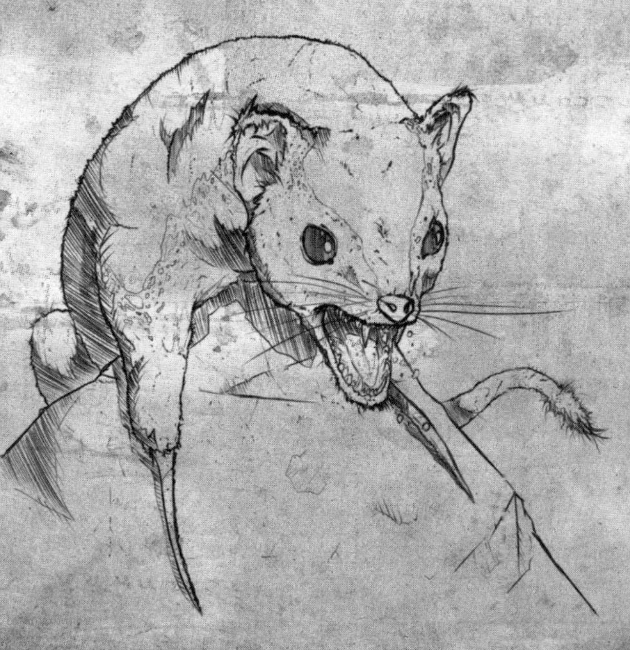

VESPE

Vespen ähneln übergroßen Bienen und sind schwer zu fangen, weil sie fast immer in großen Schwärmen auftreten. Die kräftigen Beißwerkzeuge und der Giftstachel machen sie zu einem der beliebtesten Dämonen unter Orkschamanen.

SYSTEMATIK: Gliederfüßler
BESCHWÖRUNGSSTUFE: 4
BASIS-MANASTUFE: 28
MANAFÄHIGKEITEN: keine
ANGEBORENE FÄHIGKEITEN: fliegen
HÄUFIGKEIT: weit verbreitet
ERNÄHRUNG: Allesfresser
ANGRIFF/VERTEIDIGUNG: lähmender Stich, Mandibeln

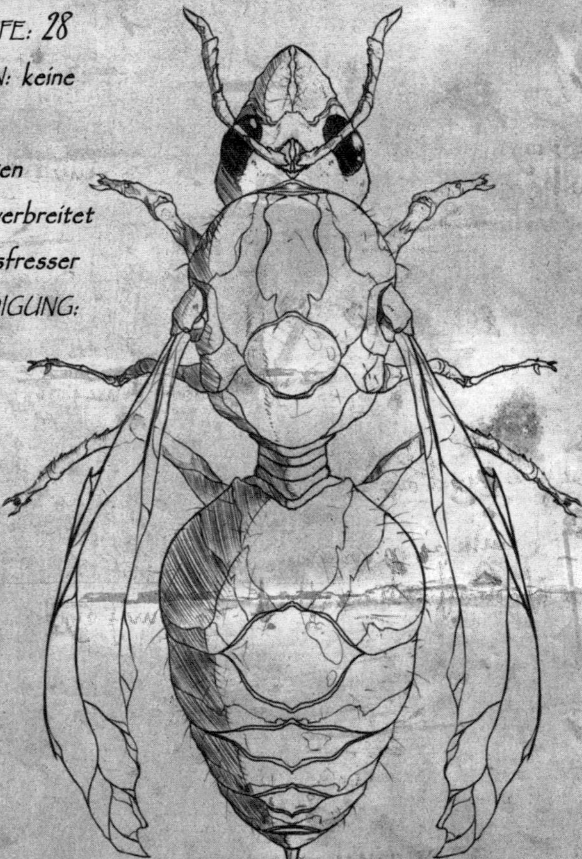

Strix

Der vogelähnliche Dämon hat vier Beine und wird oft mit einer Greifeule verwechselt. Ihre Federn haben rote Spitzen, was sie sehr furchterregend aussehen lässt. Im Orkteil des Äthers sind sie weit verbreitet, und die Schamanen schätzen sie wegen ihrer Bösartigkeit. Es kommt nicht selten vor, dass ein Strix die eigenen Geschwister verspeist, wenn er ausgewachsen ist.

BÄNDIGER: *Inquisitor Damian Raubler*

SYSTEMATIK: *Aves*

BESCHWÖRUNGSSTUFE: *4*

BASIS-MANASTUFE: *29*

MANAFÄHIGKEITEN: *keine*

ANGEBORENE FÄHIGKEITEN: *fliegen, scharfe Augen*

HÄUFIGKEIT: *verbreitet*

ERNÄHRUNG: *Fleischfresser*

ANGRIFF/VERTEIDIGUNG: *Schnabel, Klauen*

GREIFEULE

Der Dämon ist eine Mischung aus Katze und Eule und eng mit dem Greif und dem Chamrosh verwandt, kommt aber weit seltener vor als sie. Der spitze Schnabel und die scharfen, einziehbaren Klauen sind seine Hauptwaffe. Greifeulen sind sehr intelligent und geschickte Flieger, was sie unter Hominums Beschwörern äußerst begehrt macht. Von Natur aus sind sie Einzelgänger, aber wenn sie gut behandelt werden, gehen sie oft enge Bindungen zu ihren Beschwörern und deren anderen Dämonen ein.

BÄNDIGER: Fletcher Rale

SYSTEMATIK: Aves, Felide

BESCHWÖRUNGSSTUFE: 4

BASIS-MANASTUFE: 30

MANAFÄHIGKEITEN: keine

ANGEBORENE FÄHIGKEITEN: fliegen, klettern, scharfe Augen

HÄUFIGKEIT: selten

ERNÄHRUNG: Fleischfresser

ANGRIFF/VERTEIDIGUNG: Schnabel, Klauen

RAIJU

Der Raiju ist so selten, dass in der gesamten Geschichte Hominums nur fünf gefangen wurden. Er sieht aus wie eine Kreuzung aus Eichhörnchen, Waschbär und Mungo, hat große gelbe Augen und dunkelblaues Fell mit einer grünlichen Zeichnung. Seine Manastufe ist für gewöhnlich sehr hoch – der Blitz eines Raiju kann sogar einen ausgewachsenen Orkbullen töten. Eigenartigerweise scheinen Raijus am liebsten auf dem Bauch ihres Bändigers zu schlafen und rollen sich dabei um dessen Nabel zusammen.

BÄNDIGERIN: Kress Freyja
SYSTEMATIK: Nager
BESCHWÖRUNGSSTUFE: 5
BASIS-MANASTUFE: 40
MANAFÄHIGKEITEN: Blitz
ANGEBORENE FÄHIGKEITEN: klettern, unempfindlich gegen Blitze
HÄUFIGKEIT: gefährdet
ERNÄHRUNG: Allesfresser
ANGRIFF/VERTEIDIGUNG: Blitze verschießen

Federfuchs

Der etwa hundegroße Federfuchs ist kleiner als sein Verwandter, der Vulpid, und kommt seltener vor. Er hat den Kopf eines Fuchses, die Vorderläufe eines Adlers, die schmale Brust eines Windhundes und die Hinterläufe eines Wolfs. Die vorderen Krallen sind gefährlich scharf, das braune Gefieder der Vorderläufe geht am Bauch in braunes Fell über, das auf dem Rücken schließlich grau wird.

BÄNDIGERIN: Belena Faverham

SYSTEMATIK: Canide, Aves

BESCHWÖRUNGSSTUFE: 5

BASIS-MANASTUFE: 35

MANAFÄHIGKEITEN: keine

ANGEBORENE FÄHIGKEITEN:
hervorragender Hör- und Geruchssinn, schnell und wendig

HÄUFIGKEIT: selten

ERNÄHRUNG: Fleischfresser

ANGRIFF/VERTEIDIGUNG:
Biss, Klauen

Chamrosh

Dieser Mischling aus Falke und Hund erreicht nur ein Viertel der Größe seines nächsten Verwandten, dem Greif. Chamroshs sind bekannt für ihre Liebe und Treue und leiden oft sehr, wenn sie von ihrem Beschwörer getrennt werden. Die Mitglieder des Himmelskorps setzen ihn häufig als Begleit-Dämon ein.

SYSTEMATIK: Aves, Canide
BESCHWÖRUNGSSTUFE: 5
BASIS-MANASTUFE: 35
MANAFÄHIGKEITEN: keine
ANGEBORENE FÄHIGKEITEN: fliegen, scharfe Augen
HÄUFIGKEIT: wenig verbreitet
ERNÄHRUNG: Fleischfresser
ANGRIFF/VERTEIDIGUNG: Schnabel

Arach

Der Arach sieht aus wie eine Spinne und kann beinahe die Größe eines Wildschweins erreichen. Die acht Beine ermöglichen ihm eine Sprunghöhe von über drei Metern, gerne springt er seinem Gegner direkt ins Gesicht. Seine drei gefährlichsten Fähigkeiten sind: klebrige und sehr reißfeste Spinnfäden verschießen, die sich nach ein paar Stunden wieder auflösen; ein hochwirksames Gift, das einen Erwachsenen töten kann, wenn er nicht schon zuvor an der von dem großen Stachel hervorgerufenen Verletzung stirbt; abgeworfene Rückenborsten, die auf der Haut des Gegners allergische Reaktionen hervorrufen und ihn sogar blenden können. Nur der Bändiger selbst ist gegen die Borsten und das Gift des Arach immun.

BÄNDIGER: *Didric Cavell*

SYSTEMATIK: *Gliederfüßler*

BESCHWÖRUNGSSTUFE: *6*

BASIS-MANASTUFE: *45*

MANAFÄHIGKEITEN:

Spinnfäden

ANGEBORENE FÄHIGKEITEN:

klettern, springen

HÄUFIGKEIT: *selten*

ERNÄHRUNG: *Fleischfresser*

ANGRIFF/VERTEIDIGUNG:

Biss, Spinnfäden, Borsten

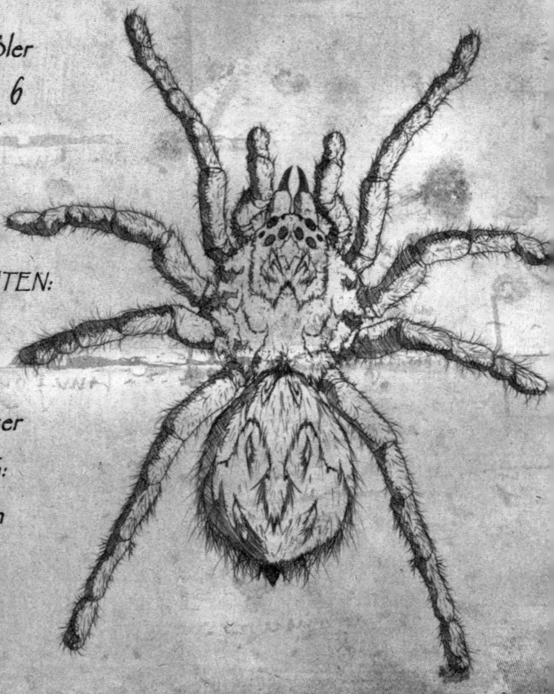

CALADRIUS

Der Caladrius gehört neben dem Phönix, dem Polarion und dem Halcyon zu den vier Elementar-Vogeldämonen. Er hat weißes Gefieder und ein taubenähnliches Gesicht. Seine Heilkräfte und die hohe Manastufe machen ihn zu einem sehr begehrten Dämon. Mit seinen kleinen Krallen kann er sich allerdings kaum verteidigen. Es heißt, er verbringe die meiste Zeit hoch über den Wolken des Äthers, wo die Luft so dünn ist, dass andere Dämonen ihm nicht nachstellen können.

BÄNDIGER: Atilla Thorsager

SYSTEMATIK: Aves

BESCHWÖRUNGSSTUFE: 7

BASIS-MANASTUFE: 52

MANAFÄHIGKEITEN: heilen

ANGEBORENE FÄHIGKEITEN: fliegen

HÄUFIGKEIT: sehr selten

ERNÄHRUNG: Allesfresser

ANGRIFF/VERTEIDIGUNG: Schnabel, heilen

Phönix

Ein großer Vogel mit orange-rötlichem Gefieder und langen Schwanzfedern wie ein Pfau. Er ist der seltenste aller Elementar-Dämonenvögel, hat eine hohe Manastufe und kann Feuer speien wie ein Salamander. Soweit bekannt ist, lebt er an den Rändern aktiver Vulkane im Äther.

Systematik: Aves

Beschwörungsstufe: 7

Basis-Manastufe: 52

Manafähigkeiten: Feuer

Angeborene Fähigkeiten: fliegen, unempfindlich gegen Feuer

Häufigkeit: sehr selten

Ernährung: Allesfresser

Angriff/Verteidigung: Schnabel, Klauen, Feuer speien

Halcyon

Der Halcyon gilt als der häufigste Elementar-Vogeldämon. Er hat rasiermesserscharfe Krallen, eine hohe Manastufe und verschießt Blitze aus seinen verlängerten Schwanzfedern. Der einzige Nachteil dieses Dämons ist das metallisch glänzende Gefieder, das ihn im Flug sehr auffällig macht.

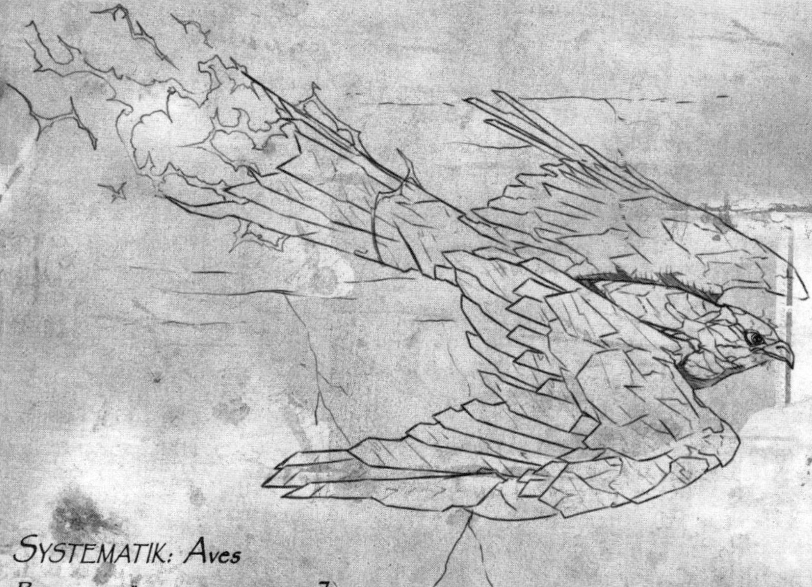

Systematik: Aves
Beschwörungsstufe: 7
Basis-Manastufe: 52
Manafähigkeiten: Blitze
Angeborene Fähigkeiten: fliegen, unempfindlich gegen Blitze
Häufigkeit: sehr selten
Ernährung: Allesfresser
Angriff/Verteidigung: Schnabel, Klauen, Blitze

POLARION

Der bevorzugte Lebensraum des Polarion, so vermutet man, sind die Wolken über den Meeren im Äther, wo er Jagd auf Fischdämonen macht, die unvorsichtig genug sind, aus den Wellen zu springen. Laut der wenigen Sichtungen, die es bisher gab, ähnelt er mit seinem schwarzblauen Gefieder und dem weißen Bauch äußerlich stark dem Eisvogel. Sie haben eine hohe Manastufe und können einen Gegner vereisen, was sie unter Beschwörern sehr begehrt macht.

SYSTEMATIK: *Aves*
BESCHWÖRUNGSSTUFE: *7*
BASIS-MANASTUFE: *52*
MANAFÄHIGKEITEN: *Eis*
ANGEBORENE FÄHIGKEITEN: *fliegen, unempfindlich gegen Frost*
HÄUFIGKEIT: *sehr selten*
ERNÄHRUNG: *Allesfresser*
ANGRIFF/VERTEIDIGUNG:
Schnabel,
Klauen,
Eis

ALICORN

Ein Pferdedämon mit Schwanenflügeln und einem Horn auf der Stirn. Er ist bekanntermaßen schwer zu fangen, da er sowohl in der Luft als auch auf dem Boden sehr schnell ist. Alicornherden wandern einmal alle zehn Jahre durch Hominums Teil des Äthers. Die Exemplare, die bei dieser Gelegenheit gefangen werden konnten, waren meist krank, verletzt oder noch sehr jung.

BÄNDIGER: Hauptmann Arcturus

SYSTEMATIK: Equine, Aves, Capride
BESCHWÖRUNGSSTUFE: 8
BASIS-MANASTUFE: 56
MANAFÄHIGKEITEN: keine
ANGEBORENE FÄHIGKEITEN:
fliegen, Schnelligkeit
HÄUFIGKEIT: Wanderdämon
ERNÄHRUNG: Pflanzenfresser
ANGRIFF/VERTEIDIGUNG:
Stirnhorn, Tritte

Hippogreif

Der Hippogreif ist eine Mischung aus Adler und Pferd. Zu Fuß sind sie zwar schneller als ihre seltener vorkommenden Verwandten, die Greife, verfügen aber nicht über deren gefährliche Klauen und kämpfen stattdessen mit Schnabel- und Hufschlägen. Unter den Mitgliedern des Himmelskorps ist der Hippogreif nach dem Peryton der zweitbeliebteste Dämon.

SYSTEMATIK: Equine, Aves
BESCHWÖRUNGSSTUFE: 8
BASIS-MANASTUFE: 57
MANAFÄHIGKEITEN: keine
ANGEBORENE FÄHIGKEITEN: fliegen, schnell und wendig, scharfe Augen
HÄUFIGKEIT: Wanderdämon
ERNÄHRUNG: Fleischfresser
ANGRIFF/VERTEIDIGUNG: Schnabel, Tritte

Nanau

Der humanoide, landbewohnende Haidämon ist dank seines gefährlichen Mauls, der scharfen Klauen und seiner hervorragenden Beweglichkeit bei Orkschamanen sehr begehrt. Die Körperhaltung ähnelt eher einem Schimpansen als einem Menschen. Der Nanau ist ein exzellenter Kletterer und kann sehr weit springen. Wie bei ihren im Meer lebenden Verwandten gibt es die verschiedensten Unterarten, von denen der Weiße Nanau, Hammer-Nanau und Tiger-Nanau die häufigsten sind.

BÄNDIGER: *Hauptfrau Lovett*

SYSTEMATIK: *Aquarine*

BESCHWÖRUNGSSTUFE: *9*

BASIS-MANASTUFE: *61*

MANAFÄHIGKEITEN: *keine*

ANGEBORENE FÄHIGKEITEN: *klettern, schnell und wendig*

HÄUFIGKEIT: *selten*

ERNÄHRUNG: *Fleischfresser*

ANGRIFF/VERTEIDIGUNG: *Biss, Klauen, Schwanzschläge*

PERYTON

Perytone sind geflügelte Hirsche mit ausladendem Geweih und langen, gefährlichen Klauen an den falkenähnlichen Hinterbeinen. Statt eines Stummelschwanzes haben sie lange, elegante Schwanzfedern. Ihre Herden durchwandern des Öfteren Hominums Teil des Äthers. Sie sind die begehrtesten Reittiere in Hominums Himmelskorps und dort entsprechend oft anzutreffen.

BÄNDIGER: *Ophelia Faverham*

SYSTEMATIK:

Aves, Capride

BESCHWÖRUNGSSTUFE: *9*

BASIS-MANASTUFE: *62*

MANAFÄHIGKEITEN: *keine*

ANGEBORENE FÄHIGKEITEN: *fliegen, schnell und wendig*

HÄUFIGKEIT: *Wanderdämon*

ERNÄHRUNG: *Pflanzenfresser*

ANGRIFF/VERTEIDIGUNG: *Geweih, Klauen, Tritte*

Oni

Onis ähneln in Größe und Körperbau den Orks und sind bei älteren Schamanen sehr beliebt. Charakteristisch sind die karminrote Haut, zwei lange Hörner auf der Stirn sowie die überlangen Hauer in Ober- und Unterkiefer. Obwohl sie auf den ersten Blick intelligent erscheinen, gelten selbst Kerfe als klüger.

Systematik: Affenartige
Beschwörungsstufe: 10
Basis-Manastufe: 70
Manafähigkeiten: keine
Angeborene Fähigkeiten: Kraft
Häufigkeit: selten
Ernährung: Allesfresser
Angriff/Verteidigung:
Hörner, Biss, Schläge

Mantikor

Dieser sehr seltene Dämon hat den Körper eines Löwen, fledermausähnliche Flügel, einen Skorpionschwanz und lange Stacheln in der Rückenmähne. Das löwenartige Gesicht erscheint zuweilen beinahe menschlich und kann die unterschiedlichsten Gefühle zum Ausdruck bringen. Sein Gift ist so stark, dass schon ein einziger Tropfen einen Erwachsenen binnen Minuten töten kann. Angehörige des Hauses Rale sind angeblich dagegen immun.

BÄNDIGER: Karl Faverham

SYSTEMATIK: Felide, Gliederfüßler

BESCHWÖRUNGSSTUFE: 12

BASIS-MANASTUFE: 85

MANAFÄHIGKEITEN: keine

ANGEBORENE FÄHIGKEITEN: fliegen

HÄUFIGKEIT: sehr selten

ERNÄHRUNG: Fleischfresser

ANGRIFF/VERTEIDIGUNG:
giftiger Stich,
Biss, Klauen,
Stacheln

Ifrit

Der Ifrit gehört wie der Golem und der Jotun zu den Elementardämonen. Sein Element ist das Feuer, die Haut sieht aus, als bestünde sie aus glühender Lava, und aus seinem Mund lodert Feuer. Er verfügt über enorme Kraft und gehört zu den stärksten Dämonen, die die Orkschamanen zu fangen in der Lage sind.

Systematik: Elementardämon
Beschwörungsstufe: 13
Basis-Manastufe: 91
Manafähigkeiten: Feuer
Angeborene Fähigkeiten: glühen, unempfindlich gegen Feuer, Kraft
Häufigkeit: gefährdet
Ernährung: Allesfresser
Angriff/Verteidigung: Feuer

Jotun

Jotuns sind nur aus einer einzigen, kurzen Textstelle in einer sehr alten Schriftrolle der Elfen bekannt, über deren Echtheit die Gelehrten Hominums bis heute streiten. Sie sind von menschenähnlicher Gestalt, bestehen aus purem Eis und können angeblich alles, was sie berühren, in Eis verwandeln. Es heißt, sie leben auf den schneebedeckten Gipfeln der höchsten Berge im Äther.

Systematik: Elementardämon
Beschwörungsstufe: 13
Basis-Manastufe: 91
Manafähigkeiten: Eis
Angeborene Fähigkeiten: unempfindlich gegen Kälte, Kraft
Häufigkeit: gefährdet
Ernährung: Allesfresser
Angriff/Verteidigung:
Eis

Wendigo

Der sehr seltene Wendigo folgt den wandernden Würgerschwärmen im Äther und ernährt sich von deren übrig gelassener Beute. Obwohl sie von drahtiger Statur und lediglich Aasfresser sind, sind Wendigos nicht zu unterschätzen. Sie werden knapp drei Meter groß, haben ein ausladendes Geweih, einen wolfsähnlichen Kopf und lange Arme, mit denen sie sich wie Gorillas auf dem Boden abstützen. Die fleckige graue Haut und der Leichengeruch, den sie verströmen sind vermutlich eine Folge ihrer Ernährung.

BÄNDIGER: Zacharias Forsys

SYSTEMATIK: Capride, Canide

BESCHWÖRUNGSSTUFE: 13

BASIS-MANASTUFE: 90

MANAFÄHIGKEITEN: keine

ANGEBORENE FÄHIGKEITEN: schnell und wendig, Kraft

HÄUFIGKEIT: sehr selten

ERNÄHRUNG: Fleischfresser

ANGRIFF/VERTEIDIGUNG: Geweih, Biss, Klauen

Wyvern

Wyvern sind die Hauptgegenspieler von Hominums Himmelskorps. Sie werden sehr groß, haben fledermausartige Flügel, einen langen, stachelbewehrten Schwanz und einen gehörnten Krokodilskopf. Ihre Haut ist so dick und knorpelig, dass nur eine Lanze oder gut gezielte Musketenkugel sie durchdringen kann. Neben dem Maul sind die klauenbewehrten kräftigen Hinterbeine die Hauptwaffen der Wyvern. Da sie weniger flink sind als die meisten anderen fliegenden Dämonen, werden sie oft von Würgern, Strixen und Vespen begleitet.

SYSTEMATIK: Reptilien
BESCHWÖRUNGSSTUFE: 15
BASIS-MANASTUFE: 105
MANAFÄHIGKEITEN: keine
ANGEBORENE FÄHIGKEITEN:
fliegen, zähe Haut
HÄUFIGKEIT: sehr selten
ERNÄHRUNG:
Fleischfresser
ANGRIFF/VERTEIDIGUNG:
Hörner, Biss, Klauen,
zähe Haut, Schwanzschläge

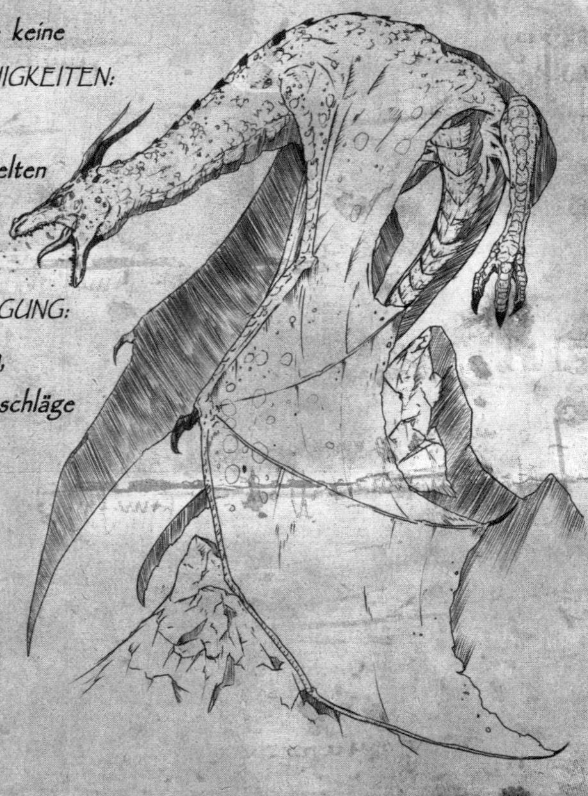

Phantaur

Der Phantaur ähnelt einem Elefanten, wie der Minotaurus einem Stier ähnelt. Seine gezackten Stoßzähne, die mächtigen Fäuste und die Körpergröße von über drei Metern machen ihn zu einem ernst zu nehmenden Gegner. Er gilt als der seltenste und stärkste Dämon der Orkschamanen, über Lebensraum und Verhalten weiß man nur sehr wenig. Bisher wurde nur ein einziges Exemplar gesichtet, das vermutlich seit Jahrtausenden von Generation zu Generation weitergegeben wurde. Über seine Herkunft ist nichts bekannt.

Systematik: Megafaun
Beschwörungsstufe: unbekannt
Basis-Manastufe: unbekannt
Manafähigkeiten: keine
Angeborene Fähigkeiten:
große Reichweite,
zähe Haut,
Kraft
Häufigkeit: gefährdet
Ernährung:
Pflanzenfresser
Angriff/Verteidigung:
Stoßzähne,
Rüssel,
Faustschläge,
zähe Haut